Love
Attack

Love
Attack 러브 어택

초판 1쇄 찍은 날 § 2010년 4월 23일
초판 1쇄 펴낸 날 § 2010년 4월 30일

지은이 § 이정숙
펴낸이 § 서경석

편집장 § 문혜영
편집책임 § 유경화
편집 § 조수희

펴낸곳 § 도서출판 청어람
등록번호 § 제1081-1-89호
등록일자 § 1999. 5. 31
어람번호 § 제5-0259호

주소 § 경기도 부천시 원미구 심곡 2동 163-2 서경B/D 3F (우) 420-822
전화 § 032-656-4452 팩스 § 032-656-4453
http://www.chungeoram.com
E-mail § chungeoram@chungeoram.com

ⓒ 이정숙, 2010

ISBN 978-89-251-2160-4 03810

Love Attack

러브 어택

이정숙 지음

도서출판 청어람

🍂 차례

Sleeping mate

해연은 아직 잠이 다 가시지 않은 눈으로 천천히 돌아누웠다.

몸을 꼼지락거리며 희미하게 눈을 뜬 순간 그녀의 눈동자가 커졌다. 자신도 모르게 침대에서 벌떡 일어나 앉았다. 흐트러진 긴 앞 머리카락을 귀 뒤로 넘기며 해연은 자신의 침대에서 자고 있는 남자를 가만히 내려다보았다. 이런 장면은 아무리 되풀이되어도 도무지 익숙해지지가 않았다.

언제부터인가 눈을 뜨면 이 남자가 옆에서 자고 있었다. 옷도 갈아입지 않은 채 하얀 와이셔츠 차림으로 깊이도 잠들어 있다. 오늘은 그나마 넥타이는 풀어놓은 채였지만, 나머지는 왔을 때의 차림 그대로 풀썩 엎어져서 잠이 든 모양이었다.

잘 알지도 못하는 남자가 마치 자기 집인 양 편하게 자고 있다는 것도 놀라운 일이었지만, 피곤에 절어서 잠들었을 남자의 얼굴이 이렇게나 맑고 아름답다는 게 지금은 훨씬 더 놀라우니 김해연, 정신을 좀 더 차려야 할 것 같다.

'이 남자의 첫인상이 어땠더라……'

일단 화려했다. 눈이 번쩍 뜨일 정도로 잘생긴 얼굴도 얼굴이었지만, 그것보다는 주위까지 환하게 밝혀줄 정도로 화사한 미소 때문에 잠시 넋을 잃고 말았다. 살아오면서 보아온 어떤 사람보다도 밝았다.

갈색기가 도는 결 좋은 머리카락과 개방적인 미소, 훤칠한 키 등 전신의 모든 요소에서 자신감이 뿜어져 나왔다. 모든 것이 눈에 띄는 남자였다. 하지만 고요히 앉아 은은하게 미소 지을 때는, 일순간 설렐 정도로 분위기가 짙기도 했다. 화려함과 은은함의 두 가지 매력을 동시에 지닌 남자.

마치 태양에서 온 달빛 같았다.

"0919."

해연은 낮게 중얼거렸다.

현관문의 비밀번호를 알려준 게 사단이었을까. 아니, 그건 잘못된 게 아니었다. 자신은 이 잘생긴 청년(?)이 오는 게 사실은 기뻤다. 어쩌면 내내 기다리고 있는 건지도 모르겠다.

이렇게 잠들었을 때에야 제대로 얼굴을 보고 있을 수 있는데도.

부담스러울 수밖에 없다. 잘생기고 매력있는 연하의 남자에게는.

이 집이 마치 휴식처라도 된다는 듯, 혹은 밤샘 운전으로 지친 운전자가 휴게소에 찾아들 듯 단지 수면을 목적으로 찾아오는 것뿐인데도 이렇게 자신의 옆에서 그가 잠들어 있는 풍경이 싫지 않다. 반갑다.

얼마나 그렇게 쳐다보고 있었을까. 잠이 깬 건지 우진이 천천히 눈을 떴다. 결 좋은 갈색 머리카락이 형광등 빛을 받아 금사(金絲)처럼 반짝였다. 여자보다 더 긴 속눈썹이 올라가면서 깨끗한 검은 눈동자가 드러났다. 타이밍을 놓치는 바람에 시선을 피하지 못한 해연의 눈동자와 우진의 시선이 부딪쳤다.

누군가가 잠든 자신을 뚫어져라 바라보고 있으면 일단 놀라는 게 당연한데도, 우진은 아직 졸음이 묻어 있는 눈으로 해연을 보며 슬쩍 웃었다.

장난꾸러기 같은 미소.

천진하면서도 호의적이다. 시트에 뺨을 댄 채 입술 끝을 끌어올리며 그가 나른한 목소리로 말했다.

"굿모닝……. 꿈에서도 보고, 두 번째네요."

1편

카푸치노, 맥주, 그리고 통쾌한 복수

　딱히 선을 볼 생각은 없었다. 선을 봐서 결혼해야지 하는 생각은 더더욱 없었다.

　하지만 엄마의 끈질긴 성화 끝에 해연은 얼마 전에 맞선을 봤고 지금은 그와 두 번째인가, 세 번째인가 뒤이어진 만남 중이었다.

　'서른하나의 케이크 가게 여주인 김해연' 이라는 타이틀에 해연 본인은 전혀 불만이 없었는데 엄마는 거기에 '품절녀' 라는 타이틀을 붙이고 싶은 모양이다. 나이 찬 딸을 둔 부모라면 당연한 일일 것이다. 사실 아버지와는 별반 결혼 문제에 대해 대화를 나누어본 적도 없었고, 딱히 결혼 문제가 아니더라도 아버지와 그녀 자체가 편한 사이가 아니었기에 상관할 바가 없었지만 엄마는 좀 달랐다. 늘 해연만 보면 결혼은 언제 할 거냐, 올해 또 넘길 거냐, 그런 문제로 안달복달이었다. 그런 엄마의 마음도 이해가 가지 않는 바는 아니었지만 해연은 아직 누군가와 새로 시작할 마음이 일지 않았다.

해연에게도 사랑은 있었다. 6개월 동안 사귀고 3개월 전에 헤어진 남자.

그 남자를 성실하게 사랑했다고 생각했다. 하지만 끝은 느닷없이 찾아왔다. 그것도 그녀와 가장 친한 친구의 배신이라는 최악의 방법으로.

난 너를 믿었던 만큼 내 친구도 믿었기에…….

유행가 가사는 그냥 따라 부르기만 하는 것이었지, 그런 상황이 자신에게 닥칠 수 있을 거란 생각은 전혀 하지 않았다. 하지만 그녀의 애인 호준은 그녀의 친한 친구였던 윤영과 간단히 말해 '눈이 맞아버렸다'. 세상에서 가장 구질구질한 케이스, 친구도 잃고 사랑도 잃고…….

지금 와서 아직도 그 남자와의 연애의 기억에서 벗어나지 못하고 있는 건, 그 남자에게 미련이 남았기 때문이 아니라 친구와 연인에게서 동시에 배신당했다는 아픔과 수치심 때문인지도 모르겠다.

그러니 누군가를 다시 만나봐야겠다는 의지도 제로이고, 무엇보다 사람 자체에 불신을 겪고 있으니, 어차피 선에 대한 기대는 없었다. 그리고 실제로 만나본 상대방도 결혼이나 만남에 대한 그 어떤 열정도 없어 보였다. 결혼을 전제로 하고 있지만 결혼에 관심이 없어 보인다는 게 말이 될지 모르겠지만. 아무튼 양쪽 다 어쩔 수 없이 자리를 차지하고 앉아 있다는 게 분명한 무미건조한 표정들이라니. 그렇게 보면 꽤 잘 어울리는 커플이라고 볼 수 있겠다. 정말이지 재미없는 커플.

상대방은 서른 초반의 펀드매니저, 이름은 한상진. 외모도 괜찮았다. 단지 인상이 좀 딱딱하고 메말라 보였지만, 그가 가진 스펙과 외모가 건조한 표정을 불식시킬 만큼 뛰어났다. 하지만 그건 객관적인 평가일 뿐, 해연의 마음엔 도저히 한상진이란 사람이 와 닿지 않아서 내내 거절할 의사를 갖고 그를 만나왔다. 그리고 오늘은 확실한 거절의 말을 해야지 생각하고 있었다.

더 이상 만나지 맙시다! 라고 말하면 저쪽도 아쉬워하기는커녕 좋아할 것 같으니 이걸 기뻐해야 할지 자존심 상해해야 할지.

하지만 10분, 20분…… 30분이 지나도 맞선 상대는 나타나지 않았다.

차라리 잘된 건가.

해연은 쓴웃음을 지었다. 서로 확실한 변명거리가 생겼으니 잘된 거라고 봐야겠지. 그렇게 생각하고서 핸드백을 챙겨 일어나려는 순간이었다.

"잠깐만요!"

바로 옆에서, 숨을 몰아쉬듯 가쁜 목소리가 들려와 해연의 동작이 멈칫했다.

핸드백을 쥔 채 반쯤 의자에서 엉덩이를 뗀 엉거주춤한 자세로 정지한 해연의 고개가 들렸다. 그곳에 놀라울 정도로 잘생긴 남자가 서 있었다. 지금 생각해 보면 그는 처음부터 환한 빛을 갖고 있는 남자였다.

"한상진 씨 만나러 오신 거 맞죠?"

이건 도대체 또 무슨 일이지?

해연은 도통 이해가 가지 않아 눈을 깜빡거리며, 우선 엉거주춤한 자세부터 고쳤다. 자리에서 일어나 그 남자를 똑바로 쳐다보며 고개를 끄덕였다. 한상진이라는 이름이 나왔다면 이 자리와 연관이 있다는 소리였지만, 눈앞의 남자는 한상진이 전혀 아닐뿐더러 그보다 훨씬 어려 보였다.

"네…… 맞는데요."

"아…… 다행이네요. 반갑습니다. 한상진 씨 동생 한우진이라고 합니다."

그러면서 그가 쾌활한 미소와 함께 손을 불쑥 내밀었다. 해연은 그 밝은 행동에 이끌려서 자신도 모르게 그 손을 맞잡고서 얼떨결에 악수를 해버렸다. 케이크 가게를 하면서도 낯을 가리는 황당한 성격을 가진 그녀로서는 처음 있는 일이었다. 만난지 1초 만에 모르는 남자의 손을 잡고 있었으니까.

하지만 해연의 혼란과 난처함을 아는지 모르는지, 환한 미소를 띤 우진은 잡은 해연의 손을 붕붕 몇 번 흔든 후에야 놓아주었다. 곱상하게 생긴 외모와 달리 손힘은 세서 손이 놓여나자 가벼운 전기까지 이는 것 같았다. 저릿하게 피가 몰리는 손을 다른 손으로 살짝 잡으며 해연은 아직도 이해가 잘 안 간다는 눈으로 우진을 쳐다보았다.

"그런데 무슨 일인지……."

"궁금하죠?"

해연의 말을 가볍게 받은 우진이 연하게 웃으며 물었다. 그러자 다소 붕 뜬 쾌활함이라고 느껴질 수도 있었던 그의 행동들이 그 연한 미소에 중화되었다. 척 봐도 자신보다 연하로 보이는 남자, 게다가 화려한 외모에 활발한 미소……. 어쩌면 살짝 가볍게 느껴질 수도 있는 이미지였지만 은은한 미소가 더해지자 전혀 그렇게 생각되지 않았다.

해연은 고개를 끄덕였다.

"네, 좀 그렇네요."

"잠깐 앉아서 대화를 나눠볼까요?"

그리고 그는 대답도 듣지 않고서 맞은편 소파에 털썩 앉았다. 대답 같은 건 애초에 들을 생각이 없었던 모양이다. 해연이 이어서 앉자 우진이 싱긋 웃었다. 거리감을 없애는 친근한 미소였다. 아니, 이런 남자가 웃어온다면 누구라도 핀잔을 주지 못할 것이다.

자리에 앉은 해연이 빤히 쳐다보자 우진이 빙긋 웃으며 말했다.

"한상진 씨가 갑자기 급한 회의에 들어가야 해서 동생인 저한테 화살받이를 시켰습니다. 모쪼록 사과와 양해의 뜻을 '제대로' 전하라는 명령이었죠."

"아……."

해연은 천천히 고개를 끄덕였다. 그제야 모든 상황이 설명되었다. 굳이 그럴 것까진 없었을 텐데 하는 생각도 더불어.

어차피 자신은 한상진이라는 남자에게 거절의 뜻을 전할 생각이었으니까. 하지만 실수에 대한 사과와 뒤처리를 확실하게 하는 건 나쁘지 않다고 생각했다.

"그랬군요. 이해가 됐어요."

해연이 간단하게 대답하자 우진이 물끄러미 그녀를 들여다보았다.

"화 안 나셨어요?"

해연이 잠시 눈을 깜빡거렸다가 고개를 갸웃하며 말했다.

"안 났는데요?"

"정말요?"

"정말요."

"왜요?"

"……."

잠시 할 말을 놓쳤다. 화가 안 나서 안 났다고 대답한 건데 그것도 이유가 있어야 하나?

"별로 화를 낼 일이 아니니까요."

"일방적으로 약속을 어겼잖아요. 게다가 일반적으로 맞선이라면 양쪽 집안까지 연결되어 있는 일일 텐데."

"일을 일부러 크게 만들고 싶으신가 봐요. 화났다고 말할 걸그랬나 부다."

해연이 웃으며 말하자 우진이 얼른 손을 내저었다.

"설마요. 형님 일인데 그건 절대 안 되죠."

"그렇다면 안심하세요. 정말 괜찮으니까. 이유가 있었다고 하니 마음이 좀 놓이기도 했고."

만약 이유도 모르고 홀로 돌아가야 했다면 상황은 달라졌을지도 모른다. 그의 말처럼 화도 나고 자존심도 상했겠지. 하지만 지금은 그런 상황도 아니었고, 남의 입을 통해서이긴 했지만소식도 들었으니까.

바람을 맞는다는 건 누구에게나 슬프고 괴로운 일이 될 수 있다. 하지만 그건 꼭 와주기를 바란 사람에게 당했을 경우이지, 별로 기대하지 않았던 사람이라 그런지 정말 아무렇지 않았다.

그래서 전혀 아무렇지 않은 표정으로 해연이 그를 쳐다보자우진이 큭 웃었다.

"초면에 이런 말 실례지만."

"……."

"좀 점잖으신 것 같아요."

해연의 머릿속에서 뎅~ 종소리가 일었다. 차분한 것도 아니고 점잖다니……. 남녀노소 가리지 않고 쓰기엔 좀 걸리는 표현이다.

"……그래요? 그런 표현은 또 처음 들어요. 칭찬으로 들을게요."

차분해 보인다는 말은 꽤 듣는 편이었다. 물론 본래 성격은 그렇게 차분하진 않았지만.

아무튼 차분하다도 아니고 점잖다니, 노숙해 보인다는 뜻만은 아니었으면 싶다.

놀리려고 하는 말은 아닐 테니 알아서 가려 들어야지 생각하고 있는데, 그 와중에도 내내 우진은 반짝반짝 호기심이 가득한 눈으로 그녀를 쳐다보고 있었다.

"왜요?"

"한상진 씨랑 성격이 비슷해 보여서요."

"음……."

해연은 좀 난처했다. 별로 한상진 씨랑 공통점을 찾고 싶은 생각이 없었으니까. 그나저나 우진이 형에게 쓰는 호칭 때문에 해연은 속으로 살짝 웃음기가 배어 나왔다. 자신의 형을 칭할 때 객관적인 존칭을 쓰는 동생이라, 그건 또 그것 나름대로 신선해 보였다. 하지만 지금 중요한 건 그런 것보다.

"한상진 씨도 꽤나 재미없는 성격인가 봐요."

바로 그걸 말하나 싶어 해연이 빙빙 돌리지 않고 직접적으로 말하자 우진이 한쪽 다리를 꼬고 비스듬히 앉았다.

"아니요. 알고 보면 의외로 재미있…… 을지도 모른다고 어머니가 믿고 싶어한다고 아버지가 그러더라구요."

"아……."

"이해하셨어요?"

"아뇨."

오히려 머리에 쥐가 날 것 같다. 보면 볼수록 독특한 남자였다.

전형적인 쾌활한 스타일. 자신감 넘치고 그 무엇에도 거칠 것 없어 보이는 남자. 서글서글하고 상대방을 편하게 해주는 성격 같다. 잘못하면 맞선 상대의 동생과 깔깔거리며 웃다가 헤어질 일이 생길 것 같아 해연은 얼른 일어나야지 생각했다.

"일부러 말해주러 나와서 고마워요."

그래서 깍듯하게 인사를 하자 우진이 그냥 있기 그랬는지 같이 고개를 숙였다. 그 모습이 재미있어서 해연은 자신도 모르게 낮은 웃음을 터뜨렸다.

"왜 웃어요?"

우진이 잘 모르겠다는 표정으로 고개를 갸웃하며 물었다. 하지만 해연은 자연스럽게 나온 미소라 딱히 대답할 말이 없었다. 가만히 보니 이 남자는 상대방의 행동이 조금이라도 자신의 기준에서 이해가 안 가면 일단 묻고 보는 타입 같았다.

"왜요?"

"왜 웃어요?"

바로 그의 '왜'라는 질문 때문에 두 번이나 당황했다. 그런 걸 탐구정신이 투철하다고 봐도 좋을지.

"그냥…… 좀 재미있어서요."

"뭐가요?"

"음…… 그냥."

해연은 정말 그냥 웃은 것이기 때문에 그렇게만 말했다. 자기가 생각해도 성의없는 대답이었는데, 우진은 납득이 됐다는 듯 밝게 웃었다.

"그럼, 오늘 일 때문에 기분 상한 건 전혀 없다는 뜻으로 받아들이겠습니다."

그거랑 그거랑은 별개인 것 같지만.

"부디 그렇게 생각해 주세요."

장난스럽게 말하고는 해연도 덩달아 미소를 지었다. 한우진이라는 남자는 미소를 전염시키는 특별한 능력이 있는 것 같다. 이 남자랑 이렇게 앉아 있으니 미소란 게 얼마나 사람을 기분 좋게 해주는 건지 깨달을 수 있었다. 어쩌면 그녀가 지난 한 달 동안 웃은 양보다 훨씬 더 많이 웃은 것도 같았다.

"제가 지난 28년간 지켜본 결과 한상진 씨가 약속을 함부로 어기거나 그런 사람은 아니거든요. 물론 태어나기 전엔 못 봤으니까 그전 일은 잘 모르겠지만."

해연이 또 쿡 웃음을 터뜨렸다.

한상진 씨가 서른셋, 앞에 있는 한우진이 스물여덟, 그러니까 다섯 살 차이다. 그가 태어나기 전이라면 한상진 씨도 다섯 살 쯤일 텐데, 아기가 약속을 잘 지켰을지 어떨지는 누구도 모르는 게 아닐까 싶은데.

"그런데……."

해연이 천천히 입을 열자 우진이 경청하겠다는 듯 진지한 시선을 했다.

"한상진 씨께 전해주셨으면 하는 말이 있어요."

"네, 말씀하세요."

"음……."

말을 하려던 해연은 이내 고개를 저었다.

"아니에요. 제가 직접 말하는 편이 나을 것 같아요. 괜히 신경 쓰게 해서 미안해요."

사실은 한상진 씨와의 만남은 여기에서 그만 하고 싶다는 말을 하고 싶었지만, 기껏 사과의 말을 하러 나온 우진에게 그 말을 전하게 할 수는 없었다.

한순간이라도 그런 생각을 했다니 김해연, 매너가 뭐 이따위니?

"제 흉만 아니라면 직접 만나서 말하는 편이 낫겠죠. 뭐든, 말이에요."

그렇게 말하고 우진이 부드럽게 웃었다.

"그럼, 전 용건을 전했으니 이만 사라지겠습니다."

그가 커피 한 잔도 안 마시고 자리에서 일어났다. 해연도 그게 당연하다고 생각하며 따라 일어났다. 하지만 단지 가야 할 사람이 가는 것뿐인데도, 일순간 서운함 같은 게 일어서 이상했다. 어쩌면 그와의 대화가 당분간 더 지속될 것이라고 내심 기대했던 건지도 모르겠다.

"제가 지금 심하게 졸리거든요. 갈 땐 눈꺼풀이 내려오지 않게 집게라도 꽂아둬야 할 것 같아요."

빨리 이 자리를 피하기 위한 변명으로 둘러댄 말 같지는 않았다. 아닌 게 아니라 밝은 미소 때문에 몰랐는데, 자세히 보니 눈가나 표정이 좀 피곤해 보이기도 했다. 눈의 흰자위도 좀 충혈되어 있는 것 같고.

"어디서나 풀썩풀썩 쓰러져 자는 게 특기거든요. 초면에 커피숍 바닥에서 엎어져 자는 걸 보여 드릴 순 없잖아요. 그럼 이만 가보겠습니다."

그가 거수경례를 하듯 한 손을 이마 위에 가볍게 붙였다 떼고는 돌아섰다. 말 그대로 바람처럼 나타났다가 바람처럼 가는 느낌이었다. 분주해 보이기도 하고, 혼을 쏙 빼놓는 느낌이기도 하고.

커피숍의 자동문을 지나가며 피곤한 눈꺼풀을 문지르는 걸 마지막으로 우신의 모습은 완전히 시야에서 사라졌다. 하지만 해연은 그가 간 후에도 떠나지 않고 다시 자리에 앉았다.

"카푸치노 한 잔만 더 주실래요?"

계피향이 갑자기 그리워졌다.

이상하지? 전혀 관계없는 사람이 잠시 머물렀다가 간 것뿐인데도 잠시 그 공간에 좀 더 앉아 있고 싶었다. 이유는 잘 설명하지 못하겠다. 그냥…… 그러고 싶었다.

느낌이 좋은 사람과 만나는 건 흔히 있는 일이 아니니까. 특히 서른 이후엔 더더욱.

카푸치노를 맛있게 마신 해연은 커피숍을 뒤늦게야 나섰다. 밖으로 나오니 한상진 씨와의 약속이 불발된 지 한 시간이나 흘러 있었다. 그 시간이 전혀 아깝지 않았던 건 맛있는 커피와 또 밝은 분위기를 남기고 간 우진의 느낌 때문이었다.

택시를 잡으려고 인도를 내려서는데 문득 도로변에 세워둔 스포츠카에 시선이 갔다. 딱히 일부러 쳐다본 건 아니었고 차체가 매우 날렵하고 맵시있게 빠져 있어 구경하듯 눈이 간 것뿐이었다. 하지만 다음 순간 해연의 눈동자가 고정되었다.

"……"

불투명한 유리 너머로 보이는 사람은 신기하게도 한우진이었다. 졸린다고 하더니 맙소사, 정말 운전석에 앉아 깊이도 잠들어 있었다. 시트에 느긋하게 기대 잠든 모습으로만 봐서는 자신의 방에서 편하게 잠든 사람이었다.

"도대체 무슨 일을 하길래……."

그게 심히 궁금해지는 해연이었다.

무엇보다 차 안에서 저렇게 자면 위험할 텐데. 창문이 열려 있는 것 같지도 않고. 그런 생각을 하며 주변을 두리번거린 순간, 멀리서 불법주정차를 단속하는 사람들이 보였다. 내 차도 아닌데 딱지 값이 아까워진 해연은 어떻게 할까 망설이며 잠든 우진을 바라보았다. 오래 망설일 것도 없이 얼른 다가가 차의 창문을 톡톡 두드렸다.

"한우진 씨."

작게 말했지만 우진은 들리지도 않는 듯했다. 깰 기미는 더욱 없어 보였다. 그래서 좀 더 세게 똑똑 두드리자 그제야 우진의 눈꺼풀이 살짝 움직였다. 천천히 눈꺼풀이 올라가며 눈동자가 드러났다. 짙은 쌍꺼풀이 몇 겹이나 겹치며 지는 걸 보니 보통 피곤한 게 아닌 듯.

아무튼 제시간에 깬 것 같아 해연은 안도의 한숨을 내쉬었다. 우진이 기지개를 켜며 목을 좌우로 꺾는 것까지 확인한 해연은 천천히 돌아서서 인도를 걸어갔다.

오늘은 그냥 지하철을 타고 가자, 생각하면서.

천천히 걸어가는 해연의 뒤쪽에서 우진이 겨우 정신을 완전히 차리고 시동을 넣었다. 사이드미러로 주차단속원을 확인하곤 씨익 웃으며 얼른 액셀을 밟았다. 차가 튕겨지듯 2차선으로 끼어들었다. 그때 문득 아는 얼굴이 옆으로 스쳐 지나간 듯해서 얼른 고개를 돌려 인도를 보았지만 사이드미러 안에 담긴 그녀의 모습은 빠른 속도로 멀어졌다. 뒤늦게 차의 속도를 줄여볼까도 했지만, 비춰졌던 여자가 한 시간 전에 커피숍에서 만난 그 사람인지는 정확하지 않아서 우진은 그냥 액셀을 밟았다.

"……."

하지만 역시 궁금해서 우진은 불법 유턴을 감행해 지나왔던 곳으로 되돌아갔다. 커피숍까지 훑어 올라갔지만 인도에서 그가 아는 얼굴은 발견되지 않았다.

"근데 왜 그렇게 늦게 간 거지?"

중얼거리며 우진은 고개를 갸웃했다. 역시 형 때문에 속이 상했던 걸까. 그래서 마음을 가다듬고서야 커피숍을 나온 걸까.

그가 아는 형은 평소 일언반구 없이 멋대로 약속을 어기거나 하는 사람이 아니라서 더욱 오늘 형의 약속 상대에게 미안한 우진이었다. 회의는 아마 핑계일 것이다. 무슨 급한 일이 생긴 것이리라. 형제로서 느낀 직감이었다.

그래서 그가 형 대신 미안해하기로 했다. 그 정도는 해야 형제로서 자격이 있는 것 같다. 사과의 뜻을 전하기 위해 만나본 그녀도 좋은 사람 같아 보였고, 또 예쁘기도 했고.

무엇보다 차분한 분위기가 마음에 들었다. 하지만 좀 재미없는 분위기가 풍겨서 사랑 같은 건 제대로 해보지 않았을 것 같은 이미지였다. 그런 면은 형인 한상진 씨와 비슷해 보였다. 형 역시 연애나 사랑과는 담쌓고 살아온 사람이었다. 아무튼 분위기고 성격이고, 그렇게 비슷해서야 영 안 어울리는 상대가 아닐까 싶었다. 남녀란 역시 이미지나 성격이 다른 쪽이 어울린다고 생각하는 주의였다.

웬만한 일에는 꿈쩍도 하지 않는 첫째 형님 한상진 씨와 비슷한 이미지의 여성이라면, 아마도 어떤 일이 닥쳐도 의연하고 여유롭게 넘길 수 있을 것이다. 오늘 갑작스럽게 맞선 상대의 동생이 나타나 뜻밖의 소식을 전했을 때도 그녀는 역시 차분한 반응을 보였다.

그래서일까. 이상하게도 그녀가 당황하거나 흔들리는 일에 접했을 때 어떤 표정을 할지 문득 궁금해졌다. 과연 어른스러운 의연함이 깨뜨려질지 어떨지 호기심이 일었다.

나 참. 심심하지도 않으면서 별걸 다 궁금해하고 있다.

"나 왜 이러는 걸까요, 형님?"

우진은 어깨를 으쓱하곤 핸들을 돌렸다.

약속도 불발이 되고, 가게로 갈까 그냥 집으로 들어갈까 고민하고 있던 해연은 마침 친구 아영에게서 전화를 받고서 오랜만에 친구를 보러 가기로 했다.

아영이 해연을 부른 곳은 '엑스 로드' 라고 하는 바였다. 좋아하는 장소라서 해연도 기꺼이 그곳으로 향했다. 지난 3년 동안 생일 파티나 의미있는 날이면 해연의 친구들이 자주 모이는 대표적인 곳이었다. 물론 이제는 떠나 버린 친구인 윤영이나 전

남자친구와 자주 만나던 곳이기도 했지만, 두 사람이 사건 후에는 좀처럼 마주치는 일이 없었다.

"어머, 그래서 맞선 상대의 동생이 나와서 사과를 하고 갔단 말이야?"

넓은 홀은 다소 어두웠다. 조명은 은은할 정도로만 사람들을 비추어주어 분위기가 있었다. 북적거리는 사람들과 시끄러운 음악 소리. 오늘처럼 기분이 별로인 날에는 괜찮은 곳이었다. 아니나 다를까, 벌써부터 취기가 오른 아영이 혀 꼬인 목소리로 놀라움을 표시했다. 해연은 땅콩을 까면서 고개를 끄덕였다.

"응."

"그래서 그냥 정중하게 돌려보냈어? 뭐 이딴 콩가루 집안이 다 있어! 하면서 한 방 먹여야지!"

"글쎄, 나도 그러고 싶었는데……."

"싶었는데?"

"그 콩가루가 너무 잘생겨서."

해연이 쿡 웃으며 한 말에 아영이 뭐어? 하며 눈을 크게 떴다가 곧 깔깔깔 웃음을 터뜨렸다.

"그렇다면야 얘기가 달라지지. 우리가 또 미남들한테는 한없이 상냥해지잖아. 가식이 우리의 트레이드마크지!"

"맞아. 더 가식적으로, 더 편협하게가 우리 모토지."

"오케이. 오케이."

아영이 신이 나서 허리를 접어가며 웃었다.

"근데 얼마나 잘생겼는데?"

"뭐랄까…… 화보에서 툭 튀어나온 줄 알았어. 게다가 연하였다?"

"이 계집애!"

"왜."

"아주 심하게 잘해주지 그랬어!"

아영의 심하게 가식적인 그 말에 해연이 웃음을 터뜨렸다.

"안 그래도 더 잘해줄 수 없을 정도로 잘해줬어."

밝게 웃는 해연을 보며 아영이 신기하다는 눈으로 말했다.

"너 오늘 기분 되게 좋아 보인다? 니가 그렇게 잘 웃는 애였냐?"

해연은 자신의 뺨을 만지작거리며 쑥스럽다는 표정을 했다. 아닌 게 아니라 오늘따라 자신의 기분이 붕 뜬 것 같기도 하다.

"왜 이래. 나도 마음만 먹으면 1초도 쉬지 않고 웃을 수 있는 사람이야."

"누가 아니래. 미남만 보면 입이 헤벌어지는 우리들이지."

"맞아, 맞아."

죽이 딱딱 맞아 키득거리고 있는 그때 갑자기 아영의 눈빛이 멈칫했다. 푼수처럼 웃고 있던 아영의 입가가 순식간에 경직되고 눈동자가 굳어버렸다. 고정된 시선은 어딘가를 향해 있었다. 갑작스러운 아영의 태도에 해연이 의아한 표정을 지으며 그 시선을 나라가 보려고 하자 아영이 해연의 턱을 꽉 잡아 고정시켰다. 고개를 돌리지 못하게끔 붙들고서 아영이 말했다.

"보지 마."

"……."

"안 보는 게 좋아."

"뭐가 그래?"

피식 웃던 해연의 표정에서도 점차 미소가 가셨다. 친구끼리만 알 수 있는 텔레파시가 두 사람 사이를 오갔다. 곧 해연의 표정도 천천히 경직되었다.

이곳을 드나들다 보면 언젠가 한 번쯤은 일어날 일이라고 각오하고 있었다. 하지만 내심 그럴 일이 없길 바란 것도 사실이었다. 그래서 기분이 더 씁쓸했다.

"나가자."

아영이 일어나려고 했지만 해연은 친구를 막았다.

"됐어."

"해연아……."

"지금 나가는 게 더 부자연스러워."

"……."

"그리고 자존심 상해."

그 말엔 아영도 아무 말도 할 수 없었을 것이다. 그저 걱정이 가득한 눈으로 해연을 바라보며 다시 몸을 앉혔다.

"어차피 한 번쯤은 부딪칠 거라고 예상했어."

해연이 병맥주를 들면서 중얼거렸다. 하지만 솔직히 말하자면, 그 한 쌍이 이곳에 오리란 생각은 하지 않았다. 여기 오면 서로 마주칠 수 있으니까, 피한다면 자신이 아니라 그 두 사람일 거라고 생각했던 것이다. 하지만 그건 너무 안이한 판단이었는지.

친구에게 부담을 주고 싶지 않아 애써 태연한 척하고 있었지만, 실제 해연의 마음은 나오는 말과는 많이 달랐다. 웅성거리고 기분 나쁘고 짜증나고…… 이 자리가 급속도로 싫어졌다. 하지만 아영에게 말한 것처럼, 지금 일어나는 건 자존심이 상해서라도 용납할 수 없었다. 자신 쪽에서 피해주는 행운을 호준과 운영에게 줄 수 없었다.

아영이 피식 웃었다.

"너 꽤 쿨하다?"

"당연하지."

"정말 괜찮아?"

"아니. 가식적으로 웃고 있는 거야. 나만큼이나 가식적인 네가 그걸 못 알아차리면 어떡하니?"

아영이 눈을 살짝 흘겼다.

"근데 저 자식 진짜 재수없다. 어떻게 여기 올 생각을 할 수 있지?"

아영이 그쪽을 흘끗거리며 울분을 터뜨렸다. 그 말을 해석해보니 운영은 없는 것 같다. 아니면 아직 오지 않았거나. 박호준, 그 인간만 온 건가.

"여긴 박호준 단골 가게기도 하니까."

해연이 체념한 듯 중얼거리자 아영이 도끼눈을 했다.

"그래도 그렇지. 오면 너랑 마주칠 수 있단 생각 정돈 해야지!"

내 말이 그 말이었지만.

"원래 뇌 없었잖아."

"뇌만 없게? 개념도 없는 인간. 아유, 윤영이 그 계집애도 왔어야 되는 건데. 그래야 얼굴에 오선지를 그어주지."

"니가 그어주게?"

"어머, 내가 왜? 니가 해야지."

그러면서 키득거리던 아영이 갑자기 정색을 했다. 그리고 입술만 빠르게 움직이며 말했다.

"저것들이 떼로 미쳤나……. 저거 허윤영이잖아."

순간 병맥주를 입에 대고 있던 해연의 손이 멈칫했다. 아닌 게 아니라 순간적으로 맥주를 뿜어버릴 뻔했다.

"……뭐?"

"허윤영 돌았나 봐. 어떻게 둘이 같이 여길 올 수 있지? 귀에 꽃도 안 꽂고 있는 것 같은데 미쳤나 봐……."

해연은 천천히 병맥주를 내려놓았다. 병을 쥐고 있는 해연의 손끝이 가늘게 떨렸다. 차가운 병맥주의 표면이 손끝에서 싸늘하게 느껴졌다.

보리 서 말만 있어도 하지 않는다는 게 처가살이. 그리고 양

심이 서 말이 있으면 하지 않는 게 뭐라더라? 잘못된 만남이던
가?

"누가 먼저 시작했든 이건 아니지 않아?"

윤영과 호준의 관계를 알게 되었을 때 해연이 호준에게 한 말
이었다. 호준은 그 흔한 변명 한마디 하지 않았다.

"미안해. 그렇게 됐어."

단지 그렇게 통보했을 뿐이다. 들으나마나 한 서걱서걱한 사
과.

걔가 그냥 좋아졌으니 어쩌라고, 그냥 그런 의미. 좋아했지만
매달릴 만큼 자존심이 없는 것도 아니었고, 그렇다고 윤영과 호
준을 너그럽게 이해해 줄 만큼 도량이 넓은 것도 아니라서 해연
은 그냥 깔끔하게 끝냈다. 윤영과도 마찬가지였다. 나 죽네 너
죽네 그 흔한 머리끄덩이를 잡는 일도 없었고 피가 튀기도록 설
전을 벌이지도 않았다.

당시엔 그냥 아무도 보고 싶지 않았던 것 같다. 되도록 빨리
끝내고 싶은 마음뿐이었다. 만나서 싸우게 될 테고, 싸우면 집
착하게 될 테고, 집착하면 꼴만 더 우스워지게 될 테니까. 그저
두 사람의 얼굴 자체를 보고 싶지 않았다. 두 사람도 똑같은 마

음이었는지 마지막까지 연락 같은 건 없었다. 이 얼마나 재미도 없고 열정도 없는 인생인지. 어쩜 그렇게도 건조하고 간단하게 모든 걸 끝낼 수 있었는지.

후회와 미련이 살점을 썩어 들어가게 해서 혼자 괴롭고 아프더라도 두 사람 앞에서 발악하는 보기 좋은 장면을 구경시켜 줄 수 없다는 오기뿐.

사랑은 떠나가고서야 진가를 알 수 있다고 했나. 그 인간의 진가 역시 떠나보내고야 알 수 있었다. 얼마나 나쁜 놈인지. 그리고 지금도 그 악덕을 보태주고 있었다. 친구도 만만치 않고!

라이너 마리아 릴케는 사랑이란, 자기 내부의 어떤 세계를 다른 사람을 위해 만들어가는 숭고한 작업이라고 했다. 그러나 자신이 사랑하는 사람을 위해 또 하나의 다른 사람을 상처 입히는 걸 개의치 않는 걸 숭고하다고 할 수는 없을 것이다. 둘의 사랑은 아무리 운명이니 뭐니 포장을 해도, 배신이고 기만이었다. 차라리 진심이 담긴 사과라도 했다면 낫지 않았겠는가. 불쌍하게 홀로 남겨진 여자를 위해서 말이다.

'그게 바로 자비거든, 이 나쁜 인간들……'

그런데 둘이서 나란히 여길 왔다니.

자신도 모르게 해연의 고개가 돌아갔다. 보고 싶지 않은 장면이었는데도 시선이 그쪽으로 갔다. 호러 영화의 무서운 장면이 끔찍하도록 싫으면서도, 손가락으로 가리고서라도 어떻게든 보려고 안달을 내는 심리와 같을 것이다.

역시나 아영의 말처럼 윤영과 호준이 함께 앉아 있었다. 여전히 사이가 좋아 보였다. 머리를 맞대고 무슨 얘긴가를 신이 나서 나누고 있었다. 가슴이 뜨끔하거나 뭐 그런 건 없고, 그냥 씁쓸했다.

그때 문득 윤영이 이쪽으로 고개를 돌리는 바람에 윤영과 해연의 시선이 마주쳤다. 짧은 순간 시선이 섞여들었다. 윤영의 눈이 살짝 커졌다. 아마 처음부터 이쪽의 존재를 알고 있었던 건 아닌 모양인 듯. 윤영이 호준에게 뭐라고 속닥거리는 게 보였다. 뒤이어 호준의 고개도 이쪽으로 돌아왔다. 하지만 시선이 마주치기 전에 해연이 고개를 돌려 버렸기 때문에 호준의 표정이 어땠는지까지는 보지 못했다.

병맥주를 쥔 해연의 손에 힘이 들어갔다. 오물을 뒤집어쓴 기분······.

일어나고 싶다. 빨리 사라져 버리고 싶다. 하지만 움직여지지가 않는다. 뭐가 이렇게 모순된 경우도 다 있다지?

"가서 확 테이블을 엎어버릴까 보다."

아영이 옆에서 중얼거리자 해연은 피식 웃었다. 그러는 것도 괜찮겠지. 하지만 그 후엔 어떻게 되는 거지? 분노를 폭발시켜서 좋은 쪽이, 보란 듯 붙어 다니는 저 커플 쪽일까. 외로운 솔로인 자신 쪽일까. 결국 초라해지는 건 자신 쪽이 아닐까? 게다가 이쪽은 오늘 맞선 상대에게서까지 퇴짜를 맞은 헐벗은 상황이다. 왜 이렇게 안 좋은 일이 연속으로 일어나는 걸까.

소금이라도 뿌려야지 안 되겠다.

"난 말이야, 이럴 땐 세상을 좀 더 심플하고 무식하게 살고 싶어."

해연의 말에 아영이 고개를 절레절레 저었다.

"그렇게 해. 뭐가 문제야? 이것저것 재다가 보면 되는 일도 없는 거야. 확 밀어붙여 버려, 인생 뭐 있어?"

해연이 피식 웃었다.

"그러게. 너처럼만 화끈하게 살면 세상이 좀 더 재미있을 텐데."

"그런 말 마셔. 나야말로 너무 화끈해서 불에 덴 적이 한두 번이 아니니까."

"화끈해도 안 되고, 미지근해도 안 되면 대체 어떻게 살아가라는 거람."

해연이 툴툴거렸다.

"적정한 온도를 맞춰야지."

"그게 몇 돈데?"

"글쎄…… 그건 나도 잘 모르겠다."

친구의 이실직고에 해연은 쓰게 따라 미소 지었다.

"몇 도가 좋은 온도일지 알아내면 우리 서로한테 꼭 알려주기로 하자."

아영이 걱정스럽게 해연을 지켜보다가 말했다.

"안 되겠다. 나가자."

그녀가 다시 재촉했지만 해연은 꼼짝도 하지 않았다.

"싫어."

"야……."

"나도 그러고 싶긴 하지만, 안 돼."

"뭐가?"

"몸이 움직여지지 않아."

"……."

"짜증나서."

아영이 안타까운 눈을 했다.

"야…… 지금 당황해야 할 쪽은 저쪽이야. 근데 니가 왜 그래?"

해연이 피식 웃었다.

"2대 1이잖아."

어색한 미소라 입가에 경련이 일었다.

"사실은 기분 나빠서 미치겠어. 니 말대로 가서 테이블이라도 엎어버리고 윤영이 뺨도 한 백만 대쯤 때려주고 박호준은 불도 저로 밀어버리고 싶은데."

"근데?"

"그렇게까지 할 정도로 내가 비련의 여주인공은 아니잖아?"

아영이 한숨을 폭 내쉬었다.

"비련 같은 소리 한다. 비련의 여주인공이 불도저 밀고 나오냐?"

"건 그렇지?"

"후우…… 알았어. 대신 조금만 있다가 일어나야 돼?"

"송아영, 너 그거 알아?"

아영이 고개를 갸웃했다.

"뭐가?"

"가장 유효한 복수는 내가 분노하고 있다는 걸 보여주는 게 아니야."

"……."

"그런 게 아니라, 내가 진심으로 행복하게 웃는 거. 그게 되기 전엔 어떤 식으로 행동하든 그건 상처받은 여자의 발악으로밖에 비치지 않아. 저 두 사람 때문에 상처받았다니, 내 상처가 너무 가치가 없어서 불쌍하잖아."

뭐가 이렇게 거지 같은 기분인지.

하지만 정말 그래서 더 이성적으로 행동하려고 노력하고 있는 것이다. 적어도 꼿꼿하게, 아무 일 없이 여길 나가고 싶었다. 난 지금 너희 둘 따위는 전혀 생각하지도 않아! 라는 듯, 니들 두 사람 따위는 나한텐 이미 어떤 영향도 줄 수 없어! 라는 듯 그런 뜻을 온몸으로 표현하며 멋지게 나가는 것이다. 연기가 필요하다면 연기라도 해 보이겠다.

명쾌한 복수를 할 방법이 없다면 적어도 그 앞에서 자존심만은 지키고 싶은 게 당연하지 않겠는가.

"나 지금 오기 끝내주게 부리고 있지? 우스워 죽겠지?"

해연이 묻자 아영이 고개를 저었다. 그녀가 뭐라고 입을 열려는 순간, 갑자기 해연의 앞으로 병맥주 하나가 탁 놓였다. 그래서 자연스럽게 해연의 고개가 그쪽으로 돌아갔다.

"……."

하지만 그 순간 해연은 놀라서 정지해 버리고 말았다. 그곳에 키가 커서 한참은 고개를 꺾고서 올려봐야 하는 남자가 서 있었다. 눈에 익은 그 남자는 놀랍게도 한우진이었다.

"당신은……."

너무 놀라서 말도 잘 나오지 않았다. 마치 헛것을 보기라도 한 듯 눈을 몇 번이나 깜빡거리고 나서야 그 얼굴을 인정했다. 역시 낮에 보았던 그 한우진이 맞았다.

"……우진 씨?"

"뭐가 우스워 죽겠어요?"

한우진이 궁금증을 가득 담은 눈으로 물었다.

"무슨 오기를 그렇게 끝내주게 부리는 건지 나도 알면 안 돼요?"

아무래도 방금 전 자신이 한 말을 풀세트로 들은 모양이다. 하지만 딱 거기까지만 들었기를.

반사적으로 해연의 얼굴이 빨갛게 달아올랐다. 창피해서.

반면 맞은편의 아영의 얼굴도 상기되어 있었다. 넋이 나가서…….

그녀는 현재 홀린 듯 우진의 얼굴을 쳐다보고 있었다. 당연한 반응이었다. 아마도 이 클럽 어디를 둘러봐도 눈앞의 한우진보다 눈에 띄는 남자는 없을 것이다. 미남에, 스타일도 좋고 저리도 멋진 체격의 남자가 서 있으니 누구라도 아영과 같은 반응을 보이겠지.

하지만 해연은 낮에 이미 한 번 경험한 일이라 약간 적응이 된 상태였다. 그 화려한 외모에 홀린 건 낮의 일로도 충분했으니, 지금은 난데없이 왜 그 한우진이 눈앞에 서 있는 건지 그 경로가 궁금할 뿐이었다.

"여기 자주 와요?"

자연스럽게 그가 해연의 옆에 앉으며 물었다.

"아, 잠깐 앉아도 되죠?"

여전히 먼저 앉아버리고 나서 질문하는 똑같은 패턴이었다. 어쩌면 저리도 똑같은지 해연은 자신도 모르게 큭 웃어버리고 말았다. 야단났다. 방금 전까지 그렇게 심각한 분위기였는데, 이렇게 쉽게 웃어버려도 되나?

자신은 너무 단순한 걸까? 아니면 이 남자가 사람을 홀리는 걸까?

"왜 또 웃어요?"

역시 낮에 했던 질문의 연장. 그래서 해연도 낮의 대답을 빌려왔다.

"그냥."

그녀의 얼굴에서 순도 100% 진심의 미소가 묻어 나왔다.

"그냥…… 좀 재미있어서요."

왜 이렇게 안심이 되는 걸까. 자신의 옆자리에 앉은 우진이 마치 방패막이라도 된 것처럼, 그저 만족스러운 기분만 들었다.

누구라도 좋았을 것이다. 호준과 윤영 때문에 비틀어진 마음을 중화시켜 줄 수 있는 사람이면 누구라도 좋았을 것이다. 내 머릿속에 담아두고 싶지 않은 저 두 사람의 일을 머릿속에서 끄집어내 멀리 던져 줄 사람이라면 누구라도 좋았을 것이다. 하지만 한우진이라는 남자라서 더 반가운 것 같은 이 마음은 도대체 뭘까. 단지 한 번, 짧게 마주쳤던 것뿐인데.

그것도 맞선 상대의 동생이라는 애매한 입장으로.

사람에게는 한 번을 봐도 무작정 마음에 드는 사람이 있고, 열 번을 봐도 왠지 싫은 사람이 있는 것 같다. 우진은 자신에게 아마도 전자인 모양이었다. 변명이라면, 자신이 아닌 누구라도 한우진과 같은 적극성과 쾌활함, 그리고 따뜻한 미소를 지닌 남자라면 좋게 생각했을 거라고. 지금 자신이 부리고 있는 주책과도 같은 이 반응을 똑같이 보였을 것이라고.

"낮에 들었던 거랑 똑같은 대답이네……."

"낮에 들었던 질문이랑 똑같은 질문이었으니까요."

"음…… 그런가?"

심각한 표정으로 그가 고개를 갸웃했다. 그러자 더 이상 참을 수 없다는 듯 아영이 얼른 끼어들었다.

"누구야?"

맙소사. 아영을 그만 까맣게 잊고 있었다.

그래서 해연은 얼른 아영에게 우진을 소개했다.

"음, 그러니까…… 한우진 씨."

그렇게 간단하게.

생각해 보니 별로 아는 게 없었다.

"만나서 반가워요. 해연이 친구 송아영이에요."

"반갑습니다. 한상진 씨 동생 한우진입니다."

소개의 핀트가 약간 어긋난 것 같았지만 뭐 나름대로 괜찮았다. 한상진 씨 얘기를 우진이 직접 꺼내주니 해연은 오히려 마음이 가벼워지기도 했다. 그 화제를 꺼내도 되나 걱정스러웠는데.

우진이 아영에게 불쑥 손을 내밀자 낮에 해연이 그랬던 것처럼 아영도 얼떨결에 그 손을 잡고서 악수를 했다. 맞잡은 손을 역시 힘차게 붕붕 흔든 우진이 곧 아영의 손을 놓았다.

"그런데 성함이 해연 씨였어요?"

우진이 곧장 해연에게 고개를 돌리더니 물었다. 그러고 보니 아직 이름도 몰랐구나. 해연이 고개를 끄덕이자 아영이 얼른 끼어들었다.

"어머, 이름도 모르고 있는 사이야? 근데 어떻게 아는 거야…… 가 아니라 한상진 씨 동생이라고 했으니까…… 그러니까 오늘 낮에 너 만날 예정이었던 분의…… 동생?"

아영이 기지를 발휘해서 스스로 그 어려운 추리를 다 해내고는 혼자 놀라는 것까지 완벽하게 마무리를 했다. 송아영의 눈치가 백 단이란 건 알고 있었지만 저렇게 퍼즐 끼워 맞추듯 사건들을 잘 배열할 줄은 몰랐다. 그래서 내심 놀란 해연이 겸연쩍게 웃으며 고개를 끄덕였고 아영은 눈이 휘둥그레진 채 두 사람을 번갈아 보았다.

그리고 우진 몰래 한 손을 쫙 펼쳐서 자기 얼굴을 가리키고는 엄지를 치켜세워 보였다. 그 말인즉 얼굴 짱이야, 그걸 다시 해석하면, 완전 잘생겼어…… 라는 의미쯤 되려나.

"제 얘기 했나 봐요? 해연 씨가."

그때 우진이 그 화사한 미소를 보내며 만족스럽다는 듯 말했다.

그건 그렇다고 쳐도…… 이름을 알자마자 열심히 불러주고 있는 그가 왠지 귀엽기도 하고, 아직은 좀 어색하기도 하고 그랬다.

"우진 씬 여기 자주 와요?"

"아니에요. 한 달 전인가쯤에 마지막으로 왔었는데 시간이 훌쩍 지나서 한 달 만에 다시 왔어요."

"혼자?"

"그건 아니고, 저기 친구들 잔뜩."

그러면서 그가 손가락으로 한쪽을 콕 집어 가리키자 그쪽에 한우진의 또래로 보이는 남녀가 북적거리며 둘러앉아 즐겁게 놀고 있었다. 하나같이 가지런한 생김들에 예쁜 여자들도 보였다. 그중 한 여자와 해연의 시선이 마주친 순간 해연은 순간적으로 깜짝 놀랐다.

노골적으로 불쾌감을 드러내며 이쪽을 감시하듯 째려보는 그 시선이 무엇을 말하는지 피부로 느낄 수 있었다. 그건 명백한 질투의 시선이었다. 멀리에서 봐도 예쁘고 늘씬한 그 아가씨는 왜 저렇게 짜증을 잔뜩 담아 이쪽을 노려보고 계신 건지. 왜는 왜이겠는가. 아무래도 한우진 군을 빨리 돌려 드려야 할 듯.

"우리 인연인가 봐요."

우진의 친구들 테이블에 온 신경이 가 있던 해연의 시선이 우진에게로 돌아갔다. 그녀가 멍한 눈으로 반문했다.

"네?"

"낮에도 만나고, 여기서도 또 보고, 이런 걸 인연이라고 하지 않아요?"

"글쎄요……."

해연은 어색하게 웃으며 얼버무렸다. 인연이라고 하면 인연일 수도 있겠지만, 굳이 성립시키려면 억지로 짜맞추어야 할 듯해서 말이다.

"해연 씨는 친구랑 두 분만 온 거예요?"

다른 사람에게서 자신의 이름을 듣는다는 게 이렇게 생소한 기분인지 몰랐다. 특히 한우진의 목소리로 들려온 자신의 이름은 더욱 그랬다.

"들어가기 전에 간단하게 한잔하려고요."

해연이 병맥주를 손끝으로 만지작거리며 말했다.

"그나저나 안 가봐도 돼요? 친구들 기다리는 것 같은데."

아닌 게 아니라 우진의 여자친구가 너무 째려보는 통에 해연은 바늘방석에 앉아 있는 것 같았다. 그래서 등 떠밀 생각으로 말했지만 우진은 들은 건지 아닌 건지 다른 말만 했다.

"멀리서 보니까 무슨 문제가 있는 것 같던데 무슨 일이에요? 이래 봬도 눈치가 좀 빠르거든요. 내가 잘못 본 거 아니죠?"

그 말 때문에 해연의 심장이 철렁했다.

"무, 문제는요. 무슨……."

"사실은 해연 씨 여기 앉아 있는 거 벌써 10분 전부터 보고 있었거든요. 그런데 갑자기 분위기가 심각해져서 말이죠."

해연은 깜짝 놀라서 우진을 쳐다보았다. 하지만 우진의 말은 사실이었다. 우연히 해연을 발견한 순간, 낮에 인연이 있었던 사람이 같은 공간 안에서 보이기에 살짝 놀랐다. 그래서 자연스럽게 그쪽으로 더 시선이 갔는데, 친구와 잘 노는가 싶던 해연의 표정이 금세 눈에 띄게 굳었다. 테이블의 분위기도 급속도로 식었고.

"그래서 걱정돼서 와봤어요."

우진의 친절한 말이 해연을 난처하게 했다. 이걸 어쩌면 좋을까. 매너로 중무장한 이 꽃처럼 아름다운 청년은 걱정이 돼서 와봤다고 하지만, 솔직하게 말할 수 있는 사안이 아니었기 때문에.

"아니, 뭐 별일이랄 것까진 없……."

"전에 사귀던 남자랑 마주쳤거든요."

순간 해연은 급체를 한 듯 콜록거렸다. 아영 때문에 말이 중간에 끊긴 것도 모자라 목으로 잘못 넘어가 버렸다. 해연이 미치겠다는 얼굴로, 홀랑 진실을 말해 버린 아영을 흘겨보았다. 하지만 아영은 '아 왜!' 하는 눈으로 오히려 뻔뻔한 표정을 했다.

답답해 죽겠다, 정말.

'아 왜? 아 왜' 란 말이 나오니, 지금? 기도라도 막힌 듯 콜록거리며 아영을 쏘아보는 해연의 눈앞으로 생수병이 불쑥 다가왔다.

"마셔요."

돌아보니 친절한 우진 씨가 반짝이는 눈동자로 생수병을 내밀고 있었다. 해연은 한숨을 폭 내쉬고는 일단 생수병을 받아들었다. 입술에 대는 순간 다시 또 한 번 우진의 여자친구와 시선이 딱 마주쳤다. 그래서 고대로 시선을 비틀고는 물을 마시는 척했다.

어디 구멍이라도 있으면 파고들어 가고 싶은 심정이었다. 친구란 건 숨기고 싶은 사실을 홀랑 불어버리고, 저편에서는 한우진의 여자친구가 '넌 뭐니?' 란 얼굴로 호시탐탐 노려보고 있고.

급속도로 피곤해졌다.

"전에 사귀던 남자란 말은 지금은 헤어졌다는 뜻인가요?"

우진의 질문에 해연이 물을 한 모금 마시고 고개를 끄덕였다. 뭔가 형사의 취조를 받는 기분이었지만, 기왕 이렇게 된 것 숨기는 게 더 어색할 것 같았다. 그래서 생각 끝에 이렇게 덧붙였다.

"만나는 사람이 있는데 선을 본 건 아니니까 오해는 말아줘요."

그렇다. 지금은 그것을 설명해야 할 타이밍이었다. 역시 양쪽 집안이 관련된 일이라 제대로 말해두지 않으면 오해받을 일이 아닌가.

"그런데 되게 사랑했나 봐요. 이런 데서 마주쳤다고 그렇게 경직되는 거 보면."

우진은 아무렇지도 않게 한 말 같았지만 해연은 난처해서 떨떠름한 표정이 되었다. 하지만 그렇게 생각해 준다면 그것도 괜찮을 듯싶었다. 그때 아영이 갑자기 크게 웃더니 말도 안 된다는 듯 손을 내저으며 끼어들었다.

"그런 거 아니에요. 사실은 그 남자친구가 애 친구랑……."

"아영아!"

셧 업!

해연은 번개처럼 친구를 불러 얼른 그 입을 막았다. 천만다행으로 아영이 재빨리 정신을 차려주었다.

"아, 미안……."

그녀가 겸연쩍어하는 표정으로 사과의 눈짓을 보냈다. 하긴 미남 앞에서 정신줄을 놓아버려 있는 말 없는 말 다 털어놓는 게 뭐가 잘못이겠는가. 상황이 뒤바뀌었다면 자신도 똑같이 행동하지 않았을 거란 보장이 없었다. 만약 아영과 자신이 독립투사였다면 일났을 거다. 불라고 하지 않은 것까지 죄다 불어버릴 위인들이었으니.

"그 남자친구가 해연 씨 친구랑…… 사귄 거군요."

하지만 우진은 이미 다 파악해 버린 것 같았다. 마지막까지 탐구심의 끈을 늦추지 않고 팔짱을 낀 채로 반갑지 않은 추론을 정확히 맞혀 버렸다.

저기, 한우진 씨. 그쪽이 지금 해야 할 일은 그런 걸 캐낼 게 아니라 여자친구 눈이 찢어지기 전에 빨리 돌아가는 쪽 같은데.

"우진 씨, 만나서 나도 너무 반가웠어요. 그런데 사실은 이제 그만 갈 생각이었거든요. 시간도 늦었고……."

해연은 얼른 손목시계를 보며 분주한 척을 했다. 더 이상 창피한 과거사를 노출시키고 싶지도 않았고, 여자친구의 가자미눈 공격도 신경 쓰이고.

그래서 일어나려고 하는 해연을 물끄러미 쳐다보던 우진이 천천히 입을 열었다.

"그 양심도 없는 자식이랑 해연 씨의 나쁜 친구가 지금 여기 같이 있단 말이죠?"

멈칫한 해연이 나지막하게 한숨을 내쉬었다.

양심도 없는 자식이랑 나쁜 친구라……. 브라보! 를 외쳐 주고 싶긴 했지만.

"별로 우진 씨한테 설명하고 싶은 마음은 없어요."

"……."

"하고 싶지 않은 말이니까."

"그렇지만 기분 나쁜 건 사실이잖아요."

"그래요. 사실이에요."

"짜증나고."

"화나요."

"자존심 상하고."

"창피하고 속상해 죽겠어요."

자신도 모르게 중얼거리던 해연의 눈이 크게 떠졌다. 자신이 지금 뭘 하고 있는 건지……. 어느새 우진에게 동화되어 감정을 술술 흘리고 있었던 것이다. 이해할 수 없었다. 하지만 우진은 간단하게 그녀를 조종해 버렸다. 속에서 썩어 문드러질 예정이었던 부정적인 감정을 쉽게도 밖으로 끄집어냈다.

무엇이 그걸 가능하게 했는지는 모르겠다. 그냥, 진지하게 쳐다보고 있는 우진의 깨끗한 눈동자를 실망시키고 싶지 않았다. 그 눈이 솔직한 감정의 표현을 바라고 있으니 그렇게 해주는 것도 나쁘지 않을 것 같았다.

하지만 역시 말해 버리고 나니 창피했다.

"설마, 최면 같은 거 배운 거 아니죠?"

그래서 탓하듯 해연이 한 말에 우진이 빙긋 웃었다.

"어떻게 알았어요?"

해연의 눈이 커졌다. 더불어 아영도 오오~ 하는 소리를 냈다.

"국내 최고의 권위자한테 배웠거든요. 먹혔어요?"

"아…… 정말요?"

"정말."

"……."

갑자기 우진이 해연의 눈앞에서 손가락을 딱 엇갈렸다.

"지금부터 당신은 내가 하는 지시대로 행동합니다. 지금 바로 일어나서 그 양심없는 자식한테 가서 거기를 세게 걷어차 주고 와요."

그리고 다시 손가락을 딱 하고 엇갈렸다. 아영이 정말? 하는 눈으로 상체를 불쑥 기울이고서 흥미로운 눈으로 해연을 주시했다. 하지만 해연은 미동도 없이 그대로 앉아 있었다. 깜빡깜빡, 눈을 몇 번 감았다 뜨고는 입을 열었다.

"하나도, 안 걸렸는데요?"

"에이, 뭐야……."

아영이 맥 빠졌다는 듯 중얼거렸다. 우진이 여유롭게 웃었다.

"뭐, 최면은 개인차가 있으니까."

얼버무리며 말했지만 역시 그냥 장난친 게 맞을 거다. 짓궂은 성격 같다. 개인차는커녕 최면 자체의 기미가 없었다니까.

"역시 정말 가봐야 할 것 같아요."

해연이 고개를 설레설레 저었다. 하지만 우진이 그런 해연의 손목을 탁 잡더니 눌러 앉혔다.

"오늘 낮에, 너그럽게 용서해 주신 것에 대한 보답을 좀 해도 될까요?"

"무슨……."

해연은 당황스러운 눈으로 우진을 쳐다보았다. 그의 말도 말이었지만, 아직도 자신의 손목을 잡고 있는 그의 손의 온기 때문에 난처했다. 아영도 눈을 반짝거리며 우진의 손을 쳐다보고 있었다. 두말할 것도 없이 입맛이 당긴다는 표정이었다. 그러니 저쪽에 앉아 있는 한우진 씨 여자친구의 시선은 어떨지 이젠 쳐다보는 것조차 겁났다.

"보, 보답이라니 무슨 말을 하는 거예요?"

해연은 슬그머니 그의 손에서 벗어나며 어색한 어조로 말했다. 자연스럽게 그의 손이 떨어져 나가자 그제야 양심이 덜 찔리는 것 같았다.

우진이 어깨를 으쓱했다.

"다른 건 모르겠지만, 그런 거 좀 마음에 안 들거든요."

그런 거라면 어떤 거…….

하지만 생각을 정리할 여유도 없이 우진이 해연의 손목을 다시 턱 잡았다. 자연스럽게 밀어냈다고 생각했는데 이래서야 효과가 전혀 없었다. 도대체 무슨 생각인 건지 혼란에 휩싸여 우진을 올려다보자 그가 해연의 손목을 힘주어 일으켜 세웠다. 얼떨결에 끌려 일어난 해연의 어깨에 우진이 자연스럽게 팔을 둘렸다. 당연히 해연은 심장이 덜컹거릴 정도로 놀랐다.

"무, 무슨 짓이에요, 우진 씨!"

"쉿! 자, 이제 밖으로 나가요."

그가 자연스럽게 웃으며 마치 연인에게 하듯 다정하게 속삭였다. 그 바람에 숨결이 지나칠 정도로 가까이에서 느껴졌다. 솜털이 곤두설 만큼 놀랐지만 그것보다 해연은 우진의 행동이 뜻하는 바를 잘 파악할 수 없었다. 그래서 밀어내야지 생각하면서도 또 그의 눈동자가 눈에 들어와서 동조할 수밖에 없었다. 자연스럽게 사람을 조종하는 눈이었다. 따뜻한 신뢰와 포근한 호의를 담은 맑은 눈.

"우린 지금 연인 흉내를 내는 거예요. 그러니까 좀 더 자연스럽게 웃어야죠."

마치 주의를 주듯 그가 말했다. 어디까지나 상냥하게 웃으며.

이제 될 대로 되라는 식으로 그냥 두면 너무 무책임한 걸까?

"웃음이 안 나와요."

"왜요?"

"왜 그래야 하는지 이해가 안 되니까."

"그래도 웃어봐요."

"안 돼요."

"아까 전엔 잘 웃었잖아요. 낮에도."

그 순간, 낮부터 지금까지 이어진 그와의 만남이 떠올랐다.

"그냥, 웃기만 하면 돼요?"

"Of course!"

그의 천진한 대답에 해연은 자신도 모르게 웃음이 새어 나왔다. 말 그대로 미소가 지어졌다. 자신도 예상하지 못한 일이었다. 겨우 웃음이 떠올랐지만, 이런 상황에서 맥없이 웃고 있는 자신이 황당해서 해연은 손으로 입을 가려 버렸다. 하지만 우진이 다정하게 손을 뻗어 그 손을 아래로 내렸다. 그리고 더욱 해연의 어깨를 자신 쪽으로 끌어당기고는 입구로 향했다.

도대체…… 뭐람.

속으로 중얼거리며 고개를 든 순간 하필이면 호준과 시선이 딱 마주쳤다. 그리고 그 순간 우진의 의도를 깨달았다. 호준의 눈동자가 굳은 채 그녀를 향해 있었다. 그의 시선은 천천히 우진에게로 옮겨갔다. 말도 안 되게도, 기분 상한 표정…….

기가 막혀서. 지금 저런 눈으로 자신을 보고 있는 호준도 기가 막히고, 이런 방법을 생각해 내서 행동에 옮겨준 우진의 오지랖도 기가 막히고. 하지만 어쩔 수 없다는 듯 해연의 입가에 미소가 그려졌다. 그건 일부러 웃을 거리를 찾아서 떠올린 미소가 아니었다. 왠지 일종의 통쾌한 미소 같은 것.

이것이었나. 이런 식의 방법도 있었던 거구나.

남자들은 그런 면이 있다는 걸 들은 적이 있다. 자신이 버린 상대이지만, 헤어진 여자가 자신보다 더 나은 남자와 만나면 좋아하지 않는다고. 왜냐. 자존심이 상할 테니까. 이 얼마나 이기적인 인간의 마음인지. 바로 그것이 지금 고스란히 호준의 표정에 드러나 있었다.

이대로라면 가능할 것 같았다.

난 지금 너희 둘 따위는 전혀 생각하지도 않아! 라는 듯 니들 두 사람 따위 나한텐 이미 어떤 영향도 줄 수 없어! 라는 듯, 자신있게 두 사람을 두고 나갈 수 있을 것 같았다. 그것도 아주 흡족한 마음 상태로. 그것을 가능하게 해준 건 바로 이 남자, 한우진.

역시 고마워해야 하는 거겠지?

자연스럽게 운영에게로 시선이 옮겨갔다. 운영은 화가 난 눈으로 호준과 해연을 번갈아 노려보고 있었다. 해연과 짧게 시선이 마주친 순간 그녀가 고개를 팩 소리나게 돌렸다. 그리고 자리에서 벌떡 일어나 해연보다 먼저 밖으로 나가 버렸다. 호준에게 화가 났다는 뜻이리라. 호준이 주섬주섬 일어나 운영을 따라 나가는 기가 막힌 장면을 해연은 구경하듯 쳐다보고 있었다.

큭.

그리고 당연한 결과로 웃음이 삐져나왔다. 점점 더 심해져서 어깨를 들썩거릴 정도로 키득거림이 이어졌다.

"이 정도면 된 거죠?"

두 사람이 사라지자 우진이 해연의 어깨에서 팔을 풀었다. 오늘 최고의 공신이었던 그 팔이 떠나는 걸 느끼며 해연은 통쾌함을 만끽하려는 듯 여전히 숨죽여 웃었다. 멀리에서 아영이 턱을 괴고서 해연에게 손을 살랑살랑 흔들고 있었다. 제대로 한 건

했다는 듯 엄지를 치켜세워 주었다. 아영도 제대로 파악한 것이다. 해연은 친구에게 고맙다고, 또 혼자 두고 와서 미안하다는 표정을 보냈다. 하지만 아영은 신경 쓰지 말라는 뜻으로 어깨를 으쓱했다.

여기에도, 저기에도 고마운 사람이 잔뜩 있었다. 그것이 오늘 해연을 참 행복하게 했다. 정말 오랜만에 느껴본 만족감이었다.

두 사람은 어느새 밖으로 나와 있었다. 방금 전 다툰 커플은 어디에서도 보이지 않았다.

"어떻게 알았어요?"

어떻게 이런 방법과 호준의 반응, 그리고 자신의 의도를 생각해 낸 거냐는 뜻이었다.

해연이 고개를 돌려 우진에게 묻자 그가 어깨를 으쓱했다.

"딴 건 몰라도 자존심 상해하는 것 같았거든요. 해연 씨가."

해연은 천천히 고개를 끄덕였다.

"실제로 그랬어요. 그렇지만 감정을 드러내면 지는 것 같아서 참고 있었거든요."

"지는 게 싫었어요?"

"당연하잖아요. 배신당하고 상처까지 드러내면…… 너무 구질구질하니까."

"아프면 당연히 드러나는 게 상처인데, 그 상처가 그렇게 신경 쓰였어요? 해연 씨, 자존심 정말 센 사람이구나."

"자기애라고도 하죠."

해연은 순순히 고개를 끄덕였다. 우진이 말을 이었다.

"하지만 다음부턴 상처받았으면 그렇다고 표현하는 편이 나을 거예요."

밤바람에 우진의 머리카락이 부드럽게 흩날렸다. 해연은 순간적으로 넋을 잃은 자신을 속으로 두어 번 쥐어박고는 씁쓸하게 웃었다.

"과연 그럴까요?"

"왜냐하면 참으면 병이 되니까."

"그렇게 병이 드나, 상처를 드러내 보여서 자존심 상해 화병이 나는 거나 같지 않을까요?"

"그렇다면 바꿔 말할게요. 자신에게 좀 더 솔직해지도록 해요."

"……."

"고집스럽게 참는 것보다 솔직하게 웃는 해연 씨 얼굴이 더 예뻐 보였거든요. 내 눈엔 그랬어요."

해연의 눈동자가 정지했다. 우진이 어깨를 으쓱했다.

"건방진 말이었다면 살짝 사과할게요."

별로 사과할 마음이 없는 얼굴로 잘도 말하고 있었다. 해연은 희미하게 웃었다.

"알았어요. 담엔 화나면 화난다고 말할게요."

상처를 받았다면 받았다고 표현하라는 거겠지.

자신보다 나이도 어린 남자에게 충고를 듣고 있다니. 하지만 나이가 무슨 상관이겠는가. 덜 성숙한 사람이 더 성숙한 사람에게 배우는 거야 자존심 상할 일도 아니다.

정말 자존심 상한 건, 아프면서도 아프지 않은 척 자신을 속인 과거였다. 너무 자존심이 상해서, 호준에게도 윤영에게도 그 어떤 비난도 하지 못한 채 그저 그 구정물에서 벗어나고 싶은 마음뿐이라 도망치듯 뒤돌아 뛰어나오고 말았다. 결국 꼴 같지도 않은 관용 때문에 가장 피해를 본 건 자신이었다.

해연이 고개를 들었다.

"그러니까…… 담번에 또 실연을 당하면 그렇게 할게요."

"흠…….."

"물론 앞으론 절대 실연당하지 않는다는 전제하에."

"오케이. 좋았어요."

흡족하다는 듯 우진이 환하게 웃었다.

이 남자는 도대체 어떤 사람일까. 어떻게 그렇게 다른 사람의 감정을 파악할 수 있는 걸까. 그리고 또 그걸 발 벗고 나서서 도와줄 수 있는 걸까.

"질투 작전이 먹힐 거란 건 어떻게 알았어요?"

"익히 알고 있거든요."

"뭘요?"

"내가 좀 잘생겨서 눈에 띈다는 거."

해연은 혀를 내둘렀다. 물론 사실을 사실대로 말한 거지만 손발이 오그라드는 건 어쩔 수 없었다.

"제대로 알고 있는 거 맞아요?"

그래서 짓궂게 말했더니 우진이 큭 웃었다.

"농담이에요. 그냥, 복수 좀 해주고 싶었어요."

"왜요? 그래 봐야 남의 일인데."

"남이라……. 남이지만 남이라서 더 친근하게 느껴질 때가 있거든요."

좋은 울림의 말이었지만 철학적인 말 같아서 좀 머리가 아팠다.

"정말 낮의 일을 보답하고 싶었어요?"

"그것도 그렇지만, 말했잖아요. 그런 거 마음에 안 든다고."

우진의 표정이 그 순간 지금까지와는 다르게 가라앉은 듯 진지해져서 해연은 멈칫했다. 혹시 자신이 무언가를 잘못 건드린 건 아닌가 하는 생각이 들었다. 그만큼 그의 표정이 왠지 고민스러워 보였다.

그렇다는 건…… 설마 이 남자에게도 비슷한 일이 있었던 건 아닐까. 어떤 여자가 그를 두고 그의 친구와 잘못된 만남을 가졌다. 그래서 한우진도 우정과 사랑을 동시에 잃었다. 그러니 남의 일 같지 않아서 도와준 거라고 하면 상황이 설명이 된다.

분위기가 한없이 가라앉자 해연은 천천히 입을 열었다.

"저기…… 미안해요."

우진이 눈을 들었다. 고개를 살짝 기울이며 물었다.

"뭐가요?"

"그냥⋯⋯."

"해연 씨는 그냥이란 말이 버릇인가 봐요."

별로 그렇진 않지만.

"내가 해연 씨한테 오히려 미안해요."

"⋯⋯왜요?"

"지금 나 잠시 멍 때렸죠? 내가 졸리면 좀 멍해지거든요. 친구 녀석들은 진지한 표정이 된다고 하는데, 사실은 그게 졸린 거예요."

살짝 뒷골이 당겼다. 그렇다는 건, 지금 그의 표정이 아주 진지했던 건 예전의 기억이 들쑤셔졌다거나 그런 게 아니라 단지 졸려서란 뜻?

"그렇게 자주 졸려요?"

"좀 그래요. 제가 하는 일이 워낙 밤낮이 바뀌는 일이라, 일할 때 빼고는 반쯤 정신이 나가 있다고 표현하는 게 옳을 거예요."

"⋯⋯."

"풀썩풀썩 엎어져 자는 게 취미거든요."

해연은 고개를 절레절레 저었다. 이 성격 좋고 매너 좋고 눈동자가 해맑은 청년에게도 그런 단점이 하나 있었구나. 그제야 낮의 일이 또 이해가 되었다. 차 안이든 어디든, 아무 곳에서나 편하게 잠을 자던 그 일 말이다.

"자, 바래다줄게요."

우진이 해연의 손목을 잡아끌면서 자기 멋대로 성큼성큼 걷기 시작했다.

"에?"

해연은 느닷없이 딸려가며 잠깐! 을 외쳤다.

"나 혼자 갈게요."

아영에게도 돌아가 봐야 하고, 그래서 덧붙였지만 애초에 우진은 남의 말을 귓등으로도 안 듣고 자기 볼일만 보는 성격이었다.

"차 안 갖고 왔죠? 걱정 말아요. 나 술 안 마셨으니까."

아마도 저런 부분은 성격인 듯.

"술이 문제가 아니라 지금 피곤하다면서요!"

"만약 내가 운전하다가 졸면 바로 문 열고 탈출해요. 그래야 명대로 살 수 있어요."

"그런 문제가 아니잖아요. 무슨 말도 안 되는……!"

"집이 어디예요?"

"됐다니까요?"

"되긴 뭐가 돼요. 한 번 시작했으면 마지막까지 책임져야지."

이상한 남자. 하지만 휘말리는 게 싫지 않다.

여전히 자기 페이스대로만 행동하며 긴 다리로 성큼성큼 걸어가는 우진에게 맥없이 딸려가며 해연은 그런 생각을 하고 있었다.

2편

눈을 뜨면 옆에 있는 남자

날렵한 스포츠카의 브레이크 소리가 밤의 정적을 깨뜨리며 아파트 단지를 뒤흔들었다. 좀 정상적으로 서줄 순 없는 거냐고 따져 묻기도 전에 해연은 이미 반쯤 정신이 나가 있었다. 머릿속이 윙 하고 속이 울렁거렸다.

롤러코스터도 이것보다는 덜 위험할 것 같았다. 우진의 드라이빙 실력은 퍼펙트였지만 속도는 최악이었다. 아우토반을 힘껏 달리고 온 기분.

"속도를, 좀 줄여서 달리면 안 되는 거예요?"

속이 메슥거려 입술을 틀어막고서 해연이 힘겹게 항의했다.

"느리면 졸려서 말이죠."

우진이 가뿐하게 대답했다. 졸리긴…… 핏기가 싹 가신 해연의 얼굴과 달리 우진은 쌩쌩하기만 했다. 해연이 맥없이 중얼거렸다.

"아무튼 하나는 확실해요."

"뭐가요?"

"다시는 우진 씨 차 안 타요."

그리고 해연은 기다시피 해서 겨우 차에서 내렸다. 화나서 순간적으로 한 말이 아니라 진심이었다. 절대 저 차를 타고서 바람을 가르게 될 일은 두 번 다시 없을 거라고.

그 생각을 하자 또 바늘이 올라가던 속도 계기판이 생각나서 속이 울렁거렸다. 해연은 입덧이라도 하듯 입술을 탁 틀어막고서 속을 가라앉혔다가 얼른 손을 떼고 신선한 바람을 들이마셨다.

"하아……."

폐 속에 밤공기가 들어가자 그나마 살 것 같았다.

"해연 씨."

"왜요?"

"나 졸려요."

우진을 등진 채 밤공기와 놀고 있던 해연이 눈을 깜빡거리며 우진을 돌아봤다. 그가 졸린 것이야 1년 365일 늘 있는 일이 아닌가. 그런 의미로 시선을 마주하자 우진이 어깨를 으쓱했다.

"커피라도 한 잔 줘요. 잠 깨게."

"음, 그게……."

해연은 머뭇거리며 대답을 회피했다. 물론 커피 정도야 한 잔, 아니, 열 잔이라도 대접하고 싶은 마음이었다. 오늘 그가 도와준 것에 비하면 별것도 아닐 테니까.

하지만 역시 늦은 시간이 문제라서 쉽게 마음을 정하지 못하고 있는 그때 우진의 휴대폰이 울렸다. 졸린 표정으로 핸드폰을 꺼낸 우진이 액정을 흘끗 들여다보곤 전화를 받았다.

"어, 그래. 도경아……."

이런 시간에 집 안으로 남자를 데리고 들어가는 건 확실히 문제가 있잖아? 상대가 저 도경이란 이름의 여자라면 몰라도……. 음, 도경…… 그래. 도경은 아마도 여자의 이름일 것이다.

"기다리지 말고 들어가. 나 지금 졸려서 거기로 다시 못 가."

거기라는 건 '엑스 로드'일 것이다.

"여자? 아…… 여자!"

그때 갑자기 우진이 강조하며 말해서 해연의 눈이 커다래졌다.

"누구냐고?"

우진이 해연에게 눈을 맞춰오며 빙긋 웃었다. 통화가 이어지면 이어질수록 도경이 누구인지 해연은 확실히 알 수 있었다. 명백하게 자신을 쏘아보던 한우진의 여자친구, 그녀의 이름이 바로 도경이었나 보다. 생각해 보니 우진과 함께 바를 나오면서 여러 사람을 그냥 두고 왔다. 도경이라는 아가씨도 그렇고 자신의 친구 아영도 그렇고.

그렇게 바짝 달라붙어서 연극을 하며 나왔으니 도경이라는 아가씨에게 참으로 미안할 일이었다. 그나저나 자신에 대해 뭐라고 대답할지 궁금해서 해연은 우진을 쳐다보았다.

"누군 누구야. 김해연 씨지."

맞다. 자신은 김해연이다. 그것 말고 우진이 자신에 대해 아는 게 없는 건 당연했다. 그러니 저렇게 소개를 하는 게 적당하겠지.

"응, 그럴 일이 있었어. 무슨 관계는 무슨 관계야. 사람 관계지."

아무래도 저쪽의 추궁이 심한 모양이었다. 그래서 해연은 난처한 얼굴을 하고서 손으로 엑스 자를 만들어 보이며 입을 뻥긋거렸다.

"아무 관계도 아니라고 설명해요, 얼른."

숨죽여 강조하며, 괜히 남의 연애사에 끼어들기 싫다는 의사를 표현하자 우진이 큭 웃었다.

그가 빙글 돌아서며 저쪽으로 휴대폰을 받으러 갔다. 해연은 그 모습을 쳐다보며 난데없이 성호를 그었다.

"일부러 그런 건 아니니 부디 용서해 주시길."

생각해 보니 자신의 남자친구가 난데없이 나타난 여자의 어깨에 팔을 두르고 나가는 장면을 목격한다면 누구라도 저 도경이라는 아가씨처럼 오해를 할 것이다. 뿐인가. 화가 나서 펄펄

뛰겠지. 저렇게 먼 거리에서 전화로만 물어보고 있는 그녀가 오히려 신기하고 기특할 정도로. 도경이란 아가씨는 아마도 착하고 어른스러운 사람인 모양이다.

우진은 차 주변을 서성이며 입가에 부드러운 미소를 띤 채 통화를 지속하고 있었다. 그가 워낙 낮게 말해서 목소리까지 들리지는 않았지만 무척이나 분위기가 좋아 보였다. 아…… 저런 남자를 연인으로 둔 여자의 기분은 어떨까? 문득 부러움과 궁금증이 일었다.

한우진이라는 남자는 저런 모습으로 여자친구를 대하는구나.

"응. 그래. 도경이 그 녀석 전화 못하게 제대로 좀 말려주고. ……그 사람이 누군지 뭐가 그렇게 궁금해? 김해연 씨라니까. 뭐? 짜식. 비밀이야."

우진은 그렇게 통화를 마쳤다. 통화는 중간부터 도경에게서 친구인 승효에게로 바뀌어 있었다. 도경은 친구이지만 여동생 같은 존재였다. 가끔은 귀엽기도 하고 귀찮기도 한 그런 존재. 중간에 휴대폰을 빼앗긴 도경이 자기 휴대폰 내놓으라고 방방 뛰고 있을 장면이 눈에 선했다. 오늘도 승효가 중간에 도경을 잘 막아주었다. 안 그랬다면 그 여자가 대체 누구냐고 귀가 아플 정도로 길길이 뛰었을 것이다.

친구니까 참아주는 것이었지만, 도경의 스토커 기질은 가끔 상상을 초월했다. 잘못하면 해연에게로 목이 잘린 새나, 그 비슷한 끔찍한 소포가 배달될지도 모를 일이었다. 상대가 누구건 우진의 옆에 여자가 있는 건 눈뜨고 못 봐주는 성격이었다.

휴대폰을 안주머니에 넣은 우진이 해연을 찾아보자 그녀는 좀 떨어진 거리에서 까만 밤하늘을 올려다보고 있었다. 밤하늘에 시선을 둔 그녀가 문득 중얼거렸다.

"열아홉 개."

"뭐가 열아홉 개예요?"

우진이 다가가서 물어보자 돌아본 그녀가 빙긋 웃었다.

"별이요."

우진이 통화를 마치기를 기다리며 별을 세보니 열아홉 개였다.

"통화 다 했어요?"

우진이 가뿐하게 고개를 끄덕였다.

"통화하는 모습, 좋아 보였어요."

"제가 좀 친절해서요."

연인과 다정하게 대화를 나누는 모습이 예뻐 보인다는 말이었는데, 뭔가 핀트가 좀 어긋난 것 같은 느낌이었지만 아무튼.

"빨리 가봐야 하죠?"

해연이 묻자 우진이 고개를 갸웃했다.

"정말 커피 안 주고 내쫓는 거예요?"

해연도 뒤따라 고개를 갸웃했다.

"커피보다, 돌아가 봐야 하는 거 아니에요?"

"졸려서 못 간다니까요. 설마 내일 아침 뉴스에서 내 이름 보고 싶은 건 아니죠?"

"설마……."

무슨 그런 끔찍한 소릴.

중얼거린 해연은 잠시 곰곰이 생각하다가 곧 결론을 내린 듯 고개를 들었다.

"그럼, 들어가요. 겨우 알게 된 사람인데 뉴스에서 재회하는 건 좀 그렇잖아요?"

졸려 죽겠다는 사람을 굳이 내쫓는 것도 마음에 걸리는데 저렇게 무시무시한 소리를 하니.

"나 졸려서 먼저 들어가도 되죠?"

이번에도 역시 대답 따위 듣지도 않고서 우진이 성큼성큼 앞서 갔다. 못 말리겠다는 듯 고개를 저으며 해연은 그를 따라 자신의 집으로 향했다. 내 집인데도 어째 손님의 입장이 된 것 같다. 뭐든 당당하니 이쪽은 쓸데없는 망설임으로 골치 아프지 않아도 돼 그건 좋았다.

여자친구가 있는 남자라는 게 문제였지만, 그렇기에 안으로 초대할 수 있는 것도 사실이었다.

해연은 따뜻한 향기가 퍼지는 커피 두 잔을 테이블에 내려놓았다. 아마도 그게 한 시간 전쯤의 일이었던 것 같다. 하지만 지금 커피가 있던 자리에는 빈 맥주 캔이 쌓여 있었다.

해연과 우진은 거실 바닥에 앉아 테이블을 사이에 두고 맥주를 마시는 중이었다. 분명 커피로 시작했는데 정신을 차려보니 맥주판으로 바뀌어 있었다. 하지만 알딸딸하니 기분 좋을 정도로 취해서 해연은 그런 사소한 건 신경 쓰고 싶지 않았다.

커피 한 잔을 다 마신 후 리필을 하겠다며 우진이 주방으로 들어갔다. 하지만 잠시 후 그가 들고 나온 건 냉장고에 틀어박혀 있던 캔맥주였다.

케이크 가게를 함께 하는 친구 선아네 가족과 지난주 함께 야유회를 갔는데 다 마시지 못해 남아서 갖고 온 것이었다. 하지만 해연은 그다지 술을 좋아하지 않아서 캔맥주는 냉장고 안에서 자리만 차지하고 있는 차였다. 우진이 그걸 용케 발견하고서 갖고 온 것이다.

"졸린다면서 맥주를 마셔요?"

"그러니까 해연 씨가 깨는 소리를 해주면 되잖아요."

한우진식 개그인 모양이다. 깨는 소리라니…….

"차는 어떡하려구?"

"대리운전하시는 분들도 먹고살아야죠."

지당하신 말씀이다.

"맥주 좋아해요?"

우진이 물었다.

"그다지……."

분명 그렇게 말하면서 맥주 파티를 시작한 것 같은데, 지금 돌아가는 상황을 보니 거짓말을 해버린 격이 되었다. '그다지'

는커녕 지금은 이렇게 우진과 비슷한 속도로 맥주를 마시고 있었다. 벌써 캔을 네 개나 비웠으니, 어디 가서 술 못 마신다는 소리는 앞으로 하지 말아야지 싶었다.

"술이란 건 참 묘해요."

혀가 살짝 꼬여서 해연이 말하자 우진이 고개를 끄덕였다.

바에서 마신 병맥주의 취기가 남아서 더욱 빨리 알딸딸한 상태가 찾아온 건지도 모르겠다. 지금껏 술이 맛있다는 생각, 아니, 취기가 매력적이라는 생각 같은 건 해본 적이 없었는데 오늘은 달랐다. 기분이 붕 뜬 것 같고 혀에 와 닿는 맥주의 맛이 알싸하고도 달달했다. 이러다가 술고래로 입문하는 건 아닌지 모르겠다.

"어떤 자리에서는 너무 쓰고 독해서 한 잔도 목으로 안 넘어가는데, 어떨 땐…… 맹물처럼 아무렇지도 않게 잘 넘어가고. 술 얘 왜 이러지?"

해연이 캔맥주를 가리키며 투덜거리자 우진이 큭 웃었다.

하지만 해연은 정말 그게 궁금했다. 대체 그 차이는 무엇일까. 술은 특히 분위기를 잘 타는 존재가 아닐까. 분위기만 맞으면 주량은 그만큼 늘어나고, 분위기가 영 마음에 안 들면 확 줄어들고.

"결론은 지금은 술이 잘 넘어간다는 거죠?"

우진의 담백한 질문에 해연은 고개를 끄덕였다. 그녀의 뺨이 술기운으로 발갛게 상기되어 있었다.

"아마도 그런 것 같아요."

"그러면 그런 거고 아니면 아닌 거지, 아마도는 뭘까."

해연에 비해 아직 말짱하기만 한 우진이 놀리듯 중얼거렸다. 본래 술이 약한 그녀가 그보다 먼저 취하는 건 당연한 건데도, 우진이 저리도 쌩쌩하기만 하니 해연은 좀 억울했다. 졸려 죽겠다던 남자가 뭐 저래?

"해연 씨는 말을 좀 얼버무리는 느낌이 있어요."

"그래요?"

"내 느낌엔 그래요."

"그 느낌이 맞을 거예요. 어쩌면 난 단정하는 게 겁이 나는 걸지도 모르겠어요."

술기운 때문일까. 마음속에만 담아두던 말들이 거름종이의 여과 없이 술술 잘도 나갔다.

"뭐가 겁이 나요?"

"뭐든."

"……."

무릎을 끌어안고서 맥주를 마시고 있던 해연이 힘이 없어진 머리를 가까운 벽으로 살짝 기댔다. 아주 살짝 기울인 것 같은데 벽에 부딪치는 소리가 툭 하고 나면서 머리가 아팠다. 술은 사물 인지능력을 확 떨어뜨리는 것 같다.

"전에는 A는 A다, 그렇게 생각했는데 요즘은 확신할 수 없어요. 내가 확신했던 모든 것들이 손가락 사이로 빠져나가는 느낌, 그런 기분 알아요?"

　그런 말을 하는 해연의 눈동자가 좀 쓸쓸해 보였다. 어쩌면 서글픈 것 같기도 했다. 우진은 쿠션으로 해연의 머리와 벽 사이를 받쳐 주었다. 조심스럽게 해연의 머리를 들어 쿠션을 넣어 주는 손길이 다정했다.

　아프냐고 말로 묻는 것보다 쿠션을 받쳐 주는 자상함을 가진 남자였다. 전자도 좋은 사람이고 후자도 좋은 사람이다. 둘을 동시에 해주면 더 좋겠지만, 역시 말보다는 행동으로 보여주는 남자가 더 마음을 끈다. 여자들은 대체로 행동해 주는 남자를 좋아하지 않나? 모르긴 몰라도 우진은 인기가 많을 것이다.

　아주 따뜻한 무언가가 왔다가 간 것 같아서 해연은 그냥 몸을 맡겨두고 싶었다. 세상 어디에 이렇게 착하고 포근한 사람이 있을까. 그의 다정한 배려가 고마웠다. 언제 어느 때고, 사람들은 다정한 손길을 받으면 위로가 된다. 게다가 술까지 취한 상태라 더 감정의 기복이 심해져서 왠지 찡하기도 했다. 마음이 약해질 대로 약해져서 눈물까지 울컥 올라오려는 걸 보니 너 지금 무슨 오버니, 김해연.

　아마도 오늘 여러 가지 일들이 있어서 심장의 벽이 많이 얇아진 탓이겠지.

　"해연 씨 좀 쓸쓸한가 봐요."

　쿠션을 받쳐 준 우진이 해연의 바로 옆자리에 앉아선 맥주를 집어 들며 물었다.

"사람은 누구나 쓸쓸해요."

"하긴 나도 가끔 쓸쓸해요."

"난 항상 쓸쓸해요."

"그러니까 해연 씨 쓸쓸한가 봐요."

"사람은 누구나 다 쓸쓸하다니까."

똑같은 말이 반복되고 있었다. 끝이 없을 것 같아 우진이 고개를 절레절레 저으며 웃음을 터뜨렸다. 해연도 알딸딸한 표정으로 함께 웃었다.

"우진 씨랑 같이 있으면 재미있어요."

"어…… 나도 그런 생각 했는데."

"어머, 그럼 우진 씨도 우진 씨랑 같이 있으면 재미있어요?"

해연의 횡설수설 말에 우진이 혀를 끌끌 찼다.

"해연 씨랑 같이 있으면 재미있다구요. 왠지 좋은 것 같아요."

"좋은 거면 좋은 거고 아니면 아닌 거지, 같아요는 뭐람."

방금 우진이 했던 말을 똑같이 되풀이하자 우진이 크게 웃었다. 해연이 심각한 얼굴로 그를 쳐다보았다.

"왜 그렇게 웃어요?"

"내 흉내 그만 내요. 그것도 내 흉내잖아요."

"아…… 그렇지 참."

웃으면 왜 웃느냐고 묻는 건 한우진 씨가 먼저 찜한 거였다.

"연애 때문에 그래요?"

우진의 질문에 해연의 눈동자가 멈칫했다.

"……뭐가요?"

"요즘은 확신하기 어렵다는 거. 믿었던 사람이 변했으니까……. 요컨대, 사람들은 모두 변하고, 감정도 변하고, 관계도 변하고, 변하지 않는 건 하나도 없다. 어쩌면 확실한 건 세상에 없는지도 모른다…… 그렇게 생각하게 된 건 아닌가 싶어서요."

해연은 뭐라고 말을 할 수가 없었다.

맞기도 하고 아니기도 하니까. 그저 살아오면서, 특히 여자로서 살아오면서, 또 서른이 넘은 여자로 살아오면서 이것저것 배우게 된 인생의 쓴 진리랄까. 교훈이랄까. 그런 것일 수도 있겠다. 하지만 역시 사랑했던 남자와 친구에게서 동시에 배반당한 일이 가장 큰 타격이 된 건 부정할 수 없는 사실인 듯.

감정도, 사람도, 사랑도 무엇 하나 변하지 않는 건 없다. 믿을 수 있는 것도, 확실한 것 따위 이 세상엔 없는 게 아닐까.

"그 사람에게 불신을 배운 건 사실이에요."

"그럼 거긴 그만 졸업하고 다른 스승님을 찾아 새로 배워야죠."

"……그런가?"

"연애란 할 때마다 남겨주는 교훈이 달라요. 이번엔 안 좋은 교훈이 남았지만 다음번엔 정말 아름다운 게 남을지 어떻게 알아요?"

"우진 씨는 연애 많이 해봤나 봐요. 꼭 그런 거처럼 말하네."

"남들만큼은 해봤어요."

"남보다 더 많이 해본 것 같은데."

"후우…… 그래요. 솔직하게 말할게요. 남들보다 많이 해봤을지도 모르죠. 하지만 이 여자가 아니면 안 된다는 생각 같은 건 느껴본 적이 없어요. 난 그런 걸 원하는데."

해연은 물끄러미 우진을 쳐다봤다.

이 여자가 아니면 안 된다는 생각이라……. 이 남자는 그런 사람을 바라는구나. 아직은 그렇게 절대적인 상대를 찾지 못했다는 걸까. 하지만 뭐, 조만간 찾을 수 있을 것 같다. 그는 매력적이고 멋진 사람이니까.

"그저 만나면 즐겁고, 서로 너무 구속하지도 않는 딱 그런 정도의 만남이 좋았어요."

"……."

"철이 덜 든 걸 수도 있겠죠."

"그런가……."

"그러다가 정말 사랑이 될 수도 있고."

그러면서 우진이 한쪽 눈을 찡긋했다.

"우진 씨는 사랑을 기다리고 있나 봐요."

"맞아요. 그럴지도 모르죠. 사랑은, 언젠가 반드시 올 거니까 내가 일부러 찾아 나서야지 하는 생각은 하지 않았어요. 사랑은 홍역 같은 거니까. 적어도 한 번은 꼭 치러야 하잖아요."

"난 좀 다르게 생각해요. 물론 반드시 한 번은 온다는 면에서는 동의하지만, 사랑과 홍역은 애초에 다른 것 같아요. 홍역은 아주 많이 아픈 후에는 행복해지지만, 사랑은 아주 잠깐 행복한 후에 평생 아픈 거 같아요."

우진은 아무 말도 하지 않았다. 단지 사랑에 지친 것 같은 해연을 물끄러미 바라볼 뿐이었다.

"사랑이란…… 타인을 기만하는 것에서부터 시작해서 상대를 기만하는 것으로 끝난다."

해연이 이어 낮게 중얼거린 말에 우진의 눈에 힘이 들어갔다.

"라고 오스카 와일드가 그랬다."

"……."

"라고 책에서 읽었어요."

"……."

"맞는 말인 거 같아요."

우진은 여전히 말없이 맥주만 마셨다.

"오늘 도와줘서 정말 고마웠어요. 우진 씨가 아니었다면 통쾌하게 웃지도 못했을 거고, 복수할 생각은 더 못했을 거예요. 가치관이 좀 바뀐 거 같기도 하고, 재미도 있었어요. 짓궂은 건데도 왜 이렇게 재밌다는 생각만 드는 건지 모르겠네."

그리고 왜 이렇게 졸린 건지 모르겠다.

해연은 자꾸만 무거워지는 눈꺼풀에 애써 힘을 주었다.

"고마워요……."

"……."

우진은 조용히 해연을 바라보았다.

사랑에 상처 입은 사람을 보는 건 딱히 좋은 일이 아니었다. 그 슬픔에 자신까지 전염되는 것 같았다. 하지만 지금은 그냥 봐주고 싶었다.

"졸린 사람은 우진 씨였는데 지금은 내가 졸려요. 우진 씬, 안 졸려요?"

"졸려요."

"그럼, 현관문 그냥 닫고 가요. 자동으로 잠기니까. 저녁은 먹었어요? 바래다주고 싶은데…… 내가 방금 뭐라고 했죠? 지금 좀 정신이 없어서."

해연의 말이 횡설수설이었다. 벌써 반쯤은 꿈나라에 발을 담근 것 같았다.

"해연 씨."

"응……."

"앞으로도 계속 해연 씨라고 불러도 돼요?"

"응…… 네……."

해연이 가물거리는 눈으로 대답했다. 잠깐 졸았다가 퍼뜩 눈을 뜨고서 손등으로 눈꺼풀을 마구 비볐다.

"우진 씨는 너무 착한 것 같아. 왜 그렇게 다정해요? 일생이 자원봉사 체질인가?"

우진이 큭 웃었다.

"별로, 여자들한테만 다정한 거예요."

"그런 거라면 뭐……."

해연이 졸음 가득한 눈으로 다시 중얼거렸다.

"하지만 그런 우진 씨가 참 좋아요. 좋은 사람이라고 생각해요. 오늘도 참 많이 고마웠고……."

"……."

"우진 씨, 그냥 내 동생 할래요?"

우진의 눈이 살짝 커졌다.

"……네?"

"형수님은 사양이니까, 내 동생 해요. 이것도 인연인데……."

저거 진심 맞는 걸까?

하지만 해연의 눈은 이미 반 이상 감겨 있어서 진위 여부를 알 수가 없었다.

"아까…… 뭐라고 했더라? 회사가 이 근처라고 했죠? 그 회사는…… 사람을 너무 혹사시키나 봐. 도대체 무슨 일을 하는 건지 모르겠지만, 사장님 얼굴을 좀 보고 싶어……. 피곤하고 졸리면…… 그리고 돌아다니지 말고 우리 집에 와서 자요. 밖에서 차 세워놓고 자지 말고…… 그러다 정말 큰일 나……."

우진이 부드러운 웃음을 터뜨렸다. 걱정해 주는 말을 듣고 있으려니 기분이 좋았다. 헛기침을 흠흠 하고서 해연을 빤히 쳐다봤다. 이미 눈을 거의 감고서 코마 상태로 중얼거리는 것 같은 그녀에게 물었다.

"비밀번호가 뭔데요."

"비밀……."

"번호."

"비밀번호…… 0919."

"오케이. 알았어요. 그럼 난 오늘은 이만 갈게요."

이제 그만 가주는 게 신사의 도리인 것 같아서 일어나려던 우진이 멈칫했다. 해연에게서 더 이상 대답이 없어 쳐다보니 그녀는 이미 코마 상태에서 수면 상태로 넘어간 듯했다.

"어…… 집주인이 잔다. 무방비 상태로……."

벽에 딱 달라붙어 앉아서 불안정한 자세로 잠들어 있는 해연을 보며 우진이 중얼거렸다.

처음부터 느낀 것이었지만 해연의 외모는 예뻤다. 서른 이상으로는 전혀 보이지 않았다. 이십대 중반쯤으로 보이는 외모에 서른한 살의 성숙함이 가미되어 있었다. 여성스럽고 지적인 이미지였다. 보고 있으면 은은한 허브향이 풍길 것 같은 사람이다. 그런 사람이 저렇게 무방비 상태로 자고 있으니.

"나도 남잔데…… 철석같이 믿고 잠이 오나……."

우진이 중얼거리곤 고개를 설레설레 저었다. 이만 갈 생각이었지만 우진은 그냥 캔맥주를 더 마셨다.

그나저나 동생이라……. 생각해 보니 그것도 뭐, 나쁠 것 같진 않았다. 자신은 김해연이라는 여자가 싫지 않고, 함께한 술자리도 좋았으니까.

"동생 되기로 한 기념으로 하나만 말해줄게요."

우진이 낮게 중얼거렸다.

"해연 씨는 겉으로 보기엔 오기를 부리는 것 같지만, 난 왠지 해연 씨가 참 서투른 사람 같아요. 섬세하고 서투른 사람…… 똑같은 사람을, 한 사람 알고 있거든요."

바로 형 한상진이 그랬다.

"고마워요……."

그녀는 몇 번이고 말했지만 사실은 자신이 오히려 도와주어서 기뻤다. 사실은 아팠으면서, 자존심을 내세우며 철가면을 유지하던 그녀의 솔직한 상심을 듣게 되어서 기분이 좋았다. 만족스러웠다.

자신이 그녀를 도와주면, 위로해 주면 형에게도 그 누군가가 다가가 사실은 감수성 짙고 다정한 그 남자의 본심을 알아줄 것 같았다. 우진은 형을 사랑했다. 첫째 형 외에 둘째 형인 한도진도 사랑했지만…….

그 남자는 사랑보다는 존경의 의미였다.

한상진 씨는 딱딱하고 재미없어 보이는 이면에 부서질 듯 섬세한 감성을 지녔지만 한도진 씨는…… 부서질 듯 섬세한 감성 따위 쌈 싸서 꿀꺽 삼켜 버릴 위인이었다. 감히 그런 남자한테 섬세하다느니 부드럽다느니 하는 말을 갖다 붙였다간 곧바로 응징이 돌아올 것이다.

아무튼 눈앞의 이 여자에게서 사랑하는 형의 모습을 겹쳐 보았다. 그래서 지금도 함께 있는 시간이 이렇게 자연스럽게 느껴진 건 아닐까. 그녀가 쉽게 남이라고 생각되지 않았다. 그러다 보니 이제 동생으로까지 승격이 되어버렸나?

물론 그것도 괜찮았다. 단 한 가지만 뺀다면 말이다.

"누나 동생 해버리면 좀 더 재미있는 것도 못하고 그런 건데……."

우진이 아쉽다는 듯 중얼거리며 해연을 편하게 눕혀주었다. 그리고 침실에서 담요를 갖고 나와 가만히 덮어주고는 문득 마음이 끌려 해연의 머리카락을 쓸어보았다. 생각했던 것만큼 부드럽고 가는 머리카락이었다. 손가락에 와서 감기는 감촉이 좋았다.

잠든 와중에도 누군가가 머리카락을 쓸어주는 느낌이 좋은 듯 해연의 입술에 곡선이 그려졌다. 만족스러운 고양이처럼 몸을 동그랗게 말았다. 더 깊은 잠으로 빠져 들어가는 그녀를 지그시 내려다보며 우진이 속삭임을 이었다.

"좀 더 재미있는 게 뭐냐면…… 가령, 키스 같은 거."

바라보고 있자니 자신도 졸음이 왔다. 반쯤 취해서, 반쯤 졸려서 우진이 중얼거렸다.

"나 키스 아주 좋아하는데……."

그녀의 옆에 툭 쓰러지듯 누웠다. 편안하게 잠든 그녀를 보고 있자니 본래부터 졸렸던 본연의 상태로 돌아간 것이다.

"동생이면…… 그런 것도 못하잖아요. 그런 건 역시…… 재미없는데……."

해연의 얼굴을 바라보는 자세로 누운 우진이 가물가물 감기는 눈으로 중얼거렸다. 눈꺼풀이 가물가물할 때마다 해연의 얼굴이 보였다가 사라졌다가 했다.

"하지만 뭐…… 해연 씬 원래 재미없는 사람이니까……."

그렇게 결론을 내리고서 우진도 완전히 잠으로 빨려 들어갔다. 이마를 맞댄 채 잠이 든 두 사람의 주변엔 빈 캔과 아직 다하지 못한 얘깃거리들이 어질러져 있었다.

주문받은 케이크의 빵을 구웠다. 그런데 이상하게도 빵이 너무 컸다. 그래서 해연은 그 무게를 견디지 못해 빵을 옮기려다가 풀썩 엎어지고 말았다. 빵은 그대로 해연의 몸을 덮쳐서 마구 눌렀다. 압사당할 것 같았다.

"꺄악!"

그래서 비명을 지르며 벌떡 일어난 순간 해연은 아연실색했다. 정신을 차리자마자 접한 눈앞의 광경이란……. 테이블에서 브레이크댄스를 추듯 흩어져 있는 빈 캔하며 어질러진 거실하며, 무엇보다…….

한우진!

해연은 너무 놀라서 말도 나오지 않았다. 어째서 이 남자가 여기서 자고 있는 걸까. 그가 지금 자신의 다리를 베개처럼 베고서 편안하게 잠들어 있는 것이다. 그러니까 꿈속에서 그녀를 압사시킬 뻔했던 빵은 바로 한우진이었다. 몸이 무겁다 싶었더니 그가 해연의 몸을 베개 삼고서 그것도 모자라 꽉 끌어안은 채 잠들어 있는 것이다.

"우, 우진 씨……?"

해연은 조심스럽게 움직여, 마치 옷에 묻은 보푸라기를 떼어내듯 집게손가락으로 살짝, 아주 살짝 우진의 옷을 끌어당겼다.

"우진 씨, 좀 깨봐요."

하지만 그는 깨기는커녕 오히려 더욱더 베개를, 아니, 그녀의 다리를 꽉 끌어안았다. 한숨을 폭 내쉰 해연은 어쩔 수 없이 팔로 바닥을 지탱하고서 천천히 자신의 다리를 빼보았다. 하지만 우진의 몸만 딸려왔지 다리는 절대 자유로워지지 않았다. 그래서 그의 어깨를 밀어가며 낑낑거려 보았지만 여전히 역부족이었다.

강력 접착제로 붙여놓은 듯 그는 매미처럼 매달려 있었다.

"도대체 어쩌다가 일이 이 지경이 된 거야."

술이 웬수라는 생각을 하게 될 줄은 몰랐다. 좀 있으면 가게 문을 열 시간이었다. 어제도 빠졌는데 오늘마저 지각하면, 아무리 사장이라지만 퇴출당할지도 모른다.

그래서 상체를 숙여 그의 몸을 있는 힘껏 미는 순간, 우진이 갑자기 팔을 뻗어 해연의 목을 획 감았다. 그대로 쿵……!

그리고 정적…….

무슨 일이 일어난 걸까. 얼떨결에 천장을 보고 누운 자세가 된 해연은 이 상황이 믿기지가 않아서 그저 눈만 깜빡거렸다. 목 부근에서 숨결이 느껴지고 있었다. 그건 우진의 고른 호흡 소리였다.

우진은 여전히 잠의 마녀에게서 벗어나지 못한 채 오히려 해연까지 쓰러뜨려서 꽉 끌어안고 있었다. 그의 얼굴은 그녀의 목과 어깨 사이에 파묻혀 있고, 팔로는 해연의 어깨를 끌어안고, 다리로는 그녀의 하반신을 조였다. 다시 말하자면, 죽부인을 끌어안은 포즈 딱 그것이었다. 덕분에 목과 턱 사이에서 우진의 숨결이 고스란히 느껴지는 이런 사태가 벌어지고 말았다. 불붙은 아궁이처럼 해연의 얼굴이 빨갛게 달아올랐다.

"우진 씨…… 만약 안 깨면…… 머리 때릴 거예요."

"……."

"지금 보석함 들었거든요. 미리 말하지만 이거 꽤 무거워요. 단단하고. 거짓말 아니에요. 하나, 둘……."

셋! 하려는 순간 우진이 큭 웃더니 해연의 몸을 놓아주었다. 혹시나 했지만, 한우진 군은 중간부터 깨어 있었던 거다. 정확히 말하면 그녀를 붙들어 안고 쓰러진 그때부터라고 하는 게 옳겠지. 짓궂은 장난을 좋아하는 거야 알았지만…….

"너무하잖아요, 진짜."

해연은 벌떡 일어나 앉아서 그를 흘겨보았다. 그리고 흐트러진 머리카락을 귀 뒤로 넘기며 난리가 난 거실과 믿을 수 없는 상황을 정리하려고 노력했다. 하지만 역시 결론은 내가 미친 거다, 그거 하나뿐이었다.

어쩌자고 술을 마시기 시작했는지. 어쩌자고 그렇게 마음을 탁 놓아버린 건지. 어쩌자고…… 한우진 군과 동침을 했는지.

동침이라니! 하지만 함께 잔 것은 사실이니 틀린 말은 아니지 않은가. 그야말로 눈앞이 샛노래졌다.

"미안해요."

우진이 머리카락을 쓸어 넘기며 뚱한 얼굴로 말했다. 별로 미안한 것 같은 표정은 아니었지만, 무언가에 좀 부루퉁하게 삐쳐 있는 것 같은 얼굴.

"아침엔 좀 저혈압이라 내 표정 지금 많이 무섭죠?"

아, 그래서 그렇게 보였구나.

해연은 가만히 고개를 저었다. 지금 내가 느끼는 두려움만큼이야 하겠어요. 이걸 어쩌면 좋을까. 어쩌자고 이런 사단이 났을까.

"취기에 피곤까지 겹쳐서 집까지 갈 상황이 아니었거든요."

우진이 중얼거렸다.

"미안해요."

그리고 또 사과를 했다. 해연은 넋 나간 얼굴로 고개를 저었다.

"내가 더 미안하죠."

우진이 고개를 갸웃했다.

"왜요?"

"그냥…… 그런 게 있어요."

사과는 그에게 할 게 아니라 그의 여자친구에게 해야 할 것이 겠지만.

"그나저나 그거 알아요?"

우진이 옷을 툭툭 털며 일어나 물었다. 해연은 멍하니 그를 올려다보았다. 넋이 한참은 나가서 초점이 흐린 눈으로 바라보고 있는 해연을 내려다보며 우진이 말했다.

"우리, 자버렸어요."

해연의 얼굴이 아궁이 속에서 타다 남은 잿더미처럼 색을 잃었다. 정말이지 비명이라도 지르고 싶었다.

"무, 무슨 말도 안 되는 소릴……."

울상을 하며 벌떡 일어나는 해연을 우진이 씩 웃으며 쳐다보았다. 그 순간 경황을 찾지 못한 해연의 발이 바닥에 깔려 있던 담요에 걸렸다.

"꺄악!"

그대로 허공을 허우적거리는 짧은 순간 해연의 머릿속에 오만 가지 생각이 다 일었다. 하지만 앞으로 엎어지려는 해연의 몸을 허공에서 우진이 날렵하게 낚아챘다. 곧장 가슴으로 휙 끌어당겨 안아버리자 해연은 십년감수한 심정으로 더듬더듬 우진을 올려다보았다.

"고…… 고마워요."

무슨 일이 일어난 건지 모르겠다. 안도의 한숨을 내쉬며 말하면서도, 왜 이렇게 바보 같은 짓만 저지르는 건지 자신이 한심해 미칠 지경이었다.

"이, 이제 괜찮아요."

해연은 이 불편한 포즈에서 그만 벗어날 생각으로 자신을 가두고 있는 우진의 팔을 천천히 밀어냈다. 그를 똑바로 쳐다보지 못하는 해연을 내려다보는 우진의 시선도 왠지 허공을 헛짚고 있었다. 천천히 해연의 몸이 멀어져 갔다. 우진은 자신의 팔에서 멀어지는 보드라운 느낌을 인식하고 있었다.

단지 넘어질까 봐 잡아챈 것이었다. 하지만 해연의 몸이 닿는 짧은 순간 품 안에 끌어안아 버렸고, 그녀의 몸이 가슴에 감기는 순간 확실히 심장이 두근거렸다. 그냥 유대감의 한 종류겠지. 그렇게 생각하려고 해도 손에 닿았던 감촉을 무시할 수 없었다. 우진은 자신의 손을 내려다보며 고개를 비스듬히 기울였다.

"일단 출근 준비를 좀 할게요."

서두르는 해연의 목소리에 우진이 천천히 시선을 들었다.

"난 그만, 갈게요."

우진의 목소리가 가라앉아 있었다. 해연을 대할 때면 늘 감돌던 미소도 묻어 있지 않았다. 표정이 싹 지워진 그의 외모는 다소 차가워 보였다. 갑작스러운 분위기 변화에 해연이 당황의 기색을 비춘 순간 우진이 예의 그 장난스러운 미소를 지어 보였다.

"가기 전에 모닝커피 혹은 모닝키스, 둘 중 어느 걸로 줄 수 있어요?"

해연은 한숨을 폭 내쉬었다.

"둘 다, 안 줘요."

우진은 사라질 때까지 쿡쿡 웃고 있었다.

해연은 친구와 함께 동업으로 창업한 케이크 전문점 〈Marie〉에 출근했다.

가게는 전체적으로는 작은 규모였다. 전면에 직접 디자인을 해서 만든 케이크를 진열하는 냉장 진열대가 있고, 세로로 긴 내부 한쪽엔 손님들이 차를 마실 수 있도록 예쁜 원목 테이블을 세 개 놓아두었다.

가게 인테리어는 친구와 머리를 맞대 최소한 싸게 했다. 리폼 능력이 출중한 선아가 인테리어의 반 이상을 해버려서 창업자금도 많이 절약했다. 녹색과 분홍색의 원색 페인트로 포인트를 주고, 또 목재를 벽에 돌아가면서 붙이기도 했다. 분홍색 칠을 한 덧창 덕분에 동화 속 케이크 세상처럼 가게는 아늑하고 포근했다.

예쁜 인테리어와 맛있는 케이크 외에도 가게의 특징은 또 있었다. 손님들이 직접 제작에 참여할 수 있다는 점이었다. 취향에 따라 케이크의 빵만 구워주면, 이후부터는 손님들이 직접 생크림을 바르고 케이크를 장식하고 쿠키도 구웠다. 그러면 세상에서 단 하나뿐인 나만의 케이크가 탄생하는 것이다.

함께 만드는 추억거리로써 제격이라 연인뿐 아니라 가족에게도 무척 인기였다. 해연은 손님들의 모습을 즉석 폴라로이드로 찍어서 선물해 주기도 했다. 아무튼 이런저런 개성으로 가게는 성황리에 영업 중이었다.

"너 어제 아영이랑 놀았다며?"

여섯 살 아이를 둔 유부녀인 선아가 부러워 죽겠다는 얼굴로 해연에게 물었다. 케이크에 딸기를 얹고 있던 해연의 등이 움찔했다.

"으, 응."

해연은 손가락에 인 미세한 진동을 얼른 털어버리고서 작업에 집중하는 척했다. 주문 수량에 맞추려면 하루 종일 서둘러도 모자랄 것 같았다.

"근데 그건 왜?"

"왜는 왜야. 부러워서 그렇지. 나도 왕년엔 스테이지의 여왕이었는데 말이야."

"나이트 안 갔어."

"누가 뭐라니? 아무튼 니들은 술 마시지 말라고 감시할 남편이 없잖아."

"뭐…… 건 그렇지만."

"김해연, 너 결혼하지 마라. 결혼하는 그날로 화려한 삶은 끝이니까. 현관문 열면 독신녀의 깔끔한 공간이 기다리지? 결혼하면 리모컨을 발가락으로 조종하고 있는 남편을 발견하게 될 거야. 뱃살이 방바닥까지 늘어져서 누워 있는 남편이랑, 기저귀를 찢어발기고 있는 애랑……."

선아가 한숨을 폭 내쉬었다.

"유미 다 컸잖아."

"남편이고 자식이고, 그 둘 뒤치다꺼리하다 보면 하루가 어떻게 가는지도 모르겠어. 모처럼 맞은 휴일도 완전 날려 버리는 거지. 그러니까 즐길 만큼 다 즐기고 사귈 만큼 사귀고, 하고 싶은 거 원없이 다 하고 난 후에 결혼해. 결혼하고 나면 내가 그때 왜 그렇게 안일하게 살았을까. 왜 지나다니는 남자들을 행인 1, 2로만 인식하고 좀 더 적극적으로 유혹하지 않았을까 후회만 남으니까."

경험에서 우러나온 선아의 성토를 들으며 해연은 피식 웃었다. 사실 저런 말은 기혼자라면 누구나 해주는 말이었다.

누군 더 많은 남자 만나보고 결혼하는 게 좋단 걸 몰라서 이러고 있는 줄 아는지. 들을 때마다 한숨이 폭폭 나오는 말이기도 했다.

"특히 너 김해연! 사귄 남자라곤 꼴랑 그 박호…… 암튼 그 무개념 인간밖에 없잖아."

"없긴 왜 없어? 내가 나이가 몇 갠데."

해연이 발끈해서 항의하자 선아가 씨익 웃었다.

"누군데? 내가 모르는 니 상대가 누가 또 있어?"

"그거야……."

없군.

"그러니까 제대로 불어봐. 그때 아영이가 봤다는 잘생긴 꽃띠 청년 누구야? 심하게 바람직한 외모더라고 아주 침을 튀기던데."

해연의 심장이 벌렁거렸다. 내 이럴 줄 알았다. 아영이가 그런 수다스러운 건수를 그냥 넘어가 줄 리가 없었다. 그리고 기껏 넘겨받은 재밋거리를 놓칠 리가 없는 선아였고.

그러니까 지금껏 구구절절 늘어놓았던 모든 비방과 열띤 성토는 미남 꽃띠 총각이 누구인지 알아내기 위한 미끼였던 거다.

"누구냐니까?"

"한우진 씨."

"한우진이 누군데?"

"한상진 씨 동생."

"한상진은 또 누군데?"

"한우진 씨 형."

"……너 지금 나 놀리지?"

"아니? 실제로 그게 제일 설명이 빨라."

"빠르긴 뭘 빨라?"

"내가 약속이 있어서 나갔는데 펀드매니저 맞선 상대는 퇴짜를 놓고, 그 자리에 동생이 대신 사과하러 나왔어."

"그런데?"

"근데 그 동생을 아영이랑 술 마시던 술집에서 다시 만났어. 그게 다야."

그 뒤에 집에서까지 술판이 이어져서 정신 못 차리고 잠도 같이 잤더라, 그런 말을 하면 선아는 아마 입에 거품을 물고 그 남자 얼른 잡으라고 야단이겠지.

아니나 다를까, 그 정도의 설명에도 선아의 눈이 휘둥그레졌다.

"그럼…… 가만있어 봐. 이게 뭐가 어떻게 되는 거야? 맞선 상대 동생이 어제의 그 꽃총각이고, 너는 그 꽃총각을 술집에서 다시 만났고…… 다시 만난 꽃총각은 널 위해 박호준한테 한 방을 먹여주고, 그렇게 된 거니?"

박호준에게 한 건 날려준 것까지 아영이 설명을 해준 모양이었다.

"응. 정리 잘하네."

"어쩌다가 하긴 했다만, 이거 왠지 엄청 복잡해지네."

선아가 사태의 본질을 제대로 파악하고 있었다. 그랬다. 애초부터 한우진 군과 자신의 관계는 복잡함에 기초해 있었다. 그게 어젯밤 일로 난해함으로 흘러 버렸고.

"게다가 연하에……."

"관계없어."

해연의 그 말에 선아의 눈이 왕방울만 하게 커졌다. 그리고 마치 뭔가 대단히 오해를 한 표정으로, 아니, 감동한 표정으로 중얼거렸다.

"너…… 마음먹었구나! 연하든 아니든 밀어붙이겠다는 거지? 드디어 전투 의욕이 생긴 거니?"

바로 저런 오해 말이다.

"완전히 잘못 짚었거든? 관계없을 사인데 연하든 아니든 무슨 상관이냐는 뜻이야."

선아의 표정에서 맥이 쭉 빠졌다. 그녀가 해연을 한껏 째려보며 소리쳤다.

"둘이 같이 나갔다며!"

"연기였어. 호준이랑 윤영이한테 보여주려고 일부러 연출한 거라니까. 일종의 장난 같은 거."

아주 통쾌한 장난 말이다.

"근데 그걸 왜 그 남자랑 해?"

그러게. 도와주니 하긴 했다만.

"나도 몰라. 아무튼 그렇게 됐어."

"그럼 그 펀드매니저 양반은 어떻게 되는 거야?"

그 양반의 일에 대해서라면 말이지…….

"나도 잘은 모르겠지만 어차피 잘될 기미 같은 건 없었어. 그쪽도 별로 열의가 없어 보였고, 나도 처음부터 거절할 생각이었으니까."

"그럼 됐네. 기왕 그렇게 된 거, 그 꽃띠 총각이랑 한 번 잘해

봐. 괜찮잖아. 이런 기회가 어디 있냐?"

선아가 상황도 모르고 무지갯빛 시나리오를 쓰고 있었다. 해연은 진지하게 선아의 시선을 붙들고서 말했다.

"선아야, 나 걱정해 주는 건 알겠는데, 전혀 그런 사이 아니야. 내가 그럴 마음이 있다고 해도 그쪽이 안 되고, 그쪽이 생각해도 내가 안 되는, 대충 그런 거라구. 알아들어?"

그리고 해연은 선아의 대답도 듣지 않고서 고개를 휙 돌리곤 다시 케이크에 집중했다. 세상에서 가장 달콤한 케이크를 앞에 두고서도 지금은 머리가 딱딱 아파왔다.

하지만 선아는 아직 포기할 생각이 없는 듯.

"청춘 남녀 둘이 만났는데 뭐가 그렇게 복잡해? 아직 아무 관계가 아니면 좀 어때. 힘내서 유혹해 보면 되는 거지. 그쪽이 관심없으면 그럼 또 어때. 열 번 찍어서 안 넘어가는 나무가 어디 있냐? 찍을 만한 나무가 없어서 문제지. 근데 도끼를 휘두를 만한 질 좋은 나무를 발견하고서도 고개 돌리고 있을 거야? 너, 니 나이에 연하랑 연애하는 게 얼마나 어려운지 알기나 해?"

저렇게 옆에서 속을 박박 긁었다가 뒤집었다가, 난리였다.

"낙타가 바늘구멍 통과하는 건 기본이고. 너처럼 재미없기까지 한 노처녀면, 공룡이 바늘구멍 통과하는 것보다 어려운 거야. 알아?"

해연은 고개를 설레설레 저었다. 아니, 서른하나가 노처녀면, 인생은 육십부터라는 속담은 뻥인가? 골드미스니 워킹맘이니,

여자들의 가치를 알아주는 신조어들도 이 세상엔 많던데, 이 케이크 가게에서는 어째서 저다지도 김해연의 가치를 몰라주나 모르겠다. 해연은 선아를 노려보며 신경질적으로 빽 소리쳤다.

"양선아! 나 재밌거든?"

그날 밤 가게 문을 닫고 나선 해연은 근처 주차장에 세워두었던 그녀의 5년 된 애마에 올랐다. 애마라고 하지만, 주인이 사랑해 주지 않으면 어디에서도 눈길을 끌 수 없는 단종된 기종이었다. 시동을 걸고 핸들을 움직이려는데 휴대폰이 울렸다. 액정에 찍힌 건 엄마의 번호였다.

해연은 휴대폰을 들고 한숨을 폭 내쉬었다. 무슨 용건일지 너무나 잘 예상이 되었다. 스물다섯 넘어가면서 엄마가 해연을 볼 때마다 입에 달고 산 말은 다름 아닌 '시집가!'였으니까. 그 노력의 일환으로 마음에 드는 사윗감과 딸의 맞선이 성사된 지금 엄마는 어쩌면 벌써 딸의 결혼식에 입을 한복 색깔을 고르고 있을지도 모를 일이었다.

하지만 그건 영영 이루어지지 않을 일이 되어버렸고, 엄마 인생 최대의 도전이었던 '잘나가는 펀드매니저에게 딸 시집보내기 계획'은 이미 물거품으로 끝났다는 사실을 엄마가 잘 받아들이셔야 할 텐데, 그게 걱정이었다.

"응…… 엄마."

해연은 침을 꼴깍 삼키고 전화를 받았다.

[너 어디니?]

"가게 끝나고 집에 가는 길이야."

[넌, 엄마가 계속 기다리고 있는데 전화 좀 해주지.]

그렇다. 여러 가지 일들 때문에 엄마가 학수고대하며 결과를 기다리고 있을 거란 사실을 잠시 잊었다. 사실 한상진 씨 스펙 정도면 노리는 집안들이 많았다. 하지만 엄마가 개인적인 친분을 모조리 총동원해서 운 좋게 따낸 모양이었다.

사실 애초에 이 맞선과 결혼을 서두른 건 한상진 씨 쪽이었다. 그의 바로 아래 동생이 먼저 신붓감을 데리고 오는 바람에, 형제끼리 순서가 바뀌지 않도록 하기 위해 한상진 씨가 맞선을 자처한 것이라고 했다. 그동안 일에만 빠져 있어 도통 연애에 관심없던 남자가 동생에게 폐가 될까 봐 애정 없는 결혼을 서두른 것이다. 보통의 형제애가 아니었다.

하지만 상황이 그렇다면 더욱더 일 같은 건 뒤로 미뤘어야 할 것 같은데, 회의가 있다고 약속을 어기다니 앞뒤가 맞지 않는 일이었다.

"엄마…… 아무 말도 못 들었어?"

눈치를 보며 적당히 물어보자 엄마가 탓하듯 대답했다.

[니가 전화를 안 해주는데 어떻게 듣니?]

"음……."

아무래도 아직 그날 일이 엄마의 귀에 들어가지 않은 모양이었다. 하긴 한상진 씨가 미주알고주알 말을 흘리고 다닐 스타일은 아닐 테니.

실은 한상진 씨가 안 와서 그 동생이랑 미리 상견례를 해버렸다고 대답할까나?

"그게…… 아직 잘 모르겠어."

[뭐가 그래?]

"그렇게 됐어."

해연은 뭉뚱그리듯 대답했다. 하지만 자신이 할 수 있는 최선의 대답이었다. 한상진 씨가 약속을 어겼고 그래서 사람도 못 보고 돌아왔다는 말보다야 서로 바라는 스타일이 아니라서 끝냈다는 쪽이 엄마로서도 듣기 나을 것이다. 물론 아직 자세한 사정 전말을 얘기할 용기는 없었지만, 아무튼 언젠가 모든 일을 이실직고할 때를 생각해서 지금은 뭉뚱그리듯 말하는 게 나을 듯했다.

[자세한 얘기도 할 겸 집에 좀 들르지 그러니?]

엄마의 말에 해연은 괜히 옷소매에 묻은 보풀을 톡톡 뜯어내며 시선을 돌렸다. 표정이 금세 불퉁해져서 불편한 듯 시선을 이리저리 헛짚는 게, 이런 화제가 나오면 그녀가 하는 행동이었다.

"글쎄, 좀 바빠서."

사실 불편해서 가고 싶지 않다는 게 정확한 대답이었지만, 있는 대로 모조리 다 말해 버리면 엄마가 서운해할 것이다. 독립한 후로 그녀는 집에 잘 가지 않았다. 엄마도 익히 알고 있는 사실임에도 혹시 몰라 자꾸만 저렇게 말해보는 거겠지. 그녀가 집이 불편한 이유는 바로, 아버지 때문이었다.

[아버지도 걱정이 많으셔. 알지?]

엄마가 무리수를 두고 있었다. 걱정이 많다…… 라니.

"뭐…… 그렇겠지."

해연은 무성의하게 대답했다. 과연 정말 그런 건지 아니면 엄마의 희망사항일 뿐인 건지는 잘 모르겠다. 아마 엄마 스스로 그렇게 생각하고 싶은 건지도.

왜냐하면 아버지는 엄마의 남편이었지, 그녀의 아버지가 아니었으니까. 아버지라고 칭하고 있지만, 정확히 말하면 새아버지였다.

애초에 그녀는 아버지와 그렇게 많은 대화를 나누지 않았다. 해연이 어릴 적 이혼을 한 엄마는 내내 해연을 혼자 키우다가 마흔이 넘어 재혼을 했다. 그때는 이미 해연도 다 커버린 후였기 때문에, 그래서인지 새아버지와는 처음부터도 그랬고 지금까지도 서로 서먹서먹했다. 꼭 서걱거리는 사포처럼. 아버지부터가 살갑게 감정을 표현하시는 분도 아니었고 그렇다고 해연이 애교를 부리지도 못했다. 덕분에 두 사람은 서먹함의 악순환을 거듭하고 있었다. 어쩌면 이미 철이 든 후에 가족의 입장으로 만나서 더 그런 건지도 모르겠다.

[사람 성실하지 성격 반듯하지, 직업도 든든하고 시부모 될 자리도 좋고, 형제애 좋고……. 더 나은 사람 없다는 건 너도 알

고 있지? 물론 우리 딸도 부족하지 않으니까 하는 소리야.]

아버지에 대해 대화를 지속하는 게 무리라고 생각한 건지 엄마가 화제를 전환했다.

"그거야 알지."

[엄마가 바라는 게 더 뭐가 있겠어. 니가 좋은 사람 만나 행복한 가정 이루는 거 보는 게 꿈이다.]

그게 잘되지 않을 것 같으니 문제였다.

"알았어. 알았다구."

어떻게든 빠른 시일 안에 좋은 사람을 찾아봐야겠다고 생각하며 해연은 중얼거렸다. 하지만 지금부터 눈을 씻고 찾아본다고 해도 한상진 정도의 스펙이 되는 인물이 나타날지 모르겠거니와 그런 사람을 붙잡을 수 있을지도 문제였다. 엄마가 좋아하는 부분이 한상진 씨의 배경인지, 반듯한 인간성인지는 확신할 수 없지만.

그 정도까지는 아니더라도 적당한 남자를 구할 수 있는 방법을 좀 생각해 보자면.

1. 채팅하는 방법 — 이것은 한창 인터넷에 맛을 들인 유부녀들의 불륜의 표상이라서 포기.

2. 지나가는 남자에게 껄떡대기 — 바로 정신병원으로 이송 가능성이 있다는 걸 극복할 수 있다면.

3. 윤영이 그랬던 것처럼 친구의 애인을 유혹 — 차라리 죽자.

4. 나이트로 직행. 건전한 즉석 교류, 즉 부킹이라는 마지막

보루가 있다 ─ 원나잇스탠드의 위험성이 농후하다.

아…… 생각하면 할수록 숨이 턱턱 막혀왔다. 이리 따져 보고 저리 따져 봐도 불가능하니 차라리 혼자 살까? 난데없는 상념으로 머리가 딱딱 아파진 해연은 고개를 설레설레 저어 잡생각들을 떨쳐 버리고는 휴대폰을 고쳐 쥐었다.

"엄마, 근데 말이야……."

[응, 왜?]

"한상진 씨 동생…… 들 말이야. 알고 있는 거 좀 있어?"

실은 형제애 얘기가 나온 순간부터 묻고 싶은 말이었다.

[뭐라더라. 바로 아래 동생이 무슨 회사 대표라던데. 프로그램 어쩌고 하더라.]

음…… 컴퓨터 프로그래밍을 말하는 걸까? 그렇다면 IT 업체라고 보면 될 것 같다.

"그리고?"

[그리고 또 막내가 있지. 막내도 둘째가 하는 회사 일을 한다던데. 그 막내도 서글서글하니 잘생겨서 엄마 친구들이 눈독을 많이 들이고 있지.]

그래서 엄마에게서 알아낸 정보로는, 한우진은 현재 컴퓨터 프로그래밍 관련 대학원 재학 중이고, 몇 해 전 그 들어가기 어렵다는 의대를 다니다가 미련없이 중퇴를 하고는 둘째 형의 회사로 들어갔다는 것이다.

애초에 히포크라테스의 엄숙한 선서를 하고 의대에 들어갔지만, 평소 존경해 마지않던 둘째 형 한도진이 설립한 회사에 몇 번 오가다가 스스로 시스템 구축 쪽의 일에 재미를 붙이고 프로그래머로서의 숨은 재능을 발견해 본격적으로 둘째 형의 길을 따라간 것 같았다. 의사 쪽에 흥미가 떨어졌다기보다는 프로그래밍 쪽에 격렬한 호기심이 생긴 것으로 보면 옳을 것 같았다. 애초에 쭉 뻗어진 성공의 길이 정해져 있었지만 스스로의 선택으로 또 다른 미지의 세계에 미련없이 뛰어든 거겠지. 그리고 현재는 그 일에 열정적으로 매달려 둘째 형 한도진이 대표로 있는 회사의 가장 소중한 브레인 역할을 톡톡히 해내고 있는 모양이었다. 생각했던 것보다 훨씬 더 독특하고 대단한 남자가 아닌가.

"후우……."

전화를 끊고서 해연은 자신도 모르게 긴 한숨을 폭 내쉬었다. 우진의 이력을 들은 직후의 압박감은 생각보다 더했다. 왠지 남의 나라 이야기 같기도 하고. 도통 자신의 범주 안에서는 접근하기 힘든 특별한 인물 같았다. 발로 액셀을 딱딱 두드리며 출발할까 말까 생각하고 있는데 마침 휴대폰이 또 울렸다. 엄마가 무슨 할 말이라도 덜 한 건가 싶어 액정을 확인한 해연의 눈이 순간 커졌다.

액정에 찍히는 번호는 한상진의 것이었다.

"한상진 씨라……."

잠시 휴대폰을 들여다보던 해연은 곧 전화를 받았다. 낯설기도 하고, 꼭 그렇지만도 않은 남자의 낮은 목소리가 넘어왔다.

[죄송합니다. 회사에서 지금에야 풀려났어요.]

심플하게 그가 사과와 용건을 함께 꺼냈다. 하지만 그에 대한 인상이 좋을 수가 없었다. 해연은 어차피 하게 될 말, 기다렸다는 듯 그에게 말했다.

"……만나서 드릴 말씀이 있어요."

생각보다 어조가 더 딱딱하게 나갔다. 잠시 조용하던 상진의 대답이 곧 돌아왔다.

[당분간은 시간을 내기가 좀 그렇군요. 바쁜 일이 끝나면 제가 연락드려도 괜찮겠습니까.]

바쁜 남자라는 건 애초에 알고 있었다.

"그렇게 하세요. 그럼."

사실은 좀 더 일찍 만나서 깔끔하게 마무리 짓고 싶었지만 바쁘다는 사람을 불러다 놓고 무슨 말을 하랴.

그와 그렇게 약속을 정하고 해연은 전화를 끊었다. 상진의 전화로 잠깐 미뤄두었던 상념이 다시 밀려들었다. 엄마와의 통화로 알게 된 사실이 못내 해연의 머리를 지끈거리게 했다.

첫째는 유능한 펀드매니저, 둘째는 업체의 대표에, 셋째는 그 회사의 브레인이라……. 곱씹으면 곱씹을수록 부담스러운 스펙들이었다. 특히 우진에 대한 느낌은 더더욱. 방금 전 한상진과 통화를 했는데도 머릿속엔 온통 한우진에 대한 생각뿐이라니, 이거 잘못돼도 한참 잘못된 거 아닐까?

하지만 한우진, 활달하고 빛이 나는 사람이라 규격적인 일보다는 모델 쪽이나 그 비슷한 부류의 일을 하는 건 아닐까 짐작했었다. 이를테면 영화배우 지망생이거나. 밤샘 촬영 같은 걸 하느라고 늘 피곤해하는 건 아닐까. 하지만 예상은 모조리 빗나갔고, 그는 단순하게 넘어가기엔 너무 복잡하고 독특한 약력을 지니고 있었다.

어쩌면 역동적이고 약간은 불안정한 모델 쪽의 일을 하는 사람이기를 바랐던 걸까. 그 정도면 자신과 비교해도 자신이 그리 처지지 않으리라고 생각하기라도 한 걸까?

역시 한우진은 난해한 남자였다.

어디 클럽 같은 데서 밤새도록 노느라고 그렇게나 피곤에 절어서 사는 건 아닐까 싶었더니, 착실하게 일을 하는 사람이었다. 미련없이 의대를 버린 유능한 프로그래머라. 뭔가 고차원적인 일을 하는 사람이라니. 왠지 그가 더욱 멀게 느껴졌다고 하면 자신은 잘못된 걸까? 해연은 액셀을 밟아 차를 출발시켰다.

"한우진 씨, 당신 참 부담스럽네."

하지만 그런 부담도 쓸모없다는 걸 얼마 가지 않아 깨닫게 되었다. 그날 이후 한우진을 만날 일은 오래도록 없었다.

3편
세 살의 나이 차이가
제한하는 것

　한동안 해연은 한우진이라는 인물과 전혀 관계되지 않는 그런 평범한 일상을 보냈다. 서로 연락처도 모르고, 어쩌면 그게 당연한 수순처럼 여겨졌다. 그래서 해연도 어느 순간 그를 잊었다. 어느 날 밤, 거짓말처럼 그가 나타나기 전까지는.

　그것은 생각지도 못한 방문이었다. 시간은 밤 열한 시, 열 시에 침대에 누운 해연은 그 시각 깊이 잠들어 있었다. 때 아닌 방문객은 현관의 비밀번호를 당당하게 누르고 태연하게 집 안으로 들어섰다. 거실을 획 둘러본 그는 비틀비틀 걸어가 침실 문을 열어보곤 마치 자신의 집이 양 스탠드만 켜진 침실 안으로 휘적휘적 들어섰다. 모르는 사람이 보면 술 취한 사람이 아닐까 싶을 정도로 불안한 걸음걸이로 그는 곧 침대에 도착했다. 우진은 또 한참이나 잠이 모자란 상태였다.

불법 주거 침입자는 이내 침대에 털썩 엎어졌다. 그 바람에 한참 달게 자고 있던 해연의 눈이 번쩍 떠졌다. 장신의 체격이 침대의 스프링이 울리도록 엎어졌으니, 제아무리 꿈나라 저쪽까지 여행하던 사람이라도 급격히 현실로 돌아오는 건 당연했다.

강도라고 생각한 해연은 소스라치게 놀랐다. 말도 안 나와 쩡 굳어버린 채 침대 한쪽에 붙어서 달달 떨던 해연의 얼굴에 그 순간 의문이 돌았다. 일단 침입자는 강도치고 무척이나 고급스러운 차림이었다. 그리고 헝클어져 있는 부드러운 머리카락도 눈에 익었다. 얼굴을 침대 매트리스에 푹 박고 있는 바람에 뒤통수밖에 보이지 않았지만 알 수 있었다.

맙소사.

"……우진 씨?"

이걸 대체 어떻게 설명하면 될까. 어떻게 저 남자가 여기 누워 있는 것이며, 또 왜 저러고 있는 걸까. 여긴 어떻게 들어온 것이며 왜 온 걸까. 수많은 의문이 머릿속을 채웠다.

"우진 씨!"

그래서 해연이 거듭 부르자 우진의 몸이 천천히 움직였다. 고개를 옆으로 돌려 해연을 올려다보았다.

"굿모닝……."

어이가 없었다.

"지금 한밤중이거든요."

그걸 따질 때가 아닌 것 같지만.

"그렇구나……."

"여긴 어떻게 들어왔어요?"

그렇다. 그게 가장 중요한 문제였다.

그러자 우진이 축 늘어진 채로 한 팔만 움직여 주머니에서 휴대폰을 꺼냈다. 숨 쉬는 것조차 귀찮아 죽겠다는 얼굴로 버튼을 몇 번 누른 우진이 휴대폰 액정을 해연에게 보여주었다.

순간 해연의 눈이 커졌다.

"이건……."

액정에 떠 있는 건 해연의 전화번호였다. 하지만 자신은 번호를 알려준 적이 없었다.

"내 번호잖아요."

"그러니까."

우진이 휴대폰을 침대에 툭 떨어뜨리고는 마저 기어올라 와 해연의 바로 옆에서 다시 털썩 엎어졌다. 쫓아내려고 맘먹고 있는 사람 앞에서 어쩌면 저렇게도 뻔뻔할 수 있을까.

"형한테서 알아냈거든요."

해연의 눈동자가 흔들렸다.

"무슨……."

"알아내긴 벌써 알아냈는데 시간이 안 나서 받아만 놓고 못

써먹었어요."

번호의 입수 경로는 확인되었다. 하지만 그렇다고 모든 게 납득이 되는 건 아니었다.

"형한텐 뭐라고 하고 물어본 거예요?"

"그냥 물어봤어요. 형은, 별로 꼬치꼬치 캐묻는 성격이 아니니까."

정말이지 한상진 씨다운 반응이라고 할 수 있겠다. 그건 그렇고.

"여긴 어떻게 들어온 거예요?"

"전화번호는 못 써먹었고, 현관문 비밀번호라도 써먹어야지. 둘 다 같은 숫자잖아요."

해연은 고개를 절레절레 저었다.

"그런 게 아니라 비밀번호를 어떻게 알았느냐고 묻는 거예요."

"이상한 사람이다, 해연 씨."

"……."

자신이 아무리 이상한 사람이라도 그가 할 말은 아닌 것 같은데.

"오라고 했었잖아요."

해연의 눈이 커졌다.

"내가요?"

"차 같은 데서 자지 말라면서 와서 자라고 비밀번호도 가르쳐

줬으면서."

기가 막혔다. 자신이 언제 그런 말을 한 걸까. 제정신으로 한 말이 맞나? 그렇게 생각한 순간 눈이 번쩍 떠졌다.

"설마……!"

"그래요. 술 마셨을 때. 그날 밤."

해연의 몸에서 맥이 쭉 빠졌다. 결국 그날이 사단이었다. 알딸딸하게 취해서 자신은 또 어떤 바보 같은 짓을 한 걸까. 비밀번호 말고 또 뭘 흘린 걸까. 설마 통장 비밀번호나 속옷 사이즈 같은 건 아니겠지?

"너무하네. 마음에도 없는 말 한 거였어요? 순진한 남자 상처 받게."

"누가 순진한 남잔데요?"

"당연히 나죠. 철석같이 믿어버리고, 즐거운 나의 집도 배신하고서 달려왔더니 다 뻥이었다는 표정으로, 뭐가 그래요? 해연 씨, 완전 나쁘다. 사기꾼."

별의별 인신공격을 다 받고 있었다. 물론 기억 못하는 건 미안하지만, 술 취한 사람 말을 곧이곧대로 믿은 저쪽도 문제는 많은 것 같다.

"취해서 한 말을 믿었단 말이에요?"

"취중진담이란 말이 있잖아요."

"난 그날 처음으로 그렇게 취해본 거란 말이에요."

"그것까진 내가 모르죠. 내가 해연 씨 과거를 아는 것도 아니고."

"……."

"걱정 말아요. 난 그렇게 과거에 집착하는 남자가 아니니까."

대체 무슨 소리람. 그게 이거랑 무슨 연관이 있는 거지?

"근데 내가 차에서 자는 건 어떻게 알았어요?"

불시의 습격과도 같은 우진의 질문에 해연은 움찔했다.

"역시 그때 나 깨워준 사람 해연 씨였죠?"

생각해 보니 그날 그런 일도 있었다. 해연이 침묵으로 긍정을 하자 우진이 말을 이었다.

"깨웠으면 사람 얼굴이라도 보고 가지. 어쩐지 해연 씨를 본 것 같더라니."

"그럼 부르지 그랬어요?"

"스치듯 지나가는 바람에 확신하지 못했어요. 뒤늦게 돌아가 봤지만 이미 사라져 버리고 없던데."

그랬었구나. 그가 되돌아왔었구나.

해연은 그날 일이 한참이나 오래전 일처럼 느껴졌다. 그만큼 한우진과의 만남은 이제 과거의 일이라고 생각하던 참이었는데. 다시 만나리라곤 생각하지 않았다. 그것도 이런 식의 불법 침입이리라곤.

"동생 하랬던 것도 잊어버렸겠네?"

다른 생각에 빠져 있던 해연의 눈이 쩡 얼어버렸다.

"뭐…… 라구요?"

듣고도 믿기지 않아 되묻는 순간, 이상하게도 그 일만은 얼핏 기억이 났다.

"동생 할래요?"

자신의 목소리로 그런 말을 한 것 같은 기시감이 있었다. 어째서 그 말은 어렴풋이 기억이 나는 걸까. 꿈인 줄 알았더니.

"표정을 보아하니 역시 그것도 기억 안 나는 거군요."

"……."

"다 잊어버리고 너무하시네."

"아뇨……."

실망으로 부루퉁해진 우진의 시선이 해연에게 향했다. 해연이 낮게 중얼거렸다.

"그 말은 기억나요. 했던 거 같아요."

우진이 빙긋 웃었다.

"그나마 다행이네요. 그것마저 잊어버리면 미워질 뻔했어요."

그렇게 말하니 기억한 게 정말 다행 같았다.

"불법 침입으로 몰려 신고당하는 건 아닌가 걱정했더니."

"신고까지는 안 했을 거예요. 단지……."

"단지?"

"좀 불쾌했겠죠."

"지금도 불쾌해요?"

"그건…… 아닌 것 같아요."

순간 우진이 눈가를 접으며 더없이 상냥하게 웃었다.

"그리웠어요. 그 애매한 말투가."

해연은 어떻게 반응해야 할지 모르겠다. 그의 미소가 해연의 감정을 살랑살랑 흔들고 있었다. 마치 고요한 물속에 천천히 손을 넣어 잔물결을 만드는 것처럼.

그가 머리카락을 쓸어 넘기자 보기 좋게 붙은 팔의 잔근육들이 움직였다. 해연은 왠지 더워지는 것 같아서 조금 옆으로 옮겨 앉았다.

물끄러미 그를 보다가 입을 열었다.

"우진 씨, 나 묻고 싶은 게 있어요."

"말해요."

"……여자친구 있으면서 왜 여길 와요?"

쉽지 않게 꺼낸 말이었다. 하지만 마음에 걸리는 일이라 꼭 해야 할 말이었다.

순간의 우연쯤 별거 아니라고 생각해서, 한우진이라는 남자를 어쩌다가 마주친 사람 정도로 잊어버릴 수 있을 것 같았는데. 왜 자꾸 나타나서 눈에 익게 하는 건지. 명백히 화가 나야 할 이런 갑작스러운 침입을 허용하고 싶어지게끔 만드는 건지.

"그러면 안 되는 거잖아요."

해연은 우진에게서 시선을 거둔 채 중얼거렸다. 아래를 내려다보며 탓하듯 말하자 우진이 천천히 일어나 앉았다. 책상다리를 하고서 그녀를 응시했다.

"지금, 뭐라고 했어요? 다시 좀 말해봐요."

해연이 고개를 들자 그가 진지한 눈으로 그녀를 쳐다보고 있었다. 방금 전까지 나른하게 풀어져 있던 얼굴에도 긴장이 어려 있고, 표정은 쌩쌩했다.

"잠이 다 깨네."

왜 저렇게 황당하다는 표정을 하는 거지?

"……무슨 말이에요?"

"내가 묻고 싶은 말이에요. 내 여자친구라니?"

해연은 고개를 갸웃거렸다. 이건 마치 서로가 남의 다리를 긁는 기분이랄까.

"여자친구 말이에요. 도경 씨란 사람……."

"하……."

우진의 어깨가 아래로 축 처졌다. 기가 막힌다는 눈으로 해연을 쳐다보았다.

"여자친구가 있으면서 이러는 건 옳지 않아요. 내가 말한 건, 정 잘 데가 없으면 백번 양보해서 거실에서 재워줄 수 있다는 말이었지, 이렇게 갑자기……."

"잠깐. 잠깐만요."

우진이 손을 들어 해연의 말을 잘랐다. 잠시 심호흡을 한 그가 선명하게 강조했나.

"아니에요, 문도경."

"······네?"

"없어요. 그런 거. 여자친구 같은 거 없다구요."

이번엔 해연이 멍한 눈을 했다.

"무슨······."

"기왕 오해할 거면 문도경 말고 다른 사람으로 해주던가. 문도경이라니. 걘 그냥, 너무 좋아하는 친구예요."

"일반적으로, 너무 좋아하는 친구를 여자친구라고 하지 않나요?"

"그건······ 그렇네."

우진이 답답하다는 듯 가슴이 턱 막힌다는 표정을 했다.

"하지만 아니에요. 문도경이 여자친구라니 손발이 다 오그라들 것 같네. 내가 말한 너무 좋아한다는 건, 애증의 의미가 있는 거예요. 미워 죽겠는데도 어쩔 수 없이 눈에 밟히는, 뭐 그런 인간관계. 아주 소중하지만 여자로서는 느낀 적 없는 그런 인간관계."

"난 무슨 소린지 하나도 이해 못하겠어요."

우진의 말이 도통 이해가 가지 않았다. 하지만 그건 우진도 마찬가지인지, 설명하면서도 자기가 답답해하는 표정이었다.

"아무튼 어째서 도경일 내 여자친구로 오해한 건지는 모르겠지만, 말도 안 되는 생각이에요. 더 설명할 필요도 없이 그 녀석은 그냥 친구예요. 그 이상의 가감이 필요없는, 단지 친구. 물론 그 녀석 착하고 장점도…… 찾아보면 있을지도 모르지만, 아무튼 내가 여성상으로 삼고 있는 그 어떤 면도 갖고 있지 않다구요. 나 지금 상당히 열정적으로 부정의 표현을 하고 싶은데, 그래도 돼요?"

"어떻게 할 건데요?"

우진이 고개를 푹 숙이더니 관자놀이를 꾹꾹 눌렀다. 저러다가 뼈가 부서지는 건 아닌가 싶을 정도로 세게. 잠깐 정도 그러고 있더니 곧 우진이 고개를 들었다.

"사라졌어요. 도경 마녀가 머릿속에서."

해연은 고개를 설레설레 저었다. 저렇게까지 부정하는 걸 보니 정말 여자친구가 아닌 모양인데. 하지만 자신은 그렇게 믿어 왔었다.

"정말 그렇게 생각했는데……."

"도대체 어느 부분에서?"

"그러니까……."

잠시 고민한 해연이 말을 이었다.

"그냥…… 느낌상?"

"그 느낌, 사람 잡겠네요."

"그날 통화하는 분위기도 정말 좋았고. 너무나 부드럽고 다정하게 연인을 대하는 것 같았거든요. 집 앞에서 통화할 때……."

기억을 떠올리듯 미간을 살짝 찌푸린 채 생각해 보던 우진이 어이없다는 듯 고개를 저었다.

"그날 통화한 건 승효였어요. 마녀 도경은 중간에 휴대폰을 빼앗겼고. 안 그래도 해연 씨 정체가 뭐냐고 얼마나 시끄럽게 굴던지."

가만히 우진을 바라보던 해연이 천천히 입을 열었다.

"그건 도경 씨는 우진 씨를 좋아한다는 뜻이네요?"

"그건 내가 어쩔 수 없는 부분이니까."

"……."

냉정하다. 이 남자.

"……좀 잔인하지 않아요?"

"그럼 좋아하지도 않는 여자 마음을 하나하나 다 신경 써줘요? 아, 여기서 좋아한다는 의미는 이성으로서의 의미를 말하는 거예요."

확고한 어조로 설명하는 우진의 표정이 왠지 낯설게 느껴졌다. 처음으로 그의 눈매가 서늘할 수도 있다는 생각을 했다. 확고하게 뜻을 표현하는 건 냉정하다의 의미도 되는 거니까. 하지만 역시 낯설었다. 워낙 미소를 잘 머금어 밝게만 보이던 눈이었는데.

아닌 건…… 아니라는 건가.

"지금으로선 여자친구 같은 건 만들 생각도 없어요."

"……."

"말했잖아요. 단지 이 사람이다, 마음에서 움직이는 그런 사람은 못 만났다고."

"그런 건가요?"

"이제 어린 나이도 아니고, 가볍게 상대를 만나는 놀이 같은 연애는 지양해야죠. 형들은 결혼을 앞두고 있는데 나만 애들처럼 남아 있을 수는 없잖아요. 키스하고 싶어지는 사람, 만지고 싶어지는 사람, 날 원하면 다 주고……. 그런 연애를 할 겁니다."

자신에게 한 말도 아닌데 해연의 얼굴이 다 화끈거렸다. 실내가 어두워서 다행이라는 생각이 들었다. 저런 말을 아무렇지도 않게 하다니.

"이런 내 생각, 싫어요?"

해연은 고개를 저었다.

"그건 우진 씨 생각이니까."

"해연 씨는 어떠냐는 거예요."

"난, 잘 모르겠어요. 우진 씨가 옳다고 생각하면 끌리는 대로 행동했으면 좋겠어요."

해연으로서는 그녀가 할 수 있는 최선의 대답이었다.

우진의 입가에 쓸쓸한 미소가 돌았다.

"그런 누나 같은 말 말구요."

해연의 얼굴이 상기되었다. 딱히 누나라는 입장을 내세워 한 말은 아니었는데.

"아아…… 완전히 남 취급이네. 서운해라."

해연은 슬쩍 시선을 피했다. 남 취급을 하지 않으면 퐁당 빠질 것 같아서 경계하고 있는 건데. 이 남자는 자기 매력을 모르나?

저런 눈으로 연애에 대해 진지하게 말하면, 대체 어떻게 반응하라고.

"해연 씨는 어때요? 어떤 연애를 하고 싶어요?"

뒤통수라도 맞은 듯 해연은 깜짝 놀랐다.

"난……."

우진의 시선이 살갗을 파고들 듯 강렬하게 느껴졌다. 저렇게 재촉하듯 쳐다보지 말았으면 좋겠다.

애초에 그는 그녀의 연애가 얼마나 비참하게 끝났는지 보지 않았나? 그런데 저렇게 묻는 건 실례다. 기분 나쁘다고 삐칠 수도 없고…….

"난, 그냥 사랑을 하기 싫어요."

그래서 해연은 딱딱하게 대답했다.

하지만 그건 사실이었다. 지금은 어느 누구와도.

"그럼 잘됐네."

천천히 흘러나온 우진의 말에 해연은 무슨 뜻이냐는 듯 쳐다보았다. 그가 어깨를 으쓱했다.

"그럼 난, 당신을 사랑하지 않을게요."

해연의 눈동자가 흔들렸다.

"당신은 연애란 게 겁나니까, 사랑이 겁나니까 그것만 안 하면 내가 옆에 있을 수 있다는 거잖아요."

그게 그렇게 되나?

자신도 모르던 사고의 전환이라서 신선하기도 하고, 왠지 무정하기도 하고, 그래서 해연은 그를 빤히 쳐다보기만 했다.

"난 해연 씨랑 만나는 게 좋고 해연 씨랑 같이 있고 싶거든요. 재미있으니까."

"날 재미있다고 해주는 사람은 우진 씨뿐이에요."

"해연 씨도 재미있지만 해연 씨랑 같이 있는 시간이 더 재미있어요. 좋아요."

어떻게 들으면 최고의 찬사 같고, 어떻게 들으면 사람만 쏙 빼놓고 좋다는 뜻 같기도 하고.

"친구 녀석들이 계속 물어봐요. 해연 씨가 대체 누구냐고."

"……."

"나한테 해연 씨는, 그냥 해연 씨예요."

우진의 눈동자가 부드럽게 빛났다.

"무슨 관계인지, 누구인지 그게 뭐가 그렇게 중요하죠? 난 그냥, 인간적으로 해연 씨가 좋은데. 같이 있으면 이렇게 편할 수가 없어요. 이성에게서 처음 느껴본 감정이에요."

해연의 눈동자가 잘게 부서졌다.

기쁘면서도 씁쓸하고, 씁쓸하면서도 행복했다. 이것은 또 다른 종류의 고백. 하지만 그 어떤 사랑의 고백보다 해연을 따뜻하게 감싸주는 것 같기도 했다. 마치 그의 미소처럼. 온기를 품은 그의 눈동자가 웃으면서 바라봐 주면 그게 그렇게 좋았다.

아마도 그녀가 호감을 가진 건, 이 남자의 미소가 시초가 아닐까 싶다.

"내가 그렇게 인간적으로 매력적인 사람이었나?"

풋 웃으며 해연이 묻자 우진이 빙긋 웃었다.

"하나하나 다 열거해 볼까요?"

"아뇨. 부디 그만둬 주세요."

해연은 얼른 항복 선언을 했다. 아마도 이 남자는 하라고 하면 막힘없이 할 것이다. 수없이 많은, 손발이 오그라들 장점을 생각지도 못한 부분까지 다 끄집어내겠지.

"우진 씨는 무슨 생각을 하는지 모르겠어. 어려워요."

"나도 날 모르겠어요."

"세상에서 가장 어려운 수학 문제를 푸는 느낌이에요."

"우리 삼 형제가 좀 그렇대요. 대충 평이 그렇더라구요."

해연은 풋 웃어버렸다. 그런 해연을 바라보며 우진이 낮게 말을 이었다.

"난 지금껏 사랑을 즉흥적으로 했어요. 마음이 끌리면 끌리는 대로. 별로 깊이 생각하지 않고. 시작이 쉬운 만큼 그래서 끝도 흔했죠. 사랑 때문에 머리 터지는 사람들이 이해가 안 갔어요. 나한테 연애는 그냥 소일거리 같았거든요. 연애랑 일상생활이랑 친구들과 만나는 거랑 뭐가 가장 즐겁냐고 물으면 그냥 다 똑같아, 라고 대답할 정도의 그런 만남."

"……."

"만날 땐 즐겁지만, 헤어지고 나서도 딱히 또 보고 싶다거나 그런 생각을 해본 적은 없었어요. 함께 있을 땐 나름대로 즐겁게 놀다가 각자 자기 자리로 돌아가면 또 나름대로 자기 시간에 빠져서 그 시간 역시 즐겁게 생활했죠. 진지하지 않았던 것 같아요."

해연은 차분한 눈으로 그를 응시하고 있었다. 그가 말하고 싶은 만큼 다 말하도록 들어주고 싶었다.

"한도진 씨가…… 아, 난 형들을 이렇게 불러요. 괜찮죠?"

해연은 엷게 웃으며 고개를 끄덕였다. 애초에 그가 형을 부르는 방식이 처음부터 저랬던 것 같다. 한상진 씨, 한도진 씨, 자기 형에게 깍듯하게 객관적인 존칭을 붙이는 게 낯설기도 했지만 독특하고 재미있었다.

"아무튼 한도진 씨가 그러더라구요. 아마 넌 진지함을 가르쳐 줄 사람이, 연인이 될 거라고."

해연의 눈동자가 잘게 흔들렸다.

"좀 짜증나죠? 뭐가 그렇게 복잡해."

우진이 투덜거려서 해연은 고개를 절레절레 저었다. 못 말리겠다, 이 남자.

"하지만 난 형님을 존경하니까 한 번 믿어보기로 했어요. 그 말을. 기다려 봐야죠. 내 진짜 상대를."

두 사람 사이에 잠깐 정적이 일었다. 그것은 진지하고도 속 깊은 의미의 정적이었다. 누구보다 자신있게 성실하게 말하는 그와 그런 그를 지켜보고 있는 해연의 마음.

해연은 곧 그에게 동조하듯 빙긋 웃었다. 자신도 기대가 되었다. 그의 형이 예견한 진짜 상대가 우진에게 나타날 현실이 말이다. 한편으론 쓸쓸하고 허전하기도 했지만 지지해 주고 싶은 마음도 거짓 아닌 진심이었다.

그나저나 형을 존경한다는 얘기가 나오자 해연은 우진이 존경해 마지않는 형을 따라 미래를 바꾼 일이 문득 떠올랐다.

"그런데 우진 씨, 이건 좀 다른 얘긴데…… 우진 씨 하는 일이 어떤 건지 물어봐도 돼요?"

이미 엄마에게 들어 대충은 알고 있었지만, 아무것도 들은 게 없는 척 해연은 다시 물어보았다. 갑작스럽게 질문할 타이밍이 아닌 것 같기도 했지만 해연은 궁금해 미칠 지경이었다. 더 자세히 알고 싶었다. 그가 하는 일을, 그의 입으로 듣고 싶었다. 늘 잠에 취해서 해롱거리는 그의 행적이 못내 의아하기도 했고.

"오…… 드디어 해연 씨가 나한테 관심을 가져주는군요."

뭐, 그렇게 생각하고 싶으면 그리하셔도 되겠지.

"이렇게 설명해 보죠. 회사명은 〈IAP 코리아〉, e—비즈니스 솔루션 전문업체로 주로 국내외 기업체에 ERP 즉 전사자원관리시스템를 구축해 주는 솔루션 소프트웨어를 제공하는 일을 하죠. 패키지 솔루션 업체로서는 국내에서 다섯 손가락 안에 꼽힌다고 자부해요. 이해가 되나요?"

"전혀요."

다소곳이 앉은 자세로 경청한 끝에 듣고도 전혀 이해가 안 가서 해연이 피식 웃으며 대답하자 우진이 쿡 웃었다.

"그럼, 간단하게 말해서 컴퓨터 자판을 두드리는 거예요."

"그건 너무 간단한 설명 같은데."

"그럴지도. 아무튼 난 이 일이 좋아요. 1, 2년 안에 회사를 업계 최고의 위치까지 올려놓을 거예요. PI ERP 구축은 모조리 한우진에게 맡겨라. 그게 제 목표죠. 아마도 죽을 때까지 이 일을 놓지 못할 거예요. 돈도 돈이지만, 회사 대표님이랑 죽을 때까지 함께 걸어갈 생각이거든요."

대표님이라……

그가 자신의 형들을 부르는 호칭은 늘 한상진 씨, 한도진 씨였지만 지금은 또 대표님이라고 지칭하고 있었다. 둘째 형을 무척이나 존경한다는 정보는 틀리지 않은 모양이었다. 아직 대표가 형이라는 얘기까지는 해주지 않을 모양인 건지. 물론 해연은 이미 알고 있는 사실이었지만, 엄마에게 일부러 물어서 캐낸 사실이었기 때문에 이 자리에서 아는 척하기도 곤란해서 그저 듣기만 했다.

"내 열정과 우리 대표님의 괴팍함으로 세상을 손에 넣을 생각이죠."

자신감 넘치는 그 표정에 해연은 빙긋 웃었다. 자신의 일에 대해 열정적으로 어필하는 우진의 눈동자에 생기가 넘치고 있었다. 생각만 해도 기분이 좋은 모양이었다. 그의 이런 모습을 보는 게 좋았다. 미래에 대한 열망과 자신과 자신의 형에 대한 자부심으로 반짝반짝 빛이 나는 모습, 눈이 부셨다.

그래서 해연은 자신도 모르게 읊조리듯 말했다.

"나타날 것 같아요. 곧. 우진 씨가 기다리겠다는 그 진짜 상대가."

음미하듯 그녀가 말하는 순간 우진의 눈동자가 낮게 흔들렸다.

하지만 해연은 진심을 말한 것이었다. 솔직하게 마음을 열고 기다린다면 틀림없이 꼭 다가올 것이다. 그리고 그녀는 누구보다 먼저 이 남자를 발견할 것이다. 그는 눈을 감고 있어도 빛을 알아챌 수 있을 만큼 반짝이는 사람이니까.

해연이 확신에 가득 차서 말을 마치자 우진이 곧 사랑스럽다는 듯 은은한 눈으로 해연을 바라보았다. 확고하게 자신의 편을 들어주는 동료에 대한 동료애 같은 느낌이었지만, 아무튼 우진은 해연을 사랑스럽다는 눈빛으로 바라보고 있었다. 그가 낮게 입을 열었다.

"사랑이 겁나죠? 겁이 사라질 때까지 내가 옆에 있어줄게요."

이것이 따뜻한 마음으로 자신의 편을 들어준 그녀에 대한 보답으로 유용하다면 좋겠다고 그는 생각했다.

해연은 설레는 마음으로 그를 마주 보았다. 그런 것, 나쁘지 않았다.

"난 좋지만. 그래서 우진 씨한텐 무슨 이득이 있을까요?"

"느낌 좋은 사람이랑 같이 있을 수 있어요."

처음부터 그녀는 형의 분위기를 닮아 낯설지 않았고, 대화를 나누면 막히지 않았다. 자신이 막내라서 그런지 그녀의 성숙해 보이는 면도 마음에 들었고, 너무 요란하지 않은 그녀의 분위기도 딱 좋았다. 지금처럼 잔잔하게 그를 지지해 주는 그녀가 좋았다.

"공짜로 얻어 잘 수도 있고."

"돈 받을까 보다."

우진이 해연의 손을 불쑥 낚아채더니 꽉 잡고서 말했다.

"우리, 이것저것 심각하게 따지지 말아요. 사랑이니 뭐니 복잡한 거 따지지 않아도, 서로에게 소중한 사람이 되어보는 건 어때요?"

그것은 세상에서 가장 심플한 유혹이었다.

그래서 여러 가지 의미로 속은 복작거리는데도 해연은 그의 제안을 부정할 수 없었다.

무언의 합의.

—사랑이니 복잡한 거 따지지 않아도 서로에게 소중한 사람이라……

어찌 보면 딱 듣기 좋은 울림의 말이었다. 그러나 가만히 속을 들여다보면, 의리를 나누자는 것 같기도 하고, 의남매가 되자는 것 같기도 하고……. 여러 가지로 해석할 수 있었지만 일단은 나쁘지 않았다. 그것에만 집중하기로 했다.

사랑에 실망한 자신. 그리고 아직 사랑할 사람을 찾지 못한 그가 의기투합한 것이다. 그야말로 최적의 조합이 아닐까. 그래서 해연은 그의 말을 따르기로 했다. 좋은 사람과의 만남, 그보다 행복한 일이 어디 있을까. 단 하나, 훗날 그의 옆에 누군가가 나타났을 때 질투를 하지 않을 수 있다면 더더욱 완벽할 텐데 말이지.

아무튼 그렇게 해서 두 사람의 조금은 특별한 관계가 시작되었다. 그리고…….

"굿모닝……. 꿈에서도 보고, 두 번째네요."

그날도 잠에서 깬 그가 다정하게 미소를 지었다.

어느 날부터인가 마치 당연한 것처럼 눈을 뜨면 그가 옆에서 자고 있었다. 그런 생활이 반복되고 있었다. 조금은 낯설고, 많이 설레고, 아직은 복잡하기만 하지만 눈에 띄지 않게 조금씩 조금씩 안정적으로 변해가는 그런 아침이, 매일매일 그녀에게 찾아와 주었다.

"어서 와요……."

그래서 해연도 엷은 웃음으로 대답했다. 앞으로도 영 익숙해지지 않을 것 같은 아침 인사……. 하지만 그가 없이 혼자서 맞는 아침보다 창피하고 민망하더라도 그와 함께하는 아침을 반가워하게 되었다.

그리고 그런 아침마다 해연은 자연스레 생각하게 되었다.

당신이 나를 지켜준 것처럼 나도 당신을 지켜주고 싶다.

하지만 못내 걱정스럽다. 훌쩍 나타났던 것처럼, 당신은 또 언제 훌쩍 떠나는 걸까?

4편

혹시 알아요?
꿈속에서 오빠가 꽃신을 사다 줄지

비가 왜 이렇게 오는지 모르겠다.

원래 비를 싫어하지 않는데도 오늘따라 날씨가 추적추적한 느낌이라고 해연은 생각했다.

"밖에 비 엄청 와."

우산을 털며 분주하게 가게 안으로 들어서던 해연은 뭔가 느낌이 이상해서 천천히 고개를 들었다. 아니나 다를까, 가게 안엔 먼저 도착해서 영업 준비를 하고 있는 선아와 그리고 또 한 사람, 다른 이가 있었다. 손님도 아니고 반가운 사람도 아닌, 단순한 불청객이.

허윤영…….

기가 막히게도 윤영이 테이블에 앉아 있었다. 선아의 표정은 당연히 좋지 않았다. 부루퉁한 얼굴로 카운터에 서서 윤영의 얼굴만 내내 흘겨보고 있었다. 하지만 윤영은 언제나 그렇듯 당당한 얼굴로 선아는 거들떠보지도 않고서 오로지 해연만 예의 주시했다.

해연은 물론 황당했다.

"여긴, 웬일이야?"

우산을 접어 우산꽂이에 꽂으며 해연이 무표정하게 물었다. 여긴 네가 올 곳이 아니지 않나? 실제로는 그렇게 말하고 싶었지만.

"지나가는 길에 들렀다곤 하지 않겠어."

"그럼?"

돌아서서 똑바로 쳐다보며 묻자 윤영이 새침한 눈으로 말을 이었다.

"용건이 있어서 온 거 아니겠니?"

"할 얘기 있으면 밖에서 하고 와."

이건 해연이 한 말이 아니었다. 해연의 입장은 차라리 윤영과 말을 섞고 싶지 않은 쪽이었다. 툭 던지듯 말한 사람은 선아였다. 노골적인 불쾌감을 담은 눈으로 윤영을 쏘아본 선아가 해연에게 말을 이었다.

"여기 영업집이야. 아침부터 기분 잡치고 싶지 않거든."

선아의 말에 윤영이 피식 웃었다. 입꼬리를 말아 올리더니 천천히 자리에서 일어났다.

"니들 둘이랑 아영이랑 여전히 찰싹 달라붙어서 재밌게들 노는구나?"

그녀의 조소에 선아의 눈썹이 있는 대로 휘어졌다.

"저게 지금 뭐라는 거야? 야! 너 어떻게 된 거 아니야? 그런 말이 지금 입에서 나와? 아니, 애초부터 니가 어디라고 여길 와? 양심이 있어야지⋯⋯!"

"너 보러 온 거 아니니까 서로 예의 좀 차리자, 응?"

"저걸 확!"

잘못하면 싸움이 날 것 같아 해연은 둘 사이를 막아섰다. 개인적인 일로 선아에게 폐를 끼치는 것 같아 그것도 미안하고, 그래서 해연은 윤영을 똑바로 쳐다보며 차갑게 말했다.

"허윤영, 너 나가."

순간 금세라도 뛰쳐나올 것 같던 선아도 정지하고, 윤영도 뜻밖이라는 듯 놀란 눈으로 천천히 해연을 돌아보았다.

"⋯⋯뭐?"

"나가서 곧장 집에 가. 그럴 일은 없을 것 같지만 혹시라도 만날 마음이 생기면 그때 또 한 번 신중하게 생각해 보고 연락할 테니까."

윤영은 계속해서 황낭하다는 눈이었다. 이렇게 직접적으로 당할 줄은 몰랐겠지. 그래서 어떻게 반응할지 모르는 눈이기도 했다. 해연은 딱딱한 표정으로 말을 이었다.

"무슨 용건으로 온 건지 별로 궁금하지도 않거든. 그리고 나, 너 보고 싶지도 않구. 무엇보다 내가 왜 궁금하지도 않은 용건을 듣기 위해서 일부러 너랑 마주 앉아 있어야 하는지 그걸 모르겠어. 왜 니 얼굴을 참고 있어야 하지? 대체 내가 왜 그래야 하는데?"

선아가 뒤에서 어안이 벙벙한 눈으로 해연을 쳐다보고 있었다. 저게 진짜 김해연 맞나? 그런 표정으로.

해연은 지금이라도 선아를 돌아보며 깔끔하게 말해주고 싶었다. 나 이런 사람 맞아. 사실은 나, 이것보다 좀 더 직설적이고 못된 여자였는지도 몰라. 우아한 척, 고상한 척, 척척 하느라고 상처에 맺힌 고름을 짜내지도 못하고서 품고 있던 그런 여자는 더 이상 사양이라고.

바로 그 고름을 만들어주었던 당사자인 윤영이 눈이 찢어져라 해연을 노려보았다.

"남자 하나 뺏긴 게 그렇게 자존심 상하니?"

"……뭐?"

"남자 좀 뺏겼다고 유치하게 애들한테 소문 다 퍼뜨리고, 니 친구들 나만 보면 으르렁거리는 거 다 너 때문 아냐. 양선아! 너도 날 인간 취급이라도 하니? 내가 니 애인 빼앗었어? 왜 너까지 나한테 쌍심지를 켜는 건데?"

윤영은 끝까지 자신의 입장만 생각하는 성격이었다. 그리고 무슨 일이 있어도 오늘 온 용건을 관철하고 갈 생각인 듯싶었다. 비록 여기 가게 안에서 난리가 나는 한이 있더라도 말이다. 저게 저 아이의 단점이었다. 자기 위주로 본인 입장만 생각하다가 자기가 조금이라도 상처를 받으면 길길이 날뛴다. 친구였을 때는 그냥 그렇게 넘어갈 수 있었던 그런 면들이 지금 이렇게 해연에게 비수로 작용하고 있었다.

자기가 억울하면 남이 피해를 받건 말건 상관하지 않고 어떻게든 해결해야 하는 성격. 저걸 어쩌면 좋을까. 하긴 윤영의 그런 성격 때문에, 호준과 둘이 남의 눈을 피해 사귄다는 걸 알았을 때에도 그들과 같이 진창에 빠지고 싶지 않아 그냥 고개를 돌려 버렸는지도 모르겠다.

"야, 너 그걸 말이라고 해? 이게 어디서 뺨 맞고 여기 와서 화풀이야? 지금 때린 놈이 맞은 놈한테 억울하다 그러는 거야? 응?"

선아가 광분할 조짐을 보였다. 다혈질인 선아가 한 번 터지면 이 가게 날아간다. 아마 케이크가 얼굴 앞에서 폭발하는 걸 보게 될 것이다.

"허윤영, 너 그냥 가라."

해연은 얼른 선아를 막고서 윤영에게 손짓을 했다. 하지만 윤영은 도끼눈을 하고서 꼼짝도 하지 않았다.

"이런 좁은 가게 더 있으래도 갈 거야. 가기 전에 한마디만 하겠는데, 너 유치한 짓 그만 해. 한 번 끝났으면 끝난 거지, 구질구질하게 뭐 하는 짓이야?"

"구질구질?"

"그래. 어느 호스트바에서 데리고 온 건지 모르겠지만, 어디서 양아치처럼 미끈한 인간 하나 끌고 와서 그딴 짓 하는 거 유치하지 않아? 다음번엔 뭐 할 거니? 너 뭔가 오해하고 있나 본데, 내가 아니었어도 호준이 너 사랑하지 않았어!"

"저게!"

선아가 나서려는 순간이었다. 하지만 해연의 행동이 먼저였다. 윤영의 고함과도 같은 비난이 끝나는 것과 동시에 날카로운 울림이 일었다. 동시에 윤영의 뺨이 옆으로 휙 돌아갔다. 그 뺨을 사정없이 후려친 해연은 자신이 때리고도 놀란 눈으로 굳어 있었다.

가게 안에 정적이 일었다. 선아도 해연만큼이나 놀란 눈으로 꼼짝도 하지 못했고, 윤영은 뺨을 감싸 쥔 채 믿을 수 없다는 눈으로 해연을 노려보았다.

해연은 천천히 입술을 깨물었다. 손을 내리고서 낮게 말했다.

"그러니까 가라고 했잖아."

"너……."

윤영이 씨근덕거렸다. 하지만 해연은 차갑게 돌아섰다. 억양의 높낮이 없이 중간 톤으로 말을 이었다.

"오해는 니가 하고 있어. 알려면 제대로 알아. 두 사람 사귄다고 했을 때 내가 어떤 비난도 하지 않았던 건 단지 둘을 보기 싫어서였지, 용납한 게 아니었어. 니들 둘 앞에서 초라해질까 봐?

아니, 나 스스로에게 초라해질까 봐 구정물에서 빠져나온 거야. 니가 무서워서도 호준이한테 미련이 갈까 봐도 아니야. 내가 아무런 반응이 없었다고 해서 미움도 없었을 것 같니? 그래서 너, 이렇게 쳐들어와서 멋대로 구는 거야? 때려주지 않으니까 내 심장에 뚫린 상처의 크기가 너한텐 전혀 와 닿지 않지? 꼭 맞아야 납득이 가지?"

말이 이어지면 이어질수록 그 안에 확실한 감정이 실리고 있었다. 또한 명백한 비난이.

윤영은 아무 말도 하지 못했다. 오히려 말문이 막힌 듯 입술도 열지 못했고, 달려들기는커녕 발을 바닥에 붙인 채 미동도 하지 않았다. 하긴 그녀도 김해연이 이렇게까지 나올 줄은 몰랐을 것이다. 시니컬하고 독한 건 허윤영의 트레이드마크였으니까. 하지만 김해연도 그런 거 하지 못하리라는 보장은 없다. 그래. 세상 모든 건 변하니까.

김해연도 변하는 거다. 이번에야말로 좋은 방향으로. 허윤영이 가고 난 후에 혼자 억울해하며 후회하지 않을 방향으로.

"이래서 법이 있어야 돼. 잘못을 저질러 놓고도 벌을 받지 않으면 자기가 잘못한 줄 전혀 모르거든. 반성하지 않고서 또 똑같은 짓을 저지르지. 오히려 자기가 피해를 입힌 피해자한테 가서 자기 입장을 변호하고 비난하니 말이야. 웃기지 않니, 선아야?"

해연의 질문에 벙쪄 있던 선아가 얼른 정신을 차리고서 고개를 열심히 끄덕였다.

"그, 그렇지! 내가 하고 싶은 말이라니까?"

"그러니까 허윤영, 누울 자리 보고 발을 뻗어. 여기가 내 홈그라운드라는 거 인식은 하고서 쳐들어온 건지는 모르겠지만, 할 말은 하나야. 갈 거야? 말 거야? 안 갈 거면 여기서 다시 처음부터 차근차근, 한번 따져 보자. 중요한 문제니까 가게 문은 잠깐 닫지 뭐."

그러면서 해연이 싱긋 웃기까지 하자 윤영의 얼굴이 그야말로 제대로 하얗게 질렸다. 아무 말도 하지 못한 채 머뭇거리다가 곧 얼굴이 시뻘게져서 입구로 향했다. 그 등에 대고 해연이 말했다.

"그리고 그 남자, 호스트 아니야. 호준이랑은 비교도 안 되는 최고의 남잔데. 멋지고 사려 깊고 똑똑하고, 제대로 된 사람이지. 거기다 심하게 섹시하기까지. 넌 사람도 볼 줄 모르니?"

"……!"

윤영의 걸음이 멈칫했다. 하지만 부르르 떨 뿐 해연을 돌아보지 못했다.

"너 참 안됐어. 좀 더 기다리지 그랬니. 조금만 더 참았더라면, 호준이보다 훨씬 더 조건 좋은 남자를 훔쳐 갈 기회가 있었을지도 모르는데. 너 내 거 빼앗는 거 좋아하잖아. 하긴 그 남자가 너한테 눈길이나 줄지 모르겠지만, 어차피 이미 호준일 가져갔으니까 뭐. 그래서 배신도 타이밍을 맞춰서 해야 남는 게 많은 거야. 안 그러니?"

그 말에는 뭐라고 한마디 반박할 줄 알았던 윤영은 끝까지 한마디도 하지 못한 채 가게 유리문을 밀고 나갔다. 해연은 유리 밖으로 윤영이 사라질 때까지 삭막한 눈길을 고정시킨 채 꼼짝도 하지 않았다. 그리고 10초 정도 정적이 지났을 때 선아가 해연의 어깨를 툭 쳤다.

"야, 너 괜찮아?"

해연은 그제야 눈을 깜빡거리며 온몸에서 힘을 풀었다. 얼마나 힘을 주고 있었는지 어깨부터 목까지 안 아픈 데가 없었다.

"괜찮아. 고마워……."

긴장이 풀리자 무릎뼈가 연골이 된 것처럼 후들거렸지만 아무렇지 않은 척 대답했다. 선아가 휘이 휘파람을 불며 중얼거렸다.

"너 용감해졌더라? 무슨 성격개조 수술이라도 받았어? 어쩌다가 그렇게 사람이 달라졌어? 너 아닌 줄 알았다야."

해연은 피식 웃었다. 하긴 자신도 그렇게 제대로 유효펀치를 날려줄진 몰랐다. 잔등에 식은땀이 맺히는 걸 느끼며 해연이 말했다.

"말하면서도 윤영이가 치고 나오면 어쩌나 얼마나 조마조마했는데. 말발로 밀고 나오면 나 걔 못 당하잖아."

"못 당하긴. 조마조마한 표정이 아니던데. 아주 그냥 제대로 한 방 먹여주더만 뭘. 그렇게 제대로 할 수 있는 게 왜 여태껏

속 터지게 굴었냐? 그동안 어떻게 참았니?"

"참긴 누가 참아."

해연이 낮게 중얼거림을 이었다.

"그냥 용기가 좀 생기네……."

"……흐음."

"뭐랄까 적금 단단히 들어놓은 사람이 여유로워지는 거랑 같은 건가?"

"뭔 소리야?"

선아가 황당하다는 듯 중얼거렸지만 해연은 설명없이 그저 혼자서 의미심장하게 웃었다. 기껏 우진이 도와주어 우위의 입장에 섰는데 그걸 허투루 만들고 싶지 않았다. 계속 승리자의 입장으로 남고 싶었다. 그래야 우진을 봤을 때 당당할 것 같았다.

그런 생각이 일자 어떻게든 윤영에게 이기고 싶었다. 용기가 생긴 건 아마도 우진의 얼굴을 떠올린 탓이리라. 솔직하게 감정을 표현하라고, 그가 말했으니까. 다음번엔 제대로 하겠다고 약속했으니까. 무슨 일이 있어도 오늘의 접전에서만은 패배자로 물러날 순 없었다.

"아무튼 너 그러고 나니까 내가 다 속이 시원하다야. 저건 대체 여기가 어디라고 와서 행패를 부리는 거야, 행패가! 만약 니가 아무 말 안 하면 내기 아주 머리카락을 다 뽑아났을 거야."

씩씩거리는 선아가 고마웠다. 자신 때문에 대신 화를 내주는 이런 친구가 자신에게는 있는 것이다. 그것만으로도 충분히 행복한 일이 아닐까.

"고마워."

해연은 친구에게 자신의 마음을 전했다.

따뜻한 눈으로 바라보며 말하자 선아가 갑자기 괜히 분주해졌다. 쿠키 봉지를 들었다 놨다 하면서 시선을 딴 데로 돌리고 난리였다. 아마도 쑥스러운 것이리라.

"닭살 돋게 뭘 또. 당연한 걸 갖고."

"아무튼 고마워. 니들 덕분에 내가 산다."

"점점."

"내가 책임지고 이번 달 매상 두 배로 올린다. 우리 돈 많이 벌어서 잘 먹고 잘살자."

"하…… 안 하기만 해봐."

"알았어. 알았어."

해연은 진심으로 즐거워서 쿡쿡 웃었다. 선아도 함께 웃음을 터뜨렸다.

"허윤영, 그 재수탱이 오늘 제대로 당했을 거야. 그치? 아이고, 고소해라."

선아가 아직까지도 통쾌한지 킥킥거렸다.

"선아야."

"응?"

"담에 니가 곤란한 일 있으면 내가 같이 화내줄게."

"뭐어?"

"진짜루."

"됐어, 이 지지배야. 왜 이래, 닭살 돋게."

역시 좀 오버였는지 선아가 도망치듯 주방으로 들어갔다. 하지만 해연은 정말 그렇게 생각했다. 보이지 않는 우진의 영향도 있었지만 선아도 정말 힘이 되어주었다. 그래서 사랑스러운 친구였다. 친구 때문에 슬프기도 하지만 친구 때문에 힘이 나기도 한다.

김해연은 아마 오늘을 기점으로 좀 달라질 것 같다. 멋진 동생이 생겼으니 이 누나도 자기 앞가림 정도는 제 손으로 해야 하지 않을까.

한우진 씨, 나 이번엔 제대로 한 건 한 것 같죠?

우진의 방문에는 규칙이 있었다. 사흘 정도 나타나지 않다가 하루 찾아오고, 또 며칠 동안 감감무소식이다가 궁금할 때쯤 되면 들이닥치고. 그런 식이었다.

올 때마다 눈이 퀭하게 꺼져서 졸음을 잔뜩 매단 채 찾아오는 패턴은 언제나 똑같았다. 아마도 쉼없이 몰아붙여 일하곤 잠깐 쉬는 식인 것 같았다.

그나저나 그렇게 따지면 그는 거의 집에 들어가지 않는 셈이 되는 건데. 그런 생각을 하자 돌연 걱정이 일었다. 과연 그는 회사와 해연의 집을 오가는 것으로 만족하는 걸까? 무척 재미없는 일상의 반복인 것 같아 보는 해연이 숨이 막혔다. 아마도 회사의 대표라는 그의 둘째 형은 무지막지한 사람이 아닐지. 물론 우진이 좋아서 스스로 자처해 퐁당 빠져들어 하는 일 같긴 했지만.

이번에도 역시 우진이 다시 나타난 건 지난번 방문으로부터 1주일이 지난 어느 날이었다. 여전히 초인종을 누르는 건 없었다. 집주인인 양 비밀번호를 멋대로 누르고 당당히도 침입했다. 아마도 그대로 침실로 직행해 툭 쓰러져 잠이 들겠지. 요즘은 특히 더 피곤에 찌들어서 해연의 얼굴을 향해 한 번 빙긋 웃어 보이고는 그대로 필름이 끊기는 상황이었다. 이건 무슨 모텔 주인과 숙박객도 아니고……

그런데 오늘은 좀 이상했다. 분명 현관문이 열리는 소리가 들렸는데도 통 소식이 없어서 해연은 슬그머니 일어나 밖으로 나가보았다. 거실로 나간 순간 해연의 눈이 커졌다.

"……"

우진이 현관문 바로 앞에서 철퍼덕 엎어져 있었다. 모르는 사람이 보면 인사불성으로 취한 술고래로 오해할 지경이었다.

"우진 씨."

해연이 다가가서 그를 부르자 우진이 감고 있던 눈을 천천히 떠서 그녀를 올려다보았다. 보석 같은 눈동자에 피곤이 잔뜩 묻어 있었다. 이렇게 내려다보니 되게 불쌍해 보였다. 아닌 게 아니라, 힘들어 죽겠다는 얼굴로 투정 부리듯 그가 해연을 바라보았다.

"해연 씨……."

저러다 울겠다.

"일어나 봐요."

어쩔 수 없이 해연이 몸을 숙여 우진을 부축해 주었다. 우진은 해연의 몸을 의지해서 비틀비틀 걸음을 옮겼다. 거실 벽에 기대 앉혀주자 그의 몸이 스르르 벽을 타고 흘러내려 바닥으로 툭 쓰러졌다.

"그렇게 피곤해요?"

"죽겠어요."

"그 회사는 왜 그 모양이에요? 사람을 초주검으로 만들어놓는 거 같아."

"사장이 악마거든요."

"사장님이 우진 씨 형 아니에요?"

자연스럽게 질문한 순간 우진의 눈동자가 살짝 커졌다.

"어? 그걸 어떻게 알았어요?"

아뿔싸.

해연은 당황했다. 생각해 보니 아직 그의 입으로는 회사 대표와 한도진이라는 사람이 동일 인물이란 사실을 듣지 못했던 것이다. 그렇다면 어떻게 알았느냐 하면, 그에 대해 알고 싶어서 엄마에게 물어봤다고 대답하긴 역시 좀 창피하지?

"그건……."

"이상하다. 내가 말해준 것 같진 않고, 한상진 씨한테서 들은 것도 아니죠?"

자기 형더러 끝까지 한상진 씨란다.

"아, 아뇨. 한상진 씨한테 들었어요."

"형한테 들었는데 왜 그렇게 당황해요?"

해연의 얼굴이 점점 더 하얗게 질려갔다. 저 남자, 너무 예리하다.

"난 그냥 어떻게 알지? 싶어서 물어본 거였는데 갑자기 너무 당황하잖아요."

빠져나갈 틈도 다 막아두고서…….

"왜 그래요?"

"……."

해연은 할 말이 없었다.

"진짜 이상하네."

우진이 슬그머니 일어나 앉더니 해연의 얼굴을 요리조리 살폈다. 그때마다 해연은 또 요리조리 피하고.

"해연 씨."

우진이 답답한 듯 해연의 어깨를 잡아 고정시켰다.

"도망가지 좀 마요."

해연의 고개가 들렸다. 우진이 물끄러미 그녀를 바라보고 있었다. 해연은 그 눈을 바라보며 말했다.

"사실은 궁금했어요."

"……뭐가요?"

"우진 씨가 어떤 사람인지, 뭘 하는 사람인지, 뭘 하길래 그렇게 피곤해하는지 궁금해서 엄마한테 물어봤어요."

우진은 이실직고를 하는 해연을 뚫어지게 쳐다보고 있었다. 그래서 해연은 더욱 당황스러웠다. 숨기지 않고 사실대로 말한 건 좋았는데 사람을 너무 쳐다보고 있으니까 어쩔 줄을 모르겠다.

"와…… 놀랐다."

우진이 중얼거렸다.

"……뭐가요?"

"나 지금 좀 놀랐다구요. 해연 씨가 그 정도로 날 궁금해했구나."

그 정도가 어느 정도인지는 모르겠지만.

"그게 뭐가 놀랄 일이라고……."

"글쎄요. 나에 대해 궁금해서 일부러 물어보기까지 했다고 하니까 그냥 놀랍고 기분도 좋고 그러네요."

해연의 눈동자가 멍해졌다.

"기분이…… 좋아요?"

오히려 뒤나 캐고 다녀서 불쾌해할 줄 알았더니.

"네, 아주 좋아요. 나에 대해 알고 싶단 소리잖아요."

'궁금하다'의 뜻이 '알고 싶다'는 것과 같은 의미니까 말은 맞는 것 같은데, 어쩐지 우진의 입으로 들으니까 상당히 민망해졌다.

"궁금하면 보고 싶단 거고, 보고 싶으면 그립단 거고, 그립단 건 좋아한다는 건데."

해연의 얼굴이 빨개졌다. 저런 쪽으로 개념 확대를 할 줄은 몰랐기에.

해연은 모르는 척 스윽 시선을 돌렸다.

"우진 씰 안 좋아하는 사람도 있어요?"

특별한 감정 같은 게 아니라, 나도 다른 사람과 마찬가지로 단지 호의의 표현일 뿐이라고 못이라도 박고 싶은 걸까. 해연은 자신의 마음을 잘 모르겠다.

"안 좋아하는 사람도 많던데."

"……."

"내가 너무 잘생겨서 질투를 하는 남자들이 좀 있더라구요. 이놈의 잘난 얼굴."

천연덕스럽게 투덜거리는 우진을 해연이 신기하다는 듯 쳐다보았다. 하여튼 못 말린다니까.

"아무튼 해연 씨도 내가 좋다는 거잖아요."

"좋아한다니까요?"

"와우, 적극적인 고백!"

해연은 고개를 절레절레 저었다. 그의 능청은 가끔 사람을 무척 당황스럽게 만든다.

"사실은 해연 씨가 날 아주 좋아해 줬으면 좋겠어요."

갑자기 분위기가 진지해졌다. 그래서 해연은 살짝 뒤로 물러났다.

"……왜요?"

"그래야 미안해하지 않고 얻어 잘 수 있죠."

해연의 몸에서 힘이 쪽 풀렸다. 그런 거였습니까.

"난 해연 씨 집에서 자는 거 좋거든요."

"다행이네요."

"해연 씨 옆에서 자는 건 더 좋고."

"……무슨 말이 그래요? 장난하지 말아요."

"해연 씨를 안고 자면 얼마나 좋을까 그런 생각도 해요."

해연은 시선을 헛짚었다. 본능적으로 도망가야지 생각이 들어 몸을 빼려는 찰나 우진이 손을 뻗어왔다. 해연의 턱에 닿으려는 우진의 손을 그녀는 의식적으로 피했다. 하지만 우진은 다른 말을 하지 않았다. 그녀가 거부했다는 걸 그도 느꼈을 테지만, 그는 그냥 씁쓸하게 웃으며 손을 내렸다. 해연도 미안하지만 어쩔 수 없었다.

사실 해연은 그에게 몇 가지 제안을 하고 싶었다.

─만약 내가 우진 씨를 좋아하는 것 같으면, 그 애정이 만약 내 눈빛에 드러난다면 우리 그만 만나요. 그리고 우진 씨도 혹시라도 만약 내가 이성으로 보이면 말해줘요.

그렇게 말하고 싶었다. 왜냐하면 자신은 그와 계속 이렇게 지내고 싶으니까. 끝날 걱정도 없고 서먹서먹해질 일도 없고 불편해질 우려도 없는, 가장 안전한 관계로.

그를 잃고 싶지 않다. 여러 가지 현실적인 문제들에 치여서 심각해지는 게 싫었다. 만약 현실의 잣대가 너무 엄격해서 그와의 관계가 자연스럽지 못하게 되는 날이 온다면, 그가 이렇게 집을 오가는 것이 엄마의 눈에 목격되고, 양쪽 집안에서 말이 오가고, 그와 자신 사이의 나이 차이라든가 한상진 씨와의 관계라든가 그런 것들이 엮여서 더 이상 지금처럼 그와의 관계가 유지되지 못한다면, 정말 슬플 것 같다. 허전하고 괴로워질 것 같다.

그러니 각자가 처해 있는 현실에서 조금 비껴나서 복잡한 건 생각하지 말고 그냥 이렇게 그의 얼굴을 볼 수 있는 현재에 만족하고 싶다.

이게 그렇게 큰 욕심은 아닌 것 같은데.

새아버지와 서먹서먹한 사이로 지내면서 해연은 집에 들어가기 싫었던 적이 많았다. 자신만 없으면 엄마는 좀 더 행복하지 않을까 그런 생각도 많이 했다. 왜 아니겠는가. 귀엽고 사랑스러운 딸 노릇도 하지 못하는 재미없고 서걱서걱한 아내의 전남편의 딸이라니. 딱히 그 가정에 꼭 필요한 구성원이 아닌 것 같다는 자괴감, 그것은 자신을 잉여인간처럼 느껴지게 했다. 그 가족의 테두리 안에 자신의 자리는 없는 것 같다는 슬픈 생각.

친아버지도 떠맡기 싫어한 딸을 혹처럼 달고서 살아온 엄마의 인생이 가여웠다. 자신 때문에 새아버지와 엄마 사이에 다툼이라도 일어나면 어쩌나 언제나 전전긍긍 눈치를 보며 살아왔다. 그래서 더 가정을 가지는 게 겁났던 건지도 모르겠다. 의식적으로 결혼이란 걸 생각하지 않고 살아왔다.

호준이, 처음으로 그녀가 진지하게 마음을 준 사람이었다. 하지만 호준과의 관계도 그렇게 끝이 났다. 자신은 남자나 결혼 같은 것과 운이 없는 사람이라고 생각했다.

그래서 자신이 앞으로 찾을 상대는, 굳이 찾는다면, 이혼 같은 거 하지 않고서 건실하게 가정을 지켜줄 사람이었다. 어른스럽고 책임감 강하고 성실한 사람. 그런 사람을 만나 결혼을 전제로 사귀지 않을 바에야 감정만 소모하는 연애를 할 마음이 없었다. 연애로만 만족하는 상대는 더더욱. 하지만 아무리 봐도 한우진은 전자보다는 후자 쪽이었다. 하물며 그는 그녀보다 어리기까지 하니.

그는 반짝반짝 빛나는 보석과 같은 남자다. 그 밝음에 맞춰줄 수는 있겠지만 감당하기는 벅찰 것 같다. 그래서 그녀는 그를 바라보는 것만으로도 좋다고 생각했다. 소유할 생각은 없었다. 내 손가락에 끼고서 잃어버릴까 봐 안절부절못할 바에야 그냥 멀리서 구경만 하는 게 낫지 않겠는가. 내 손가락에 맞는 반지는 내가 잘 알고 있다. 그건 결코 한우진은 아니었다.

"해연 씨, 나 물어보고 싶은 게 있어요."

"……."

"많이 좋아한다와 사랑한다의 경계가 뭘까요?"

우진이 정말 모르겠다는 듯 물었다. 갑자기 그런 걸 묻는 이유가 뭘까. 해연은 심장이 울렁거렸지만 애써 무시하고서 대답했다.

"글쎄요. 우진 씨가 나한테 묻는다는 것 자체가 이미 둘 사이의 차이를 알고 있다는 증거 같은데. 다르다는 걸 아니까 둘을 구분 지은 거 아닐까요?"

자신도 잘은 모르겠지만.

"누군가를 사랑하게 되면 다른 사람보다 자신 스스로 먼저 그 감정을 알아차리지 않을까 싶어요."

우진이 낮게 웃었다.

"우문현답이네요."

"도움을 주었다니 다행이네요."

우진이 말없이 해연을 바라보다가 천천히 말을 이었다.

"그런데도 내가 단지 좋아한다 정도의 감정으로 해연 씨한테 치근거리면, 해연 씬 어떻게 할 거예요?"

순간 해연의 눈이 커졌다. 짧은 순간 어색한 침묵이 돌았다. 서로를 바라보고 있는 짧은 시간이 마치 영원처럼 느껴질 정도로.

해연이 먼저 시선을 돌렸다. 그를 바라보지 않고서 말했다.

"누나한테 혼날 거야."

우진의 눈이 살짝 커졌다가 줄어들었다. 그가 쿡 웃었다.

"무섭다, 해연 씨. 삐치고 싶다, 정말."

중얼거린 우진이 그대로 옆으로 툭 쓰러졌다. 그리고 바닥에 머리를 대자마자 눈을 살며시 감았다.

해연은 그를 내려다보며 생각했다. 지금 이대로가 딱 좋다. 더도 말고 덜도 말고 지금 이대로가 좋다…….

"일어나 봐요. 뭐라도 먹고 자요."

생각해 보니 그는 늘 새벽에 그녀가 자고 있을 때 와서 풀썩 쓰러져 잠이 들었다. 그때까지 일했다면 배가 고팠을 텐데. 그래서 해연은 언제부터인가 가벼운 간식거리를 준비해 두고 있었다. 그가 언제라도 오면 먹을 수 있도록.

하지만 우진은 눈을 감은 채 고개를 저었다.

"밥 별로 안 좋아해요."

"……그럼 케이크도 있어요."

"케이크도 별로 안 좋아해요."

"나, 케이크 가게 하는데."

순간 우진이 크게 눈을 떴다.

"그래요? 해연 씨 케이크 가게 해요?"

"몰랐어요?"

"몰랐어요."

우진이 허탈한 표정으로 중얼거리곤 다시 눈을 감았다.

"난 뭐, 해연 씨에 대해서 아는 게 없냐."

"……"

"아무것두 아는 것도 없는 중생은, 지금은 밥보다는 잠이 고파요."

자기가 몰랐으면서 괜히 해연에게 삐친 사람처럼 그가 내내 화난 사람처럼 중얼거렸다.

"그럼 자요……."

해연은 이불이라도 갖고 오기 위해 일어났다. 그때 우진이 해연의 손목을 탁 잡았다. 해연은 손목이 붙들린 채 엉거주춤한 자세로 우진을 내려다보았다.

"어디 가요?"

소년처럼 맑은 눈망울, 그는 그러면서도 진지하다.

"이불 갖고 오려구……."

"그건 됐고…… 자장가나 불러줘요."

기가 막혀선. 이젠 자장가까지 제공해야 한다니.

한숨을 폭 내쉰 해연은 다시 천천히 자리에 앉았다.

"노래 별로 못해요. 오히려 잠이 깰걸요?"

"잠 깨서 오늘은 집에 가려고 그래요. 너무 안 들어갔더니 어머니 얼굴에 주름살이 하나 늘었더라구요."

순간 해연의 가슴속에서 낯선 감정 하나가 일었다.

서운함…….

그가 그냥 간다는 사실에 서운함부터 일다니, 그가 이 공간에 있다는 것이 이렇게나 익숙해져 버린 것이다. 함께 사는 것도 아닌데, 여긴 분명 나 혼자만의 집인데 어째서 그가 간다는 사실에 뜨끔한 걸까.

그도 가야 할 곳이 있는 사람인데.

혼자 있는 게 당연한 공간에 언제부터인가 누군가가 들어왔다. 그리고 그 공간은 알차게도 들어차서 이젠 그가 들고 나는 게 눈에 띌 정도로 선명해져 버리고 말았다.

"그럼 곧장 가지, 왜……."

해연은 괜스레 중얼거렸다. 그런 말을 해서 뭐 하려고. 안 그래도 그 말은 자신의 귀에도 투정처럼 들렸다. 그래서 참 많이 창피해졌다.

우진이 다시 눈을 떴다. 당연하다는 듯 이렇게 말했다.

"퇴근 도장 찍고 가야죠. 혹시라도 기다릴까 봐 걱정이 돼서 안절부절못했어요."

저런 말을 아무렇지도 않은 표정으로 막 하니까 이쪽은 심장에 안 좋은 거다.

"아마 내일부턴 못 올 거예요. 그러니까 오늘 자장가 불러줘요."

해연의 표정이 급속도로 어두워졌다.

"아…… 그렇구나."

하지만 마음을 들키지 않기 위해 그녀는 어색하게 웃으며 중얼거렸다.

"그럼 오늘이 마지막이에요?"

"음…… 좀 서운해해 줄 줄 알았더니."

"서운해요."

"말만."

서운하다. 너무 서운해서, 벌거벗었을 때의 그 적나라한 감정을 들키고 싶지 않은 거다.

"그동안 바쁜 일이 있어서 정신이 많이 없었거든요. 하지만 오늘로 끝! 당분간 이 몸은 낮에도 활동할 수 있을 거예요. 시간이 좀 날 것 같으니까 우리 낮에 만나서 놀아요."

"……."

해연의 눈이 휘둥그레졌다. 문자 그대로 이런 생활의 끝이라고만 생각했었다. 안 그래도 회사와 이곳만 오가는 그의 생활이 내심 마음에 걸려서, 어느 날 갑자기 발길을 뚝 끊을 날이 오지 않을까. 내내 그런 걱정을 했었다. 그 걱정이 현실화가 된 것이라고 생각했는데, 그는 전혀 다른 제안을 하고 있었다.

"만날 잠만 자러 오는 것 같아서 얼마나 마음이 불편했는지 몰라요. 그동안 거둬준 보답, 내일 단단히 할게요."

내일부터 못 온다는 그의 말은 그런 의미였던 것이다.

"뭐 좋아해요? 뭐 사줄까요?"

"싫어하는 거 빼고 다."

해연은 비로소 마음이 놓여 웃으며 대답했다.

"싫어하는 건 뭔데요?"

"좋아하는 거 빼고 다요."

우진이 어이없다는 듯 웃었다.

"알았어요. 내가 알아서 할게요."

그러더니 그가 갑자기 몸을 움직여 해연의 무릎을 벴다. 해연은 심장이 덜컥 내려앉을 정도로 놀라서 그만 굳어버리고 말았다. 우진의 뺨이 자신의 허벅지에 닿아 있었다.

두근두근. 심장이 미친 듯 뛰고 있었다. 너무 선명하게 뛰어서 아플 정도로. 미동도 할 수 없었다. 자신을 누르고 있는 우진의 무게만이 선명하게 인식이 되었다.

"음…… 좋은 냄새."

그가 중얼거렸다.

하지만 해연은 그에게서 더 좋은 향기가 난다고 생각했다. 머리카락을 만지고 싶었다. 자신도 모르게 뻗어간 손이 그의 머리카락에 닿기 직전 해연은 겨우 정신을 차리고 손을 거두어들였다. 가슴이 뜨끔했다. 방금까지 적당히 거리가 있는 관계가 좋다고 생각했으면서 벌써 이렇게 유혹에 흔들리고 있다. 그는 해연이 생각하는 것을 1초도 안 돼 바꿔 버리고 마는 사람이었다.

"무릎베개 정말 편하네요."

속 편한 남자가 아닌가. 자신은 이렇게나 신경이 쓰이고 불편해 죽겠는데.

"자, 어서 자장가 불러줘요. 빨리 잠 깨서 집에 가게."

해연은 한숨을 폭 내쉬었다. 아무래도 끝까지 들을 생각인가 보다. 하지만 해연이 끝까지 아무런 변화가 없자 그가 감았던 눈을 천천히 떴다.

"안 불러주면 내가 부를 거예요."

"……."

"해연 씨는 무슨 노래 좋아해요? 불러줄게요."

음…… 그것도 도망가기에는 좋은 방법인 것 같았다.

"그럼 불러줘요. 음…… 오빠생각."

해연의 말에 우진이 허허 웃었다.

"오빠생각이라……. 동요가 나올 줄이야."

그가 고개를 설레설레 저으며 해연을 아이 보듯 보며 놀렸다.

"왜요? 이상해요? 난 그 노래 좋던데."

"아뇨. 해연 씨다워서 그래요. 자! 해연 씨도 누워요."

그가 자신의 옆자리를 톡톡 두드리며 말했다.

"싫어요."

해연이 단호하게 의사 표현을 했지만 우진은 그대로 해연의 어깨를 잡아 눌렀다. 우진에게 양어깨를 잡힌 채 눕혀진 해연은 얼떨떨한 눈으로 그를 올려다보았다. 방금 전까진 그를 내려다보고 있었는데 이젠 그가 내려다보는 위치였다.

"정말 말 안 듣는 사람이라니까."

우진이 빙긋 웃고는 자신도 해연의 옆에 누웠다. 나란히 누워 두 사람은 천장을 올려다보았다. 얼떨결에 묘한 자세로 누운 해연의 머리가 그때 살짝 위로 들렸다. 우진이 해연의 뒷머리를 들어 한쪽 팔을 밀어 넣고는 다시 이마를 꾹 눌렀다.

우진의 팔베개를 베고 누운 해연은 당황스러웠다. 몸은 나무 장작처럼 뻣뻣해져서 딱딱하게 굳었다. 하지만 우진의 표정은 자연스러웠다. 해연을 보고 누운 자세로 그녀의 머리카락을 만지기도 하고, 마치 아이에게 하듯 쓰다듬기도 했다. 옳지, 옳지 하듯.

"거봐요. 말을 잘 들으니까 얼마나 예뻐."

"뭐라는 거야, 진짜······."

"아라? 말 났다. 해연 씨 앞으로도 그렇게 나한테 말 놔요."

"그럴까?"

"엇!"

사양 않고 해연이 바로 말을 놓자 우진이 놀랐는지 눈을 크게 떴다. 해연은 그런 우진을 보며 쿡쿡 웃었다.

"놀라는 거 봐. 그렇게 놀랄 거면 뭐 하러 권했어요?"

"놀랐다기보다 평소에 그렇게 말 잘 듣는 이미지가 아니니까 생뚱맞잖아요."

"못 말려."

"해연 씨가 편한 대로 해요. 난 뭐든 좋으니까. 해연 씨가 말 놔야 나도 놓지."

그게 그렇게 되나. 해연은 고개를 절레절레 저었다.

고요한 시간이 흘러갔다. 졸려 죽겠다던 우진은 잠들지 않았고, 빨리 잠 깨서 집에 가겠다고 하더니 그것도 잊어버린 듯했다. 그러다가 모친의 주름살이 하나 더 늘면 어쩌려고.

처음엔 그렇게 불편하기만 하던 우진의 팔베개도 시간이 지날수록 편안해졌다. 강한 뼈와 단단한 팔의 근육이 느껴졌다. 한우진이 아무리 나이로는 동생이라고 하더라도 해연은 절대 그를 어리고 귀여운 동생으로만은 볼 수 없을 것 같았다. 그에게서 남자의 느낌이 날 수밖에 없는 이유가 있는 것 같다. 그래서 좀 겁이 나기도 했다. 단지 귀엽고 예쁘고 사랑스러운 동생으로는 역시 인식하기 힘들 테니까.

그렇다면 그는 자신을 어떻게 인식하고 있을까.

마음의 평온을 느끼며 그의 팔에 머리를 맡기고 있었다. 이따금씩 우진은 자연스럽게 해연의 머리카락을 쓸기도 하고 살짝살짝 뺨을 만지기도 했다. 하지만 그건 정말 친근한 느낌이라서 해연은 그 손길에 다른 의도가 담겼다고는 생각할 수 없었다. 만약 요란하게 굴면 오히려 더 이상할 상황이었다.

"뜸북 뜸북 뜸북새 논에서 울고 뻐꾹 뻐꾹 뻐꾹새 숲에서 울 때."

우진이 낮게 노래를 시작했다. 낮은 목소리, 기분 좋은 울림. 그는 노래하는 목소리도 좋았다. 열에 녹는 버터처럼, 해연은 마치 몸이 사르르 녹는 것 같았다. 이렇게 기분 좋고 편안한 울림을 들어본 적이 없었다.

"우리 오빠 말 타고 서울 가시면 비단구두 사가지고 오신다더니."

마치 비밀 얘기를 해주듯 우진의 노랫소리는 낮고도 은근했다. 노랫말 속에 담긴 쓸쓸하면서도 애상적인 분위기, 그리고 그 특유의 따뜻함이 좋아서 해연은 이 노래를 좋아했다.

"마음에 들었어요?"

해연은 천천히 고개를 끄덕였다.

"정말 좋아요. 따뜻하게 녹는 느낌이에요. 어릴 때 노래 속에 나오는 소녀가 얼마나 부럽던지."

"뭐가 그렇게 부러웠어요?"

"오빠가 서울에서 비단구두를 사온다잖아요."

우진이 황당하다는 듯 쿡 웃었다. 해연은 못 들은 척 낮게 말을 이었다.

"나도…… 누군가가 꽃신을 사서 가져다주면 얼마나 좋을까."

그녀의 목소리가 희미해졌다. 졸음이 묻어나고 있었다. 우진은 천천히 손을 뻗어 해연의 눈꺼풀을 감겨주었다. 해연은 다른 반항 없이 그대로 눈꺼풀을 닫고서 움직이지 않았다. 곧 편안한 숨소리가 이어졌다.

"……본인이 자면 어떡해요."

해연의 뺨을 손등으로 쓸면서 우진이 중얼거렸다. 바라보는 그 눈동자에 깊은 애정이 담겨 있었다. 귓가를 울리는 해연의 부드러운 숨소리에 귀를 기울였다. 그 솜털 같은 숨소리가 듣기 좋았다.

"잘 자요."

우진은 해연의 몸을 부드럽게 끌어안고서 정수리에 턱을 얹었다. 토닥토닥 등을 두드려 주며 그도 눈을 감았다.

"혹시 알아요? 꿈속에서 오빠가 꽃신을 사다 줄지……."

이내 우진도 곧 깊은 잠에 빠져들었다. 평화로운 시간이었다.

5편
Shall We Kiss?

만약 이것을 데이트라고 친다면 데이트라고 할 수 있을 것이
다.

그래. 해연은 그것을 데이트라고 부르기로 했다. 주목할 만한
첫 데이트는 다른 평범한 사람들과 마찬가지로 영화를 보는 것
으로 결정되었다. 우진이 좋은 영화를 미리 예매해 두겠다고 해
서 해연은 마음 놓고 영화관에 도착했다.

건물 근처에서 합류한 두 사람은 곧 사람들이 북적거리는 입
구로 다가갔다. 오늘의 우진은 그야말로 쌩쌩한 표정으로 조금
의 피곤도 매달고 있지 않았다. 그래서 해연은 그가 더 화사해
보인다고 생각했다. 해연도 모처럼 멋을 낸 차림으로 화장도 정

성스레 하고 긴 머리카락에도 세팅을 넣었다. 너무 신경 쓴 게 티가 나지 않기를 바라면서 그에게 다가갔을 때 우진이 싱긋 웃으며 말했다.

"너무 예쁘잖아요."

접대성 멘트라고 하더라도 해연은 그의 말이 기분 좋았다. 기껏 차려입었는데 단 한 사람의 눈에도 띄지 않는다면 맥이 빠졌을 것이다. 그런 면에서 우진은 매너가 좋은 남자였다. 칭찬할 부분을 그냥 넘기고 지나가는 면이 없었다. 사려 깊고 다정한 남자.

"우진 씨도 멋져요."

"와우, 기분 좋은데요."

우진은 친근한 미소를 건네며 해연에게 한 손을 내밀었다. 해연이 무슨 뜻이냐는 듯 고개를 옆으로 기울이자 그가 어깨를 으쓱했다.

"손잡아야죠. 봐요, 다들 손잡고 가잖아."

그가 지나다니는 커플들을 가리키며 말했다. 해연은 고개를 절레절레 저었다.

"정석대로 밟아야 하는 거예요?"

"그럼요. 일단은 데이트니까."

그렇게 말하고는 그가 해연이 가타부타 말할 새도 없이 팔을 뻗어 해연의 손을 꼭 잡았다.

"나도 이런 데서 손잡고 걷는 거 첨이라우."

긴장을 풀려는 듯 우진이 장난스럽게 말했다. 해연은 풋 웃어 버리고 말았다.

맞닿은 손이 크고 따뜻해서 해연의 심장이 웅성거렸다. 마치 정말 연인이라도 된 것처럼 두 사람은 손을 꼭 잡고서 걸었다. 시선이 마주칠 때마다 그가 상큼하게 웃어주었다. 해연도 그 미소에 화답했다. 정말 즐거운 시간이었다.

하지만 그렇게 잠시 걸었을 때, 우진이 갑자기 해연의 손을 쥔 채 우뚝 멈춰 섰다.

"저런……."

어딘가를 바라보며 그가 낭패라는 듯 중얼거려서 해연은 의아스러웠다. 해연의 고개가 그의 시선을 따라 돌아갔다. 하지만 북적거리는 인파만 넘쳐 날 뿐 해연의 눈엔 별다른 특이점이 발견되지 않았다. 그런데도 우진의 눈엔 무언가가 비치는지 그가 갑자기 몸을 획 틀었다.

"일났어요. 일단 도망갑시다."

"네?"

"잘못 걸리면 큰일 나요."

"무, 무슨……."

하지만 말을 다 하기도 전에 우진이 빠른 걸음으로 해연을 데리고 걷기 시작했다. 해연은 얼떨결에 딸려가며 도대체 무슨 일이 일어나고 있는 건지 알고 싶어 죽을 지경이었다. 갑자기 첩보 영화라도 찍는 기분이었다. 그리고 그와 동시에 뒤쪽에서 여자의 찢어질 듯한 높은 목소리가 들려왔다.

"우진아! 한우진!"

분명히 우진을 부르는 여자의 목소리였다.

우진에게 딸려가며 해연은 자신도 모르게 고개를 돌려 뒤를 바라보았다. 그리고 발견했다. 언젠가 본 적이 있는 여자, 아마도…… '엑스 로드'에서 보았던 그 아가씨였을 것이다. 긴 생머리의 아주 예쁜 여자, 우진의 친구라고 하는 그녀의 이름은 분명 도경이었다. 또한 해연이 우진의 애인으로 잠시 착각했던 사람과 동일 인물이기도 했다.

그녀가 인파를 헤치고 튕겨져 나와 우진을 노려보며 소리치고 있었다. 화난 얼굴로, 약이 올라 죽을 것 같은 표정으로 핸드백을 꽉 쥐고서 이쪽을 노려보았다. 그리고 그 살벌한 시선은 이내 해연에게로 옮겨왔다. 짧은 순간 시선이 마주쳤다. 하지만 해연은 자신도 모르게 시선을 거둬들이고 말았다. 깜짝 놀라서……

어쩜 그렇게 무섭게 노려볼 수 있을까. 눈꼬리가 고양이처럼 암팡지게 올라간 그녀는 정말 날카로워 보였다. 신경질적인 그 표정은 당장이라도 여기로 달려와 해연의 머리채라도 쥐어뜯을 태세였다. 곱게 화장이 된 얼굴을 아무렇게나 일그러뜨리고 분통이 터져서 죽겠다는 듯 소리를 치는 모습은 주위를 전혀 신경 쓰는 태도가 아니었다. 마치 철천지원수를 보듯 독살당하기 전 장희빈의 독기 어린 눈으로 그녀는 죽일 듯 해연을 노려보았다.

얼마나 놀랐는지 그 짧은 순간이었는데도 해연은 잔등에 식은땀이 다 맺히는 것 같았다. 여고괴담 같은 영화를 일부러 돈 내고 볼 필요가 없겠다. 지금 바로 저기에서 원한에 찬 두 개의 눈동자가 자신을 난도질하듯 노려보고 있으니.

"우, 우진 씨."

마침내 멀티플렉스 영화관을 빠져나왔을 때 해연이 우진을 불렀다. 하지만 우진은 여전히 급하게 움직이고 있었다. 지하 주차장으로 내려가는 듯했다.

"얼른 도망가야 해요."

"……."

이해가 안 갔다. 친구라면서 어떻게 그렇게 막무가내로 찢어 죽일 듯 노려보고, 이쪽은 이렇게 다급하게 도망가는 데 급급한지.

"하여튼 문도경, 못 말린다니까."

"무슨 뜻이에요?"

엘리베이터에 오르자 해연이 물었다. 재빨리 클로즈 버튼을 누른 우진이 그제야 여유를 갖고서 벽에 툭 기대 팔짱을 꼈다.

"이런 식의 우연은 절대 우연이 아니거든요. 혹시나 싶었는데 문도경, 내가 티켓 예매한 거 추적한 거예요. 인터넷 이게…… 프라이버시를 보장해 주질 않는다니까. 내가 하는 일이 보안 관련인데, 보안 전문가의 패스워드를 해킹하다니."

해연은 벙찐 표정으로 우진을 쳐다보았다. 도대체 뭐가 어떻게 돌아가는 건지.

우진이 한 말을 요약해 보자면.

"티켓을 예매한 걸 알고서 여길 왔다는 거예요?"

"아마도."

"설마……."

"늘 있는 패턴이거든요."

"하지만 어떻게 그게 가능해요? 패스워드를 알고 있다는 거예요?"

"아마도."

"우진 씨 보안 전문가라면서요."

"몇 번 바꿨다가 귀찮아서 그냥 뒀어요. 사실 해킹이라기보다 이미 알고 있는 내 패스워드로 들어와서 내 사생활을 체크하는 거죠."

해연은 고개를 설레설레 저었다. 그런 게 가능하다고? 단지 친구끼리?

"두 사람, 정말 친구 맞아요?"

해연이 의심스럽다는 듯 쳐다보자 우진이 답답해 죽겠다는 표정을 했다.

"해연 씨까지 왜 그래요? 봐요, 닭살 돋는 거. 그 녀석이랑 나 제발 연결시키지 좀 말아요."

저렇게까지 쫓아와서 고래고래 소리지는데 어떻게 연결을 안 시킬 수 있을까. 누가 보면 바람피운 남편을 잡으러 온 조강지

처라고 해도 믿겠다. 게다가 지금 분위기로 봐서는 닭살이 돋을 때가 아니라 소름이 돋을 때 같았다.

"그냥 그 녀석 취미예요. 저러다가 제풀에 꺾여서 그만두기도 하는데, 요즘 내 행동이 수상쩍어서인지, 워낙 눈에 보이지 않으니까 안달이 난 것 같아요. 한동안 저렇게 집요하지 않았는데."

해연은 말문이 막혀 무슨 말을 해야 할지 감이 잡히지 않았다. 두 사람의 관계를 이해할 수가 없었다.

"우진 씨를 정말 많이 좋아하나 봐요."

혹은 집착이라든가.

"나한테만 그러는 게 아니라 승효한테도 그래요. 도경인, 승효나 내가 자기 옆에서 떠나는 걸 참지 못해요. 워낙 어렸을 때부터 붙어 지내서 그런가 봐요. 불쌍하기도 하고, 귀찮기도 하고."

하지만 그렇게 가볍게 생각할 문제가 아니지 않을까 싶었다. 아무래도 전문가와의 상담이 필요한 수준인 것 같은데.

"그나저나 일났네."

엘리베이터에서 내리면서 우진이 미간을 찌푸리며 중얼거렸다.

"예매한 티켓이 날아가게 생겼네요. 여기서만 하는 영화데……."

"상관없어요."

해연은 그를 보며 대답했다. 우진이 자신의 스포츠카 운전석 문을 열어주며 해연을 쳐다봤다.

"설마…… 맥 빠졌다고 영화도 안 보고 그냥 들어가겠다는 건 아니죠?"

도대체 뭘 걱정한 건지는 모르겠지만, 해연은 안심하라는 듯 빙그레 웃으며 고개를 저었다.

"그럴 리가 없잖아요. 다른 영화면 뭐 어떻냐는 뜻이었어요."

그제야 우진이 다행이라는 듯 엷게 웃었다. 그리고 정중하게 해연이 타도록 옆으로 비켜서며 말했다.

"우리 오늘, 되도록 공포영화는 보지 말아요."

차에 오른 해연은 풋 웃어버리고 말았다.

그래서 두 사람이 다른 곳으로 부랴부랴 옮겨서 선택한 영화 는 '쉘 위 키스'라는 아름다운 프랑스 영화였다.

영화는 시종일관 키스에 대한 아름답고도 묵직한 명제를 던 져 주었다. 키스 한 번으로 시작된 관계의 변화, 키스 한 번의 파장이 일파만파 커져서 심지어 한 평범한 가정의 부부 관계를 변화시키고 오랜 친구 관계를 바꾼다. 쉽게 말하면 가정이 파괴 되고 친구가 연인이 되어버렸다. 그리고 그들과 얽힌 수많은 사 람들의 관계. 수많은 인간 군상의 인생 전부가 변해 버린 것이 다.

결코 몇 마디 말로 쉽게, 혹은 가볍게 치부할 수 없는 미묘한 감정의 흐름, 그것을 영화 전편에서 단지 키스라는 하나의 소재로 끝까지 밀고 나가는 힘이 대단한 영화였다.

여행길인 낭트에서 길을 헤매던 에밀리는 때마침 나타나 주어 자신에게 도움을 준 청년 가브리엘에게 호감을 느끼고 함께 즐거운 시간을 보낸다. 드디어 헤어지는 시간, 굿바이 키스를 하려고 하는 가브리엘에게 에밀리는 말한다.

하고는 싶지만 안 하는 게 좋겠다. 가벼운 키스도 하고 나면 그다음은 어떻게 될지 아무도 모르잖아요, 라고.

영화를 보며 해연은 영화 속 주인공들에게 완전히 몰입이 되었다. 그들 중 어느 하나도 이해가 가지 않는 사람이 없었다. 키스란 어찌 보면 가장 흔한 접촉인 것 같으면서도 가장 심오한 육체의 나눔이며 모든 것의 시작이라고 볼 수 있지 않을지. 그 포커스를 제대로 잡아낸 영화의 철학과 영화 전편에 깔린 짙은 감수성, 그리고 때때로 귀엽기까지 한 소소하고 예쁜 에피소드들이 정말 마음에 들었다.

그래서 해연은 상영 내내 그 잔잔하면서도 열정적인 프랑스 영화에 흠뻑 빠져들고 말았다. 그런 그녀를 이따금씩 우진이 흐뭇한 눈으로, 혹은 탐색하듯 쳐다보고 있다는 것도 인식하지 못한 채.

"정말 재미있었죠?"

영화가 끝나고 도로를 달리는 우진의 차 안에서 해연은 만족스럽다는 듯 웃으며 우진에게 말했다. 하지만 우진은 내내 전면만 주시하며 대답이 없었다. 그래서 해연이 쳐다보니 그는 입을 꾹 다물고서 뭔가 곰곰이 생각하고 있었다.

생각해 보니 상영관에서 나오는 순간부터 그는 내내 저 표정이었던 것 같다. 하지만 해연은 그때까지도 내내 영화의 여운에 사로잡혀 별다른 관심을 두지 못했다. 주차장으로 가면서도, 또 차에 오르면서도, 차가 출발한 후에도 그녀는 계속 혼자서 영화에 대해 재잘거리고 있었던 것이다. 우진의 반응이 있건 말건 자신의 생각에만 빠져서 말하고 혼자 대답하고 이따금씩 감탄사를 터뜨렸다. 그동안 가게 일 때문에 오랫동안 영화를 보지 못해서 더욱 흥분한 건지도 모르겠다.

생각해 보니 참 이기적인 행동이었다. 너무 자기 생각만 했나 싶어 해연은 불쑥 걱정이 일었다.

"우진 씨, 무슨 생각을 그렇게 해요?"

그래서 그의 주의를 끌어보았지만, 그는 여전히 깊은 생각에 빠진 채 미간을 찌푸리고 있었다.

"한우진 씨, 내 말 들려요?"

해연이 재차 그를 부르는 순간이었다. 갑자기 우진의 눈매에 힘이 들어가더니 브레이크를 요란하게 밟으며 차를 갓길에 세웠다. 그 바람에 해연은 화들짝 놀라 반동으로 몸이 앞으로 휙 쏠렸다. 무사했던 건 순전히 안전벨트 덕분이었다. 안 그래도 그의 거침없는 운전 실력을 알고 있었지만, 오늘은 용케 부드러운 운전을 한다고 생각하고 있었는데 그것도 아니었던 듯.

그래서 심장이 반쯤 튕겨져 나갔다가 들어온 기분으로 울렁거리며 그를 쳐다본 순간, 철컥! 하고 안전벨트를 푸는 소리가 들렸다. 하지만 해연이 그것을 채 인식할 새도 없이 운전석에서 몸을 뗀 우진이 해연 쪽으로 몸을 돌리는 동시에 그녀의 입술에 격렬하게 키스하기 시작했다.

그건 뭐라고 할 새도 없는 기습과도 같은 키스였다. 해연은 머릿속이 하얗게 변해가는 기분으로 그의 입술이 요구하는 압력에 빨려 들어가고 있었다. 아프게 입술이 빨렸다. 짙은 숨결이 오르내리며 해연의 입술을 거침없이 오갔다. 뜨거운 체온이 그녀의 감각 전부를 멀게 하는 것 같았다. 움직일 수 없었다. 밀어낼 틈도 없이 바짝 몸을 겹치고서 그의 키스가 더욱더 깊어졌다. 턱이 들리고 고개가 뒤로 꺾였다. 해연의 뒷머리를 받친 커다란 손이 그녀의 머리카락을 움켜쥐었다. 동시에 언제 파고들었는지 이미 그녀의 입술 안으로 들어온 뜨거운 혀가 온통 부드러운 입안의 살결을 헤치고 다녔다.

타액과 타액이 넘나드는 소리에 귀가 멀어버릴 것 같았다. 입술이 급박하게 붙었다가 떨어져 나가는 습한 소리, 머리카락 속으로 더욱 세게 파고드는 억센 손아귀의 힘, 아플 정도로 빨려서 그의 입안으로 넘어간 그녀의 혀를 그의 혀가 휘어 감고 마찰을 일으키고 비비고 빨아들였다. 턱이 들려서 그의 거칠고도 뜨거운 키스를 얼마나 그렇게 받아냈을까.

아득할 정도의 시간이 지나고서야 그의 힘이 천천히 줄어들었다. 닦달과도 같던 압력에서도 조금씩 헤어났다. 이미 말할 수 없이 뜨거워진 그의 고르지 못한 숨소리가 느슨해지면서 천천히 입술이 떨어져 나갔다. 젖은 채 포개져 있던 입술이 멀어지는 걸 느끼며 해연은 안정되지 못한 헐떡임을 쏟아냈다. 그리고 천천히 눈을 떠서 그를 쳐다보았다. 아마도 그 눈엔 원망의 감정이 담겼을지도 모르겠다. 이런 식의 갑작스러운 키스에 놀라지 않을 여자가 얼마나 있을까. 해연은 그를 노려보는 눈을 할 수밖에 없었다.

"미안해요."

그가 해연의 어깨에 이마를 툭 기대며 낮게 중얼거림을 쏟아냈다. 하지만 해연은 미동도 없었다. 한마디 말도 하지 않고서 그저 목석처럼 굳어 있었다.

"미안해요, 해연 씨."

그가 계속해서 사과를 했다.

"……뭐가요?"

해연은 겨우, 겨우 목소리를 쥐어짜 내 입을 열었다.

그도 알고 있는 것이다. 이 키스가 그와 자신 사이에 자연스러운 일이 아니라는 것을. 그러니 그도 사과를 하겠지. 일반적인 남녀 관계라면, 아무리 갑작스럽다고 한들 키스가 뭐 그리 질책할 일이라고 이렇게나 깊이 사과를 하겠는가. 무겁게 사과의 말을 히겠는가.

그래서 해연도 자연스러운 마음으로 이 키스를 받아들일 수가 없는 것이다.

"뭐가 그렇게 미안한데요?"

어쩔 수 없이 원망스러운 마음으로 해연은 그에게 물었다.

"싫어하는 건 알고 있었지만, 참을 수 없었어요."

"……."

싫어한다고 말한 적은 없었다. 하지만 그걸 몸짓으로, 표정으로 표현했을 테니 이 남자도 그걸 읽었던 거겠지. 그래서 해연은 더 할 말이 없었다.

"궁금했어요. 계속. 해연 씨 입술이……."

해연은 천천히 눈을 감았다. 우진의 목소리가 심장을 울리듯 아래에서 올라왔다.

"어떤 느낌일지…… 어떤 감각일지 키스하고 싶어서 견딜 수가 없었어요. 해연 씨는, 단순히 영화의 스토리에 빠져들었죠? 난, 그 영화를 보는 해연 씨에게 빠져 있었어요. 그것도 모르고서 해연 씨는 내내 영화만 보더라."

차 안의 공기가 말할 수 없이 가라앉았다. 우진이 평소처럼 밝게 웃어넘겨 주지 않아서 더욱 그런 건지도 모르겠다. 하지만 해연도 그럴 기분이 아니라서 공기는 더욱 사나워져만 갔다. 돌이킬 수 없을 정도로까지 두 사람 사이에 오가는 기류가 무거워졌다.

해연은 천천히 입을 열었다.

"영화 대사…… 기억해요?"

반갑지 않게도 목소리가 잔뜩 잠겨 있어서 음성이 갈라져 나왔다. 해연의 어깨에 이마를 묻은 채로 우진이 고개를 끄덕였다. 해연은 천천히 말을 이었다.

"하고 싶었어도 안 하는 게 좋았어요. 가벼운 키스도…… 하고 나면 그다음은 어떻게 될지 아무도 모르잖아요."

에밀리가 했던 말을 해연은 조금 바꿔서 우진에게 돌려주었다.

한 번의 키스, 하지만 그 무거운 의미를 그녀는 인식하는 쪽이었다. 그는 순간적으로 저질러 버린 본능적인 표현이라고 하더라도 그녀는 그 충돌로 해일이 일어날 정도의 충격을 받았다. 영화에서 그랬던 것처럼 이 한 번의 키스로 그녀의 사고방식도 많은 것이 바뀔지 모른다. 또한 두 사람의 관계까지도.

우진의 고개가 천천히 들렸다. 이마를 떼고서 해연과 시선을 맞춘 채 그가 말을 이었다.

"그건 아무도 모르는 거 아닌가요? 해연 씨는 왜 그렇게 겁만 내요? 부정적으로만 생각해요? 아직도 그 남자가 마음속에 있어서? 그래서 그래요?"

해연의 눈동자가 흔들렸다. 상처를 받은 듯 그녀의 표정이 흐려졌다.

"왜 지금 그런 말을 해요?"

"해연 씨는 아무것도 열지 않아요. 내가 가야 만날 수 있고, 내가 두드려야 문을 열어주고, 내가 말을 걸어야 입을 열어요.

꽉 닫힌 봉오리처럼 안을 보여줄 생각을 하지 않아요. 꽃잎을 펼쳐야 나비도 찾아오고 벌도 찾아오고 빗방울도 맞고, 그런 거잖아요!"

"그럼 그걸 우진 씨한테 열어요?"

해연의 차가운 말에 우진의 표정이 정지했다.

"우진 씨가 날 열게 해줄 사람이에요? 우진 씨도 말했잖아요. 서로 사랑하지 않으면서도 소중한 사람이 되어보자고. 먼저 말한 사람은 우진 씨면서 왜 지금 와서 나만 탓해요?"

"그럼 지금이라도 그 말을 바꾸겠다고 하면 내 말대로 해줄 거예요?"

"아뇨. 이미 늦었어요. 무엇보다 우진 씨는 아니에요."

해연은 냉정하게 고개를 돌렸다. 우진의 눈동자가 흐려졌다.

"……꼭 그렇게 말해야 해요? 해연 씨는, 생각지도 못한 부분에서 너무 냉정해요."

아마도 그게 나란 사람이었나 보다.

그의 말은 맞았다. 자신은 두려워서 몸을 움츠리고 있다. 하지만 그 두려움을 없애줄 사람은 그가 아니었다. 슬프게도 그를 생각하면 할수록 오히려 더 그 두려움이 깊어지기만 했다. 그가 아닌 다른 사람이라면 이렇게까지 두렵지는 않았을 것이다. 그이기 때문에, 그를 포함한 이 두려움이 그녀를 겁나게 했다. 달콤한 키스 한 번의 마력으로 서로에게서 헤어날 수 없었던 영화 속 주디트와 니콜라처럼 자신도 스스로의 의지로는 한우진이라는 남자에게서 내내 벗어날 수 없을 것 같다. 집착하게 될 것 같다. 그래서 오히려 관계를 다 망치게 될 것 같다.

달콤한 키스의 마력은 사실 그렇게 달콤한 게 아니다. 차라리 이성을 잃고 정상적인 관계를 파괴하고 괴멸시키는 악마의 속삭임이었다. 그래서 영화가 끝났을 때, 해연은 달콤하기도 했지만 씁쓸하기도 했다.

"정말 내가 아니에요?"

우진이 그녀의 시선을 붙들고서 물었다.

"해연 씨를 열게 할 사람이, 내가 아니냐구요."

해연은 대답하지 못했다. 그렇다고 말하는 순간 모든 것이 끝나 버릴 것 같아서. 설사 그렇다고 하더라도 말할 수 없었다. 끝까지 말하고 싶지 않았다.

"해연 씨가 보는 나는, 남자가 아닌 거예요?"

"……"

"나는 그냥 지나가는 사람이고, 들렀다가 사라지는 사람이고, 잠들었을 때만 해연 씨 옆자리가 허용되는 사람이냐구요. 그저 거기까지만 허락하는 아무것도 아닌 사람이냐구요."

"뭘…… 원하는 건데요."

"특별한 사람."

한 치의 망설임도 없이 흘러나온 우진의 대답에 해연의 눈동자가 세차게 흔들렸다.

"해연 씨한테 특별한 사람. 좀 더 가깝고, 좀 더 친밀하고, 좀 더 만져도 되고, 좀 더 느껴도 되는 그런 사람이요."

"그게 왜 난데요?"

우진의 눈빛이 멈칫했다. 해연의 입가에 씁쓸한 미소가 돌았다.

"왜 난지 확실하게 이유를 말할 수 있어요? 내 어디가 좋은지, 내 어디가 우진 씨에게 그렇게나 매력적인지, 왜 내가 좋은지 콕 집어 말할 수 있어요? 우진 씨는 아무것도 몰라요. 그냥 습관처럼 함께 있다 보니까 그게 애정처럼 인식이 된 거예요."

"왜, 그렇게만 말해요?"

"아니면 내가 그 사람이에요? 이 사람이 아니면 안 될 것 같은 사람…… 우진 씨가 말했던 그 사람. 내가 우진 씨한테 그런 의미가 됐어요? 언제부터?"

"그렇게 냉정하게 찌르기만 하는 거, 힘들지 않아요? 뭘 그렇게 따지고 재고 검토해요? 그래서 내가 물었잖아요. 많이 좋아한다와 사랑한다의 의미가 뭐가 다르냐고. 난 해연 씨가 많이 좋아요. 사랑하는지까지는 잘 모르겠지만, 함부로 내뱉은 말이 오히려 진지하지 않을 것 같아서 아끼는 것뿐이에요. 그리고 그러면 또 어때요? 그건…… 서로를 진지하게 보면서 인식하면서 알게 되는 거 아니에요? 해연 씨는 왜 기회도 주지 않으려는 거냐구요!"

우진은 격정적이었지만 해연은 냉담했다. 그녀는 천천히 고개를 저었다.

"그래서 안 된다는 거예요."

"……."

"우진 씨는 아직 많은 기회가 있고, 있어야 하는 게 당연하지만, 난 우진 씨와 달라요. 우진 씨는 나보다 세 살이나 어려요. 우진 씨는 한상진 씨 동생이에요. 우진 씨는 아직 기다려야 할 사람이 있어요. 우진 씨는 아직, 사랑이란 걸 진지하게 해보지도 않았어요. 난 우진 씨의 어떤 기회도 빼앗고 싶지 않아요. 하지만 난, 결혼할 사람을 만나야 해요. 연애할 사람이 아니라."

그녀의 어조는 단호했다. 너무 차가워서 얼음이 얼 정도로 황량했다.

"무엇보다 난, 우진 씨도 알다시피 변할 수도 있는 사랑에 또한 번 나를 걸 자신이 없어요."

우진이 옅은 한숨을 내쉬었다.

"결국 지나간 사랑에 아직도 휘둘린다는 건가요?"

"그렇게 생각하고 싶으면 그렇게 해요. 아닌 것처럼 회피하지는 않을게요."

우진이 강한 시선으로 해연을 보며 말을 이었다.

"한 가지만 물을게요. 내가 한 키스가 그렇게 위협적이었어요? 그렇게 해연 씨를 혼란스럽게 했어요?"

"아뇨. 우진 씨의 키스는, 그냥 위험한 거였어요. 가벼운 키스 하나로 어떤 결과가 생겼는지 우진 씨도 같이 봤잖아요. 그걸 바꿔서 말하면, 그 키스만 아니었다면 모든 게 변하지 않았을 거란 뜻도 돼요. 가정도 파괴되지 않았을 테고, 우정도 깨지지 않았겠죠. 결국 두 사람이 사랑하게 됐으니 다행이었지만, 그건 영화잖아요."

"영화가 뭐 어때서요."

"해피엔딩은 영화 속에서나 가능한 거죠. 우진 씨와 난 현실에서 살고 있어요. 키스 한 번으로 우진 씨가 얻게 될 것보다 잃게 될 게 더 많다면, 안정보다 불안정과 혼란이 더 많다면 난 차라리 그런 결과를 만든 나를 원망할 거예요. 은연중에 우진 씨에게 키스를 허락한 날 원망할 거라구요. 왜냐하면 난, 우진 씨를 아주 소중하게 생각하고 있으니까."

해연은 울먹거릴 것 같아 잠시 말을 멈췄다. 말을 꾹 참고서 호흡을 골랐다. 우진은 아무런 말도 하지 않았다. 그저 아름다운 갈색 눈동자로 해연을 지독히도 깊이 응시하고 있었다. 그의 표정에 짙은 안타까움이 담겨 있었다. 이 여자는 왜 이렇게 못났을까, 질책하는 눈이기도 해서 해연은 스스로에게 참 많이 창피했다.

수차례 감정을 다독인 끝에 해연은 천천히 말을 이었다.

"소중하게 생각하니까…… 이 관계가 틀어질 수 있는 키스 같은 것, 혹은 감정 같은 것 함부로 내세우고 싶지 않아요. 아무것도 하지 않으면, 적어도 이 관계는 유지될 테니까."

해연은 그에게서 고개를 돌렸다. 잘했다. 하고 싶은 말을 제대로 한 것이다. 미련이나 후회가 없을 수는 없지만, 그것마저도 이겨내야 한다고 생각했다.

"하고 싶은 말 다 끝났어요?"

다독이는 우진의 어조.

그렇게까지 냉정하게 이기적으로 말했는데도 여전히 그의 다정함은, 상냥한 부드러움은 변하지 않았다. 화를 낼 법도 하고, 고집을 세울 법도 한데 그는 언제나 똑같은 모습이었다. 이럴 때 보면 그가 훨씬 성숙한 사람 같다. 흔들리지 않을 사람 같았다. 그에 반해 이렇게나 작은 미풍에도 감정의 가지가 세차게 흔들리는 자신은 얼마나 유치하고 초라해 보이는지.

"다 했어요."

"알았어요. 오늘 일은 내가 다 잘못했어요. 해연 씨 말이 무슨 뜻인지 이해했어요. 그러니까……."

"난 여기서…… 그냥 내릴게요."

우진의 말을 끊으며 해연이 한 말에 그의 눈매에 힘이 들어갔다. 그가 속상해 죽겠다는 눈으로 해연을 쳐다보았다.

"그냥 여기 있으면 안 돼요?"

"그냥 지금은 혼자 있게 해줘요. 부탁해요."

우진이 깊은 한숨을 내쉬었다. 자신의 자리로 돌아가 등을 붙이고 앉은 그의 눈매가 곧 담담해졌다. 표정을 알 수 없을 정도로 건조해진 표정으로 그가 낮게 말했다.

"알았어요. 대신 해연 씨 부탁 들어줄 테니까 해연 씨도 내 부탁 들어줘요."

"……."

"적어도 바래다줄 수 있게 해줘요. 이렇게 아무 곳에나 해연 씨를 내리게 하고는 도저히 갈 수 없을 것 같으니까."

마지막까지 친절하고 속 깊은 남자였다. 그걸 알기 때문에 해연은 이럴 수도 저럴 수도 없었다. 그래서 차라리 오늘 같은 키스가 없었으면 하고 바라게 되었다. 아니, 애초부터 그 영화를 보지 않았다면 지금 이렇게 되지 않을 수도 있었을까?

남는 건 결국 미련, 미련…….

"미안해요……."

"결국 고집부려서 여기서 내리겠단 뜻이에요?"

"아뇨. 태워다 줘요. 고마워요."

해연의 말에 우진이 그나마 옅은 한숨을 흘렸다. 그가 곧 시동을 걸고 차를 출발시켰다. 하지만 그는 속도를 높이지 않았다. 차종과 관계없이 그는 느릿느릿, 40을 넘지 않는 속도를 지속해서 수많은 차에게 추월을 당했다. 그럼에도 그는 결코 속도를 올리지 않고서, 마치 걸어가듯 도로를 달리고 있었다.

그의 마음이 얼마나 무거울지 해연은 생각하지 않으려고 해도 신경이 쓰였다. 미안하고 죄스러웠다. 하지만 두 사람 사이에는 어떤 말도 오가지 않았다.

결국 그렇게 느리게 움직여도 차는 그녀의 아파트 앞에 도착했다.

"고마워요. 그리고 미안해요."

더는 그를 쳐다보고 있을 수 없어 해연이 차 문을 열려는 순간 우진이 그녀를 향해 말했다.

"잘 들어가요."

연한 웃음기가 배어 있는 음성이었다. 해연의 가슴이 따끔해 왔다.

"그리고…… 해연 씨가 원하는 현실에 맞는 사람을 빨리 찾았으면 좋겠어요."

부욱 하고 심장에 칼이 그어지는 느낌이었다.

"나는 아무래도 역부족이었나 봐요. 해연 씨가 원하는 건 땅에 발을 붙이고 사는 사람이죠? 난…… 해연 씨 말처럼 아직 어리고, 현실을 있는 그대로 받아들이고 고정화시키기에는 아직 열망이 커요. 겸손하게 받아들이기보다는 비뚤어진 태도로 세상에 주먹을 날리고 싶어요. 확실히…… 아직은 붕 떠 있는 사람이죠. 그런 내가 해연 씨가 보기에 철부지처럼 보이는 건 어쩌면 당연한 일일 거예요."

그가 여전히 웃고 있어서 해연은 더 가슴이 아팠다. 그의 말은 절대 비난처럼 들리지 않았다. 그는 해연의 사고를 비난하고 있는 게 아니었다. 차라리 자신의 피부에 생채기를 내는 사람이었지. 그렇게 해서 김해연의 마음이 편하다면, 스스로 얼마든지 깨지고 터지는 걸 견딜 수 있는 사람이었다.

약한 건 자신이다. 그가 아니라.

그러니 걱정해야 할 사람도 자신뿐이다. 그는 담담하게, 그리고 멋지게 계속해서 삶을 살아갈 것이다. 지금처럼 환하게, 자신감 넘치게.

지금 이 순간 한우진이라는 남자를 알게 되어서 정말 행운이었다고 생각하면 너무 안타까운 게 아닐까?

"인정할게요. 어쩌면 경솔했던 건지도 모르겠어요. 해연 씨 말처럼 습관처럼 함께 있어서 착각한 건지도 모르겠어요. 하지만 이해해 줘요. 아직 내가 채 성숙하지 못해서 생각이 짧은 건지도 모르니까."

조근조근 말하는 음성이었지만, 해연은 그래서 더 고통스러웠다. 성숙하지 못한 게 그라고? 아니, 그건 절대 아니었다. 성숙하지 못한 사람도, 착각한 사람도 오로지 자신이었다. 그리고 그는 일방적인 피해자였다.

그렇게 날카로움을 퍼붓고도 이 관계가 유지되길 원했다니, 이 얼마나 안일한 생각인지. 나름대로 이별의 말을 흘리는 그를 원망할 수 없었다. 자신만 고집을 부릴 수 있다고, 오기를 내세울 수 있다고 생각한 것인가. 상처는 자신만 받는 게 아니다. 그를 멀어지게 한 사람은 다른 사람이 아닌 자신이다. 자신의 손으로 그를 쫓아내 버린 것이다.

"행운을 빌게요."

"우진 씨도…… 잘 지내요."

달칵, 해연이 차 문을 열었다. 내려서는 그녀의 등에 대고 우진이 빠르게 외쳤다.

"다시 바빠지면 가끔, 자러 가는 것도 안 되겠죠?"

해연은 애써 웃었다. 그를 돌아보고는 말했다.

"그건 반칙이죠. 속이 이렇게 좁아서 미안해요."

그리고 해연은 두 번 다시 돌아보지 않고서 아파트 건물 안으로 들어갔다. 그녀가 완전히 사라질 때까지 우진은 움직이지 않고 있었다. 내내 해연의 뒷모습을 물끄러미 바라보고 있다가 건물이 그녀의 모습을 삼켜 버리고 난 후에야 핸들을 꽉 쥐고는 그 위로 풀썩 엎어졌다. 긴 한숨을 내쉬며 그가 핸들에 이마를 문질렀다. 아마도 한동안은 이 앞을 떠나지 못할 것 같았다. 심장이 쓰려서 손끝 하나도 움직일 수가 없었다. 안에서 일렁거리고 있는 울분 같은 게 당장이라도 터질 것 같아 우진은 오래오래 그 자리에서 마음을 가라앉혀야 했다.

우진을 두고서 아파트 안으로 들어선 해연은 엘리베이터에 올라탄 후에야 구석에 툭 기대서 허물어지듯 무너졌다. 벽에 뒷머리를 기대고서 하아, 짙은 한숨을 허공으로 쏟아냈다. 천천히 고개를 떨구고서 손등으로 눈을 세게 문질렀다. 마스카라가 젖어서 손등에 묻어 나오는 것 같았다. 언제부터 울고 있었던 건지 모르겠다. 2층에서 엘리베이터가 섰다. 두 명의 어린아이가 타기에 해연은 구석으로 비켜서서 자신의 입을 틀어막았다. 자신도 모르게 흐느낌이 쏟아져 나올 것 같아 내내 어깨를 떨며 흐느낌을 억지로 틀어막고 있었다.

아이들이 고개를 갸웃하며 돌아보는 게 느껴졌다. 결국 또다시 문이 열리고 아이들이 내린 후 해연은 엘리베이터 구석 자리에서 주저앉아 버렸다. 쪼그리고 털썩 앉아 밖으로 흐느낌을 터뜨리고 말았다. 허전함과 쓰라림, 그리고 벌써부터 밀려오는 그리움과 후회로 심장이 쥐어짜이듯 뒤틀렸다. 이렇게나 깊은 마음이었나, 스스로도 놀라울 정도로. 하지만 그만큼 깊었다는 것을 인정하자 마음이 몹시도 아팠다. 뜨거운 불에 손을 덴 아이처럼 해연의 심장은 지금 놀라고 쓰리고 또 겁에 질려 있었다.

당장이라도 달려나가 그를 잡고 싶었다. 열망이 너무 커서 그걸 가라앉히는 것 자체가 힘겨웠다. 그래서 벌써부터 밖으로 달려나가고 싶은 마음을 강제로 붙들고 있기 위해 해연은 그 자리에 오래도록 주저앉아 있어야 했다.

며칠 후, 해연은 깔끔한 스커트 정장 차림으로 커피숍에 앉아 있었다. 상진으로부터 약속 장소와 시간을 통보하는 전화가 온 건 어제였다. 만나서 마무리를 지을 일이 있는 사람이었기에 서둘러 나와 기다리고 있었는데, 이 남자 여전히 또 지각이었다. 먼저 약속을 정해놓고는 30분 가까이 늦고 있다니. 못 말릴 남자 한상진이었다.

얼마나 그렇게 기다리고 있었을까. 어느 순간 인기척이 일기에 고개를 들었더니 다행스럽게도 한상진이 옆에 서 있었다. 말쑥한 비즈니스 정장 차림에 차가운 느낌의 은테 안경이 이지적인 인상을 더욱 눈에 띄게 하는 한상진은 여전히 마지막 만났을 때처럼 고요한 분위기의 남자였다. 해연이 살짝 목례를 하자, 그도 가볍게 인사를 하고서 자리에 앉았다.

"기다리게 해서 미안합니다."

지루하다 싶을 정도로 말이 없는 남자였는데, 오늘은 먼저 정중하게 말을 건네왔다. 전이라면 가타부타 말도 없이 일단 자리에 앉아 서로 왜 이 자리에 앉아 있어야 하는지 목적을 알 수 없을 정도로 멀뚱멀뚱 있다가 헤어지는 게 다였다. 그땐 정말 한상진이라는 남자가 신기했었다. 이 남자는 도대체 뭘 먹고사는 남자일까.

그런데 오늘은 좀 달랐다. 왜인지 모르겠지만 음성도 예전에 비해 조금 부드러워진 것 같고 표정도 너그러워진 느낌이었다. 눈빛도 그렇고, 그렇게 서걱거리며 앞에 앉은 사람을 지루해 죽게 만들 정도로 변화없던 이미지가 이상하게 조금 변한 것 같다. 그건 여자만이 느낄 수 있는 직감이었다. 온통 잿빛으로 칠해져 있던 색감에 조금은 색채가 가미된 느낌.

먼저 말을 꺼내긴 했지만, 그는 역시 성격대로 잠시 아무 말도 잇지 않았다. 단지 조용히 음악에 귀를 기울이는 것 같았다. 문득 해연은 자신이 상진의 얼굴을 물끄러미 쳐다보고 있다는 걸 깨달았다. 어쩌면 우진과 닮은 부분을 찾고 있었던 건지도 모르겠다.

한우진이라니, 아직도 그 이름에 휘둘리고 있는 것인지.

오늘 한상진 씨와의 만남을 끝으로 더 이상은 그 사람도, 그의 집 사람들과도 관계될 일은 없을 텐데. 그럼에도 자신은 한 상진의 얼굴에서 한우진의 이미지를 찾고 있었다. 물론 분위기는 완전히 상반됐지만, 역시 형제라 그런지 닮은 면이 있는 것도 같았다. 자신이 억지로 그렇게 생각하는 것인지도 모르겠지만.

잠시 썰렁하게 앉아 있던 해연이 먼저 입을 열었다.

"드릴 말씀이 있어요."

그렇지 않으면 이 남자와의 대화가 언제 이어질지 예상이 되지 않았기에 해연이 먼저 한 말에 상진이 조용히 고개를 끄덕였다. 그가 커피 잔을 드는 순간 해연은 말을 이었다.

"동생분이요, 한우진 씨."

하지만 순간 해연은 자신도 모르게 입술을 열고 튀쳐나간 말에 깜짝 놀라고 말았다. 심장이 철렁 내려앉을 정도였다. 머릿속에 온통 우진에 대한 생각으로 가득 차 있어서 그런 망언이 나가 버린 것 같다. 믿을 수 없는 일이었다. 하려는 말은 그런 게 아니었는데 어쩌자고……

갑자기 나온 동생의 이름이 의아했는지 상진이 천천히 커피 잔을 내려놓고 가만히 그녀를 바라보았다. 햇빛이 반사되어 은테 안경이 반짝하고 빛났다.

해연은 당혹감을 들키지 않으려고 안간힘을 쓰며 입술을 축였다. 기왕 말을 꺼냈으니 일단은 이어가야 할 것 같아 어떻게든 말을 이었다.

"우진 씨가……."

그런데 무슨 말을 한다지? 내가 왜 이러는 걸까, 대체.

말끝을 흐리며 무슨 말을 해야 할까 고민하는 그때, 고맙게도 상진이 먼저 말을 꺼냈다.

"아…… 혹시 우진이가 연락을 했던가요. 전화번호를 물어보던데."

해연의 얼굴이 화끈 달아올랐다. 그걸 확인하려는 의도는 아니었으나……. 정신을 차리지 못하고 괜히 말은 꺼내선 이렇게 스스로 무덤을 파고 있는 꼴이라니.

"그, 그러셨어요?"

더 이상은 당황을 숨기지 못하고 해연은 시선을 피하며 중얼거렸다. 상진이 고개를 갸웃하는 게 느껴졌다. 바라는 게 있다면 어서 대화의 방향이 다른 쪽으로 흘러갔으면.

그때 상진이 말을 이었다.

"해연 씨에게, 해야 할 말이 있습니다."

해연은 다행이라고 생각하며 그와 시선을 맞추었다. 그나저나 그가 표현한 말의 어감이 좀 기묘했다. 하고 싶은 말이 아니라 해야 할 말이라.

"말씀하세요."

"갑작스러운 회의 때문에 전에 약속을 지키지 못했습니다. 그건……."

잠깐 말을 멈춘 그가 테이블에 놓은 손을 천천히 말아 쥐었다. 그의 표정이 복잡해 보였다. 그를 잘 아는 건 아니었지만, 그나마 알고 있는 바로는 그는 저렇게 표정 변화가 많은 사람이 아니었다. 오히려 녹음된 게 아닐까 싶을 정도로 몇 시간 내내 똑같은 표정만을 시종일관 보여주는 사람이었다. 보고 있으면 자신도 모르게 하품이 나올 정도로 무미건조하고 재미없는 표정. 정말이지 동생과는 확실히 다른 이미지를 가졌다.

잠시 고민하는 것 같던 상진이 낮게 말을 이었다.

"하지만, 그건 사실이 아니었습니다."

해연의 눈동자에 의문이 담겼다.

"네……?"

무슨 말을 하는 걸까.

의아하게 쳐다보는 그녀와 그의 시선이 마주쳤다.

"전, 무슨 말씀이신지 잘 이해가 안 되거든요. 설명을 좀 해주세요."

"담배를, 좀 피워도 되겠습니까."

무슨 일인지 몰라도 담배를 찾을 정도의 심각한 화제라는 걸까. 다행히 금연석이 아니라서 해연은 고개를 끄덕였다. 그러자 상진이 재킷 안주머니에서 담배 케이스를 꺼냈다. 성격만큼이나 깔끔한 은색 케이스에서 담배를 꺼낸 그가 불을 붙였다. 해연은 그런 그의 동작 하나하나를 호기심 어린 눈으로 지켜보고 있었다. 그가 곧 담배 연기를 흘리듯 조용히 말했다.

"신경이 쓰이는 여자가 있습니다."

"……."

해연의 눈동자가 정지했다. 생각지도 못한 방향에 그녀는 어떻게 표정 관리를 해야 할지 모르겠어서 그저 경청하는 눈으로 그를 바라보았다.

"보지 않으려고 하는데, 어느새 보고 있네요."

그것은 마치 기적과도 같은 것이었다.

누군가를 향한 그의 순수한 열정이, 그 길지 않은 문장 한마디에 모두 묻어나고 있다고 하면 과장된 걸까. 하지만 해연은 그렇게 느끼고 있었다. 자신도 모르게 해연의 입술이 가늘게 떨리기 시작했다. 하지만 그건 그 어떤 모멸감이나 씁쓸함 같은 게 아니었다. 오히려 놀라움이었다. 이 서늘한 모래처럼 차갑고 건조한 남자에게서 이런 말을 듣게 될 줄은 몰랐다.

생각해 보면 그는 바로 그 누군가 때문에 그날 약속을 지키지 않았다는 뜻이 된다. 그런데도 해연은 지금 이 순간 어떤 불만도 느껴지지 않았다. 오히려 가벼운 설렘 같은 것까지 일고 있었다. 다른 사람의 사랑을 건너다보면서 이런 설렘과도 같은 감정을 갖게 되다니.

"……미안합니다. 해연 씨를 불쾌하게 만들 생각은 없었습니다. 어쩌면 제 부주의 탓일 수도 있겠군요."

그가 정중하게 사과를 했다. 어쩌면 자신이 내보인 반응이 불쾌한 사람의 그것처럼 보였을 수도 있으리라. 하지만 그런 건 아니었다. 단지 너무 놀라서 오히려 당혹스러울 뿐이었지. 폐만

되지 않는다면 축하한다는 말까지 해주고 싶었지만, 그야말로 경솔한 여자가 될 것 같아 해연은 그 열망을 꾹 참았다.

한동안 정적이 돌았다. 하지만 침묵은 길지 않았다. 해연은 차분하게 입을 열었다.

"저와의 결혼을 찬성했던 진짜 이유가 뭐죠?"

그가 자신의 이야기를 했으니 이젠 자신의 이야기를 할 차례였다.

"반대의 이유가, 없었기 때문입니다."

해연은 흔들리지 않는 눈동자로 그를 바라보았다. 어쩌면 이리도 솔직한 대답이 있을 수 있는지. 그는 자신의 여자가 아니라면 가차가 없는 타입 같았다. 단 한 사람을 제외한 세상 모든 여자들에게 공평하게 솔직한, 냉정한 매너 말이다. 어쩌면 우진도 그의 형을 닮아서 그렇게나 자신만의 단 한 사람을 찾으며 기다리고 있는 걸까.

해연은 낮은 어조로 되물었다.

"굳이 제가 아니라도 상관없다는 뜻으로 해석해도 되는 건가요?"

"해연 씨는, 어떻습니까."

두 사람의 시선이 마주쳤다. 이상하게 웃음이 나올 것 같았다. 그렇게나 어색하고, 마주하면 쌓여가는 초침마저도 부담스럽던 이 남자와의 시간이 끝나려는 지금에야 와서 자연스러워지다니.

"저도, 굳이 상진 씨가 아니면 안 되는 이유 없었어요. 오히려 제가 상진 씨를 불편하게 한 건 아닐까 걱정돼요. 그 사람이, 상진 씨에게 좋은 사람이었으면 좋겠어요. 분명히…… 그럴 것 같아요."

해연의 입가에 엷은 미소가 떠올랐다. 단정하고 차분한 이미지로 그녀의 말을 들어주고 있는 그를 향해 해연이 말을 덧붙였다.

"저한테도 그랬으면 좋겠다고…… 괜찮으면 말해주실래요?"

그의 말을 들으면 정말 괜찮을 것도 같았다. 자신보다 먼저 행복의 지점에 골인해 버린 그에게서 행운의 말을 조금이라도 빌릴 생각인 건지. 우진을 스스로 밀어내 버린 자신이, 그의 형에게서 위안의 말을 들으려 하고 있는 것이다. 생각해 보면 그것만큼 말이 안 되는 얘기가 없는 것 같지만, 상진의 대답으로 인해 자신도 자유로워질 수 있을 것 같았다.

타인에게 위안을 얻으려는 사람은 결국 스스로에게 자신이 없다는 뜻일 텐데. 아직도 이러고 있는 걸 보면, 자신은 그 경지에 도달하려면 한참은 먼 듯.

하지만 똑같이 재미없는 사람에게서 변화의 가능성을 확인받고 싶었다. 오늘 마주한 그가 왠지 모르게 달라진 것처럼 보인다고 생각된 이유는 역시 따로 있었다. 그건 바로 사랑의 힘이었다. 사랑하는 사람이 그를 변화시킨 것이다. 그도 가능했으니, 어쩌면 자신도 가능하지 않을까.

그때 상진이 그를 만난 이후 처음으로 엷게 웃었다. 잔잔하게 미소 짓는 그는 더 이상 고리타분한 이미지의 부표정한 사람이 아니었다. 젠틀한 그 느낌은, 그가 미남이라는 걸 새삼스레 깨닫게 해주었다.

"해연 씨, 좋은 사람 만나길 바랄게요."

왠지 눈물이 날 것 같았다. 지금 이 순간 무척이나 우진이 그리운 건, 자신의 쓸모없는 고집과 오기를 뒤늦게 인정한 여자 특유의 어리석음이겠지. 후회하기 전에 소중한 걸 깨달을 수 있다면 참 좋겠지만, 인간이란 불완전하고도 모자란 존재라서 꼭 이렇게 지나간 후에야 자신의 경거망동을 깨닫곤 한다는 것이다.

그게 한우진을 만난 후 그녀가 배운 교훈이었다.

"고마워요."

안타까운 마음을 애써 밀어 넣으며, 해연은 상진을 향해 밝게 웃어 보였다. 그는, 좋은 사람이었다.

잠깐 시간을 내서 상진을 만난 후 해연은 다시 가게로 돌아갔다. 그리고 가게 문을 닫은 후에도 홀로 일을 하다가 새벽녘이 되어서야 가게를 떠났다.

요즘 들어 말수가 줄고 때때로 멍한 표정이 되는 해연을 선아가 걱정스러운 눈으로 지켜보고 있다는 건 알고 있었다. 집에 갈 생각도 하지 않고 가게에 남아 마지막까지 일을 하니 더욱 걱정이 되는 듯.

괜찮아. 다 잘될 거야.

해연도 친구를 걱정시키고 싶지 않아 그런 노래를 부르며 한껏 웃어주고 싶었지만 당분간 마음이 차악 가라앉는 건 어쩔 수 없는 통과의례 같았다. 밀물처럼 누군가가 왔다가 썰물처럼 빠져나가면 반드시 빈자리가 남는 법. 그 자리가 다른 어떤 것으로, 혹은 다른 사람으로, 혹은 스스로의 노력으로 채워질 때까지 겸허히, 혹은 차분하게 기다리는 수밖에.

새벽 1시가 넘어서야 집 앞에 도착한 해연은 비밀번호를 누르기 전 멈칫했다. 매일 아무렇지 않게 누르는 숫자의 나열이었지만, 키패드만 보면 문득 이렇게 행동이 정지하곤 했다.

"뭐 하는 거람."

해연은 그만 청승 떨어야지, 고개를 설레설레 젓곤 다시 번호를 눌러 안으로 들어갔다. 그리고 현관으로 들어서는 순간 무언가가 발치에서 툭 치여서 해연의 걸음이 멈칫했다.

그건 포장이 잘된 네모난 선물 상자였다. 해연은 고개를 갸웃거리며 상자를 집어 들었다. 현관 앞에 놓인 걸 보니 누가 두고 간 것 같은데, 엄마가 와서 두고 간 건가? 아니면 요즘 택배는 비밀번호를 누르고 집 안에까지 택배를 전달해 주고 가나? 하지만 역시 가능성은 엄마 쪽으로 기울었다.

곱게 포장한 선물을 뜯어보면 간장 게장 같은 게 들어 있는 건 아닐지……. 하지만 간장 게장이라기에 무게는 무척 가벼웠다.

"양념 게장이 좋은데……."

실없는 소리를 하며 포장을 다 풀고서 박스를 열어본 순간 해연의 눈이 크게 떠졌다. 그녀의 표정이 그대로 정지하고 말았다. 자신도 모르게 눈물이 핑 돌았다. 그건 어쩔 수 없는 반응이었다. 그녀의 무릎이 탁 하고 꺾였다. 주저앉듯 현관에 무너져 앉은 채로 해연은 상자를 들고 있었다.

그렁그렁 눈물이 맺힌 눈으로 해연은 상자 안을 내려다보았다. 상자 안에 있는 그것이 해연을 이토록 울리고 있었다. 그 안에는, 언젠가 해연이 말했던 꽃신이 다소곳이 놓여 있었다.

"정말 좋아요. 따뜻하게 녹는 느낌이에요. 어릴 때 노래 속에 나오는 소녀가 얼마나 부럽던지. 오빠가 서울에서 비단구두를 사 온다잖아요."

예쁜 장식이 달린 빨간 꽃신. 어린아이의 발에나 맞을 법한 자그마한 크기의 그것은 너무 작고 앙증맞아서 해연은 감히 손을 댈 수가 없었다.

하지만 정말 그녀의 가슴을 때리는 건 우진의 마음이었다. 그것이 너무 크고 무거워서, 오히려 감히 만지지 못했다.

"나도…… 누군가가 꽃신을 사서 가져다주면 얼마나 좋을까."

노랫말 속에 있는 건 비단구두였다. 하지만 해연은 그걸 꽃신으로 해석해서 우진에게 그렇게 말했다. 엄밀히 말하면 비단구두와 꽃신은 다를 것이다. 그런데도 우진은 그걸 기억하고서 이렇게 어딘가에서 이 흔치 않은 꽃신을 구해와서 두고 간 것이다.

상자 어디에도 우진이 두고 갔다는 메모 같은 건 없었지만 해연은 알 수 있었다. 이것이 그의 마음이라는 것을. 그리고 동시에 어쩌면 그가 준비한 마지막 선물이라는 것을.

"바보 한우진."

해연은 상자를 품에 꼭 끌어안았다. 현관의 자동 센서에 의한 불빛도 벌써 사라져서 주위는 완전히 어두웠다. 그 어둠 속에서 해연은 꼼짝도 하지 않은 채 그대로 상자를 끌어안고 있었다.

선물이라고 하기엔 너무 과했고, 복수라고 하기엔 너무 달콤했다. 그래서 더 속이 상했다.

"동생이면서, 나보다 한참은 어리면서, 오빠도 아니면서……
왜 늘 오빠처럼 구는 거야."

그리움이 너무 커져서, 그녀를 꽉 채우고도 넘쳐 부피를 감당 못해 안에서 툭 터졌다. 그리고 그것은 그대로 눈물로 변해 하염없이 흘러내렸다.

아무리 소매 끝으로 닦아도 눈물이 멈추지가 않았다.

6편
사랑은 깨닫지 못하는
사이에 찾아드는 것이다

휴대폰이 진동하고 있는 듯한 느낌이 들어 주머니 속의 휴대폰을 꺼내 확인해 보면, 실제로는 아무것도 수신되지 않았던 경험을 누구나 갖고 있을 것이다. 바로 그것, 마치 진동한 것 같은 느낌이 들게 하는 증상을 〈환영 진동 증후군〉이라고 한다.

그것은 휴대폰을 이용하는 사람이 진동하는 감각을 일정 간격으로 규칙있게 경험하면서 뇌가 이 감각을 학습해 버리기 때문이라고 한다. 그러니 휴대폰 이용자가 진동에 신경을 쓰면 쓸수록 이 경험에 빠져들기 쉽다.

그만큼 현대의 사람들은 이 작은 기계에 구속되어 살아간다. 그 개인 한 사람 한 사람이 하염없이 기다리는 상대방을 따져 보면, 휴대폰에 구속되어 살아가는 사람들은 또 그 두 배로 늘어날 것이다. 그렇게 보면, 지구상의 인간은 딱 반으로 나눌 수 있을 것 같다.

— *연락을 해줄 위치에 있는 사람과 그렇지 않은 사람.*

바꿔 말해 주야장천 기다리는 쪽과 반대의 쪽⋯⋯. 되도록 주도권을 쥔 쪽의 인간 군상이 되고 싶은 건 당연한 게 아닐까?

해연은 자신이 이미 이 〈환영 진동 증후군〉에서 벗어났다고 생각했다. 지금 와서 우진이 연락을 해오리란 기대는 하지 않는 게 좋을 테니까. 그러므로 결코 일어나지 않을 일인데도 해연은 가끔 주머니 속에서 휴대폰이 진동하는 것 같은 느낌 때문에 깜짝깜짝 놀라곤 했다. 하지만 휴대폰을 꺼내 보면 역시 텅 빈 액정이었다.

아마도 생각보다 감정은 더 깊었고, 그리움은 더 짙었나 보다. 이 그리움이 차곡차곡 쌓이다 보면 언젠가 얼굴도 떠올리기 힘들 정도로 그 사람을 잊게 될 날이 올까? 아니면 그리움은 병이 되어 심장을 파헤치고 절대 지워지지 않을 생채기로 각인이 되어 남는 걸까.

아영을 만나기 위해 '엑스 로드'에 도착했을 때에도 해연은 여전히 생기 없는 표정이었다. 아영은 느닷없이 연락을 해서 만나자고 하는 경우가 많았다. 선아와 교대를 하자마자 곧장 여기로 향하긴 했지만, 생각 같아서는 집에서 쉬고 싶었다. 지금 그녀에게 필요한 것은 고요였다.

게다가 이곳은 호준과 윤영을 만난 곳이기도 했고, 무엇보다 그들을 떠올리면 자연히 우진을 함께 기억해 내야 했다. 그래서 전에는 편하기만 하던 이곳이 지금은 부담스러웠다. 하지만 아영은 여기만큼 편한 곳이 없다는 주장하에 도통 약속 장소를 바꿀 생각을 하지 않았다.

해연은 기계적으로 입구를 지나쳐서 늘 아영과 함께 앉는 테이블로 표정 없이 걸어갔다. 아영을 만나기 전에 괜한 걱정을 시키지 않기 위해 밖에서 안면근육을 이완하는 입 운동을 하기도 했지만 여전히 보리죽도 못 먹은 꼴로 눈은 퀭하고 인상은 찡그려져 있을 게 뻔했다.

"왜 이렇게 늦게 왔어?"

테이블에 도착해서 자리에 앉자 아영이 분주를 떨며 병맥주 하나를 건넸다. 해연은 별로 마실 기분이 들지 않아 그냥 받아만 두었다.

"미안. 선아랑 교대하고 오느라구."

"선아도 같이 오면 좋을 텐데. 데리고 나오지 그랬어."

"나오면 나올 수야 있지. 하지만 유미 아빠가 선아 이런 데 오는 거 싫어하잖아."

"하여간 그 남편은 왜 그렇게 융통성이 없니? 마누라한테도 자유를 좀 줘야지. 애 넘어가는 꼴 보고 싶어서 그러나."

해연은 피식 웃었다. 하지만 선아 남편의 입장도 이해가 갔다. 사실 선아가 결혼 전에 심하게 '놀았던' 과거가 있는 친구라

남편의 입장에서는 아내의 주변을 할 수 있는 한 통제하고 싶은 것이리라. 선아 스스로도 자기는 한 번 콧구멍에 바람이 들어가면 걷잡을 수 없을 거라며, 되도록 밤 문화에서 멀어지는 쪽을 택했다. 그래야 가정이 지켜질 거라는 주장이었다.

"야, 내가 벌써 한 시간 전부터 여기서 놀고 있었거든."

"그렇게 일찍 왔어?"

"어, 근데 한 삼십 분 전에 글쎄……."

갑자기 아영이 상체를 휙 기울이더니 눈을 있는 대로 반짝거리며 말을 이었다.

"그 남자가 들어오더라? 그날 너 도와줬던 꽃돌이 그 남자!"

순간 냅킨을 집으려던 해연의 손이 그대로 정지했다. 자신도 모르게 손가락에서 힘이 쭉 풀리는 바람에 냅킨이 팔랑 떨어져 내렸다. 해연은 도통 움직이질 못했다. 머릿속이 윙 하고 울리고, 뜨거워진 가슴 안에서 무언가가 울컥하고 데워져 올라오는 것 같았다.

"……."

뭐라고 반응이라도 해야 하는데, 목이 메어서 아무 말도 나오지 않았다. 또한 고개를 돌려 이곳 어딘가에 있을 우진을 찾아볼 용기는 더욱 나지 않았다.

"그래서 얼른 널 부른 거지. 니가 있어야 그 꽃돌남이랑 한번이라도 더 말할 거 아냐."

아영이 키득거리며 사심을 잔뜩 드러냈다. 하지만 해연은 여전히 멍한 표정으로 적절한 대응을 하지 못했다. 그게 그렇게 된 것이었구나. 어쩐지 이곳을 그렇게나 강조하더니 이유가 있었던 것이다. 하지만 친구에게는 미안하지만, 자신도 이제는 우진과 자연스럽게 말을 할 수 있는 처지가 아니라는 것이었다.

"아직도…… 여기 있어?"

해연은 침을 꼴깍 삼키고 겨우 입을 열었다.

"응. 저쪽 어딘가에 있을 거야. 아주 계집애들이 찰싹 달라붙어 있어서 눈꼴셔 볼 수가 있어야지. 아우 야, 부러워 죽는 줄 알았다."

해연은 천천히 다시 냅킨을 주워 들었다. 그런데 내가 이 냅킨으로 뭘 하려고 했더라? 맥주를 돌려 따르려고 했었나? 아니면 테이블을 닦으려고 했었나…….

"근데 선아한테 들으니까 너랑 그 꽃돌남이랑 아무 관계도 아니라고 했다며? 선아가 아주 답답해 죽는 줄 알았다더라. 너도 참 너. 그런 기회는 있을 때 잡아야지. 으이그, 이 바보 같은 것. 나 같았으면 벌써 이캉저캉해서 붕가붕가 즐거운 분위기 만들었다."

해연은 쓸쓸하게 웃었다.

"연하에, 잘생기고 매력있고, 주위에 여자들도 널려 있는 것 같은데다, 직장도 좋아. 집안도, 간판도 번듯하고 성품도 괜찮아. 그런 남자가 자기보다 세 살이나 나이 많은 여자에게 관심 있겠어?"

아무렇지 않은 듯 시니컬하게 말하는 게 생각보다 힘들었다.

"있을 수도 있지. 요즘은 연상연하 커플이 대세라잖아."

"그래. 있을 수도 있겠지. 하지만 그 관계가 과연 오래갈까?"

"그거야……! 물론 통설로는 연하의 남자 쪽이 때가 되면 자기 본래의 세계로 훨훨 날아간다는 쪽이겠지만, 그거야말로 그냥 통설 아니겠어? 고정관념 같은 거. 너 요즘 TV 보면 몰라? 능력있는 남자랑 12살 띠동갑 미모의 연하녀, 또는 능력있는 여자랑 5살 이상 차이나는 연하남, 이런 게 기본이잖아. 그리고 남자들한텐 연상의 여자랑 한번쯤 사귀어보고 싶다는 로망 같은게 있다더라."

"그래. 로망……. 한번쯤 사귀어보는 불장난 같은 것. 청춘을 불사르다 못해 호기심이 동해서 한번쯤 저질러 보는 일탈 행위. 미안하지만 난 그런 발밑이 불안한 데다 투자를 할 만큼 용기도 쿨함도 없거든."

무엇보다 감정을 거두어들이는 게 가장 힘들 것이다. 한없이 뿌린 감정을 거두어들일 때, 그땐 정말 얼마나 힘이 들까. 지금도 이렇게 가슴이 아픈데.

"쳇. 뭐가 그렇게 복잡하냐? 사귈 때 행복하면 그만이지. 헤어지는 것까지 뭐 하러 미리 머리 아프게 생각해? 니 말대로라면 불안한 건 아예 시작도 하지 말아야겠네? 그런 걸 두고 이런 속담이 있지. 구더기 무서워서 장 못 담그랴."

해연은 한숨을 폭 내쉬었다. 하긴 누가 봐도 그런 충고를 해줄 것이다.

"그치만 넌…… 한 번 호되게 신고식을 치렀으니까. 내가 니 마음을 이해 못하는 건 아니야. 아니, 충분히 이해하지!"

아영이 친구의 편을 들며 다독여 주었다. 해연이 싱긋 웃었다.

"고마워. 내 입장 봐줘서."

아영이 깔깔거리며 웃었다.

"별말씀을. 하여튼 난 그렇게 생각해. 만날 때 최고로 즐겁고, 만나는 그 순간순간을 즐기면서 후회없이 연애하면 그거야말로 최고라고. 누군 그런 연애 하고 싶어도 못하는구먼. 안 그래?"

"나도 하고 싶어도 못해. 마찬가지야."

해연은 아영을 일깨우듯 말했다.

"용기가 없는 내가 이렇게 싫을지 몰랐어."

낮게 뒤이어 흘러나온 해연의 말에 아영이 걱정스러운 표정을 했다.

"지지배, 되게 심각하네. 그냥 마음을 좀 편하게 가지란 말이었어. 더불어 선택의 폭도 넓혀보고."

"알았어. 니 말대로 열심히 넓힐게. 누군들 안 그러고 싶어서 이러고 있겠니?"

해연은 천천히 자신의 손을 내려다보았다. 목적을 알 수 없었던 냅킨이 작은 정사각형 모양으로 접혀 있었다. 어느새 이렇게 접어놓았는지 모르겠다. 냅킨을 왜 들었나 싶었더니 손장난을 하고 싶었던 모양이다.

피식 웃으며 해연은 접힌 냅킨을 다시 차곡차곡 폈다. 그리고 대각선 방향으로 접었다가 펴고, 또 반대쪽으로 접었다가 펴선 무언가를 다시 접기 시작했다.

"뭐 해?"

"학 접어."

"닭 같은데?"

해연은 풋 웃음을 터뜨렸다. 닭이라니, 너무 실례잖아. 웃음기를 머금고서 고개를 든 순간 해연의 시선이 정지했다. 대각선으로 떨어진 위치에 앉은 우진과 시선이 부딪쳤다. 언제부터 이쪽을 보고 있었던 건지 몰라도 우진과 해연의 시선이 순식간에 섞여들었다. 해연의 표정이 정지하고, 우진도 마찬가지였다.

마치 심장이 데운 초콜릿처럼 녹아내리는 느낌. 그 잠깐의 시선의 마주침으로도 이렇게나 반응을 하면서, 뭐가 아무렇지도 않다고 잘난 척을 했던 건지. 손끝은 한없이 떨리고 이렇게나 그를 보고 싶었다는 사실을 온몸으로 인정하고 있는데.

사실은 이곳에 오기 전부터 어떤 막연한 기대를 품었는지도 모른다. 혹시라도 우진을 만날 수 있을지도 모른다는 기대. 아닌 척하면서 괜히 호준과 윤영을 들먹거리며, 그녀가 사실은 가장 신경 썼던 사람은 바로 우진이었다. 혹시라도 행운의 여신이 도와주어 멀리서나마 우진의 얼굴을 볼 수 있지나 않을까.

여전히 윤곽이 뚜렷한 우진의 외모는 멀리서도 눈에 띄었다. 그의 잘생긴 눈매와 마주친 순간부터 걷잡을 수 없이 두근거림이 일었다. 애초에 그가 싫어서 멀어진 게 아니었기 때문에.

하지만 한순간 섞여들었다고 생각한 시선은 어느 순간 일방적으로 차단되었다. 우진은 그녀에게 더 이상 웃어주지 않았다. 오히려 그대로 고개를 돌려 버렸다. 차갑게, 그 어떤 친분의 느낌도, 혹은 놀라움의 표현도 하지 않고서 그는 무미건조한 눈매를 그대로 거두어들인 것이다.

생각지도 못한 일이었다. 그의 외면도 외면이었지만, 그가 저렇게 냉정한 얼굴을 할 수도 있구나 하는 생각…… 그것은 그녀에게 뭐라고 말할 수 없는 지독한 상실감을 주었다. 가슴이 찢기듯 아프다는, 그런 말로도 모자랐다. 어떻게 한 사람의 시선이 거두어진 것뿐인데 세상 전부를 잃은 것 같은 허전함이 느껴지는 걸까.

언젠가 상진을 만났을 때 그의 얼굴에서 우진을 닮은 부분이 있는지 찾아본 일이 있었다. 외모는 어쩌면 조금 닮았을지도 모르지만, 역시 분위기는 정반대라고 생각했다. 하지만 지금 해연은 깨닫고 있었다. 우진이 차가워졌을 때를 보지 못했기 때문에 그런 생각을 할 수 있었던 거라고. 아니, 지금의 그는 차갑다기보다 그냥 무표정했다. 어떤 감정도, 감흥도 담기지 않은 우진의 건조한 표정은 그대로 한상진의 분위기를 옮겨다 놓은 것 같았다. 그래서 해연은 마치 심장이 통째로 뽑혀 나간 것 같았다.

"……그런 의미였구나."

해연은 눈물을 꾹 참고서 중얼거렸다. 갑자기 자기 혼자 중얼거리는 해연을 아영이 갸웃거리며 쳐다보았다.

"뭐? 지금 뭐라고 했어?"

해연은 아무런 반응도 없었다. 단지 홀로 생각하고 있었다.

마지막 선물인 꽃신은, 어쩌면 이런 의미였구나. 그것으로 모든 건 끝이고, 모든 게 끝났을 때 한우진은 더 이상 예전의 밝고 환하게 빛이 나던 남자가 아닐 거라고. 누구나 보면 미소부터 돌게 할 정도로 남을 따뜻하게 해주는 그런 남자가 아닐 거라고.

사실 그는 다정한 성격 이면에 단호한 면도 갖고 있었다. 그를 만나온 동안 그와의 대화에서 몇 번 느꼈었다. 한없이 상냥하고 따뜻한 사람이지만, 아니라고 생각한 부분에서는 충분히 냉정한 면이 있었다. 어쩌면 그게 그의 진짜 성격일지도 모르겠다. 자신의 여자가 아니라면 세상 어떤 여자에게든 공평하게 무관심하고 무표정한 한상진 씨와 같은 의미로 말이다.

"아영아."

"응?"

"만약에 오빠가 말 타고 서울 간다 그러면…… 아무것도 사달라 그러지 마."

"……."

아영이 벙찐 눈으로 해연을 쳐다보았다.

"너 지금, 그걸 개그라고 하는 거야?"

해연은 피식 웃었다. 하긴, 난 원래 재미없는 여자니까.

"근데 내가 그렇게 재미가 없니? 선아도 그러더라."

"선아만 그러게? 그러니까 야, 좀 깔깔거리기도 하고, 마구 열정을 터뜨리기도 하고, 경솔하게 행동하기도 하고, 조심성없게 굴기도 하고, 주책도 부려보고 그렇게 살아야 인생이지. 인생이란 게 원래 반쯤 살짝 맛이 간 상태로 살아야 행복하다잖아."

해연은 고개를 설레설레 저었다.

그런가…….

"그렇게 냉정하게 찌르기만 하는 거, 힘들지 않아요? 뭘 그렇게 따지고 재고 검토해요?"

그래. 우진도 그런 말을 했었다. 정말이지 이렇게 까다롭고 재미없고 허세만 잔뜩 들어간 여자에겐 꽃신이 아니라 고무신 같은 거나 던져 주고 가는 게 좋았을 텐데.

"나도 이제부턴 니 말처럼 그렇게 좀 살아볼까 싶어."

"얼씨구."

"이번 참에 정신개조 좀 해볼까."

아영의 말처럼 주책도 부려보고, 조심성없게 행동하기도 하고, 열정을 터뜨리고, 반쯤 살짝 맛이 가서, 그렇게…… 다음번엔 절대 내 옆으로 온 소중한 사람을 내 소심함으로 잃지 않도록. 그래서 이렇게 가슴 아플 일이 없도록.

하지만 다음번이 대체 언젠데?

한우진이 아니면, 다음번 따위 무슨 의미가 있느냔 말이야!

해연은 자리에서 벌떡 일어났다. 자신의 감정에 휘말려 스스로 폭발한 탓도 있었지만, 그보다는 어떤 장면을 목격했기 때문이었다. 멀리에서 우진이 해연은 처음 보는 예쁜 아가씨의 어깨에 팔을 얹고, 더없이 다정하게 속삭이며 막 입구로 향하고 있었다.

"야, 너 왜 그래?"

아영이 불렀지만 해연은 아무것도 들리지 않았다. 핸드백도 챙기지 않은 채 시선을 오로지 우진과 그 옆의 여자에게만 고정시키고는 자신도 모르게 두 사람을 따라가고 있었다.

심장이 미친 듯이 쿵쾅거렸다. 두 사람의 다정한 모습이 그녀의 가슴을 찢어놓는 것 같았다. 다른 여자에게 향하는 우진의 시선이 그녀를 마구 후벼 팠다. 조금만 건드려져도 온몸에서 비명 소리가 날 것 같았다. 몸살이라도 걸린 것처럼, 아프고 열이 나고 어지럽고 울렁거렸다.

내가 아닌 다른 사람에게 향하는 우진의 따뜻한 시선, 그것이 해연을 그렇게 만들었다. 이것은 분명 질투.

그의 옆에 있는 여자는 그녀보다 훨씬 어렸고 훨씬 예뻤고 훨씬 생기가 있었고, 또 훨씬 쿨할 것 같은, 절대 미련하지 않을 것 같은 그런 아가씨였다. 우진의 나이와 걸맞은 그 또래의 예쁘고 발랄한 아가씨. 멀리서 봐도 너무나 잘 어울리는 사랑스러운 커플.

그래서 해연은 자신 스스로는 도저히 감당할 수 없는 질투 혹은 심장이 찔린 것 같은 감각에 이끌려 그를 따라 나가고 말았다.

이런 행동이야말로 미련한 것이다.

우진은 이미 그녀와의 관계를 끝냈고 정리했다. 그리고 그에게 그러라고 한 사람은 자신이었다. 그러니 지금 자신의 이런 행동은 명백히 반칙이었다.

"우진 씨!"

하지만 인생은 원래 반쯤 살짝 맛이 간 상태로 사는 게 행복하다고 그러니까…….

건물을 빠져나가자마자 우진을 부르고 말았다.

"……."

우진의 걸음이 멈칫했다. 그를 목 놓아 부른 해연은 그의 등 뒤에서 빨갛게 충혈된 눈으로 망연자실하게 우진의 뒷모습을 쳐다보고 있었다.

해연의 시선이 상대방의 어깨를 다정하게 끌어안고 있는 우진의 팔에 닿아 있었다. 생각 같아선 지금이라도 달려가 그 팔을 뜯어내고 싶었다. 그 정상적이지 않은 반응이 그녀의 내면세계를 정신없이 들썩이게 했다. 내가 이렇게 욕망이 강한 사람이었나.

하지만 흘끗 돌아본 우진의 눈매는 여전히 냉랭했다. 예전의 그로 도통 돌아와 주지 않았다. 조바심이 났다. 차가운 기색으로, 혹은 화난 얼굴로 해연을 흘끗 쳐다본 그가 곧 옆에 선 아가씨의 귀에 뭐라고 속삭였다. 해연의 몸에 힘이 잔뜩 들어갔다. 그 아가씨가 해연을 흘끗 돌아보았다. 언젠가 도경이 보여주었던 싸늘함만큼은 아니었지만, 그 아가씨의 노골적인 배척도 만만치 않았다. 해연을 위아래로 쭉 훑어보곤 콧방귀를 흥 뀌었다.

우진이 뭐라고 그녀의 귓가에 속삭이자 그녀가 콧소리를 내며 우진에게 찰싹 달라붙어 애교를 부렸다. 무슨 소리인지는 들리지 않았지만 한참을 그렇게 달라붙었다가 이내 고개를 끄덕이는 그녀를 두고 우진이 한숨을 폭 내쉬는 것 같더니 해연 쪽으로 다가왔다.

명백히 드러나는 귀찮아하는 기색, 그것으로 봐서는 그가 방금 내뱉은 한숨이 누구를 향한 것인지 확실해졌다. 해연의 전투의욕이 반감되기에 충분한 광경이었다. 그럼에도 해연은 이미 물러설 수 없음을 인정해야 했다. 우진이 점점 더 가까이 다가왔다. 거리가 가까워지면 가까워질수록 단단하게 먹었던 마음이 거짓말처럼 사라지는 것 같아 해연은 속이 상했다. 대체 내가 왜 이런 어마어마한 짓을 벌였을까 심장이 철렁철렁 하고 머리까지 마구 아파왔다. 땅에 발을 심듯이 디디고 있지 않았다면 당장이라도 뒷걸음질쳐서 도망치고 말았을 것이다.

드디어 우진이 해연의 앞에 도착해서 그녀를 물끄러미 내려다보았다. 하지만 전과 같은 기색은 어디에도 없었다. 그저 물끄러미 보는 시선, 관조하듯 무성의하게 건너다보고 있는 그가 참 많이 낯설었다. 우선은 그 차가운 표정부터 어떻게 헤보고 싶었다. 해연은 그의 미소를 어떻게든 다시 찾고 싶었다. 논리에 맞지 않더라도 무조건 고집부터 피우고 보는 여섯 살 아이처럼 말이다.

"오랜만이에요……."

해연은 어렵게 입을 열었다. 하지만 말해놓고 나니 스스로에게 어이가 없었다. 뭐가 오랜만이고 그래서 어떻다는 건지. 반갑다는 건지 유감이라는 건지.

"그래요."

우진이 짧게 대답했다.

자, 이제 무슨 말을 어떻게 하면 좋을까.

"왜 불렀어요? 보다시피 좀 바빠서요."

그가 턱짓으로 약속 상대가 기다리고 있는 곳을 흘끗 가리켰다. 그녀는 먼 거리에 서서 이쪽을 흘끔거리며 우진을 기다리고 있었다. 최소한 그녀를 보이지 않는 곳에 있게 하거나, 혹은 먼저 보내리라 기대한 건 헛된 망상이었나 보다. 우진은 김해연과 길게 대화하고 싶지 않은 거다.

"그냥…… 우진 씨를 불러야 할 것 같았어요."

우진의 미간이 살짝 찡그려졌다.

"해연 씨는 여전하군요."

"……."

"그 말투도 그렇고, 자신있게 부르기에 와봤더니 여전히 머뭇거리고 있고. 도대체 나한테 뭘 보여주고 싶은 거죠?"

명백한 비난의 어조에 해연은 모든 것이 급격히 물살에 떠밀려 내려가는 느낌이었다. 그를 알고 있다고 생각한 모든 것들이, 그와 나누었다고 생각한 모든 감정들이…… 하나도 남김없이 박박 긁혀서 물살에 휘말려 떠내려 갔다.

"변하지 않는 건 없다고 한, 내 말이 맞았죠?"

그래서 해연도 비난조의 말을 흘리고 말았다.

"우진 씨도 이렇게 변해 버렸으니까."

어차피 정해져 있는 결말이 아니었던가.

"그래요. 모든 건 변해요. 변하지 않는 게 이상하죠. 하지만 그런 말은, 적어도 변하지 않게끔 한 번이라도 노력을 한 사람이 해야 하는 말 아닌가요? 해연 씨는 처음부터, 반드시 변할 거라는 단정을 내리고 그것에 대해 어떤 의심이나 반론도 갖지 않았어요. 그렇게 단정해 놓고 그 단정에 끌려가기만 했으면서, 이젠 내가 변한 게 비난의 대상이 되어야 하는 건가요?"

해연의 눈동자가 상처받아 흔들렸다.

우진의 날카로운 빛이 해연을 베고 지나가는 것 같았다.

"내가, 우진 씨를 많이 실망하게 했나 봐요."

"해연 씨 안에 있는 망설임이 날 실망하게 했어요."

"……."

"바로 여기였던 것 같네요. 여기 이 자리에서, 내가 해연 씨에게 말했었죠? 자기감정에 솔직해지라고. 해연 씨는 웃는 모습이 더 예뻐 보인다고. 그런 말을 한 건 감정에 솔직해진 해연 씨 모습이 훨씬 더 어울린다고 생각했기 때문이에요. 그런 가치없는 남자에게 휘둘릴 만한 사람은 아니라고 생각했거든요. 하지만 해연 씨는 내내 거기에 휘둘려서 자기 자신을 늪 속에 빠뜨렸죠. 다가오는 감정을 억지로 막고서 계속해서 오기만 부렸어요. 그게 내가 기억하는 해연 씨 모습이에요."

"그래서 그것 때문에 실망해서 이렇게 냉정하게 구는 거예요?"

"그래요."

우진은 단호했다. 듣는 해연이 어찌할 바를 모를 정도로.

"그건 내가 알고 있고, 안다고 생각한 해연 씨가 아니었어요. 자신의 감정에 충실한 건 좋아요. 하지만 휘둘리는 건 좋지 않다고 생각해요. 잘못된 감정에 휘둘려서 자신을 숨기고, 피하기에 급급하고, 몸을 동그랗게 말고 있는 해연 씨가 어떻게 보였을 것 같아요? 실망하고서, 나는 어땠을 것 같아요?"

해연의 입술이 바짝 말랐다.

"좋다고 생각한 그 모든 게 허상이었단 걸 깨닫고서 참 많이 씁쓸했어요. 해연 씨는 자격 미달이에요. 그래서 난, 해연 씨를 더 이상 좋게 생각할 수가 없어요. 이런 우연한 만남도 반갑지 않을 정도로."

충격으로 머릿속이 하얗게 바래는 것 같았다. 막으려고 해도 눈물이 솟아올랐다. 하지만 해연은 이렇게 맥없이 울고만 있고 싶지 않았다.

"그래요. 우진 씨 말이 다 맞을 수도 있어요. 난 나를 지키려는 이기적인 명분하에 무엇도 제대로 열려고 하지 않았고, 내 감정에만 휘둘려서 오기를 부렸어요. 겁쟁이처럼 피하고, 몸을 사렸어요. 우진 씨한테 빠질까 봐, 빠져들까 봐, 정말이지 완전히 빠져서 허우적거릴까 봐 겁이 나서 어떻게든 도망치려고 했어요. 이번에야말로 정말 아주 많이 아플 것 같았으니까. 난 나부터 지킬 수밖에 없었어요. 그래서 난, 우진 씨한테 창피하고 할 말 없는 사람이에요."

목소리가 자꾸만 떨려서 나오는 바람에 해연은 잠시 숨을 골랐다가 말을 이었다.

"하지만 이것만은 알아줘요. 실패한 사랑 때문에 몸을 사린 게 전부는 아니었어요. 박호준이 아니라, 한우진이 두려웠어요. 갑자기 왔던 것처럼 어느 날 갑자기 사라질 것 같아서, 어떻게든 가장 안전한 관계를 유지하고 싶었어요. 나만 생각하는 이기적인 방법으로, 우진 씨를 내 곁에 두려 했어요."

우진은 아무런 말도 하지 않았다. 하지만 더 이상 듣기 싫다는 듯 몸을 돌리지도 않았기에 해연은 어떻게든 말을 이었다.

"언젠가 우진 씨 앞에 정말 우진 씨가 바라는 사람이 나타나면 그때 난 어떻게 해야 할까. 내 눈에도 이렇게 매력적인 사람이 다른 사람 눈엔 왜 안 그럴까. 그런 생각을 하면 불안해졌어요. 자신감은 점점 더 없어지고, 우진 씨와 나 사이에 있는 거리만 점점 더 뚜렷하게 보였어요. 도대체 내가 뭘 믿고 뭘 확신하면서 그 불안을 감당해요?"

그래서 차라리 시작하지 않는 게 나았다. 그걸 어떻게 포기라고 부를 수 있어. 그걸 어떻게 몸을 사린 거라고 표현할 수 있어. 그렇게 생각하지 말고, 난 그저 당신이 그만큼 소중했기 때문이라고, 당신을 여기에서 더 좋아해 버릴까 봐 걱정되었기 때문이라고, 그렇게 이해해 주면 안 될까.

하지만 그것 역시 이기적인 바람이었다. 내 마음의 평온만을 바라면서 다른 사람의 감정은 가볍게 지부해 버리고 말았으니까. 그게 당신을 화나게 한 것 같으니까.

"우진 씨는 충분히 나한테 화를 낼 자격이 있어요. 비난할 자격이 있어요. 사실은 화가 나서 우진 씰 불렀는데, 결론은 이렇게 떨어지니 어쩌면 좋을까요."

해연은 쓰리게 웃음 지었다. 물이 꽉 찬 것 같은 먹먹한 심장을 누르며 말을 이었다.

"그래서 이 말만은 꼭 해야 할 것 같았어요. 미안해요……. 내가 우진 씨한테 상처 준 게 있다면, 우진 씨를 화나게 한 게 있다면, 정말 미안해요. 사과하게 해줘요."

"……"

"다음에 만났을 땐, 혹시라도 만나게 된다면…… 그땐 지금보다는 나은 내가 되어 있도록 노력할게요. 그 말을 꼭 하고 싶었어요. 우진 씨는 솔직한 걸 좋아하니까……"

해연의 입가에 힘겹지만 엷은 미소가 걸렸다. 우진의 눈동자가 해연의 얼굴을 훑듯이 바라보다가 천천히 아래로 떨어졌다. 손끝이 가늘게 떨리는가 싶었지만, 흔들림을 애써 막은 그는 이내 낮은 소리로 입을 열었다.

"그럼 나도 꼭 하고 싶었던 말을 할게요. 해연 씨, 자기 자신을 진정으로 사랑하는 사람이 돼요. 해연 씨는 모든 게 내 타입이었고 집에 가서도 생각이 났고, 지금까지 만난 다른 어떤 사람들과도 달랐어요. 진지하게 생각하고 싶었어요. 하지만……자기 자신을 사랑하지 않는 사람은 내가 사랑하고 싶지 않아요."

해연의 한쪽 눈에서 눈물이 톡 떨어졌다. 그 순간 우진의 표정이 움찔했지만 그는 금세 정색을 하고서 시선을 돌려 버렸다. 외면한 채 그가 말을 이었다.

"해연 씨는…… 자기 자신을 잘 모르고 있나 봐요. 안다면, 그렇게 쉽게 연애의 결말부터 생각하지는 않았을 텐데. 해연 씨는 해연 씨가 생각하는 것보다 훨씬 더 따뜻하고 좋은 사람이에요. 자신을 좀 더 소중하게 여겨요. 실제의 해연 씨는 해연 씨가 생각하는 해연 씨보다 훨씬 더 가치있고 사랑스러운 사람이니까.

당신 같은 사람을 누가…… 가벼운 마음으로 단지 호기심으로만 만나겠다고 나서겠어요."

해연은 아무 말도 하지 못했다. 그저…… 그의 고마운 진심을 가슴으로 새기면서도 너무나 슬펐다. 그는 여전히 건조한 어조였지만 그 말속에 숨은 따뜻함은 그대로였다. 어디에서 이런 사람을 또 만날 수 있을까. 이렇게 따뜻하고 속 깊은 사람을.

"고마워요."

펑펑 흘러내리는 눈물을 닦아가며 해연은 애써 미소를 지었다. 적어도 마지막만은 밝게 웃으며 헤어지고 싶은데 왜 이렇게 눈물이 흐르는 건지 모르겠다. 그가 보내준 성실함과 따뜻함에 대한 보답은 이런 눈물 따위가 아닐 텐데.

누가 자신을 위해 그렇게나 진심 어린 충고를 해줄까.

"고마워요, 우진 씨. 우진 씨가 해준 말, 하나도 잊지 않을게요."

그럼 어쩌면 우진을 떠올리는 것도 그렇게 아프지만은 않을 것 같았다. 당장은 그를 잊고 싶지 않으니까, 조금이라도 더 그에 대해 기억할 만한 끈을 놓지 않고서 손에 꼭 쥐고서, 쥐고 있을 것이 있다면 그것만으로도 좋았다.

"아 참, 우진 씨…… 많이 좋아한다와 사랑한다의 차이가 뭔지 물었었죠? 나, 답을 찾았어요. 사랑은…… 깨닫지 못하는 사이에 찾아드는 거래요. 그러니까 아주 많이 좋아하다가 어느 순간 무언가가 문득 찾아오면, 그게 사랑이라고 생각하면 될 거예요.”

우진의 눈동자가 흔들렸다. 해연은 그를 향해 마음의 성실함을 다해 말을 이었다.

“내가 찾아낸 답이 마음에 들었으면 좋겠어요.”

해연은 텅 빈 거실에 들어서자마자 불도 켜지 않고서 주르륵 바닥으로 미끄러져 내렸다. 어깨에서 흘러내린 핸드백을 천천히 벗겨내 바닥에 놓고서 눈물이 핑 도는 눈을 꾹 눌렀다.

이것으로 완전한 끝.

아…… 생각해 보니 꽃신에 대해서 고맙다는 말을 하지 못했다.

남은 미련이라곤 그뿐인 걸 보니 제대로 끝낸 게 맞긴 맞나 보다. 그런데도 왜 이렇게 가슴이 아픈지 모르겠다.

“내가 찾아낸 답이 마음에 들었으면 좋겠어요.”

그렇게 말했을 때 우진은 아무 말 없이 고개를 숙이고 있었다. 해연은 그에게 잘 지내라는 말을 마지막으로 하고는 더 이상의 안녕 인사 없이 아영에게로 돌아갔다.

아영은 도대체 무슨 일이냐는 듯 알고 싶어 안달이 난 표정이었지만 해연은 아무 말도 해줄 수 없었다. 사안도 사안이었지만, 도저히 더는 힘이 나지 않았다. 에너지가 다 고갈된 느낌이었다. 핸드백을 챙겨 들고 먼저 가겠다는 인사를 남기고 밖으로 나가보니 우진은 이미 그 거리에 없었다.

"잘된 거야."

해연은 자신을 다독이듯 중얼거렸다. 정말, 그것으로 잘된 것이라고.

눈물을 닦은 해연은 천천히 일어나서 불을 켜기 위해 걸음을 옮겼다. 그리고 막 스위치를 누르려는 순간, 디지털 도어록이 멋대로 작동되는 소리가 들리더니 삑삑삑삑 단조로운 기계음소리가 났다. 스위치 위에 손이 정지한 채 해연의 고개가 현관으로 돌아갔다. 그녀의 눈이 공처럼 커지는 동시에 현관문이 벌컥 열렸다.

어두운 거실 안으로 복도의 환한 빛이 쏟아져 들어왔다. 부서지듯 세차게 열린 문을 통해 누군가가 숨을 몰아쉬며 안으로 뛰어들었다.

"우······."

자동으로 밝혀진 현관의 불빛 아래에 그가 서 있었다. 아니, 그 빛이 아니라고 해도 누군지 이미 알고 있었다. 이 집 비밀번호를 알고 있는 사람, 그 번호를 자신의 집의 것인 양 더없이 당당하게 누르고 침입하는 사람은 단 한 사람뿐이었으니까.

숨을 몰아쉬며 뛰어들어 온 우진이 정지해서 멈춰 있는 해연의 시선을 낚아챘다. 그대로 그녀의 시선을 사로잡은 채 뚫어지듯 쳐다보며 그가 멈추지 않고 거실로 돌진했다. 그리고 거실

벽에 맥없이 기대서 있는 해연의 손목을 거칠게 낚아챘다.

해연의 눈동자가 세차게 흔들렸다. 어떻게 그가 여기에 있는 건지, 왜 온 건지 궁금한 게 수없이 많은데도 그는 일말의 여유도 주지 않았다. 해연의 손목을 잡아당겨 튕겨지듯 딸려온 그녀의 얼굴을 낚아채곤 그대로 입술을 부딪쳤다.

거친 숨결이 해연의 얼굴에 확하고 끼쳐 왔다. 몸을 적시고 심장을 적시고 온통 그녀를 적신 그의 뜨거운 숨결이 그녀의 숨결을 모조리 흡수했다. 궁금한 게 너무나 많았다. 놀라야 할 게 너무나 많았다. 하지만 해연은 아무것도 물을 수 없었다. 단지 지금 드는 생각은, 그 어느 것도 멈추게 하고 싶지 않다……

뜨거워진 가슴으로 그의 목에 팔을 둘렀다. 입술이 맞물린 채 해연의 몸이 벽에 밀어붙여졌다. 딱딱한 벽에 세게 부딪친 해연의 등에서 통증이 일었지만 상관없었다. 우진의 뺨을 감싸 쥐고서 그녀 쪽에서 오히려 그의 입술을 애타게 찾았다. 입술을 크게 벌려 그의 혀를 맞아들였다. 거칠게 밀고 들어온 물컹한 혀의 느낌에 해연의 몸 전체가 찌르르 울렸다.

손가락이 깍지 끼어져서 벽에 고정되었다. 뜨거운 혀가 입천장을 핥자 전기라도 이는 듯한 충격이 해연의 온몸을 훑고 지나갔다. 감당할 수 없을 만큼 격렬하고 농밀한 키스가 지속되는 사이, 우진은 깍지 끼어진 손가락에 더욱 힘을 주고서 해연을 끝까지 밀어붙였다.

손끝이 저렸다. 심장이 저렸다. 그가 만들어내는 통증 중 어느 하나도 아프지 않은 것이 없었다. 그럼에도 해연은 미친 듯이 달려들어 열렬하게 그의 숨결을, 그의 격렬한 입술과 거친 혀의 움직임이 만들어내는 통증을 환영하고 있었다.

머릿속까지 저릿해지는 느낌, 해연은 온몸을 열어 우진이 불러일으키는 감각 속으로 침몰했다. 혀끝이 민감한 입술을 끊임없이 더듬는 촉감, 각도를 틀어가며 몇 번이나 겹쳐지는 우진의 입술 때문에 해연은 무릎까지 와들와들 떨렸다. 결국 해연은 우진의 손을 꽉 틀어쥐며 본능적으로 매달렸다. 무엇이라도 붙들고 있지 않으면 그대로 침전해 사라질 것 같은 두려운 감각이 일었다.

입술이 아플 정도의 키스가 얼마나 지속되었을까. 어느 순간, 서로의 타액으로 완전히 젖은 입술이 소리를 내며 떨어져 나갔다.

"하아……."

해연은 벽에 쓰러지듯 무너진 채 호흡을 돌려받느라 힘겨운 헐떡임을 쏟아냈다. 그사이에도 우진의 기척은 멀어지지 않은 채 코끝이 맞닿을 정도의 거리에서 해연을 들여다보고 있었다. 물에 풀린 듯 흐려진 해연의 눈동자와 우진의 눈동자가 가까이에서 부딪쳐 섞여들었다. 순간 해연의 뺨이 뜨겁게 달아올랐다. 심장도 그것에 맞춰 정처없이 쿵쿵 뛰었다.

해연은 천천히 한 손을 들어 자신의 가슴을 움켜쥐었다. 너무나 아팠다. 그가 이렇게 눈앞에 있는데도, 손만 뻗으면 만질 수 있는데도 계속해서 아파 미칠 것 같았다. 그가 있다는 사실이 마음이 놓이면서도 마음이 놓인다는 그 사실이 또 아팠다. 모든 것이 다 아팠다.

"우진 씨……."

"미안해요."

그가 해연의 뺨을 커다란 손으로 만지작거리며 낮게 말했다.

"미안해요, 해연 씨."

해연은 그의 말을 쉽게 이해할 수 없었다.

"왜…… 뭐가 그렇게 미안해요?"

"연기를 좀 해보려고 했는데 잘 안 됐어요. 가슴 아파서, 죽는 줄 알았어요."

해연의 눈이 커졌다.

"무슨……."

"사실은 그동안 너무나 기다렸어요. 해연 씨가 전화해 주길. 어디에서라도 좋으니까 우연히 마주치기를. 아니면 차라리 현관문 비밀번호라도 바꿔주길…… 기다렸어요."

"……."

"언제라도 열 수 있는 문인데, 들어갈 수가 없어서 미칠 것 같았어요. 하지만 아무리 기다려도 연락 같은 건 없고, 우연히 만나는 행운도 일어나지 않았죠. 그렇게도 끝내고 싶었어요? 그렇게 아무것도 아니라고 생각했어요? 미웠어요. 해연 씨가 미워서, 미워 죽을 것 같아서 오늘 쏟아낸 말들은 다 내 비뚤어진 마음이 쏟아낸 말들이에요. 화나서 투정부린 말들일 뿐이에요. 그러니까 상처받지 말아요."

그가 해연의 손을 꼭 쥐며 고해하듯 토해냈다. 해연의 눈동자에 눈물이 가득 차올랐다. 지금 이 감정을 어떻게 말로 다 표현할 수 있을까. 한없이 안심이 되고, 미친 듯이 안도감이 이는 이런 감정을.

어쩔 수 없이 끝이라고 생각했다. 그의 마음은 그대로 떠난 것이라고 생각했다. 다시는 그를 볼 수 없을 거라고 생각했다.

"우진 씨 잘못 아니에요. 후회했는데도…… 너무 보고 싶었는데도, 수없이 연락하고 싶었는데도 그럴 수 없었어요. 내가 너무 바보 같아서, 나한테 질려 버려서 우진 씨한테 기대할 수가 없었어요. 그 어떤 기대도 할 수 없었어요."

해연은 가슴속에 차곡차곡 쌓아두었던 진심을 눈물과 함께 토해냈다.

"다 내가 만든 결과였기 때문에 우진 씨가 화를 내도, 더없이 차가워져도, 나한테 질렸다고 하더라도 항의라곤 할 수 없었어요. 되돌려받고 싶었지만, 그럴 수 없었어요."

우진이 슬픈 눈으로 해연의 머리카락을 만지작거렸다. 그의 눈매가 다시금 부드러워져 있었다.

아…… 그토록이나 바라던 그의 눈빛이었다. 이렇게 상냥하고 한없이 어루만져 주는, 더없이 속 깊은 따스함…….

그래서 자신은 그동안 그렇게 추웠었나 보다. 그렇게나 허전했나 보다. 뒤늦게 후회에 몸서리를 치며, 그렇게나 아팠나 보다.

"해연 씨 그 말 정말 믿어도 되는 거죠?"

기쁨으로 반짝이는 우진의 눈동자가 해연을 한없이 행복하게 했다.

그렇게 실망만 시켰는데 어쩌면 이 남자는 이다지도 깊은 신뢰를 지켜줄 수 있을까. 어쩌면 이미 나이 차이라는 건 해당되지 않는 사항인지도 모르겠다. 지금 누가, 누굴 어리다고 밀어낼 수 있다는 건지.

"정말이지, 밤마다 꿈을 꿨어요. 해연 씨가 나타나는 꿈. 해연 씨 옆에서 잠드는 꿈."

우진의 애잔한 눈매가 해연의 얼굴을 구석구석 훑었다.

"그리고 오늘, 드디어 바람이 이루어졌어요."

혹시라도 그곳에서 해연을 만날 수 있지나 않을까 문턱이 닳도록 수없이 드나든 끝에 드디어 그녀를 만났다.

"하지만 해연 씨는 여전히 꼼짝도 안 하고, 그 자리에서 움직일 줄을 모르더군요. 그래서 연기를 해야 했어요. 드디어 해연 씨가 날 불렀을 때의 그 기분을, 해연 씬 정말 상상도 못할 거예요."

해연의 눈물을 닦아주며 중얼거린 그 말에 해연은 믿을 수 없다는 눈으로 그를 바라보았다.

"연기라니…… 설마."

"몰랐어요? 그때 연기한 거랑 똑같이 도발한 거잖아요. 어깨에 팔을 두르고 나간 것까지 똑같았는데 어떻게 그걸 모를 수 있어요?"

"그럼 처음부터 의도한 거였다구요?"

"저런…… 정말 몰랐나 보다. 알아차릴 줄 알았는데."

우진이 고개를 설레설레 저으며 중얼거렸다. 해연은 그저 기가 막힐 뿐이었다. 연기라고 의심되기는커녕 그때는 아무것도 생각나지 않아서 그대로 자리를 박차고 뛰어나간 것밖에 생각이 나지 않았다. 심장이 쿵쿵 뛰어서 다른 건 아무것도 생각할 수 없었다. 오히려 그땐 이성적으로 가늠하는 것 자체가 불가능했었다.

"그럼, 그 사람은……."

"물론 친구죠. 제가 부탁을 좀 했거든요."

해연은 입술이 반쯤 벌어진 채로 그를 넋 놓고 바라보았다. 믿을 수가 없었다. 말 그대로 완전히 속아버린 것이다.

"그 친구 연기 잘하죠? 연기자 지망생이거든요."

"정말 질투하는 것처럼 보였다구요."

"해연 씨가 질투하는 모습을 보고, 그걸 따라 한 게 아닐까요?"

정곡이 찔려서 해연의 얼굴이 새빨갛게 달아올랐다. 아닌 게 아니라 정말 그랬을지도 모르겠다. 해연은 벽에 기대선 채로 낮은 한숨을 내쉬었다. 그런 그녀의 뺨을 우진은 질리지도 않는지 계속해서 만지고 있었다. 해연도 손을 뻗어 그의 손등을 만졌다. 그리고 조용히 속삭였다.

"꽃신…… 고마워요."

우진의 입가에 미소가 머금어졌다.

"인사동 구석구석 돌아다니면서 구했어요. 칭찬해 줘야 해요."

그럴지도 모른다고 생각했다. 구하면서 그는 무슨 생각을 했을까, 그것이 그렇게나 궁금했었다. 그 꽃신을, 헤어져 지내는 동안 그와 자신을 이어주는 끈 같은 의미로 생각했다.

우진이 자신의 손을 잡고 있는 해연의 손을 천천히 끌어내려 아래로 내렸다. 그리고 다시 손을 들어 해연의 입술에 그 손끝을 가만히 댔다. 해연의 심장이 가빠졌다. 그런 그녀를 부드럽게 응시하며, 고개를 살짝 기울인 우진이 말했다.

"입술에 뭐가 묻었어요."

선명할 정도로 느껴지는 긴 손가락의 촉감에 해연은 자신도 모르게 숨을 삼켰다.

입술에 얹어진 손가락은 움직이지 않았다. 그저 조심스럽게 얹고서 눈으로는 해연을 뚫어지듯 쳐다보고만 있다. 두근거림이 다시 일었다. 점점, 점점…….

입술의 촉감을 느끼듯 우진이 천천히 눈을 감았다. 남자의 것이라고는 믿기지 않을 만큼 긴 속눈썹이 감각적으로 감기는 모습에 해연의 가슴이 찌르르 울렸다.

그녀도 서서히 눈을 감았다. 그제야 천천히 손가락이 움직이기 시작했다. 머뭇거리듯 양해를 구하듯 살짝 움직이던 손가락이 해연의 입술이 파르르 떨리는 순간 부드럽게 아랫입술의 선을 따라 선명하게 그리고 지나갔다. 감각적으로 지속되는 긴 손가락의 느낌이 그녀의 감각을 한없이 건드렸다.

얇은 피부를 계속해서 오랜 시간 더듬는 감각, 그것은 마치 키스와 같은 느낌이라 해연은 발끝부터 온몸에 전류가 퍼져 가는 것 같았다. 심장보다 더 깊은 곳에서 무언가가 움찔하고 움직였다. 아우성을 치고 있었다. 웅성거리면서 더욱 짙은 떨림을 만들어냈다. 도저히 더는 그 감각을 감당하지 못해서 해연이 눈을 뜬 순간, 마치 그 감정을 함께 인식한 것처럼 우진의 손가락이 떨어져 나갔다.

하지만 손은 멀어졌을지언정 그는 여전히 깊은 눈으로 해연의 얼굴을 바라보고 있었다.

"궁금해요, 당신이……."

낮고 낮은 목소리로, 귀를 기울이지 않았으면 놓쳐 버렸을지도 모를 정도로 그가 말했다.

"알고 있잖아요. 이미 충분히……."

"아뇨. 충분하지 않아요. 여기에서 더…… 계속해서 알고 싶어요. 전부 다……."

"알려줄게요."

해연의 말에 우진의 눈동자가 흔들렸다.

"우진 씨가 알고 싶어하는 만큼 전부 다…… 알려줄게요."

해연은 눈물을 매단 채로 웃으며 자신의 진심을 전부 전했다. 더 이상 무슨 회피가 필요할까. 이것이 자신의 진심인 것을.

우진의 눈매에 환한 미소가 번졌다. 그의 손가락이 미끄러지듯 뺨에 닿았다.

"뺨에도 묻었어요."

해연은 피하지 않고 그 감각을 느꼈다. 이미 자신에게 깊이 뿌리박힌 존재. 그와 헤어져 있는 동안에도 잔뿌리가 수없이 남아 있어서 단 한시도 잊을 수 없었다.

그걸 강제로 잡아뜯어 버리려 했기에 그도 상처를 입었고, 자신의 손에서도 피가 났다. 솔직하게 인정했으면 되었는데. 그게 그렇게 겁이 났나 보다.

"난, 뭐든 해연 씨가 원하는 선까지 올라갈 수 있어요."

갑작스러운 우진의 말에 해연의 눈동자가 커졌다.

"무슨……."

"하지만 단 하나, 되지 않는 게 있어요. 내가, 해연 씨보다 어리다는 것."

해연의 눈동자가 세차게 흔들렸다.

"우진 씨……."

"그건 내 힘으로 어쩔 수 있는 게 아니잖아요. 내 노력으로 바꿀 수 있는 게 아니잖아요. 그러니까 여기서 제안을 하나 할게요."

"……."

진지한 그의 시선에 동조되어 해연은 천천히 고개를 끄덕였다. 무슨 말을 하려는 걸까. 그 순간 우진이 천천히 상체를 기울여 몸을 바짝 붙이더니 해연의 귓가에 대고 낮게 속삭였다.

"길러줘요."

해연의 눈동자가 그대로 정지했다.

"해연 씨가 날 길러줘요. 물도 주고, 관심도 주고, 애정도 듬뿍 듬뿍 줘서 내가 빨리 해연 씨보다 성숙할 수 있게, 누가 봐도 해연 씨를 지켜줄 법한 남자로 인식될 수 있게 날 정성껏 길러줘요."

아…….

해연의 온몸에서 힘이 풀렸다. 이런 고백을 들어본 일이 없었다. 해연은 팔을 뻗어 그의 등을 꽉 끌어안았다. 감정을 주체하지 못해 그를 있는 힘껏 끌어안으며 그의 가슴에 얼굴을 파묻었다.

"고마워요……. 당신은 내게 너무나 과분한 사람이라서, 지금도 난 어쩔 줄을 모르겠어요."

"그렇지도 않아요. 아니, 그렇지도 않다는 걸 곧 알게 될 거예요. 내가 얼마나 제멋대로에 방종으로 점철된 인간인데."

그의 가슴에 얼굴을 묻고서 해연은 고개를 저었다.

그렇든 아니든.

"우진 씨는 참 이상해. 화도 안 나요? 어떻게 그렇게 이해만 해요? 너무…… 손해 보는 장사 아니에요?"

그렇게 서운한 말을 들었으면서, 어떻게 그렇게 다정한 위로로만 되돌려줄 수 있는 걸까. 당신은 대체 어떤 사람이길래.

우진이 자신의 가슴에 안긴 해연을 폭 끌어안은 채 그녀의 머리카락을 부드럽게 쓰다듬었다.

"난 장사를 하는 게 아니니까요."

"하지만 난 장사하는 사람이에요."

그래서 더 이 사람이 이해가 가지 않는지도.

손해만 보는 이 사람이 안쓰러운 만큼 너무도 사랑스럽고 고맙다.

"아무튼 할 말은 하나예요. 길러줘요."

심장이 다시금 움직이기 시작했는데, 너무 울렁거려서 참을 수가 없을 정도였다.

"난 처음부터 솔직하게 말했어요. 이제 해연 씨만 이대로 계속 솔직해 주면 돼요. 오늘처럼만, 제발 솔직해 줘요."

우진이 해연의 정수리에 입을 맞추며 낮게 속삭였다. 해연은 천천히 고개를 들어 그를 올려다보았다. 대답을 기다리는 그에게 다정하게 고개를 끄덕여 주었다.

"알았어요. 꼭 그럴게요."

"하지만 앞으로, 만약 소극적인 마음이 생겼는데 말을 할 수가 없으면 괜히 무리해서까지 자신을 바꿀 필요는 없어요. 해연 씨는 해연 씨대로, 당신이 원하는 대로 하면 돼요. 너무 바뀌려고만 들면 해연 씨가 너무 부담스러우니까. 나는 해연 씨가 피하면 피하는 대로, 몸을 말면 마는 대로 내가 왜 당신을 쫓아가는 건지 계속 생각하면서 끝까지 쫓아갈 테니까."

홍수처럼 무언가가 한꺼번에 퍼부어져 해연의 몸이 온통 젖어버렸다.

"그러니까 안심해요."

우진은 마지막까지 그녀를 배려해 주는 말밖에 모르는 남자였다. 해연은 두 팔을 벌려 그의 뺨을 뜨겁게 감싸 쥐었다.

"걱정하지 말아요. 이제는, 내가 우진 씨를 쫓아가 볼 테니까."

발끝을 들어 스스로 그의 입술을 찾아 입을 맞췄다. 불꽃이 지펴지는 건 순식간이었다. 커다란 우진의 손에 뒷머리가 잡히는 동시에 둘의 고개가 엇갈렸다. 입술의 맞물림이 더욱 깊어지고 해연의 숨결이 뜨거운 그의 호흡 속으로 빨려 들어갔다.

그치지 않는 열정적인 키스, 그리고 어느 순간 해연의 입술을 더듬던 우진의 젖은 입술이 천천히 열렸다.

"좋아해요."

해연의 입술이 파르르 떨렸다. 자신도 모르게 낮은 한숨이 새어 나왔다. 우진의 달콤한 숨결이 해연의 코끝을 더듬었다. 처음부터 강렬했던 우진의 그 눈동자, 도저히 고개 돌릴 수 없는 그 아름다운 빛을 바라보다가 해연은 그의 높은 콧날에 키스하며 대답했다.

"나도…… 좋아해요. 당신을 정말, 아주 많이 좋아해요."

우진의 눈동자가 커지는 동시에 그가 해연을 와락 끌어안았다.

"너무하잖아요. 사람 떨리게. 갑자기 그렇게 적극적인 게 어디 있어요."

해연은 엷게 웃으며 그의 품에 편안히 몸을 기댔다.

많이 좋아하다가 어느 순간 무언가가 문득 찾아오면 그게 바로 사랑이다. 그것은 어쩌면 자신에게 해준 말. 그래. 어느 순간 문득 무언가가 찾아왔다. 그것이 바로 그를 사랑한 감정이었음을.

그러니까 우진 씨, 놓치지 말아요. 그 감정을 놓치지 말아줘요.

나도 이제는 절대 놓치지 않을 테니까.

몇 번이나 키스를 나눴다. 몇 번이나 좋아한다고 속삭였다. 몇 번이나, 몇 번이나 서로의 눈을 들여다보았다.

해연의 눈꺼풀에, 콧등에, 이마에, 입술에 자잘한 키스가 수없이 떨어져 내렸다. 그리고 목덜미로 우진이 입술의 방향을 튼 순간, 그가 손을 움직여 블라우스 위에서 해연의 가슴을 조심스럽게 감싸 쥐었다. 그 미세한 움직임만으로도 이미 해연은 막을 수 없을 정도로 긴장해 버렸다. 온몸이 젖어드는 생소한 감각에 진저리가 쳐질 것 같았다.

우진의 키스는 강하고 격렬했지만 손길은 부드러웠다. 조심스럽고 배려가 담겨 있었다. 함부로 하지 않는 듯한 그 동작 하나하나가 해연을 안심시켰다. 그래서 파르르 떨면서도 그의 손길에 몸을 맡겼다. 가슴에 얹어 있던 우진의 긴 손가락 마디마디에 천천히 힘이 들어가는 순간, 해연은 고개를 살짝 뒤로 젖히며 부드러운 한숨을 토해냈다.

그 모습과 작고 달콤한 한숨 소리가 너무도 사랑스러워서 우진은 해연의 아랫입술을 찾아 잘근 깨물었다. 혀끝으로 그어 내려가다가 턱을 살짝 무는 동시에 블라우스의 단추를 풀어 안으로 손을 밀어 넣었다. 손바닥으로 만져지는 해연의 살결은 황홀하도록 부드러웠다. 위로 올라가 손바닥으로 목부터 부드럽게 어루만지며 내려오자 해연이 긴 신음을 흘렸다.

"하아……."

자극받은 우진의 허리 아래가 뜨겁게 달아올랐다. 그 바람에 우진의 목에서도 반사적으로 짙은 호흡이 토해져 나왔다. 도저히 견딜 수 없었다. 우진은 혀를 세워 유혹하듯 해연의 목선을 핥아 내려갔다.

"아웃, 우진 씨……."

"쉬이, 괜찮아요……. 괜찮아……."

우진은 해연의 살결에 부드러운 키스의 비를 뿌리며, 뜨거운 손을 움직여 브래지어 위에서 해연의 가슴을 움켜쥐었다. 아프지 않게, 놀라지 않게 부드럽게 하고 싶었지만 점점 인내심은 바닥이 나고 있었다. 해연의 방어벽이 얇아질수록 우진의 뜨거움은 강해졌다.

해연의 손가락이 우진의 머리카락을 파고들었다. 그녀가 보이는 반응 하나하나가 너무나 달콤했다. 그녀가 희미하게 떠진 젖은 눈꺼풀을 파르르 떨면서 그를 유혹해 오고 있었다. 일부러 하는 행동은 아니겠지만, 작은 움직임 하나하나가 우진의 욕망을 터질 듯이 흥분하게 만들었다.

자신에게 더할 수 없이 자극적이었다.

사랑스러운 손으로 우진의 가슴선을 더듬어 만져 내려가며 자신의 몸을 더욱 붙여오는 해연 때문에 우진의 인내심이 극에 달했다. 팽팽하게 긴장된 허리 아래 단단한 욕망을 해연의 부드러운 몸에 누른 순간, 우진은 브래지어를 열어젖히고 손을 쑥 넣었다. 그리고 허리를 숙여 선홍빛의 유실을 답삭 물었다.

"핫!"

해연이 탄식과도 같은 비명을 터뜨리며 몸을 틀었다. 그녀의 허리가 활처럼 유연하게 휘었다. 우진은 그대로 해연의 허리를 잡아 고정시킨 채 혀로 유두를 둥글게 그렸다. 빨아들일 때마다 그의 심장 안에서 찌릿찌릿 말로 표현할 수 없는 감각이 일었다.

"좋아해요."

그가 또 속삭였다.

"사랑스러워. 좋아해요."

열에 들뜬 목소리로 계속, 계속 그 말을 되풀이했다.

"그만…… 제발 우진 씨…….."

"좋아해요. 사랑스러워. ……사랑해."

결국 해연이 그의 목에 달려들어 그를 와락 끌어안아 버렸다.

마지막 말은, 해연이 그의 입술을 덮어버려 채 끝맺지 못했다.

사랑을 하면 뇌에 불이 켜진다. 사랑은 뇌가 인지하되 가슴이 인식하여 결국 그 결과는 육체적인 욕구로 직결되는 것이다.

격렬하게 입술을 탐하며 밀어붙여 오는 우진의 격렬한 힘에 해연은 어쩔 줄을 몰라 했다. 우진의 육체적인 욕구가 해연을 구석까지 몰아붙였다.

한순간 감당하기 힘들 것 같단 두려움마저 일었지만, 해연은 어떻게든 몸을 열어 그를 받아들였다. 허리 아래에서 참을 수 없는 격통이 일었다. 하지만 고통이 강한 만큼 그의 등을 끌어 안아 당길 수밖에 없는 건, 그 아픔까지 감수하고서 그를 안고 싶다는 마음 때문이었다.

처음 그가 안으로 들어올 때의 아픔에 비하면, 지금의 통증은 상상도 못했던 쾌감의 보상으로 조금씩 무뎌져 가고 있었다. 손 끝까지 떨리는 이 감각을 해연은 차마 똑바로 마주하기도, 그것 이 주는 쾌감에서 고개 돌릴 수도 없었다. 해연의 한쪽 다리를 구부려 더 높이 밀어붙인 우진이 깊은 곳까지 들어오며 해연을 와락 끌어안았다.

"사랑해……. 우진 씨."

아마도 그 말 때문이었던 것 같다.

그를 받아들이는 고통이 너무 커서, 통증에 반쯤 넋이 나가 열에 들뜬 듯 해연이 흘린 말이었다. 그리고 그 순간부터 우진 은 어딘가 변해 버렸다. 마치 사람이 바뀐 것처럼 눈동자가 끓어올라서 그 욕망 하나하나까지 선명하게 읽을 수 있을 것 같 았다. 단단하게 해연을 끌어안은 우진은 아득할 정도로 오래 키 스를 하고 온몸에 애무를 하며 동시에 그녀의 안쪽 깊은 곳까지 밀고 들어와 그녀의 전부를 휘저었다. 사랑의 행위가 깊어질수 록 감각이 조각조각 부서지는 것 같았다.

자극을 받은 우진이 한쪽 눈썹이 찌푸려졌다. 해연은 그의 표정 하나하나가 전부 자극적이라 견딜 수가 없었다.

어쩌지…… 당신을 다 내 걸로 하고 싶어.

이런 욕심을 가득 갖고 있다는 걸 알면 그는 뭐라고 할까.

미세한 신경세포의 움직임, 뭐라고 표현하기도 벅찰 정도로 커다란 떨림과 환희가 밀려들었다. 해연은 그 일렁이는 파도에 온몸을 맡겼다.

길고 긴 키스를 하는 동안에는 우진은 움직이지 않았다. 단지 혀와 입술의 감각에만 집중할 뿐이었다.

그리고 해연의 입술에서 떠난 그의 입술이 미끄러지듯 목덜미를 핥아갈 때 그의 은밀한 움직임은 다시 시작되었다. 숨결이 해연의 가슴으로 번져 가 선홍빛 돌기에 혀를 긋는 그는 마치 소년 같지만, 강한 힘으로 밀고 들어오는 그는 결코 소년이 아니었다.

아름답다. 젖은 눈을 천천히 떠 그의 얼굴을 올려다보았을 때 든 생각이었다.

땀에 젖은 반듯한 이마와 날카로운 턱 선, 욕망이 담긴 눈빛, 관능적인 목선까지 어느 곳 하나 마음을 끌지 않는 것이 없었다. 사랑의 본질은 상대방을 최대한 꽃피우게 해주는 것이라고 했다. 해연은 자신도 그에게 그런 사람이 되기를 바랐다.

"아아…… 사랑해요……"

그것은 순식간에 일어난 일이었다. 우진이 해연의 작은 머리를 감싸 안으며 격렬하게 몰아붙이는 순간, 해연은 이성을 잃어 버린 듯 탄식을 토해내며 외쳐 버리고 말았다. 떨리는 감각을 견디지 못해 그에게 자신의 감정을 남김없이 전부 토해냈다.

뜨거운 손바닥이 온몸을 쓸어내릴 때 드는 만족스러운 쾌감, 젖은 입술이 입술을 스칠 때마다 드는 선명한 두려움까지, 그 모든 감각의 파도에 온몸이 갇혀 버린 것 같았다. 그 지나치게 강한 감각의 자극에 차마 자신을 유지하지 못하고서.

"사랑해요······."

해연은 거듭, 거듭 자신을 토로했다. 하지만 그가 들었는지 아닌지는 확인할 수 없었다. 그 후에 그가 어떤 눈을 한 건지도 잘 기억이 나지 않았다.

먼저 잠드는 건 그의 특기였는데, 해연의 눈꺼풀이 먼저 가물 가물 감기고 있었다. 그의 몸의 일부가 일순간 빠져나가는 감각이 허전함을 동반하며 밀려들었고 그와 동시에 젖은 키스가 퍼부어졌지만 해연은 더 이상 움직일 수 없었다. 나른하게 꼬물거리다가 그대로 잠이 들어버리고 말았다.

우진은 완전히 지쳐서 잠이 든 해연을 가슴에 강하게 끌어안았다. 그의 눈동자가 부드럽게 풀어져 있었다. 이따금씩 키스를 지속하며 우진은 자신의 품 안에 잠긴 해연을 바라보고 또 바라보았다.

"사랑해요······."

그녀의 고백을 못 들었을 리가 없었다. 단지 감당할 수 없는 쾌감을 견디지 못하고 토해져 나온 말이든, 무엇이든 그는 상관

없었다.

"내 고백도 들어보고 자야죠. 매몰찬 해연 씨 같으니……."

우진은 낮게 중얼거리며 온통 젖은 해연의 머리카락을 쓰다듬었다.

하지만 그녀가 듣건 듣지 못하건 그것 또한 상관이 없지 않겠는가.

이렇게나 그녀를 소중하게 생각하는 자신의 벅찬 마음과 또한 그것을 이제 당당하게 입 밖으로 표현할 수 있으니. 떨어져 있고 깨닫게 되었다. 자신은 그녀를 생각보다 더 좋아하고 있었다. 아주 많이 좋아하고 있었다. 아주 많이 좋아하다가 어느 순간 무언가가 문득 찾아오면 그게 사랑이라고 했나? 그렇다면 자신은 그녀를 사랑하는 게 틀림없다. 그 무언가가 어느 순간 확실히 찾아든 것 같으니까.

"잘 자요, 해연 씨. 악몽 꾸지 않게 내가 든든히 지켜줄게요."

우진은 잠든 해연의 눈꺼풀에 입을 맞추고 그녀를 폭 끌어안았다.

"하지만…… 어째 나도 좀 졸리네요. 꿈에서 지켜주면 안 될까요?"

천천히 우진의 눈도 감겼다.

"어서 오세요."

딸랑, 하고 가게 문이 열리자 케이크를 진열하고 있던 해연이 고개를 돌렸다. 예쁜 아가씨 손님이었다. 짧은 머리카락이 솜사탕처럼 복슬복슬 컬이 들어가서 마치 동화책 속에서 툭 튀어나온 인형처럼 생긴 아가씨였다. 하지만 발랄해 보이는 외모와 달리 그녀의 표정은 왠지 착 가라앉아 있었다. 슬픈 일이라도 있는 건지.

"케이크 사시게요? 생일 케이크인가요?"

해연은 왠지 그녀에게 끌려 다정하게 물었다. 손님은 그냥 가만히 고개를 저었다. 잠시 생각하는 것 같다가 오밀조밀한 입술을 열어 말했다.

"저기…… 내가 너무 아프게 한 사람이 있는데, 나 혼자……
이렇게 예쁜 케이크를 먹어도 되나요?"

잠시 해연의 눈동자가 정지했다. 생각지도 못한 질문.

하지만 질문한 그녀도 스스로 당황스러웠는지 놀란 표정을
하다가 갑자기 아몬드처럼 생긴 눈에서 눈물이 퐁퐁 차오르기
시작했다. 잘은 모르겠지만 감당하기 힘든 일이라도 있는 모양
이었다. 해연은 왠지 가슴이 아파서 그녀의 얼굴을 가만히 바라
보았다.

사랑이란 감정은 그것을 하는 사람들에게 각자 전혀 다른 감
성으로 다가서는 모양이다. 분명 그 사람 때문에 웃었던 날이
많았을 것임에도 맞닿지 못하면 결국은 그 사람 때문에 아플 수
밖에 없는 그런 상념, 아픔없이 합일되고 싶음에도 아픔없이는
성숙되지도 못하는 그런 감정, 그것이 사랑이 아닐까. 눈물을
그렁거리면서도 아프게 웃는 그녀의 이미지가 해연의 가슴 안
에 화폭처럼 와서 담겼다.

그녀는 지금 누군가를 깊이 사랑하고 있는 거겠지. 하지만 자
신의 마음만큼 그 사랑을 전해주지 못해서, 아니, 오히려 그릇
된 모순으로 사랑하는 사람을 아프게 해버려서 자신이 더 아픈
가 보다. 똑같은 아픔을 해연도 경험한 적이 있었다. 너무 사랑
해서 자신을 상처 주고 그 사람마저 상처 주고 말았다. 그때 그
녀에게 어떤 위안이 있었던가.

위안이 되었던 것은 바로 우진이 남기고 간 꽃신이었다. 그것이 해연을 두근거리게도 했고 더욱 슬프게도 했다. 하지만 그의 마음이 담긴 것이었기에 명백히 위안이 되었던 것도 사실이었다. 자신이 만든 케이크가 앞의 이 손님에게 그 꽃신과 같은 위안을 줄 수 있을지는 모르겠지만, 똑같이 누군가를 하염없이 사랑하고 그 사랑에 눈물을 흘리고 아파해 본 적이 있는 사람으로서 자신도 눈앞의 이 아가씨에게 위안이 되어주고 싶었다. 물론 가장 큰 위안은, 사랑하는 사람의 마음이겠지만.

사랑은 힘들다. 사랑은 아프다. 하지만 지금 비록 아프더라도 케이크 하나조차 그 사람 때문에 마음 놓고 먹을 수 없을 것 같은 그 안타까움 자체는 아픈 것만은 아니라고 해연은 생각했다. 적어도 무언가를 볼 때마다 떠오르는 한 사람이 있다는 것은 필시 축복일 테니까.

난처했는지 그녀가 몸을 돌리려는 순간 해연이 다정하게 입을 열었다.

"그럼요, 드셔도 돼요. 이거……."

멈칫한 여자의 고개가 천천히 돌아왔다. 해연은 혹시 그녀에게 부담이 가지 않도록 편안한 미소를 지으며 케이크 하나를 소개했다.

"이 케이크, 제가 만든 거예요. 사랑하는 사람을 생각하면서 만들었어요. 손님도, 사랑하는 사람 생각하시면서 드셔보세요. 기분이 조금은 나아질 거예요."

젖어 있던 그녀의 눈동자가 점차 밝게 빛나더니 엷게 미소를 머금었다.

"네, 맛있게 먹을게요. 하나 포장해 주실래요?"

잠시 후 해연은 예쁘게 리본을 묶은 케이크 상자를 손님에게 건넸다. 딸랑, 하는 소리와 함께 그녀가 가게를 나가는 모습을 해연은 내내 지켜보고 있었다.

사랑은 아프기도 하고 슬프기도 하다. 하지만 그것만 있으면 세상 사람 누가 사랑을 하겠는가. 아픔을 넘어서는 무언가가 있으니 사람들은 너도나도 사랑에 빠져든다. 부디 그녀의 사랑에 아픔이 없기를 해연은 진심으로 바라고 있었다.

두 번째 인상적인 손님은 그날 늦은 저녁에 가게를 찾아왔다.

똑똑.

단단한 무언가가 유리를 두드리는 소리에 허리를 굽힌 채 진열대를 들여다보고 있던 해연이 고개를 돌렸다. 하지만 그 동작 그대로 해연의 눈동자가 딱 멎었다. 놀랍게도 유리문 밖에서 우진이 싱긋 웃고 있었다. 한 손을 들어 가볍게 손을 흔들자 해연은 화들짝 놀라 얼른 주방을 돌아보았다. 다행히 선아는 보이지 않았다.

"자, 잠깐만요."

해연은 입모양으로 그렇게 말해 보이곤 얼른 앞치마를 벗어 카운터에 올려놓았다.

"선아야, 나 잠깐만 밖에 나갔다 올게."

해연은 주방을 향해 빠르게 말하곤 그 속도 그대로 밖으로 나가 다짜고짜 우진의 팔을 잡아 도망치듯 가게 앞을 벗어났다.

"어……?"

우진이 얼떨떨한 표정으로 끌려오며 고개를 갸웃거렸지만 해연은 속도를 늦추지 않았다. 아마 가게에선 선아가 얼떨떨한 표정으로 서 있을 것이다. 이것이 가게 보다가 도대체 어디 간 거야? 그러면서…….

하지만 선아에게 들켰다가는 얼마나 많은 질문의 융단폭격을 당할지 몰라 일단은 이러고 봐야 했다. 가장 친한 친구인 선아에게 사실을 숨긴다는 것이 미안하고 찔리는 마음이었지만, 도대체 어디에서부터 어떻게 설명해야 할지 엄두가 나지 않았다. 그래서 어쩔 수 없이 자세한 사정은 나중에, 숨 좀 돌린 후에 천천히 설명을 할 수 있지 싶었다.

"졸려요."

근처의 커피숍에 도착해 앉자마자 우진이 퀭한 눈으로 중얼거렸다. 졸린답니다, 오랜만에 만나서 한다는 말이.

딱 1주일 만에 만나는 것이었다. 그동안 그는 잠시 들를 틈도 없이 회사에 붙잡혀 있었다. 여전히 숨 막히게 돌아가는 그 회사는 바쁜 건 전에 끝난 것 같더니 그것도 아닌 듯, 또 새로운 일이 시작된 모양이었다.

"들어가서 자요."

해연은 졸리면 들어가서 주무시지 그래요, 의 뉘앙스로 중얼거렸다. 물론 그는 가엾지만, 도대체 그를 이렇게나 혹사시키는 그 회사 대표님에게 심하게 불만이 쌓여 있는 바였다.

"해연 씨 변했다. 걱정부터 해줘야지. 잡은 고기엔 떡밥을 안 준다는 건가?"

우진이 툴툴거렸다. 해연의 얼굴에 난처함이 어렸다. 지금 어느 분이 잡은 고기라는 건지.

"걱정한 거예요. 그러다가 큰일 나겠어요."

"그러게요. 어제 밤새 술을."

순간 해연은 기가 차다는 얼굴로 우진을 쳐다보았다. 한 치의 의심도 없이 일하느라 밤샘을 한 거라고 생각했더니.

"아하, 술이에요?"

"……마시고 싶다는 생각을 하면서 일했어요."

그러면서 그가 테이블로 철퍼덕 엎어졌다. 해연은 고개를 설레설레 저었다. 아무리 한국말은 끝까지 들어봐야 한다지만, 이 남자 말은 끝까지 들어봐도 한 번 더 의심해야 한다.

"그런데 사람이 왜 그래요?"

갑자기 우진이 턱을 괴고서 해연을 물끄러미 쳐다보며 묻기에 해연은 고개를 갸웃거렸다.

"왜요?"

"길러준다더니, 어떻게 연락 한번 없냐. 매정하게."

해연은 슬쩍 시선을 돌렸다. 연락 안 한 건 그렇다 쳐도 저 길러달라는 말은 다시 들어도 얼굴부터 달아오르는 말이었다.

"바빴어요."

"에? 뭐가 그래요?"

얼마나 억울해하는 표정인지, 해연이 풋 웃었다.

"그런 게 아니라, 바쁜 것 같아서 그냥 참았어요."

사실은 연락하고 싶어 안절부절못했는데, 그가 한 번 일을 시작하면 얼마나 집중하는지 알기에 궁금함이나 보고 싶은 감정 같은 건 케이크 진열대에 진열해 두었다. 하지만 도통 아무도 그걸 사가지 않아서, 안 그래도 궁금증, 보고 싶은 마음이 계속 계속 쌓여가기만 하던 차였다.

"아무리 바빠도 해연 씨 전화 받을 시간은 있다구요. 걸 꼭 설명해 줘야 아나?"

"그럼 우진 씨가 전화하지 그랬어요?"

"나야 해연 씨 가게 바쁠 거 같아서 그랬죠."

그러니까 말싸움을 해서 이기기를 생각하면 헛된 기대라니까.

"몇 시에 끝나요?"

우진이 자신의 앞으로 나온 진한 에스프레소를 마시며 물었다.

"오늘은, 한 열 시쯤."

"흠…… 고생하시네. 돈 많이 벌어요."

"네, 그럴게요."

"그걸로 나 밥도 먹여주고 꼬까옷도 사주고 그래야죠."

카푸치노를 마시려던 해연은 커피잔 너머로 우진을 물끄러미 쳐다보았다. 우진이 큭큭 웃었다.

"해연 씨가 돈 벌어오고, 난 애나 포대기에 업고서 살림하고, 그런 것도 참 좋겠다, 그죠?"

점점……

황당해서 노려보는 그 순간 해연의 머릿속에서 갑자기 전구에 불이 번쩍 들어왔다.

내가 돈 벌어오고, 그는 살림하고…….

그게 문제가 아니라 저 말은 꼭 결혼을 염두에 둔 말처럼 들렸다. 설마 프러포즈를 돌려서 한 건 아니겠지? 아니겠지. 아닐 거야. 그렇게 자신을 다독이면서도 해연은 심장이 다 두근거렸다.

―해연 씨, 나 살림하고 싶어요. 그러니까 나랑 결혼해 줘요.

가령 그런 프러포즈라든가…….

그런 말도 안 되는 생각에 사로잡혀서 앉아 있는 해연을 우진이 이상하다는 눈으로 갸웃거리며 쳐다보았다.

"왜 그래요?"

"아, 아니에요."

해연은 얼른 정신을 수습하고 시선을 딴 데로 돌렸다.

"아 참, 그거 뭐더라 〈Marie〉에도 고구마 케이크 있어요?"

해연은 고개를 끄덕였다.

"있지만, 왜요?"

"팔아주려고요. 어때요? 나 도움되죠?"

"누가 보면 강매시키는 줄 알겠어요."

"그럼 고구마라도 줘요."

해연은 풋 웃음을 터뜨렸다. 정말이지 이 남자 때문에 못살겠
다.

"알았어요. 이따가 포장해 줄게요."

"오케이. 그런데 그 달콤한 케이크는 얼마예요?"

우진이 지갑을 꺼내며 묻자 해연이 고개를 저었다.

"0원이요. 그냥 줄게요."

그러자 갑자기 우진이 눈을 가늘게 떠서 해연을 살피듯 쳐다
보았다. 그 눈초리가 수상쩍어서 해연도 빤히 그를 쳐다보았다.

"왜요?"

"나한테만 그러는 거예요, 다른 남자한테도 그래요?"

해연의 눈이 커졌다. 무슨 말도 안 되는 소리를.

하지만 우진은 여전히 의심의 끈을 풀지 않고 있었다. 오늘은
말도 안 되는 의처증 놀이를 하기로 작정한 건지.

"저기요, 혹시 편집증 같은 거 있어요?"

우진이 큭 웃었다. 만 원 두 장을 내밀면서 말했다.

"이거면 되려나. 아무튼 이따가 줘요. 대충 상자에 넣어주면
돼요."

"〈Marie〉는 언제나 최선을 다한답니다."

"네, 네. 여부가 있겠습니다."

있겠습니다, 라니.

하지만 우진은 잘못된 말을 정정하지도 않고서 언제나 그렇듯 당당하게 테이블에 기대서 한없이 졸린 표정을 했다. 뒷목이 뻣뻣한지 고개를 반 바퀴 돌리고는 좌우로 까딱까딱하는 등 혼자 분주했다. 덕분에 드러나는 목선을 멍하니 보고 있는데, 우진이 갑자기 시선을 맞춰오더니 음침해진 시선으로 말했다.

"만지고 싶으면 그래도 돼요."

해연은 고개를 돌리고 우아하게 카푸치노 잔을 들어 올렸다. 우진이 쿡쿡 웃음을 터뜨리며 그녀를 바라보고 있었다.

애초에 열 시쯤 들어갈 생각이었는데, 벌써 열한 시가 넘어가는 시간이었다.

선아와 둘이 힘을 합쳐서 여태껏 일을 했는데도 밀린 주문량을 소화하기에 벅찼다. 말 그대로 눈코 뜰 새 없이 일해서 겨우 방금 전 일을 끝냈다. 덕분에 우진에 대해 이때쯤이면 말을 해야지 생각하면서도 적당한 타이밍을 잡지 못했다. 아니, 차라리 그런 얘기를 할 여유가 없었다. 그 바람에 선아에 내한 미안함을 가슴 한편에 쌓아둔 채 일에 집중할 수밖에 없었다. 이상하게 요즘 주문이 급속도로 늘었다. 단시간에 이렇게 매상이 폭발적으로 오른 일은 거의 처음이었다.

"어딘가에 광고 문구라도 올린 거야?"

해연이 선아에게 물었지만, 니가 올린 거 아니냐는 남의 다리 긁는 대답만이 돌아왔다. 그렇다면 선아도 자신도 아니라는 건데. 그런데도 마치 광고라도 나간 것처럼, 혹은 누군가가 광활하게 선전이라도 해준 것처럼 매상은 수직상승하고 있었다. 주문받아 주는 우렁각시라도 있는 건지. 가게가 유명해지는 건 물론 좋은 일이었지만, 갑자기 유명해진 게 얼떨떨한 요즘이었다.

덕분에 달콤한 피곤함에 지친 몸을 이끌고 차를 세워둔 주차장을 걸어가는데, 문득 어떤 차가 눈에 콕하고 박혀 해연의 고개가 비스듬하게 기울어졌다. 자신의 차 바로 옆에 실내등을 켠 채 주차되어 있는 저 스포츠카가 왠지 눈에 익었다. 꼭 우진의 차를 빼다 박은 것 같은 것…… 라기보다 그의 차였다.

아니나 다를까, 우진이 운전석의 시트를 뒤로 힌껏 젖힌 채 잠들어 있었다.

"차에서 자지 말랬더니……."

하지만 몇 시간 전 그 피곤해 뵈던 정도를 생각하니 충분히 있을 수 있는 일이었다. 시동을 걸려는 순간 엄청난 수마가 덮쳐 와 그대로 잠든 것일 테지.

"우진……."

일단 깨워야지 생각하며 유리문을 두드리려고 하는 그때 보조석의 무언가가 해연의 눈에 띄었다. 그건 〈Marie〉의 케이크 상자였고, 상자는 열린 채 케이크가 몇 조각 비어 있었다.

"......."

기가 막히기도 하고 의문스럽기도 하고.

설마 이 남자는 여기에서 케이크를 꺼내 먹고는 포만감에 그만 잠이 들어버린 것일까?

어떻든 정말이지 어쩔 수 없는 남자였다. 그리고 동시에 해연의 심장이 천천히 두근거리기 시작했다.

어쩌면 이 남자는, 처음부터 여기에서 기다릴 요량으로 케이크를 사간 건 아닐까?

"몇 시에 끝나요?"

분명히 그렇게 물었었다. 그리고 그 후에 갑자기 고구마 케이크가 어쩌니 하는 말을 꺼냈다.

하지만 케이크를 먹고는 배가 불러 그대로 잠이 들어버렸을 거라는 가능성도 없지는 않았다. 졸려요, 라고 언제나 그렇듯 자신의 퀭한 상태를 피력했으니까. 그렇다고 여기까지 온 힘으로 집까지 갈 에너지가 없었을까?

모르겠다.

혼자서 이것저것 예상해 보는 것보다 흔들어 깨워서 물어보는 게 최상이겠지만.

"나 기다린 거예요?"

라고 물었더니.

—아니, 먹다 보니 배불러서 잤어요.

그런 대답이 돌아오면 세상 살기 싫어질 것 같다.

똑똑.

해연이 유리창을 두드렸지만 깊이 잠든 우진에게선 전혀 반응이 없었다. 다시 한 번 똑똑똑. 이번엔 좀 더 세게 두드리자 우진이 눈을 번쩍 떴다. 아…… 미안해라. 놀란 모양이다.

잠에서 깬 우진의 눈에 짙은 쌍꺼풀이 졌다. 아직 의식이 깨끗하지 않은지 몇 겹이나 쌍꺼풀이 진 눈을 깜빡이며 멍하니 앞을 보고 있던 그가 벌떡 몸을 일으켰다. 옆을 돌아보더니 해연을 발견하고는 손목시계를 흘끗 쳐다봤다. 곧 운전석의 창문을 내린 그가 쏟아지듯 창턱에 엎어져서 중얼거렸다.

"열 시에 끝난다더니 이젠 대놓고 거짓말입니까."

해연의 심장이 복작거렸다. 정말, 기다린 거였나?

미안하기도 하고, 애틋하기도 하고, 고맙기도 하고 한 가지로 정리할 수 없는 감정이 일었다.

"입에서 아직도 단맛이 나요. 배고프다."

우진이 시트를 똑바로 세우면서 중얼거렸다. 당연하다. 배고픈 거보다는 속이 쓰린 거겠지. 단 걸 먹고 그대로 잔 거라면.

"해연 씨랑 데이트하기 정말 힘드네요."

푸념처럼 중얼거리는 그의 모습이 문득 귀엽다는 생각을 했다.

"이런 곳에서 잘 거면 말을 하지 그랬어요. 케이크로 저녁 때

울 생각인 줄은 몰랐어요."

"문제 있어요? 나도 케이크 좋아한단 말입니다."

해연은 고개를 설레설레 저었다. 누가 들으면 대단히 케이크에 집착하는 남자로 알겠다.

"해연 씨도 내 일 방해 안 했는데 내가 해연 씨 일 방해하면 안 되잖아요. 그러니까 기다렸죠."

그러면서 우진이 주섬주섬 무언가를 챙기기 시작했다. 갑자기 분주하게 뭘 하나 했더니 상자에 케이크를 넣고 있었다. 하지만 정리하는 건 아니었고, 그걸 척 들어 허리에 가뿐하게 끼더니 문을 열고 차에서 내려섰다. 그리고 리모컨으로 차 문을 잠근 후 해연을 돌아보았다.

"가요."

"네? 어딜요?"

"어디긴요. 데이트하러."

"네에?"

하지만 해연은 더 반문할 새도 없이 우진에게 잡혀 끌려갔다. 도대체 이 시간에 데이트라니. 게다가 케이크 상자는 왜 들고 있는 건데요!

난데없이 데이트를 하자던 그는 주차장을 나갈 줄 알았더니 아주 가까운 거리로 이동했을 뿐이었다. 그러니까 바로 몇 걸음 거리에 있는 해연의 차 앞이었다.

흐음······.

"지금 뭐 하는 건지 물어봐도 될까요?"

"얼마든지요."

"뭐 하는 건데요?"

"집에 가야죠. 졸리고 피곤한데 밖으로 돌아다녀 봐야 힘만 들어요."

못 말리겠다, 정말.

"그러니까 우리 집에 가자는 말이잖아요."

"우리 집? 우리 벌써 그런 게 있었어요? 해연 씨도 참, 그런 걸 마련했으면 진즉 말해줬어야지."

해연은 고개를 설레설레 저었다.

"우진 씨 차는요?"

"내 차야 뭐, 아무렇게나 나중에 끌고 오면 되지만 해연 씨는 내일 출근하려면 차 필요하잖아요. 자, 갑시다."

결국 해연은 차에 올랐다. 보조석에 탄 우진은 케이크 상자를 뒷좌석에 놓고서 손을 머리 뒤로 깍지 끼고 편안하게 시트에 기댔다.

"자, 출발합시다, 기사 양반."

해연은 어이가 없어 웃음을 흘리며 시동을 걸었다. 우진이 옆에서 중얼거렸다.

"데이트는 해야 하는데 몸은 너무 피곤하고, 피곤하지만 데이트는 하고 싶고. 일을 하지 않으면 악귀 한도진 씨한테 잘릴 테고, 잘리면 해연 씨 먹여 살릴 돈이 없고."

해연은 핸들을 돌리면서도 내내 낮은 웃음을 흘렸다. 운전에 집중해야 하는데 한우진 씨 때문에 도통 되질 않았다.

가만히 정면을 응시하다가 해연이 낮게 말했다.

"오늘…… 고마워요."

우진이 시트에 뒷머리를 기댄 채 해연을 돌아보았다.

"갑자기 왜 그래요? 케이크 팔아준 게 그렇게 기뻤어요? 나, 다 사줄 수도 있는데."

뭐…… 모르면 말구요.

하지만 먹다가 만 케이크를 옆에 두고서 고이 잠들어 있던 우진의 모습은 말할 수 없이 사랑스러웠다.

"그런데 왜 이렇게 일이 늦게 끝나요? 몸 축나겠네. 누구 몸인데."

해연의 얼굴이 순간 새빨갛게 달아올랐다. 얼마나 놀랐는지 중앙 분리선을 넘을 뻔했다.

"뭘 또 그렇게 놀라시고. 사실대로 말한 걸 갖고."

우진이 쯧쯧 혀를 차자 해연은 그를 찌릿 노려보았다.

"요즘 너무 바빴어요. 주문이 갑자기 늘었거든요."

"흠…… 좋은 일이네요."

"하지만 여태 없었던 일이라 좀 당황스럽기도 해요. 물론 이렇게만 매상이 오르면 가게 낼 때 대출받은 거 빨리 갚을 수 있어서 좋지만."

"대출 같은 건 빨리 없애 버려야죠. 장사하는 사람이 뭐 그래? 내가 갚아줄까요?"

해연은 고개를 설레설레 저었다.

"피곤한 것 같은데 눈 좀 붙여요."

우진이 큭 웃고는 슬쩍 눈을 감았다. 해연은 집중하며 핸들을 돌리고 있었다. 하지만 그 순간 어떤 생각에 그녀의 눈이 번쩍 떠졌다. 시선을 이동시켜 룸미러로 우진을 쳐다보며 그녀가 갑자기 입을 열었다.

"설마, 우진 씨는 아니죠?"

우진이 한쪽 눈을 살짝 떴다.

"뭐가요?"

"주문이…… 이렇게 갑자기 몰린다는 게 이상하거든요. 누가 선전을 해줬다거나……. 전에 친구 한 명이 회사 사내 게시판에 가게 홍보를 해줘서 반짝 매상이 오른 적이 있었거든요."

"음, 좋은 친구를 뒀네요."

"그러지 말고 말해봐요. 혹시 우진 씨가 회사 게시판에…… 맞죠?"

아닌 게 아니라 그럴 가능성이 농후했다. 그가 아니고서는 퍼즐 조각을 맞출 수가 없었다.

"만약 그랬다면 피해를 주는 건가요?"

우진의 말에 해연은 얼른 고개를 저었다.

"그럴 리가요. 근데…… 정말 우진 씨였어요?"

"글쎄요."

그가 엷게 웃었다.

"왼손이 하는 일을 오른손이 모르게 하라. 그래야 되는 건데, 해연 씨가 그만 내 오른손 왼손이 다 돼버려서 단박에 알아버렸네."

해연의 몸에서 힘이 쭉 풀렸다. 역시 그랬나 보다.

"일도 바쁠 텐데 뭐 하러 그런 것까지 신경 써요?"

"쯧쯧. 그냥 고맙다고 하면 될 것을."

"……고마워요."

우진이 부드럽게 웃었다. 손을 뻗어 핸들에 얹힌 해연의 손을 꼭 쥐었다. 해연의 손끝이 가늘게 떨렸다.

귓가로 우진의 낮은 목소리가 흘러들었다.

"내 연인은, 케이크보다 더 달콤해요."

불시의 습격에 해연의 귓불까지 새빨갛게 달아올랐다. 이러다가 정말 중앙선을 넘고 말 것 같다. 하지만 우진의 다음 말 때문에 정말로 넘어버릴 뻔했다.

"그렇게 사내 게시판에 올려 버렸어요."

현관 앞까지 도착했을 때 우진은 케이크 상자를 옆구리에 낀 채 반쯤 졸고 있었다.

"우진 씨?"

해연이 현관문을 열고 돌아보자 우진이 천천히 눈을 떴다.

"어, 나 안 자고 있었어요."

눈을 비비며 시치미를 떼는 모습이란. 아무튼 못 말리는 남자였다.

"들어가요."

얼른 재우기부터 해야지 싶어 안으로 들어서려는데 갑자기 우진이 그녀를 불렀다.

"해연 씨."

무슨 일인가 싶어 돌아보는 순간 예고도 없이 그림자가 덮쳐왔다. 그리고 천천히 입술이 포개졌다. 부드럽게 따뜻한 혀가 밀려들어서 해연은 심장이 다 뭉클했다.

하지만 이건 어디까지나 너무나 갑작스러운 행동이었다. 무엇보다 여기가 밖이라는 게 더욱 문제였고. 그래서 해연이 그나마 얼른 정신을 차리고 그를 밀어내려고 애를 쓰자 우진이 해연의 몸을 끌어안고서 현관으로 빠르게 들어섰다.

탕! 닫히는 문에 해연을 밀치면서 그가 달콤한 키스를 지속했다. 그러고 나니…… 더는 거부를 할 이유가 없어졌다. 해연도 그를 마주 안고서 부드럽게 키스에 응했다.

우진의 혀끝에서 달콤한 맛이 났다. 그것은 아마도 달콤한 케이크의 맛이겠지. 우진의 격렬함을 몸이 기억하고 있었다. 그래서 해연은 간단할 정도로 빨리 그에게 동화되어 사소한 자극에도 민감하게 반응했다.

"하아!"

겨우 입술이 떨어졌을 때 해연은 숨을 몰아쉬며 우진의 가슴으로 쓰러졌다. 해연의 몸을 받아낸 우진이 다시금 그녀를 꽉 껴안았다. 해연의 목덜미 쪽에서 옅은 한숨이 느껴졌다.

"해연 씨, 우리 말 놓을까요?"

우진의 말에 해연의 눈이 천천히 떠졌다. 그가 해연의 어깨를 살며시 잡아 일으켜 세웠다.

"어때요?"

"그러고…… 싶어요?"

"그러고 싶어요. 더 가까워지고 싶거든요."

해연의 이마에 자신의 이마를 콩 부딪치곤 그가 말을 이었다.

"하지만 가능하면, 잠시 더 이 상태를 유지하고 싶기도 해요. 우리 부모님도 그렇지만, 난 남녀가 서로에게 존대를 하는 거 참 좋아 보여요. 물론 친밀감은 말을 놓는 것보다 덜하겠지만, 왠지 서로를 존중하는 느낌이잖아요."

해연이 천천히 고개를 끄덕였다.

"나도 그렇게 생각해요."

"말을 놓든 높이든, 사실 그런 건 중요한 게 아니에요. 단지 내가 해연 씨보다 어리기 때문에 존대를 쓰는 게 아니라는 것만 은 알아줬으면 좋겠어요."

해연의 눈동자가 흔들렸다.

"나는 그냥, 해연 씨랑 이렇게 계속 마음으로서도, 또 언어 로서도 존중하며 지내고 싶어요. 그래서…… 그 말을 꺼냈어 요."

해연의 입가에 부드러운 미소가 번졌다. 언제나처럼 살뜰한 배려에 이제는 고마움을 표현하는 것도 사족이 되는 것 같았다.

언어로써, 또한 마음으로 서로를 존중하면서 살아간다. 그것보다 좋은 게 어디 있을까. 거기에 비하면 존대니 반말이니 하는 건 정말 보이는 형식에 지나지 않는 거 아닐까?

다시 숨결이 다가왔다. 우진의 입술이 해연의 눈꺼풀에 번갈아 가볍게 닿았다가 떨어졌다.

"우리 이제야말로 정말 가까워진 것 같아요. 당신도 그래요?"

해연이 환하게 웃으며 고개를 끄덕였다. 우진이 그런 해연의 앞 머리카락을 쓸어 넘기며 상냥하게 말했다.

"키스할 거니까 눈 감아요."

천천히, 다시 입술이 겹쳐졌다. 한 번의 깊은 키스 후에 또다시 이어진 너무나 부드러워서 자상하기까지 한 키스는 후폭풍처럼 자극적이면서도 못내 감미로웠다. 그의 키스는 그의 성격을 고스란히 드러내 주는 가장 적절한 전달 도구였다. 키스를 할 때마다 점점 더 이 사람이 이해가 되고 자신의 몸 안에 그가 받아들여지는 느낌.

해연의 입술을 머금듯 살짝 빨았다가 놓은 우진이 중얼거렸다.

"그거 알아요?"

해연은 떨림이 멈추지 않은 시선으로 그를 마주 보았다. 살짝 해연의 어깨를 끌어당겨 가슴에 안은 우진이 해연의 머리에 자신의 턱을 대고 말했다.

"케이크, 떨어졌어요. 팽개친 거 절대 아님."

그가, 그녀의 가슴에 난 오솔길로 걸어오고 있었다.

8편
사랑이란 남이 모르는
숨겨진 오솔길을 알고 있는 것이다

"그래서 지금 바로 회사로 들어가 봐야 해요."

우진 덕분에 밀려든 주문 건을 마무리한 해연은 하루 동안의 황금 휴가를 얻었다. 하루를 오프로 쉴 생각이었는데, 그 전날 밤 우진에게 연락이 와서 흔치 않은 낮 데이트를 할 수 있으려나 해연은 내심 기대했다.

[아뿔사! 어쩌죠? 내일까지 일이 안 끝날 것 같은데.]

그런데 하필이면 우진의 스케줄이 꼬여 버렸다.

"음…… 그럼 어쩔 수 없죠 뭐. 알았어요. 수고해요."

그래서 가뿐하게 전화를 끊으려고 했지만 우진이 저편에서 해연을 마구 불러댔다.

[잠깐만요! 아무튼 해연 씨 성격 급하다니까. 내일 모시러 갈 게요.]

그렇게 해서 오랜만에 맞은 오프 날, 밖에서 만난 두 사람은 현재 우진의 회사로 들어가고 있었다.

솔직히 지금 들어도 잘 이해가 안 되는 그의 형의 회사 〈IAP 코리아〉가 이번에 공기업 PI(경영혁신)를 위한 시스템 구축 사업권을 국내 최초로 획득했다고 한다. 그래서 그 일로 회사 전체가 비상이 걸려 눈코 뜰 새 없이 바쁘다는 설명이었다.

"어제 밤새도록 매달려 있긴 했는데 생각대로 되지 않네요."

우진이 피곤이 묻은 목소리로 말해서 해연은 괜히 바쁜 그를 곤란하게 한 것 같아 미안해졌다. 그런데 미안한 건 미안한 거고.

"그런데 내가 왜 우진 씨 회사로 같이 가야 해요?"

그 부분이 잘 이해가 가지 않아 해연은 진지하게 물었다. 우진이 만나자마자 회사로 다시 들어가야 한다며 다짜고짜 그녀를 끌고 출발한 것이다.

"회사에서 조금만 기다려 줘요, 가 내 목적이에요."

"하지만 바쁘면 정말 다음에 만나도 돼요. 나 그렇게까지 옹졸한 사람 아닌데."

"누가 옹졸하다고 했다고 억울하게 그러시우? 그냥 내가 좋아서 해연 씨 보는 거니까 해연 씨도 내 사정 조금만 봐줘요. 해연 씨가 회사 안에 있다고 생각하면 힘이 부쩍 날 것 같아요."

오버의 왕자.

하지만 동시에 해연을 가차없이 만족스럽게 하는 말이기도 했다.

"그게 뭐예요."

해연은 쑥스러워서 말을 돌렸다.

"어제 통화 끝나고 한참 고민했어요. 해연 씨의 휴일을 내가 갖고 싶은데 어쩌지? 이러다가 한상진 씨 꼴 나는 거 아니야? 그 무뚝뚝한 분도 해연 씨한테 실수하고서 나름대로 상당히 타격을 받은 것 같던데."

말도 안 돼. 그는 회의 때문이 아니라 다른 이유가 있어서 약속 장소에 나오지 않았다. 그걸 본인에게 직접 들어 이미 알고 있는데 말이다. 하지만 해연은 모르는 척 되물었다.

"정말 그랬대요?"

"그럼요! 한 1초, 상당히 고뇌하는 것 같더라고."

해연은 큭 웃음을 터뜨렸다.

"눈앞이 깜깜했어요."

"오버하지 말아요, 정말."

"그러니까 회사에서 조금만 기다려 줘요."

해연은 다정하게 고개를 끄덕였다.

"알았어요."

원하신다면.

우진이 만족스럽게 웃었다.

"최선을 다해서 일찍 끝내볼게요."

"편하게 기다릴 테니까 너무 신경 쓰지 말고 일해요."

"아유, 고맙기도 해라. 뉘집 딸인지 이렇게 예쁜 말만 골라서 하는지."

우진이 마치 남의 집 딸 칭찬하는 아줌마처럼 굴었다. 요즘 해연은 우진 때문에 하루에도 백번은 더 웃는 것 같다.

―to be desired irresistibly

격렬한 호감을 받으려 한다거나.

―the irresistible desire

저항할 수 없는 소망을 갖게 된다거나.

그렇게 자기 몸 타는지 모르고 격렬한 열정만을 내던지는 게 사랑이라고 해연은 생각했다. 하지만 호준과의 사랑은 그렇지 못했기에 사랑이란 특별한 사람들만이 느낄 수 있는 흔치 않은 감정이구나 막연한 생각도 했었다. 사랑이되 사랑이 아닌 것. 호준과의 만남이 그랬다. 그냥 안전하고 편안했다. 우정이 발전한 형태.

하지만 우진과 만나면서 알게 되었다. 사랑은 격렬하면서도 편안할 수 있었다. 두 가지는 양분된 게 아니라 하나로 이어져 있다는 걸. 우진을 보면 심장이 격렬하게 뛴다. 하지만 그만큼 차분해지고 한없이 평온한 행복감도 동시에 느낀다. 그래서 사랑은 특별하면서도 특별하지 않은 것이었다. 해연은 이 감정에 자신의 열정과 평온을 모두 바치고 싶었다.

이 사람에게 갖는 심장의 떨림만큼 그를 후회없이 좋아할 거라고. 솔직하게 이 남자를 바라보고, 나 자신의 안에서 일어나고 있는 감각의 변화를 인정하고 소중히 여기자.

"사실, 도망가면 되긴 하지만 붙잡히면 한도진 씨 눈빛에 타죽거든요."

"우진 씨는 둘째 형님이 무서운가 봐요. 상진 씨보다 더."

"큰형은 잘 화를 안 내요. 생긴 걸로만 봐선 큰형 쪽이 훨씬 더 신경질적일 거 같은데, 사실 한도진 씨가 맺고 끊는 데는 확실해요. 싫은 것, 좋은 것이 아주 뚜렷해서 아닌 건 쳐다보지도 않죠. 바로 감정적으로 구박을 해버린다고 할까. 한상진 씨 같은 경우는 속으로 넣어서 흡수해 버리는 타입인데, 그 속을 전혀 알 수 없어서 또 문제예요. 그 미지의 안쪽이 어떤 구조일지 궁금해서, 어렸을 땐 큰형이 무슨 외계의 별에서 떨어진 생물체인 줄 알았어요."

해연이 풋 웃으면서 되물었다.

"그건 또 왜요?"

"싫으면 싫다, 좋으면 좋다 도통 표현을 안 하니까요. 그 사나이한테 솔직한 말 세 마디를 얻어낼 수 있는 여자가 있다면 그 사람이 아마 연인일 거예요."

하긴, 자신과도 부드러운 말은커녕 서로 삐걱거리다가 볼 장 다 봤다.

싫어도 좋아도 아무런 표현이 없다는, 그 말은 딱 맞는 것 같았다. 애초에 싫고 좋고, 타인에게 관심 자체가 없는 사람 같았다.

"도진 형은 싫으면 짝 째려보고 좋으면 그대로 확 밀어붙여요. 그 구분이 너무 심해서 탈이지. 아주 무서운 남자라우."

"내가 보기엔 그 형님 쪽도 외계에서의 향기가 느껴지는데요?"

"하하! 그것도 그래요. 성진 형님이 명왕성, 도진 형님이 목성 정도 되려나? 아니면 안드로메다?"

하지만 해연이 보기에는 우진이 안드로메다 쪽이었다. 그 형님들 쪽은 그냥 좀 무섭다.

"큰형은 큰형대로 말수가 적고 감정 표현이 없어도 항상 따뜻하게 바라봐 주고 있단 걸 느낄 수 있어요. 작은형은 조금만 잘못해도 바로 지적이 들어오지만, 주리를 틀면서 사랑해 주고 있다는 느낌이고."

"우진 씨는 어때요? 어떤 식으로 형들을 봐요?"

차는 벌써 커다란 빌딩의 지하 주차장으로 진입하고 있었다. 곧 적당한 자리에 주차를 시키면서 우진이 대답했다.

"큰형도 작은형도 다 좋아요. 하지만 바로 위라서 그런지 한도진 씨 쪽이 더 가깝긴 해요. 그래도 이제 슬슬 형님들한테서 벗어나 볼까 싶어요. 귀여운 막내에서 자립을 해야죠."

그 체격으로 봐서는 전혀 귀엽진 않지만. 예쁜 눈을 접으면서 웃을 때는 어쩌면 그렇게 생각될 때가 있기도 했다.

안전벨트를 푼 우진이 해연을 돌아보았다.

"자, 그럼 우리 회사 마왕님을 만나러 가볼까요?"

"누군데."

〈IAP 코리아〉의 대표이자 우진의 둘째 형인 한도진의 사무실로 들어섰을 때, 그가 처음 내뱉은 말이었다. 너무나 차가운 외모와 딱 떨어지는 말투에 해연은 어쩐지 기가 죽어버리고 말았지만 우진은 이미 단련된 듯 싱긋 웃었다.

"내 연인."

너무나 산뜻한 얼굴로 그렇게 대답해 버려서 해연은 얼른 시선을 헛짚었다. 하지만 그 말엔 도진도 놀란 듯 살짝 움찔한 눈으로 해연을 흘끗 쳐다보았다.

도진의 첫 느낌은, 무척 짙은 인상이라는 것. 그리고 얼음처럼 차가운 미남자라서 같이 쩡 얼어버렸다는 것이었다. 차분한 회색빛이 생각나는 상진과도 달랐고, 청아한 블루가 떠오르는 우진과도 달랐다. 완벽한 리얼 블랙의 향기.

상진의 느낌이 조용하고 이지적인 차분함, 혹은 재미없을 것 같은 무심함이라면, 도진은 날이 선 칼과 같은 느낌의 예리함이었다. 혹은 눈빛 하나로 사람을 넉다운시킬 것 같은 짙은 카리스마라든가.

그에 반해 우진은 형들에게는 없는 따뜻함과 인간미가 느껴지는 온화한 미소, 그리고 필요한 만큼의 절제된 단호함이 있었다. 그렇게 보았을 때, 역시 가장 사랑스러운 쪽은 막내 우진이었다. 물론 해연의 무조건적인 편견이 100% 깔린 판단이었지만.

"네 녀석이 그렇게 부르는 상대가 있었다니, 놀랍군."

도진의 말에는 거침이 없었다. 그 상대인 당사자를 바로 앞에 두고 앞뒤 안 따지고 말해주는 것이다. 사람을 저절로 긴장하게 하는 타입.

"그래, 사무실에 있어야 할 얼굴이 난데없이 동행을 데리고 나타난 이유가 뭐지?"

내 연인, 이라고 동생이 소개를 했는데도 저 한도진이라는 남자는 예의상 인사도 하지 않았다. 오히려 직원의 태만만을 문제 삼고서 닦달하고 있으니 역시 이 집안 유전자, 조사해 볼 필요가 있을 것 같다.

나, 지금 무시당하고 있는 걸까?

"이해해요. 우리 형이 붙임성이 없어서 인사를 하고 싶어도 못하는 거예요."

해연의 마음을 알아차려 준 걸까. 우진이 싱긋 웃으며 형에 대해 첨언하고는 해연의 손을 끌어 소파에 앉혔다. 도진은 한쪽에 서서 그런 우진의 행태를 가만히 지켜보고 있었다.

"해연 씨는 여기에서 우리 형이랑 재미있게 놀고 있으면 돼요."

우진이 너무도 친진한 미소를 띤 채로 즐겁게 말했다. 하지만 해연은 그 말이 마치 벼락처럼 내리꽂히는 것 같았다.

도대체 어떻게? 뭘 하면서? 게다가 재미있게라니, 그게 가능이나 할까요?

해연은 엄마 품에서 떨어지는 아이처럼 애원하는 눈으로 우진을 올려다보았다.

나도 데리고 가면 안 돼요? 테라스라든가, 회사 로비라든가 그런 데서 기다리고 있어도 상관없을 것 같은데. 365일 시들지 않는 선인장만 내내 바라보고 있어도 여기보다는 나을 것 같았다.

"죽겠군."

천천히 팔짱을 끼며 도진이 직구를 흘린 순간 해연의 어깨가 움찔했다. 정말이지, 세상에서 가장 신랄한 남자였다. 듣기로는 연인이 있다고 한 것 같던데, 도대체 어떤 여자가 저런 성격의 남자와 용케 연애를 한 걸까. 존경하고 싶어졌다.

"괜히 겁 같은 거 주지 말고 커피라도 대접해 주세요. 소중한 사람이니까 함부로 대하면 제시간에 일 안 끝납니다."

우진이 도진을 노려보며 말하자 도진이 끌끌 혀를 찼다. 해연이 보기에는 계란으로 바위 치기 같았지만.

"저기, 우진 씨. 나 그냥 밖에서 기다릴게요. 근처 커피숍이나……."

"있습니다."

갑자기 도진이 불쑥 말해서 해연은 삐걱거리며 고개를 돌려 그를 쳐다보았다.

"……네?"

"커피, 드리죠."

저런 어조로, 저런 눈빛으로 타주는 커피를 마실 수 있을까?

하지만 그는 단호했다. 이 아가씨는 내가 처리할 테니 너는 어서 가서 일해라, 라는 눈매로 우진을 싸늘하게 노려보았다.

"걱정 말아요, 해연 씨. 괜히 폼 잡아서 그렇지 하나도 안 무서운 인물이에요. 다 카리스마의 과용이죠."

우진이 키득키득 웃으며 해연을 안심시켰다. 하지만 해연은 뭐라고 해도 별로 도움이 되지 않았다. 도진이 고개를 저으며 긴 손가락으로 눈썹 위를 문질렀다.

"그럼 한우진은 갑니다. 형님, 해연 씨 잘 부탁해요."

앗!

해연이 뒤늦게 돌아보았지만 우진은 이미 바쁘게 나간 후였다. 그러니까 여기에 올라오면서 보았던 그 넓고 바빠 보이는 사무실로 가버린 것이다. 책상이 족히 백 개는 붙어 있던 탁 트인 공간이었다. 차라리 거기에서 지나가는 인파에 치이는 게 낫지. 자신의 성격상 이번 일은 명백히 무리가 아닐까 싶었다.

그래서인지 해연은 벌써부터 숨이 턱턱 막혀왔다. 그때 도진이 해연의 맞은편 소파에 털썩 앉았다.

"……."

"……."

만약 한상진 씨라면 이럴 경우 어떻게 했을까? 아마도 앞의 소파보다 자기 자리로 가서 묵묵히 일을 했을 것 같다. 그러나 도진은 그 길고 섹시한 다리를 척 꼰 채 해연을 물끄러미 쳐다보고 있었다. 해연은 뱀 앞에 개구리가 된 심정으로 절로 움츠러드는 어깨를 생각날 때마다 곧게 펴는 걸 반복했다. 난 이 남자랑 잘 지낼 수 있어! 마인드컨트롤을 하면서.

잠시 후, 노크 소리와 함께 들어온 비서가 커피를 앞에 놓아주었다.

과연 우진이 자신을 여기에 몰아넣듯 던져 두고 간 이유는 무엇일까. 기다리라고 하기에 쫄래쫄래 따라왔더니, 대뜸 CEO의 사무실에 떨어뜨려 놓고 갈 줄이야 누가 알았겠는가. 그것도 저렇게 잡아먹을 듯 무서운 얼굴로 쳐다보고 있는 남자 앞에 말이다. 단지 일이 끝날 때까지 기다리라는 단순한 의미는 아닌 것 같다는 예감이 드는 건 왜일까.

그나저나 저기…… 저한테 뭔가 불만이 있으신가요?

딱 떨어지는 고급 슈트 차림의 남자는 움직이는 것조차 없었다. 일단은 놀라웠다. 사람이 어떻게 저렇게 곧은 자세로 미동도 없이 앉아 있을 수 있을까.

째깍째깍.

시간은 하염없이 흐르고 두 사람 간에 대화는 일절 없었다. 상진과는 또 다른 느낌. 상진은 그래도 물어보면 대답을 해줄 분위기였지만, 이 남자는 묻는 순간 '그래서 뭐요?' 라고 말의

식칼을 날릴 것 같았다.

아아, 한상진 씨가 갑자기 그리워지는 이유는 무엇일까.

얼마 전에 해연은 선아와 '짜글이 찌개'를 먹으러 간 적이 있었다. 그런데 그 식당 주방장의 솜씨가 너무 열악해서, 해물이고 국물 맛이고 정말이지 실망을 해버렸다. 그래서 두 사람은 앞으로 절대 짜글이 찌개만은 먹지 말자고 다짐을 했다. 하지만 다음날 보쌈을 먹으러 갔다가 무슨 귀신이라도 붙은 건지 너무도 허술하게 나온 보쌈을 보면서 해연과 선아는 동시에 중얼거렸다지.

"아…… 짜글이 찌개가 먹고 싶다."

상진과 도진을 짜글이 찌개와 보쌈에 비유하기에는 좀 그랬지만, 해연은 어쩐지 딱 그 일이 생각났다.

"안 좋아합니까."

절대로 한마디도 안 하고 째려보고만 있을 줄 알았더니 도진이 먼저 입을 열었다. 커피를 말하는 것 같지? 해연은 깜짝 놀라 얼른 커피 잔을 들며 대답했다.

"아, 아니요."

"차로 드시겠습니까."

아니라니까 그러신다.

분명 배려해 주고 있는데도, 마치 주는 대로 안 먹으면 험한 꼴 보게 될 거야, 라고 으르렁거리는 것만 같다.

"아니에요. 커피 좋아해요."

해연은 얼른 커피를 한 모금 마셨다. 향이 좋아서 그나마 마음이 편안해졌지만, 벌컥 마셔 버리고 빈 잔을 머리 위에 털고 싶어지는 이 기분을 누가 알려나. 역시 이 일은 자신에게 역부족이었어, 생각하고 있는 해연에게로 그의 짧은 말이 떨어졌다.

"우진이."

딱딱 끊어지는 말.

평소에 우진도 그런 느낌이 약간은 있다고 생각했지만, 앞의 한도진 씨에 비하면 한우진은 양반이었다.

"네?"

무슨 말을 하려는 걸까?

무슨 사이입니까? 연인이라는데 맞습니까? 아니면, 한쪽 손목을 걸어주셔야겠습니다.

당장이라도 그런 말을 할 것 같은 차가운 눈매.

"잘 부탁합니다."

하지만 이어져 나온 말은 전혀 예상 밖의 것이라 해연의 눈이 공처럼 커졌다.

잘라진 말을 붙여보자면, '우진이, 잘 부탁합니다'.

생각지도 않은 말에 대한 안도감 때문일까. 아니면 그 말로 인한 감동 때문일까. 해연은 급속도로 마음이 누그러지는 걸 느꼈다. 그제야 이 사무실에 들어선 순간부터 딱딱하게 굳어 있던 입매가 조금은 풀렸다. 미소가 지어지자, 도진이 조금 눈을 크게 떴다가 이내 다른 곳으로 옮겼다.

그러나 그게 끝이었다.

그 이상은 더 물어오는 말도, 할 말도 없었다.

침묵의 10분.

공포의 10분.

온몸이 근질거리는 한계 10분.

평소에는 짧기만 한 그 시간이 억겁처럼 길게 느껴지는 그때, 노크 소리와 함께 문이 열렸다. 해연은 반가운 마음에 자신도 모르게 고개를 돌려 문을 바라보았다.

그곳엔 처음 본 무척 가늘고 상냥하게 생긴 여자가 얼굴만 빠끔히 내밀고서 사무실 안쪽을 살피고 있었다.

"어? 손님 있었네."

그녀가 허물없이 중얼거렸다.

누굴까. 해연은 상당한 호기심으로 그녀를 바라보고 있었다. 입고 있는 정장 차림만으로는 회사 내에서 자주 부딪칠 법한 사내직원 같은 이미지였다.

"도진 씨, 나 들어가도 돼요?"

그러나 이어진 말, 특히 도진을 부르는 호칭에 해연은 알아차릴 수 있었다. 그녀가 바로, 이 흑요석 같은 차가운 눈을 가진 남자의 연인이라는 것을.

"들어와."

연인에게도 도진의 대답은 딱딱하기만 했다. 쳐다보지도 않고서 말하고 있었다.

그러나 별로 신경 쓰이지 않는 듯 허락을 구한 그녀가 얼른 안으로 들어섰다. 어깨 길이의 잘 정돈된 머리카락, 동그랗고 선해 보이는 눈매. 베이직한 스타일의 정장 때문일까, 사뿐사뿐 들어온 그녀는 단정하고 깔끔한 직장인의 느낌이 났다.

그렇다면 사내 연애인가?

"왜 그렇게 표정이 딱딱해요?"

왜 그렇게, 라고 묻고 있었다. 해연이 보기에는 물을 것도 없이 본래 그 표정뿐일 것 같은데.

"눈 뜨고 졸고 있었어."

이어진 도진의 대답은 더 가관이었다. 해연은 기가 막혀서 입이 살짝 벌어졌다.

"근데 나 정말 들어와도 돼요? 손님 계시잖아요. 안녕하세요."

도진의 옆자리에 앉은 그녀가 해연에게 대뜸 인사를 해왔다. 붙임성이 있는 살가운 성격 같았다. 해연은 얼어붙어 있던 이 공간을 녹여주는 그녀가 반가워서 자신도 부드럽게 웃으며 인사를 했다.

"네…… 안녕하세요."

"누군지 알고 인사부터 하는 건가."

그렇게 말이 없던 남자가 연인이 출현하고는 말도 잘했다.

"꼭 알아야 인사하나? 동방예의지국인데 인사 좀 하면 어때서. 같은 사무실에 있으니까 아는 척 좀 한 것 갖고 뭐라 그래요."

그녀가 자연스럽게 툴툴거렸다. 해연은 풋 웃음이 나려는 걸 겨우 눌러 참았다.

"우진이 연인."

도진이 던지듯 한 말에 그녀의 선해 보이는 동그란 눈이 더 동그래졌다.

"이라는군."

도진이마저 말을 이었다.

"어머! 안녕하세요. 전 민나영이에요. 도련님 여자친구예요? 와아, 반가워요."

순간 그녀가 손뼉까지 치면서 해연을 반가워했다. 하지만 해연은 이상하게도 소름이 오싹 돋았다. 잘못하면 자신도 우진을 도련님이라고 부를 뻔했던 과거의 일이 주마등처럼 스쳐 지나간 바람에.

"저도…… 반가워요. 김해연이에요."

"어쩐지 아침에 운세란 보니까 귀인이 나타난다고 하던데. 꼭 좋은 일이 있을 것 같았는데 정말, 너무너무 반가워요."

그녀는 정말 쾌활한 사람 같았다. 보고 있는 것 자체로 사람을 기분 좋게 하는.

귀엽기도 하고 반면 적응이 잘 안 되기도 하고. 확실히 해연과는 다른 성격의 사람이었다. 하지만 해연은 자신이 그렇지 못해서 그녀 같은 쾌활한 사람을 아주 좋아했다.

그래서일까 두 사람은 자연스럽게 미소를 주고받으며 대화를 나누기 시작했다.

"아아, 그래서 여기 있었군요? 도련님도 참 너무했다. 아무리 사정이 있어도 그렇지, 사람 보기를 돌같이 여기는 한도진 씨한테 여자친구를 맡겨두고⋯⋯ 하핫, 미안해요. 도진 씨, 본심은 아니었어요."

안 그래도 그 한도진 씨가 미간을 찌푸린 채 물끄러미 나영을 쳐다보고 계셨다.

해연과 나영이 이런저런 말을 하는 동안에도 도진은 내내 한 자리에 조용히 앉아 있었다. 그사이 시선은 한 번도 나영에게서 떠나지 않았다. 한마디도 하지 않았지만 그 눈빛으로 알 수 있을 것 같았다. 그가 자신의 연인을 얼마나 사랑하는지. 그저 쳐다보는 것뿐인데도 사랑을 느낄 수 있는 온도가 그 남자의 눈빛에 감돌고 있었다.

상진도, 지금 그런 눈으로 바라볼 대상을 찾았다는 거겠지. 그 사랑이 이어진다면 그는 누구보다도 오래 상대를 쳐다볼 것이다.

아아⋯⋯.

그 순간 해연은 무언가를 깨달았다. 어쩐지 알 것도 같다는 생각.

우진이 군이 저 차갑고 무서운 형의 사무실에 그녀를 던져 두고 간 이유가 어쩌면 이것은 아닐까? 비슷하면서도 다른 자신의 형을 그 나름의 방식으로 소개해 준 것이 아닐지.

한도진은, 어디에서 어떤 시간에 어떤 공간에서 만나도 똑같은 느낌이었을 것이다. 그러니 장소는 상관없었겠지. 다만, 이 상황이 문제가 아닐까.

물론 해연이 도진을 친근하게 여길 수 있게 된 데는 나영의 존재가 도움이 되었다. 하지만 나영이 오지 않았다고 하더라도 그에 대해 조금은 알게 되지 않았을까. 이 사무실에서 우진을 함께 기다리며 어떤 식으로든 그를 조금은 알게 되었겠지. 그만큼 해연은 또 우진에게 한 걸음 다가서게 되었을 것이다.

그와 한 가지를 더 공유하게 되는 것. 그것이 오늘 우진이 만들어준 상황의 이득이 아닐지.

우진이 소중하게 생각하는 걸 자신도 알고 싶다. 자신이 소중하게 여기는 걸 우진에게도 알려주고 싶다. 그리고 함께 품어서 함께 행복해지고 싶었다.

"해연 씨, 다음에 꼭 같이 저녁 먹어요. 우리끼리 따로 만나기도 하구."

나영은 정말 친근하게 해연을 대해주었다. 해연은 그녀가 좋아져서 고개를 끄덕였다. 그리고 절대 홍보의 의미가 아닌 말을 덧붙였다.

"케이크 좋아하세요? 혹시 괜찮으시면 다음에 만날 때, 제가 만든 케이크를 드려도 될까요?"

나영에게 진심으로 케이크를 선물하고 싶었다.

"어머, 정말요? 물론이죠!"

나영이 눈을 동그랗게 뜨고서 아이처럼 좋아했다.

"케이크래요. 도진 씨도 케이크 먹을 거죠?"

그녀가 도진을 돌아보며 기쁨을 함께 나누자고 권했다.

그딴 단것 따위!

라고 말할 줄 알았던 남자는, 웬일로 부드럽게 미소를 지으며 고개를 끄덕였다.

웃었다, 라는 게 놀라웠지만 그것보다 인상이 바뀔 정도로 부드러운 미소라는 게 가장 놀라웠다. 역시 사람을 바꾸는 마법사는 사람밖에 없다. 인상 자체가 달라지는 사랑의 마법이 눈앞에서 펼쳐지는 걸 보며 해연은 너무도 설레었다.

어쩌면 오늘 돌아가면 세상에서 가장 달콤한 케이크를 만들 수 있지 않을까?

너무 신선해서 차갑기까지 한 생크림을 바르고, 달콤한 딸기 시럽을 뿌려야지. 마치 한도진, 민나영과 같은 느낌으로.

"도진 씨도 뭔가 좀 말해봐요. 〈Marie〉라니. 이름도 너무 예쁘잖아요. 케이크를 구워주는 여자친구라. 도련님 너무 행복할 것 같아요."

나영이 온 후로 대화가 한 번도 끊어진 적이 없었다. 그래서 나영이 프로그래머라는 것도, 이곳이 아닌 다른 회사에 근무하고 있다는 것도, 두 사람이 현재 위층 아래층에서 살고 있다는 것도, 그곳에서 처음 만나 연인이 되었다는 것도 들었다. 해연도 나영에게 〈Marie〉뿐 아니라 자신에 대한 소소한 이야기들을 들려주었다. 물론 우진과 어떻게 처음 만나게 되었는지는 절대 말 못할 사정이 있었지만.

아무튼 나영이 감탄에 감탄을 거듭하며 도진을 끌어들이자, 전혀 끄떡도 않을 것 같던 도진이 심각한 얼굴로 해연에게 물었다.

"케이크, 술도 넣을 수 있습니까."

어두워진 거리를 운전하며 우진이 투덜거렸다.

"뭡니까, 우리 형님. 케이크에 술? 허 참, 재미없는 건 여전해요."

하지만 해연은 기분 좋게 웃고 있었다.

"왜요. 너무 재미있잖아요."

"재미있긴. 그렇게 신경 써주라고 신신당부를 했는데도 쉰 소리나 하시고."

우진의 투덜거림을 도진과 연결시키니 자꾸만 웃음이 나왔다. 그 빈틈없어 보이는 남자에게 너무나 신랄한 비판이었다. 아마 그 얼굴에 대놓고 말을 해도 싸늘하게 무시해 버리고 말 것 같았지만.

"하지만 난 다 들었는설요."

"뭘요?"

"음…… 사랑하는 소리."

"그건 또 무슨 말이에요?"

두 사람이 사랑하는 소리는 풀잎을 흔드는 바람 소리처럼 낮고 고요했지만, 해연에게는 분명히 들렸다. 그것을 상상하는 것만으로도 해연의 표정이 달콤해졌다. 고개를 살짝 기울인 채 도심의 야경에 반짝이는 시선을 둔 그녀가 말을 이었다.

"사랑을 하고 있는 소리요. 한도진 씨가 나영 씨를 사랑하고 있는 소리. 눈으로 보는 소리, 낮은 웃음소리로 사랑스럽다고 표현하는 소리. 그 사람이 있어서 행복하다고 느끼는 소리."

부드러운 눈으로 내내 미소 지으며 얘기하는 해연의 옆모습을 우진이 또 다정한 눈으로 지켜보았다.

"형수님을 얼마나 사랑하는지, 형의 눈을 보면 알 수 있어요. 맞아요. 사랑을 하고 있는 소리가 형에게서 계속 들려요. 그렇게까지 형을 바꿔준 사람은 형수님이죠. 정말 잘 어울리는 커플입니다."

해연은 고개를 끄덕였다. 자신이 하고자 하는 말을 우진은 언제나 알아주고 또 동조해 준다.

"사실 우리도 그에 못지않게 잘 어울리죠."

우진이 어깨를 들썩거리며 강조를 했다.

글쎄, 그런 판단은 본인이 아니라 타인이 내리는 게 아닐까요?

하지만…… 정말 그런 것도 같죠?

어둠이 내린 도시에 훈풍이 불고 있었다. 우진이 해연을 데리고 간 곳은 행복이 움직이는 곳이었다. 유람선 위에서 두 사람은 야경에 묻힌 도시 저편을 바라보았다. 아름다운 LIVE 음악의 선율이 귓가를 적셨다. 멀리 반딧불처럼 반짝이는 야경이 환상처럼 몽롱했다.

해연은 우진의 따뜻한 품 안에 갇혀서 등 뒤로 그를 느꼈다. 재킷으로 해연을 감싼 우진의 몸이 해연의 등에 따스하게 밀착되어 있었다. 그 어느 때보다 아늑함을 느끼며 해연은 귓가에 와 닿는 우진의 고른 호흡 소리를 하나도 놓치지 않았다.

"해연 씨."

그가 해연 씨, 라고 부르는 어감이 좋았다.

"……왜요?"

아름다운 야경에 취하고, 향을 머금은 레드와인 한 잔에 취하고, 지금 등 뒤에서 들려오는 그의 체온에 취하고, 낮은 목소리에 취한다. 아마 누군가가 지금 자신들을 본다면 그 사람도 듣게 되지 않을까? 사랑하고 있는 소리를.

김해연이, 한우진을 사랑하고 있는 소리를.

"좋아합니다."

등 뒤에서 흘러든 정중한 어감의 속삭임에 해연의 눈꺼풀이 고요히 감겼다.

아주 행복한 말을 들었는데 이상하게 눈물이 차올랐다. 뜨거운 무언가가 넘어와서 코끝이 빨개지고 눈시울이 뜨거워졌다. 목이, 머릿속이 먹먹했다.

지금 이 순간만큼은 '사랑합니다' 보다 더욱 아름다운 어감, '좋아합니다'.

우진이 해연을 안은 팔에 더욱 힘을 주어 끌어안았다. 해연도 가슴 앞으로 둘러진 그의 팔을 감싸듯 꼭 안았다. 아주 살며시 우진이 안고 있는 해연을 조심스럽게 흔들었다. 마치 아기를 재우기 위해 요람을 흔드는 것처럼 그가 해연을 안은 채 부드럽게 움직였다. 그 감미로운 진동에 휩쓸려 해연은 천천히 우진의 팔에 뺨을 기댔다.

단지 한 사람이 등 뒤에 있는 것뿐인데, 세상 모든 것에 감싸인 듯 따뜻했다.

"오늘 여러 가지 무리한 부탁을 했는데 들어줘서 고마워요."

해연은 눈을 감은 채 고개를 저었다.

오히려 자신이 행복했다. 멋진 연인을 만나서 행복했고, 이 남자를 조금 더 가깝게 느껴서 더 행복했다. 해연의 뺨에 깃털처럼 가벼운 입맞춤이 내려앉았다.

"같이 있고 싶어요, 계속."

스며드는 그의 목소리에 심장은 두근거림을 쉴 틈이 없다.

"마리에 취직이나 할까."

해연은 쿡 웃었다.

"참아주세요, 제발."

선선한 바람이 해연의 머리카락을 흔들고 지나갔다.

"아름답다."

해연은 나지막하게 중얼거렸다. 건조하기만 하던 도시가 지금은 이렇게 아름답게 빛나고 있었다.

"내가요?"

"아니라서 미안해요."

"그럼 뭐가."

"도시가요."

당신이 있는 이 도시가.

"한눈팔지 말라니까."

등으로 심장 소리를 들려주듯 해연을 꼭 붙여 안은 채로 우진이 투덜거렸다.

―지금 누군가를 사랑하십니까?

묻는다면, 해연은 대답할 것이다.

―한 사람을 너무나 사랑하는 것 같아요.

―그래서 당신은 행복한가요?

―네. 너무나 행복해요.

깊어지는 마음 때문에 어쩔 수 없이 두려움이 이는 것도 사실이었다. 감정이 따뜻한 만큼 그 온기로 데워진 머릿속의 불안이 내내 둥둥 떠다니며 머릿속을 헤집는 게 아닐지. 그래서 하지 않아도 될 생각을 굳이 하게 되는 건 아닐지.

가끔, '여기까지'라고 생각했다가 '조금만 더'라고 욕심을 부린 적이 있다. 가령, 설탕을 부을 때 통에 들어 있는 설탕을 살살 뿌리면서 '여기에서 멈춰야 한다'라고 생각하면서도 '조금만 더' 고집을 피우다가 확 쏟아져 버리는 경우처럼.

하지만 달콤한 설탕이라면 괜찮지 않을까? 짠 것도, 쓴 것도, 매운 것도 아니니까. 달콤한 설탕 정도는 얼마든지 아주 많이 쏟아져도 어떤 것도 망치지 않을 테니까.

그를 사랑하게 되어버린 마음이 정량을 초과해 버리더라도, 다른 사람이 아닌 그를 사랑한 것이니 괜찮다. 심하게 사랑하게 되더라도 감정의 과용 같은 건 느끼지 못할 것이다.

그도, 나와 같은 마음이었으면…….

따뜻하게 안아주는 그를 느끼며 원해본다.

"난 아마 결혼을, 조카가 생긴 후에…… 그 조카가 적어도 한 살은 된 후에 할 생각이에요."

그때 갑작스럽게 흘러나온 말에 해연의 눈이 천천히 떠졌다. 우진이 그런 해연을 가만히 돌려세웠다. 우진의 표정이 진지했다. 해연의 심장이 쿵쿵 빠르게 뛰기 시작했다. 조용히 그를 바라보며 이어질 그의 말을 기다렸다.

"사실은 여기서 멋진 프러포즈를 하고 싶었어요. 그래서 지금, 바로 이 자리에서 해연 씨에게 말하고 싶어요. 언젠가 누구도 따라잡지 못할 멋진 프러포즈를 할게요. 하지만 그전에 잠깐만 날 기다려 줄 수 있어요?"

해연의 눈동자 안에 유람선의 불빛들이 고스란히 담겼다.

"물론 하염없이 기다리게 하진 않을 거예요. 약속해요. 하지만 아직은 시기가 아니에요. 너무 내 입장만 생각하는 것 같아서, 참 많이 고민했어요. 해연 씨에게 어떻게 말을 해야 할까 정말 많이 고민했는데, 괜히 둘러말했다가 오해가 생기는 것보단 솔직하게 말하는 게 나을 것 같아서 지금 이렇게 말하는 거예요."

우진이 걱정스러운 듯 해연을 물끄러미 쳐다보았다. 해연은 이내 천천히 고개를 끄덕였다.

"우진 씨가 생각하는 대로 솔직하게 말해줘요. 그러면 돼요."

우진이 다행이라는 듯 긴장을 풀곤 신중하게 말을 이었다.

"우선은 부모님께 세 형제를 동시에 보내는 부담을 드리고 싶지 않아요. 일단은 두 형의 결혼식이 우선이니까. 하지만 사실 그건 그리 큰 문제가 아니에요. 밀어붙이면 합동결혼식도 불가능한 건 아니니까."

해연은 차분한 눈으로 그를 응시했다.

사실 마음속은 겉보기와는 달리 심하게 복작거리고 있었다. 합동결혼식이라니, 지금껏 그런 말은 하지도 않았었다. 애초에 결혼이라는 단어 자체를 꺼낸 적이 없으니까.

그런데 무턱대고 결혼이라니. 그래서 이쪽은 그게 참 많이 놀랍고 적응이 잘 안 되는데, 우진은 너무도 당연하다는 투였다. 정말이지 너무 성실해서 문제인 남자였다.

"조카가 한 살이 된 후에 결혼하고 싶다고 한 건, 그래야 내가 어른이 되었다고 스스로 느낄 것 같거든요. 완전한 어른이 된 후에 해연 씨를 책임지고 싶어요. 해연 씨 부모님께 찾아갔을 때, 어린놈이 한순간의 열정에 눈이 멀어서 덤비는 게 아니라, 든든한 사위가 내 딸을 데려가려고 하는구나, 책임지려고 하는구나……. 그런 소릴 듣고 싶거든요. 든든하게 봐주시고 믿어주셨으면 좋겠어요. 그래야 해연 씨가 나한테 와도 내가 안 미안할 것 같아요."

우진의 손이 해연의 뺨을 훑고 지나갔다. 문득 해연의 마음이 무거워졌다. 부모님이라는 말이 나오자 해연의 가슴이 갑갑해진 것이다. 과연 부모님은 이 일을 어떻게 받아들일까. 아니, 그녀가 생각하는 부모님은 거의 엄마 쪽이었다. 그가 상진의 동생이란 걸 알고도 엄마는 이 사실을 받아들여 주실까? 반면 아버지에 대해서는 그다지 생각하지 않았다. 물론 아버지에게도 이 사실이 알려지겠지. 하지만 지금까지 그랬듯이 아버지는 별반 다른 말이 없을 것이다. 애초에 뭐라고 당신의 의견이나 감정을 해연에게 전한 적이 없는 분이었으니까. 그래서 해연은 지금 아버지는 제쳐 두고 엄마에 대한 걱정만을 하고 있었다. 하지만 그 모든 것을 극복할 생각이었다. 그래서 지금은 마음을 무겁게 하는 문제들은 뒤로 미루고, 우진과 자신만 생각하고 싶었다.

해연은 아직 온기가 남은 자신의 뺨을 만지며 그에게 물었다.

"그래서 정한 기한이 조카가 한 살이 되는 때예요?"

우진이 고개를 끄덕였다.

"가장 객관적인 기준이라고 생각했어요."

해연은 엷게 웃었다. 멋진 기준이다.

우진이 진지한 시선으로 해연을 응시했다. 그리고 청하듯 물었다.

"그때까지, 기다려 줄 수 있어요?"

해연은 홀린 듯 우진을 바라보았다. 자신의 대답을 간절할 표정으로 기다리고 있는 그를.

한동안 바라보던 그녀의 입가에 천천히 미소가 번졌다.

무엇 때문에 망설이겠는가. 그가 안심하도록 자신이 지을 수 있는 가장 밝은 미소를 담고서 해연은 그를 향해 말했다.

"그때까지, 잘 부탁해요."

우진의 입가에도 더할 수 없이 환한 미소가 번졌다.

9편

사람과 사람이 사랑한다는 건
궁극적인 마지막 시련이고
시험이며 과제이다

해연은 도경을 뚫어질 듯 쳐다보고 있었다. 그나저나 가까이에서 보니 도경은 정말 예뻤다. 잡티 하나 없는 피부에 특히 버선코처럼 오뚝 선 코가 눈에 띄었다. 하지만 해연은 지금 그녀의 외모나 감상하고 있을 때가 아니었다.

"머리카락이 나왔다구요!"

케이크 상자를 들고서 들이닥친 도경이 하이소프라노 음성으로 소리를 치며 무섭게 닦달을 하는 통에 해연은 통 정신을 차리지 못했다. 선아도 손님의 컴플레인에 해연의 뒤에서 어쩔 줄을 몰라 했다. 도경과 이미 알고 있는 사이라는 것도, 우진과 함께 있다가 그녀에게 딱 들켜서 도망갔던 일이 있었던 것도 해연에게는 이미 먼 나라 얘기였다.

해연은 당혹감을 감추지 못하고 일단 사과를 했다.

"죄송합니다, 손님."

뒤에서 선아가 겁먹은 음성으로 중얼거렸다.

"지금껏 그런 일이 한 번도 없었는데."

"그럼 지금 내가 없는 일을 만들어왔다는 거예요?"

도경의 앙칼진 목소리가 터졌다. 그 눈초리가 얼마나 매서운지 선아는 얼른 해연의 등 뒤로 쏙 숨었다. 해연은 허리를 구십도 각도로 숙여 재차 사과했다.

"죄송합니다, 손님. 환불해 드릴게요. 정말 죄송합니다."

물론 지금껏 한 번도 있지 않은 일이었고 아무리 생각해도 머리카락이 들어갈 가능성이 없었지만 사람 일은 모르는 거니까.

"지금 환불이 문제예요?"

그래도 도경이 도끼눈을 내리지 않아 해연이 사색이 된 표정으로 도경을 바라보았다.

"그럼 어떻게……."

"하! 지금 배 째라는 거예요? 무슨 질문이 그래요? 당연히 사과를 하고 사과문을 써서 가게 앞에 붙여야죠! 나 같은 피해자가 또 나오면 어떡할래요? 뭐 이딴 양심없는 가게가 다 있어? 내가 그냥 넘어갈 줄 알아요?"

아…… 정말 눈앞이 깜깜해졌다.

하지만 이건 명백히 판매자의 과실이니 해연에게는 선택의 여지가 없었다.

"알겠습니다. 그렇게 할게요."

"해연아……."

"됐어. 우리 실수잖아."

해연은 다시 도경을 향해 정중한 사과를 했다.

"죄송해요. 손님이 원하시는 대로……."

그때였다. 갑자기 가게 문이 벌컥 열리더니 낯선 남자가 안으로 뛰어들어 왔다. 그가 곧장 도경에게로 달려오더니 그녀의 손목을 홱 틀어쥐었다.

"문도경! 너 정말 여기 온 거야?"

해연의 눈이 커졌다. 선아도 도대체 무슨 일인가 싶어 해연의 뒤에서 눈을 깜빡거리며 두 사람을 쳐다보았다. 도경은 잠깐 당황스러운 표정이었지만 곧 정색을 하고서 차갑게 남자의 손을 털어냈다.

"뭐야? 넌 왜 여기 왔는데? 귀찮게 왜 따라다녀?"

"따라다녀? 야, 입은 비뚤어져도 말은 바로 해야지. 내가 지금 너 따라왔냐? 사고 칠까 봐 붙잡으러 온 거지!"

"누가 사고를 친다는 거야?"

"아니면 여기서 대체 뭐 하고 있는 건데?"

"니가 무슨 상관이야?"

"너 진짜!"

버럭 소리쳤던 남자가 의아한 표정으로 자신을 쳐다보고 있는 케이크 가게 주인들을 인식했는지 곧 표정을 가다듬고는 해연을 돌아보았다. 똑바로 그녀를 바라보다가 갑자기 고개를 숙여 인사했다.

"안녕하세요. 전 민승효라고 해요. 그러니까…… 우진이 친구예요."

순간 해연의 눈이 번쩍 떠졌다.

아…… 그러고 보니 본 일이 있는 것도 같았다. 우진의 테이블에 함께 앉아 있던 친구 중에 얼핏 저런 얼굴이 있었던 기억이 났다. 그나저나 우진의 친구가 왜 갑자기 나타난 것이며, 무엇보다 어떻게 자신을 알고 있는 걸까.

"안녕하세요. 그런데 대체 무슨 일인지……."

해연은 도통 이해를 할 수 없어 승효에게 되물었다. 도경이 〈Marie〉의 케이크를 들고 나타났을 때도 물론 되게 놀랐었다. 하지만 우진이 선전을 해줬다는 걸 익히 알고 있었기 때문에 그래서 왔나 보다 가볍게 생각했었다. 그러나 도경의 등장은 케이크에 문제가 생겨 화가 나서 온 거였고, 이번엔 우진의 친구까지 달려와서 난데없이 인사를 하고 있었다.

"여기가 해연 씨 가게라는 거, 알 만한 녀석들은 다 알고 있거든요. 자기 애인 가게라고 녀석이 보통 선전을 했어야죠."

해연의 눈동자가 점점 커졌다. 애인이라……. 애인이라니, 남의 입을 통해 들은 그 말은 생각했던 것보다 더 놀랍고 당황스럽고 그랬다. 해연만큼이나 선아도 그 단어에 눈이 휘둥그레진 것 같았다.

"애인은 누가 애인이야?"

그 순간 도경이 히스테릭하게 소리쳐서 해연과 승효의 표정이 동시에 굳었다. 선아는 해연의 뒤에서 자신의 귀를 의심하는 듯한 눈으로 얼어 있고. 해연은 못내 친구 선아에게 여태껏 아무 얘기도 안 했다는 게 신경이 쓰였다. 그걸 이런 식으로 들키게 되었으니 해연은 선아에게 정말 미안해졌다. 기회가 있을 때 얘기를 했었어야 옳았다. 아무리 생각해도 자신의 불찰이었다. 하지만 그것도 물론 신경 쓰이는 일이었지만 지금 눈앞에서 자신을 노려보고 있는 문도경만큼이야 할까.

그녀가 금방 발작이라도 일으킬 듯한 표정으로 해연을 노려보며 닦달했다.

"애인은 누가 애인이냐구! 우진이한테 여자 있는 거 한두 번이야? 왜 너까지 헛소리하고 있는 건데! 응!"

얼마나 소리를 치는지 그녀의 잘 정돈된 결 좋은 머리카락이 앞으로 휙 쏠렸다. 악에 받쳐서 분을 참지 못해 날카롭게 소리치는 그녀의 모습은 너무도 공포스러웠다.

"너 왜 그러냐 대체."

승효가 답답해 죽겠다는 듯 중얼거렸다. 하지만 도경은 승효를 쳐다보지도 않고서 해연에게만 시선을 고정하고 있었다.

"당신 대체 누군데 갑자기 나타나서 귀찮게 구는 거야?"

"……."

해연은 말없이 도경을 응시하기만 했다. 뭐라고 해야 할지 말문이 막혔다. 누굴 귀찮게 굴었다는 건지, 억울하기도 하고 갑갑하기도 했지만 분노가 고스란히 느껴지는 도경의 표정 때문에 어떤 말도 함부로 할 수가 없었다.

그때 상황을 지켜보고만 있던 선아가 슬쩍 나섰다.

"잠깐만요. 가만히 보니까 세 사람이 아는 사이 같은데, 그리고 한우진 씨도 관계돼 있는 거 같고. 그러니까 해연이 너, 한우진 씨랑 사귀고 있었던 거야?"

선아가 믿을 수 없다는 눈으로 당연히 서운함을 묻혀 묻는 바람에 해연의 어깨가 절로 움찔했다.

"미안, 선아야. 말하려고 했는데……."

"아니, 잠깐만. 그것도 중요하지만 일단 뒤로 미루고."

해연을 저지시킨 선아의 시선이 도경과 승효에게로 휙 돌아갔다.

"지금은 그것보다 케이크에서 머리카락이 나왔다는 것부터 짚고 넘어가자구요. 이쪽은 영업을 해야 하는 처지라서요."

순간 승효의 눈이 크게 떠졌다. 도경을 휙 노려보더니 소리쳤다.

"뭐어? 머리카락?"

순간 도경이 당황스러운 눈으로 슬쩍 한 걸음 뒤로 물러섰다. 하지만 이내 이를 악물고 소리쳤다.

"그래, 머리카락! 케이크 먹는데 머리카락이 나온 걸 어떡해?"

"얘가 정말. 어쩐지 여기로 달려가는가 싶더라니, 그 핑계 대고 왔냐? 넌 대체 왜 그렇게 발전이 없어? 머리카락은 무슨 머리카락! 그저 해연 씨를 곤란하게 하려고 거짓말한 거잖아. 내가 틀려?"

그 말에 해연과 선아의 눈이 동시에 휘둥그레졌다. 선아는 기가 막힌 듯 비틀거렸다.

도경이 사납게 으르렁거렸다.

"니가 뭘 안다고 그래? 누가 거짓말을 했다는 거야? 너 미쳤어?"

"내가 너 이런 행동 한두 번 봐? 너 이러는 거 우진이가 알면 뭐라고 할 것 같아? 가만히 있을 것 같아?"

순간 도경이 움찔했다.

"지금 전화할까? 우진이한테 전화해?"

승효가 휴대폰을 꺼내며 협박하자 그제야 도경의 얼굴이 하얗게 가라앉았다. 하지만 노려보는 눈만은 멈추지 않은 채 승효에게 이를 갈았다.

"너 이러고도 친구야? 니가 내 친구니?"

"너는? 너가 그러고도 우진이 친구냐? 내 친구야? 창피해 죽겠다 증말. 이런 식으로 강짜 부리면서 영업 방해해서 니가 얻는 게 뭔데? 너 이거 완전 사기야. 알고나 있어?"

도경의 몸이 부르르 떨렸다. 그때 기가 찬 표정으로 도경을 째려보고 있던 선아가 얼른 앞으로 나섰다.

"나 참, 기가 막혀서. 그럼 거짓말이었단 거야? 말 한 번 잘했네. 이봐요, 사기꾼 아가씨. 뭐 이런 사람이 다 있지? 아, 열불나. 아가씨 뭐야? 돌았어? 아, 됐고. 나랑 당장 경찰서 가. 응? 이게 지금 무슨 행패야?"

"선아야, 잠깐."

순간 해연이 얼른 나서서 선아를 막았다. 무슨 마음으로 저렇게 강수를 두는 건지는 모르겠지만 선아가 경찰서까지 갈 정도로 일을 확대시키지 않을 성격이란 걸 안다고 해도 해연은 이쯤에서 과열된 분위기를 정리해야지 싶었다. 선아가 신경질을 내며 해연을 휙 째려보았다.

"왜? 뭐 할 말 있어? 이게 대체 있을 수 있는 일이야? 남의 장사 말아먹으려고 작정한 것도 아니고 뭐 저런 여자가 다 있어?"

"잠깐……. 선아야, 미안한데 여긴 내가 알아서 할게. 부탁이야, 나한테 좀 맡겨주면 안 될까. 응?"

여러 가지로 지금 그녀가 가장 미안한 사람은 선아였다. 하지만 지금은 선아에게 이렇게 부탁할 수밖에 없었다. 미안했기 때문에 자신이 연관된 이상 이 일을 제대로 마무리 짓고 싶었다.

자신 때문에 여기서 더 선아에게 피해를 줄 순 없었다. 아닌게 아니라, 케이크에서 머리카락이 나왔다는 말을 들었을 때는 눈앞이 깜깜해지는 느낌이었다. 그래서 도경이 요구한 대로 사과문을 붙이고 정식으로 사과를 하겠다고 한 것이다. 정말 사실이라면 그래야 하는 거니까.

그런데 그 모든 게 도경이 지어낸 거짓말이라니, 해연도 선아처럼 화도 나고 어이가 없고 그랬다. 하지만 지금은 우선 상황을 침착하게 봐야 할 것 같았다.

만약 도경에 대해 모르고 있었다면 자신도 선아와 똑같은 마음이었을 것이다. 결백을 밝히기 위해서라도 따지고 넘어가야 할 일이었다. 이런 식의 구설수에 가게가 얼마나 피해를 볼지는 누구보다 자신이 잘 알고 있었다. 하지만 자신은 이미 도경에 대해 잘 알고 있었다. 우진이 진저리를 치며 도망갈 정도로 이상한 집착을 갖고 있는 그녀를 말이다.

"선아야……."

해연이 한 번 더 부탁을 하자 선아가 씨근덕거리는 눈으로 불쾌하게 해연을 보다가 곧 고개를 돌렸다.

"너 이따가 제대로 설명해야 해. 나 정말 화났어."

"응, 알았어. 정말 미안해."

해연이 간절한 표정으로 사과를 하자, 선아는 어쩔 수 없다는 듯 도경과 승효를 한 번 더 번갈아 보고는 몸을 획 돌려 주방으로 들어갔다.

세 사람만 남은 공간에서 해연은 심호흡을 크게 하고 도경을 쳐다보았다.

"나랑…… 얘기를 좀 해야 할 것 같지 않아요?"

걸어온 싸움은 받아주는 게 도리였다. 문도경이 원하는 게 타이틀 매치라면 이쪽도 제대로 맞장구를 쳐줘야지. 케이크에 머리카락을 넣어서 올 정도로 그녀는 절실했단 거겠지.

"만약 제대로 설명해 주지 않으면 케이크 건에 대해서도 그냥 넘어가지 않을 거예요."

그러니 일단은 들어나 보자. 해연은 그런 눈으로 도경을 쳐다보았다.

"지금 협박하는 거예요?"

"협박은 그쪽이 먼저 하지 않았나요?"

웃! 하며 도경이 자존심 상하는 표정을 했다. 옆에서 승효가 고개를 설레설레 저으며 중얼거렸다.

"너 기왕 온 거니까 제대로 얘기해. 그리고 제대로 사과하고. 잘못하면 너 명예훼손죄로 고발돼. 알아?"

"시끄러! 아까 전부터 넌 도대체 누구 편이야?"

도경이 이글이글 타오르는 눈을 승효에게로 돌려서 분노를 폭발했다. 하지만 승효는 여유롭게 어깨를 으쓱했다.

"난 우진이 편이지. 그리고 정의의 편이고."

"뭐가 어째?"

"솔직히 오늘은 니가 잘못한 게 맞잖아."

"가! 너 당장 꺼져!"

"내가 불이냐? 꺼지게?"

승효가 딴전을 피우며 휘파람을 불었다. 도경은 그런 승효가 얄미워서 어쩔 줄 모르는 표정이었다. 덕분에 얘기가 잠깐 딴 데로 흘렀다. 해연은 얼른 도경을 환기시켰다.

"도경 씨."

해연이 부르자 도경이 짜증난다는 표정으로 해연을 휙 돌아보았다. 팔짱을 척 끼고서 도도하게 눈을 착 내리깔며 말했다.

"착각하고 있나 본데 난 그쪽하고 할 얘기 없어요."

"그런가요? 그럼 여긴 왜 온 거죠?"

"못 들었어요? 당신 망신 주려고 온 거잖아! 당신 갈가리 찢으려고. 사색이 돼서 설설 기는 거 보려고!"

도경의 독기가 보통을 넘고 있었지만, 해연은 흔들리지 않는 눈동자로 차분하게 도경을 응시했다. 그것이 더욱 도경의 분노에 불을 붙였다. 무슨 저런 목석같은 여자가 다 있어? 이렇게까지 하는데 뭐가 저렇게 조용하냐구. 같이 난리를 치고 성질을 내고, 그러면 도경도 우위에 설 수 있을 것 같았다. 성깔 하면 누구에게도 뒤지지 않을 자신이 있었으니까. 하지만 해연은 시종일관 담담한 어조로 이렇게 차분하게 되묻는 것이다.

"왜 날 그렇게 망신 주고 싶은 거죠?"

"하! 왜? 왠지 정말 몰라서 물어?"

"몰라서 물어요. 그리고 왜 자꾸 말을 함부로 하는 거죠? 당신은 내 가게 제품을 갖고 거짓말을 한 사람이에요. 그런데도 내가 당신의 말을 들어주고 있는 거잖아요. 지금 화를 내야 할 사람이 누구인 거 같은가요?"

"그딴 거 몰라! 당신은 나한테 이런 취급을 당해도 돼! 왜냐하면!"

"야 인마, 너 정말……!"

승효가 도경의 팔을 잡으며 말렸지만 도경은 승효의 팔을 다시 쳐냈다. 해연에게 성큼 한 발 다가서며 그녀가 따발총처럼 습격을 이었다.

"당신이 갑자기 나타나서 날 화나게 했으니까! 난 절대 우진이 안 내놓을 거야. 당신이 뭔데 나한테서 우진일 뺏는 건데? 도대체 당신 따위가 뭔데! 걔가 뭐에 꽂힌 건진 모르겠지만 난 당신 인정할 수 없어! 인정할 수 없다구!"

도경의 눈에서 불이 날 것 같았다. 온몸을 떨며 해연에게 독한 말을 쏟아내는 도경은 정말 급박해 보였다. 해연은 그런 도경을 가만히 쳐다보다가 낮게 입을 열었다.

"그러는 도경 씨는 뭔데요?"

해연의 차분한 질문에 도경의 눈동자가 멈칫했다. 옆에서 안절부절못하고 있던 승효도 정지한 채 해연을 물끄러미 쳐다보았다. 해연은 노려보는 눈도 아니었고 비난하는 눈도 아니었다. 그저 응시하듯 도경을 바라보고 있었다.

"……뭐라구?"

"도경 씨가 어떤 사람인데 우진 씨를 나한테 내주는 건지, 빼앗길 수 없다는 건지 정말 모르겠어서 묻는 거예요. 도경 씨는 우진 씨의 뭔가요? 여자친구인가요?"

"……"

도경의 몸이 부들부들 떨렸다. 하지만 주먹만 꼭 말아 쥔 채 그녀는 아무 대답도 하지 못했다. 그녀의 눈시울이 빨개졌다.

"연인이라면 난 도경 씨와 여기에서 싸울 이유가 있어요. 연 적이니까 충분히 일어날 수 있는 일이죠. 내가 도경 씨의 애인 을 빼앗은 거라면 케이크에 어떤 행패를 부린다 해도 난 할 말 이 없어요. 당해도 싸요. 나도 내 가장 친한 친구한테서 남자친 구를 빼앗긴 적이 있어요. 그 친구한테 찾아가서 다 망쳐 놓고 싶었어요. 행패도 부리고 화도 내고 얼굴을 손톱으로 그어버리 고, 할 수 있는 모든 악독한 짓을 하고 싶었어요. 만약 내가 그 렇게 했다고 해도 손가락질은 당했겠지만 최소한 욕은 얻어먹 지 않았을 거예요. 그래도 당연하다고 다른 친구들은 말해줬겠 죠."

도경의 한쪽 눈동자에서 눈물이 톡 떨어졌다. 억울해하는 표 정. 해연이 말을 이었다.

"하지만 그런 거 아니잖아요. 내가 도경 씨한테 지켜야 마땅 할 도의를 배신한 게 아닌데 내가 왜 도경 씨한테 이렇게 일방 적으로 인신공격을 받아야 하는 걸까요? 우진 씨의 친구로서 날 인정하지 못하겠다는 건가요? 단지 그것뿐이라면 도경 씨가 너 무하는 거라고 생각하지 않아요? 내가 좀 억울할 것 같지 않나 요?"

"억울? 당신이 왜 억울한데?"

"도경 씨에게 어떤 권리도 없기 때문이에요. 같은 여자로서 여자를 공격할 이유가."

도경의 눈썹이 휘어졌다.

"뭐? 같은 여자?"

"누차 말했지만 나는 도경 씨와 어떤 대화도 나눠보지 않았고, 도경 씨 때문에 내가 좋아하는 사람을 포기해야 할 정도로 도경 씨에게 도의적인 책임을 질 이유도 없는 상황이에요. 그런데 내가……."

"짜증나. 되게 당당하네! 우진이 가져서 그렇게 당당한 거야? 당신이나 나나 걔 똑같이 좋아하지만 당신이 선택됐으니 당당하단 거잖아? 당신이 뭔데? 당신이 얼마나 잘났는데?"

도경의 눈에서 불이 일었다. 해연은 답답하다는 듯 대답했다.

"난, 그냥 평범한 사람이에요. 잘나지도 않았고 대단히 당당하지도 않아요. 단지 다른 점이 있다면 〈Marie〉의 주인이라는 그 하나뿐이겠죠."

"지금 나랑 장난해요?"

도경이 빽 소리쳤다. 윤영도 안하무인이었지만 문도경만큼은 아닐 듯싶었다. 승효는 이제 에라 모르겠다는 얼굴로 한발 떨어져서 고개를 젓고 있었다. 두 여자가 직접 맞붙어서 해결할 일이라고 판단한 건지. 머리카락을 쓸어 넘기고 있다가 그가 해연에게 슬쩍 말했다.

"참고로 말씀드리지만 도경이 얘, 제 여자친구에게도 행패 부린 전과 있어요."

"야, 민승효! 너 빨리 가!"

"너나 가자."

승효가 도경의 팔을 끌고 가려고 했지만 도경은 힘으로 버티며 거부했다. 두 사람의 모습을 보고 있자니 해연은 더욱더 우진을 놓고 그의 친구인 도경과 흙탕물 같은 싸움을 하고 싶지 않다. 더더군다나 가게 안에서.

그래서 도경을 설득시켜서 일단 가게에서 데리고 나가려고 하는 그때 도경이 날카롭게 말했다.

"나 우진이랑 키스도 했어요!"

해연의 표정이 멈칫했다. 난데없는 말에 놀란 것도 놀란 것이었지만, 해연은 도경의 의도가 의아해서 그녀를 물끄러미 쳐다보았다. 이걸 어떻게 받아들여야 하는 걸까? 애들 장난도 아니고, 이런 말이 여기서 왜 나오는 걸까. 옆에서 승효가 허겁지겁 끼어들었다.

"인마, 그건 니가 완전히 취해서 우진이한테 달려든 거잖아!"

"그딴 게 무슨 상관이야? 걔도 안 밀어냈거든? 완전 진하게 키스해 줬어! 우리 그때 정말 좋았다구!"

"그거야 그 녀석도 반쯤 필름이 끊긴 상태였으니까⋯⋯."

"아, 몰라. 왜 자꾸만 간섭하는 거야? 내가 하고 싶은 대로 하라며? 그래서 우진이 정말 빼앗기기 전에 하고 싶은 말 하고 있는 건데 왜 그래?"

"말려봤자 말 안 들을 거 아니까 그냥 방치한 거지, 정말 제멋대로 하란 소린 줄 알았어? 나이가 들면 정신도 좀 차릴 줄 알았더니 넌 어떻게 아직도 여섯 살 때 하던 짓을 그대로 하고 있냐? 우리가 아직도 유치원생인 줄 알아? 너 애가 왜 이렇게 유치해?"

"그래, 나 유치해! 유치해도 상관없으니까 우진이 누구한테도 안 뺏겨!"

악악대는 도경을 피해서 승효가 해연에게 사정하듯 말했다.

"미안해요. 얘가 살짝 이상하긴 해도 이렇게까지 맛이 간 앤 아닌데."

"아, 나 맛 갔어. 상관하지 마!"

"사실, 맛이 가긴 했죠. 못 말리는 애예요. 우진이가 지금껏 한 번도 이렇게 진지하게 연애를 한 적이 없어서. 삼총사도 아닌데 마지막까지 셋이서 붙어 다닐 줄 알았나 봐요."

"시끄러워. 다 필요없어. 왜 당신인데? 왜 내가 아니라 당신이냐구! 미치겠어. 이해할 수 없어! 정말 짜증나 죽겠어!"

도경이 갑자기 눈물을 터뜨리며 소리쳤다. 엉엉 우는 울음소리가 점점 더 커졌다.

"아우, 정말 짜증나!"

선아가 갑자기 CLOSE 팻말을 들고 주방에서 뛰어나오더니 출입문으로 다다다 달려가 밖에다가 팻말을 걸고 문을 잠갔다.

"아주 진짜 남의 가게 망쳐 놓을려고 작정을 했지!"

도경을 보고 빽 소리치더니 다시 주방으로 쑥 들어갔다. 이쯤

되자 해연은 반쯤 넋이 빠진 모습으로 서 있었다. 같은 여자로서 도경의 마음이 이해가 되려다가도 악악 소리치는 통에 머리가 지끈거렸다. 혼이 쏙 빠져나가는 기분이었다.

"안 되겠다. 나가자. 미안해요, 해연 씨."

승효가 도경을 잡아끌었다. 하지만 해연이 승효를 보며 고개를 저었다.

"됐어요. 괜찮으니까 그냥 둬요."

승효가 멈칫하고, 도경은 눈물로 범벅이 된 눈으로 해연을 노려보았다. 해연이 그 눈을 마주 보며 낮게 입을 열었다.

"나도 모르겠어요."

"……."

"왜 나인지. 왜 우진 씨가 날 선택한 건지 사실은 나도 모르겠어요."

"뭐라는 거야, 지금?"

"우진 씨가 날 좋아한 이유는 아마도 내가 먼저 그 사람을 좋아했기 때문일 거예요. 그리고 먼저 좋아한 내 마음을 그 사람은 무시하지 않았어요. 그것 말고는 그 사람이 날 받아들여 준 이유를 도저히 모르겠어요. 그러니까 도경 씨가 아무리 나한테 이유를 물어도 나도 대답할 수 없어요. 왜 나인지."

"말도 안 돼. 그럼 왜 난 안 됐는데? 나도 한우진 먼저 좋아했어. 아주 많이, 아주 오랫동안 좋아했는데 왜 난 안 됐는데!"

도경이 서럽게 울며 소리쳤다. 한 사람을 깊이 사랑하는 사람으로서 해연도 점차 도경의 슬픔에 동요되었다.

"그건."

한참이나 서로를 쳐다보던 끝에 해연이 말을 이었다.

"그건 나도 몰라요. 우진 씨가 왜 도경 씨처럼 예쁘고, 솔직한 사람을 선택하지 않은 건지. 난 도경 씨만큼 예쁘지도 않고 솔직하지도 않아요. 그래서 아직까지 불안하기도 해요. 이렇게나 좋아하는데 왜 날 좋아하지 않느냐고 외칠 수 있는 도경 씨가, 이렇게 사랑하는데 왜 빼앗아가느냐고 열렬히 외치고 있는 도경 씨가 결국엔 승자가 될까 봐 두렵기도 해요."

도경의 뺨을 타고 눈물이 줄줄 흘러내렸다. 해연의 말이 이어졌다.

"사랑이란 건 상대방을 기만하면서 시작해서 기만하면서 끝나는 거라고 생각했어요. 사랑 같은 건 믿지도 않았어요. 누군가를 상처 주고서 쟁취하는 사랑이란 게 거북해서 사랑이란 순 모순투성이라고 생각했어요. 하지만 우진 씨를 만나면서 알게 됐어요. 다른 사람을 상처 주면서 내 사랑만 생각해서도 안 되지만, 더 중요한 건 나 자신을 기만하고 나 자신을 상처 주어선 안 된다는 거였어요. 그걸 알게 해준 사람이 우진 씨였어요. 우진 씨는, 내가 나를 나로서 사랑할 수 있게 해준 사람이에요. 그래서 내가 나를 사랑하기 시작했더니, 나 자신에게 인정받기 시작한 나는 이미 우진 씨를 어쩔 수 없을 정도로 사랑하고 있었어요."

"……."

"그래서 나도 이미 우진 씨를 포기할 수 없어요. 도경 씨를 상처 줄 수밖에 없어요."

"싫어. 그런 건 싫단 말이야. 이제라도 우진이 포기해. 제발 포기해 달라구!"

도경의 막무가내에 해연은 마음이 더욱 무거워졌다.

"안 돼요."

해연은 고개를 저었다.

"싫어요. 도경 씨가 그 사람을 사랑하듯 나도 그를 사랑해 버렸는데, 왜 사랑하느냐고 나한테 따져 봐야 의미가 없잖아요. 그만두라고 해봐야 그래지지 않잖아요. 도경 씨가 따져야 할 사람은 도경 씨처럼 그 사람을 사랑한 내가 아니라 친구로서만 봐 준 그 사람에게가 아닌가요? 아니면 그 사람을 사랑한 이유로 내가, 그 사람 대신 모든 걸 다 떠안고서 비난을 감수할까요?"

도경의 턱이 바들바들 떨렸다. 승효는 입을 꾹 다문 채 두 사람의 옆에 서 있었다. 한참 동안 해연을 노려보던 도경이 입을 열었다.

"당신 정말 짜증나."

"……."

"짜증나고 꼴 보기 싫어. 나도 내 꼴이 안 창피할 줄 알아? 당신만 잘난 줄 알아?"

"잘나서 이런 말을 하는 거 아니에요."

"그래, 당신 못났어! 더럽게 못났어! 못생기고 뚱뚱하고 곰보에 최악이야!"

승효가 고개를 설레설레 저었다.

불시의 습격에 해연의 눈이 휘둥그레져서 자신도 모르게 얼굴을 매만졌다. 충격이다. 그건.

"당신한텐 안 뺏겨. 들으면 들을수록 더 재수없어서 절대 안 뺏길 거야! 양심의 가책 없이 우진이 끝까지 유혹할 거야!"

"……."

해연은 착잡해졌다. 고래 심줄처럼 끈질기다는 표현을 이럴 때 쓰면 되는 걸까.

"정말 재수없어. 우진이 따위 내가 유혹해서 담번엔 내가 당신 위에 서서 똑같이 잘난 척 막 해버리고 복수할 거야!"

"얘 왜 이렇게 딱하냐? 듣는 내가 다 창피스럽네. 아무리 그래도 한우진 너한테 안 넘어와."

승효가 중얼거리자 도경이 빽 소리쳤다.

"아니까 더 억울하다구, 이 멍청이 뚱보 곰보야!"

그리고 도경은 그대로 몸을 돌려 잠긴 가게 문을 열어젖히고서 가게를 달려나갔다. 출입문 밖에 달린 CLOSE 팻말이 달랑달랑했다.

"야! 문도경, 저게 정말."

승효가 푸르락누르락 화를 내더니 해연에게 빠르게 말했다.

"정말 미안해요. 다음번에 꼭 갚을게요. 지금은 저 녀석 때문에……."

"걱정 말고 얼른 가보세요."

해연은 맥이 쭉 풀리긴 했지만 애써 웃는 낯으로 승효를 향해 말했다. 문도경을 잠깐 동안 상대한 결과가 이랬다. 윤영과 벌였던 타이틀 매치보다 백만 배쯤 더 심하면 심했지 덜하진 않았다.

"그럼, 정말 미안해요. 이만."

마지막까지 미안해 죽을 것 같은 표정으로 사과를 한 승효가 급하게 몸을 돌려 가게를 빠져나갔다.

출입문이 딸랑 소리를 내며 닫히자 해연은 그야말로 태풍이 지나간 후의 폐허 상태로 넋이 빠진 채 그 자리에 서 있었다. 그나마 광풍은 일단 그친 것 같아 옅은 한숨을 폭 내쉬며 몸을 돌리는데 선아가 바로 앞에 서 있었다. 역시 다 듣고 있었던 모양이다. 해연이 힘이 쭉 빠진 표정으로 빙그레 웃었다.

"사랑이란 거, 생각보다 힘들다. 그치?"

선아에게 뭐라고 말해야 할지 모르겠다. 우진과의 일을 숨긴 것도 그렇고, 가게에 피해를 준 것도 그렇고, 정말 미안해 죽을 지경이었다. 어색하게나마 웃지 않으면 선아의 얼굴을 볼 면목이 없었다.

"일단 너한테 말하고 싶은 게 있어. 그러니까…… 정말 미안해, 선아야."

해연은 고개를 푹 숙이고서 말했다. 무표정의 선아가 어디 더 이어보라는 듯 팔짱을 척하니 꼈다. 고개를 든 해연이 말을 이었다.

"진작 말했어야 하는 건데, 내 마음 들여다보고 내 감정 추스르느라 그것만 바빴어. 그래도 다른 사람은 몰라도 너한텐 제대로 얘기를 했어야 하는 건데…… 내가 이기적이었어. 생각이 짧았어. 정말 미안해."

문득 찾아든 사랑에 홍수처럼 떠밀려서 나 자신의 감정을 조절하기에도 바빴다. 그 모든 감정을 말로 정확히 표현할 수 있다면 얼마나 좋을까. 하지만 사랑의 감정을 몇 마디 명쾌한 단어로 표현하기 힘들 듯 정말 사랑하는 친구에게 건네는 사과의 말도 마음먹은 만큼 명확하게 나와주지 않았다. 그저 미안하고 미안하고 미안한 마음뿐.

그래서 사과의 마음을 담아 선아를 바라보자, 다행히도 선아가 무표정을 지우고 봄 눈 녹듯 사르르 표정을 펴주었다. 그녀는 지금껏 아무 말도 안 해준 무심한 친구를 탓하기는커녕 천천히 다가와 해연의 어깨를 살짝 끌어안았다. 그리고 고생했다는 듯 토닥토닥 등을 두드려 주었다.

"됐어. 원래 그런 거야. 남한테 떠벌떠벌 떠들면서 시끄럽게 시작한 사랑은 오래 못 가더라. 그만큼 신중하고 싶었겠지."

"선아야……."

"대신 앞으로는 꼭 다 말해줘야 된다. 엉?"

해연은 고개를 끄덕였다. 응, 그래. 다 말해줄게. 뭐든지

다…….

거창한 말 같은 건 필요없었다. 미주알고주알 긴말을 캐묻고 나누지 않아도 친구는 그녀의 마음을 제대로 알아주는 것이다. 윤영도, 도경도 친구라는 개념을 잘못 알고 있는 것 같다.

선아가 보여주는 믿음과 우정이 정말로 고마웠다. 그런 게 바로 친구라고, 해연은 지금 이 순간 생각했다.

"나 우진이랑 키스도 했어요!"

그 한마디가 해연의 몸 어딘가에 콕 박혀 있었다. 당시에는 그 말이 나온 타이밍 때문에 반쯤 넋이 나가서 생각하지 못했지만 시간이 지날수록 발효가 되는 김치처럼 그런 말은 숙성될수록 깊이 가슴에 새겨지는 것 같다. 꼭 오랜 세월 쌓이고 쌓여 선명한 자국으로 남은 화석처럼 무딘 심장에 날카롭게 침투해서 사지를 뻗어 고정되는 것 같다. 마치 납땜한 것처럼.

도경이 찾아왔던 건, 그리고 그녀가 남기고 지나간 광풍까지 해연은 마음속으로 정리할 수 있었다. 정말 좋아한 사람인데, 도경도 그 정도의 열병이나 전투 없이는 받아들이기 힘들었을 것이다. 무엇보다 자신이 도경에게 해야 할 말을 다 했다고 생각했기에 해연은 도경이라는 험한 산을 잘 넘었다고 생각했다. 하지만 이상하게도 그 말만은 계속 가슴에 남아서 문득문득 생각날 때마다 해연을 툭툭 건드렸다.

그가 어떤 만남을 가져왔든, 어떤 사람들은 만나왔든, 어떤 연애를 했든 자신이 상관할 문제가 아니었다. 어차피 이미 알고 있던 사실이기도 했다. 그런데도 이렇게 질투 같은 걸 하고 있는 이유는 그를 너무나 사랑하고 있기 때문이 아닐까.

그래서 그 원동력으로 과거까지 거슬러 올라가 그의 입술에 닿았던 타인의 입술에 질투를 하고 있는 거겠지. 온전히 다 내 것으로 하고 싶은 욕심이, 이렇게나 터무니없는 투정을 부리고 있게 만드는 거겠지.

"흐음, 해연 씨. 왜 그래요? 무슨 안 좋은 일 있어요?"

운전을 하며 우진이 물어서 해연은 얼른 눈을 깜빡거렸다. 그럼에도 해연이 계속 창밖만 주시하자 우진이 답답하단 표정을 했다.

"해연 씨, 나 좀 봐요. 내 얼굴에 보기 싫은 거라도 묻었어요?"

"아니에요."

"그런데 왜 그래요? 설마 내가 못생겨서 그래요? 쳐다보면 정이 떨어지는 얼굴이라서?"

"그럴 리가 없잖아요."

"그러니까 말이에요. 나 좀 봐줘요, 해연 씨."

우진이 마치 조르는 아이처럼 사정을 해왔다. 해연은 어쩔 수 없이 한숨을 폭 쉬고 우진을 돌아보았다.

사랑이란, 한 사람에게 마음을 주는 것이다. 주면 준 걸로 끝내면 되는데 그만큼 돌려받으려 하니 문제였다.

"안 되겠네. 있어봐요."

우진이 중얼거리더니 핸들을 꽉 잡았다.

"안전벨트 맸죠?"

주행 도중에 뜬금없이 물어와서 해연은 저절로 자신의 안전벨트를 점검했다. 확실히 단단히 매어져 있다.

"좋아요, 그럼 높입니다."

동시에 그가 액셀을 힘껏 밟았다. 당연히 성능 좋은 스포츠카는 포효하듯 튕겨져 나가 순식간에 차들을 추월하기 시작했다. 3차선 도로라지만 차들이 앞뒤로 계속해서 달리고 있는 도로에서 너무나 위험천만한 질주였다.

"뭐, 뭐 하는 거예요, 우진 씨!"

해연이 깜짝 놀라 우진을 쳐다보며 외쳤다. 그러나 우진은 마치 광기에 쓰인 사람처럼 앞을 주시하며 액셀에 더욱 힘을 주고 있었다. 또 나왔다. 한우진의 퍼펙트 광속 주행!

"자, 이제 무슨 일인지 말해줄 거죠?"

이럴 때의 그는 딱 악귀 같다.

"겨, 겨우 그것 때문에 이렇게 위험한 행동을 해요? 줄여요. 빨리!"

해연이 껌딱지처럼 시트에 딱 달라붙어 소리쳤다.

"싫어요. 난 해연 씨가 날 봐주지 않는 게 죽기보다 더 싫거든요. 해연 씨는 혼자 생각하면 안 되는 사람이라구요. 혼자 생각하고 혼자 판단하는 게 이런 것보다 더 위험한 사람이라구요."

그러면서 그가 그 상태에서 또 속도를 높였다. 해연은 사색이 되어 몸을 떨었다.

"말해줄 거죠?"

"이, 일단 줄여요⋯⋯."

"그게 문제가 아니라니깐."

그리고 그가 앞차를 또 추월해 달리는 순간 해연은 눈을 꽉 감아버렸다. 날렵하게 빠진 스포츠카는 어떤 저항에도 흔들리지 않고 바람을 뚫어가며 달리고 있었다. 옆으로 휙휙 지나가는 차들은 공포로 견줄 수 있을 정도였다. 휙휙 지나가는 모든 것들을 견디다 못한 해연이 결국 눈을 꽉 감은 채 소리쳤다.

"알았어요! 말할게요! 제발 속도 좀 줄여요!"

그제야 우진이 천천히 차의 속도를 줄였다. 거짓말 안 하고 지옥문까지 다녀온 기분이었다. 그 짧은 순간에도 식은땀으로 온몸이 젖어버릴 정도라 해연은 억울해서 우진을 날카롭게 쏘아보았다.

"뭐 하는 거예요, 정말!"

"뭐 하긴, 달린 거죠. 몰라서 묻나?"

"무섭다구요, 난!"

"그러니까 위협 수단이죠. 해연 씨도 스피드를 즐기면 그게 어디 위협입니까? 같이 즐기자는 거지."

우문현답이다.

한참을 더 달리던 우진이 적당한 강변에 차를 세웠다. 기어를 P에 놓자마자 핸들에 한 팔을 얹은 채 해연을 돌아보았다.

"자, 얼른 말해봐요. 무슨 일이에요?"

"온몸이 신경세포예요? 왜 그렇게 예리해요?"

"노노. 온몸이 성감대죠."

해연은 싸늘한 시선을 창밖으로 휙 던져 버렸다.

"으앗! 실수했다. 해연 씨 또 외면하시네."

"그럼 앞으론 그런 말 하지 말아요, 좀."

"알았어요. 그건 알았으니까 빨리 말해줘요. 도대체 뭐가 우리 해연 씨 얼굴에 수심을 선물한 거죠?"

해연은 묵묵히 창밖만 쳐다보았다. 대답을 해야 하긴 하는데 뭐라고 말을 해야 할지. 망설이고 있자 우진이 싱긋 웃더니 갑자기 휴대폰을 꺼냈다. 그리고 어딘가로 전화를 걸었다.

"여보세요. 거기 〈Marie〉죠? 반갑습니다. 전 김해연 씨 남자친구인 한우진……."

뭐라는 거야, 정말!

화들짝 놀란 해연은 콩 튀듯 튀어서 얼른 우진의 휴대폰을 낚아챘다. 그대로 휴대폰에 대고 쏟아내듯 소리쳤다.

"선아야, 갑자기 미안하……."

하지만 해연은 휴대폰을 귀에 댄 채 그대로 동작 정지했다. 그녀의 눈동자가 점점 커지더니 이윽고 경악으로 돌변했다. 휴대폰을 넘어 해연의 귀로 들려오는 소리는…….

[오늘은 서에서 북서풍이 불고 구름이 조금 끼겠습니다. 강수 확률은 10%입니다. 아침 최저기온은…….]

단조롭게 들려오는 기계음이었다.

해연은 맥이 탁 풀려 휴대폰을 쥔 손을 툭 떨어뜨리고 말았다.

"정말……."

"그러니까 빨리 말해달라니까."

해연은 고개를 저으며 휴대폰을 다시 우진에게 건네주었다. 우진이 싱긋 웃으며 자신의 휴대폰을 받아 들었다.

"정말 얄미워 죽겠어."

"뭘 또 칭찬은."

우진이 어깨를 으쓱하며 여유롭게 받아쳤다.

하긴 생각해 보니 가게로 전화를 걸었다고 하더라도 이미 선아는 퇴근한 시간이었다. 그 정도 파악도 안 될 정도로 당황했단 거겠지. 내 머리가 나쁜 게 아니라.

"말할게요."

"좋아요."

우진이 진지한 눈으로 경청할 자세가 되었다는 듯 고개를 끄덕였다. 고민하던 해연이 천천히 입을 열었다.

"앞으론…… 다른 사람하고 절대 키스하지 말아요."

차 안에 잠시 정적이 일었다. 앞뒤 설명 안 하고 다짜고짜 꺼낸 그 말에 우진이 멍한 표정으로 해연을 바라보다가 곧 눈살을 찌푸렸다. 도통 이해가 안 간다는 듯 점점 왼편으로 고개를 기울이더니 핸들에 닿을 무렵 그가 말했다.

"내가 요 며칠 누구랑 키스했어요?"

해연은 천천히 고개를 저었다. 그런 해연을 바라보고 있는 우진의 눈이 점점 더 가늘어졌다. 한참을 그렇게 쳐다보기만 하다가 다시 물었다.

"그럼 그냥 독점하고 싶다는 말인가요?"

"그런 건 아니라…… 아니, 그런 것도 같고……."

갈피를 못 잡는 해연을 보며 우진이 풋 웃었다. 시트에 등을 쿵 기대더니 머리카락을 쓸어 올렸다.

"놀랐네……. 하지만 해연 씨가 아무 이유 없이 그런 말을 하진 않았겠죠. 혼자서 고민한 결과만 말하지 말고, 처음부터 다 말해줘 봐요. 그래야 해연 씨 명령을 엄수하든 말든 하죠."

"명령 아니에요. 부탁이에요."

"보통 부탁이 그렇게 명령조였던가?"

여유를 부리고 있는 우진이 얄밉다.

"그냥 그럴 거라고 대답해 줘요. 그럼 돼요."

"……."

멍한 눈으로 해연을 바라보던 우진이 곧 고개를 끄덕였다.

"알았다고 하면 되는 거죠? 그럼 다 해결되는 거예요?"

해연은 고개를 끄덕였다.

"맞아요. 다 해결돼요."

그거면 되었다.

"알았어요. 키스는 해연 씨하고만 할게요."

"그런 문제가 아니라……."

반박하는 해연의 입술에 우진의 입술이 부드럽게 와 닿았다. 해연의 입술이 멈칫했지만 그녀는 곧 몸에서 힘을 풀었다. 자연스럽게 열린 입술이 섞이며 혀가 따뜻하게 감싸였다. 정중한 입맞춤, 더듬는 숨결 하나하나에서 얼마나 소중하게 대해주고 있는지 알 것 같았다.

한참을 이어지던 입맞춤이 끝났을 때 우진은 해연을 상냥하게 끌어안았다. 토닥토닥 그녀의 등을 두드려 주기도 하고 머리카락을 부드럽게 쓰다듬기도 했다. 키스 후의 여운을, 아직 미열이 남아 있는 해연의 몸을 만지작거리다가 그녀의 뺨을 입술로 더듬으며 그가 낮게 속삭였다.

"참 좋다. 그쵸?"

해연은 그의 뺨을 감싸 쥐었다. 그리고 그의 입술에 짧게 키스했다. 소중한 무언가를 바라보듯 그를 보며 말했다.

"아무것도 안 물어줘서 고마워요."

그리고 아이 같은 질투를 해서 미안해요.

싶은 밤, 놀아눕던 해연은 무언가 단단한 것에 닿자 희미하게
눈을 떴다.

실내가 깜깜한 걸 보니 아직 밤인가 보다. 부딪친 건 다른 게
아니라 사람이었다. 돌아눕다가 우진의 가슴팍에 부딪친 모양
이었다. 어······. 해연은 아직 잠이 덜 깬 눈으로 우진을 물끄러
미 바라보았다. 어제 잠들 때까진 분명히 없었는데······.

우진은 눈을 뜨지 않은 채 습관적으로 팔을 뻗어 해연을 끌어
당겼다. 마치 감싸듯 끌어안자 해연은 그 품으로 들어가서 다시
눈을 감았다. 평온하다. 우진의 품은 어떤 두꺼운 이불보다 따
뜻했다.

휴대폰 벨소리에 해연은 천천히 눈을 떴다.

주변을 둘러보니 벌써 아침인 듯 주변이 밝았다. 우진은 아직 깊은 잠에 빠져 있었다. 해연은 살금살금 일어나 흘러내린 머리카락을 뒤로 빗어 넘기며 휴대폰을 얼른 받았다. 꽤나 피곤한 모양인지 우진은 휴대폰 벨소리에도 끄떡 않고 곤히 잠들어 있었다.

"응, 엄마……."

휴대폰을 받아 든 채 조심조심 침실을 나왔다.

[해연이 너, 그 청년이랑 끝났으면 끝났다고 말을 해야지. 엄마가 아무것도 모르고 있다가 그쪽 집에서 전화를 받고서야 알아야겠니? 대체 뭐 하는 거니, 이게?]

한상진 씨 이야기인 듯.

엄마는 단단히 화가 나 있었다. 해연은 습관적으로 커피를 내리며 옅은 한숨을 삼켰다. 그녀의 표정이 무거웠다. 어차피 오늘내일 알게 될 문제였지만, 딸에게서 어떤 언급도 듣지 않은 채 접한 소식은 엄마에게 충격이었을 것이다.

"미안해."

[정말 창피해서 원. 얼굴이 다 달아오르더라. 아무리 그래도 그렇지 어떻게 한마디 말을 안 할 수가 있니, 넌.]

"그게……."

[됐어, 됐고. 도대체 뭐가 문제인지 모르겠지만, 엄마 이 정도면 많이 기다려 준 거야. 아버지도 이번 일 듣고 감정 많이 상하

신 거 같고. 이번 주 일요일에 약속 잡아놨으니까 꼭 만나봐.]

해연의 눈이 번쩍 떠졌다.

"마, 만나긴 누굴 만나란 거야? 그리고 아버지가 무슨 상관인데?"

자신도 모르게 날카로운 말이 나가 버렸다. 여과되지 않은 말이 튀어나가자 엄마와 해연 둘 다 잠시 아무 말이 없었다. 정적 끝에 겨우 이성을 찾은 해연이 급히 사과를 했다.

"미안, 엄마. 그렇게까지 말하려고 했던 건 아니었는데."

[……알았으니까 앞으론 그런 식으로 말하지 마. 그래도 네 아버지야.]

해연은 낮게 고개를 끄덕였다. 아버지를 두고 해연과 엄마가 신경전을 벌이는 건 하루 이틀 있는 일도 아니었다. 사실 이번엔 명백히 해연의 잘못이었다. 아버지에 대해 함부로 말하는 건 엄마를 무시하는 결과가 되기도 하니까.

하지만 해연도 도통 납득이 가지 않아 한 말이었다. 아버지는 해연의 인생에 그리 상관한 적이 없었던 것이다. 오히려 멀찌감치 떨어져서 수수방관하는 쪽이었다. 뒤늦게 나타나서 다 큰 딸에게 아버지 역할 하는 것이 스스로도 좀 그랬을 테고, 해연도 어떤 결정을 내릴 때 아버지의 눈치는 전혀 보지 않았다. 엄마와는 상의하기도 했지만 그래도 중요한 건 그녀 스스로 모두 혼자 결정했다. 그러던 아버지가 결혼 문제에 한해서만은 관심을 갖는 것 같아서 묘했다. 지금 와서 무슨 간섭인가 싶어 좀 귀찮기도 했고.

[아무튼 잘 생각해 봐. 그러고 있다가 마흔 될래? 여러 말 말고 이번엔 결혼 전제로 만나. 도대체 무슨 생각을 하고 사는 거니. 그 정도 조건되는 남자가 어디 있다고 일을 이 지경으로 만들어?]

"한상진 씨는 나랑 인연이 아니었어. 단지 그것뿐이야."

[인연도 만드는 거야. 아버지가 아는 사람한테 소개받았는데 총각이 서글서글하니 잘생겼고 벌어놓은 돈도 있더라. 그러니까 꼭 만나봐. 이번에도 안 되면 엄마 정말 화낼 거야.]

해연은 한숨을 폭 내쉬었다. 엄마는 그렇다 쳐도 이번엔 아버지까지 그녀의 목을 죄고 있는 것이다. 도대체 왜 그렇게 시집을 못 보내 안달이신 건지. 아무튼 아버지의 의도든 엄마의 입김이든, 잘못하면 꼼짝 못하고 또 맞선 자리에 끌려 나가게 생긴 것이다.

"엄마, 나 만나는 사람 있어."

그래서 해연은 어쩔 수 없이 단호하게 말해 버렸다. 우진을 두고 다른 남자를 만나러 갈 수야 없다고 생각했다.

순간 엄마가 놀란 듯 잠시 반응이 없다가 얼른 몰아치듯 말을 이었다.

[뭐? 너 지금 뭐라고 한 거야?]

"만나는 사람 있다구. 그러니까 내가 하는 대로 그냥 좀 내버려 둬. 약속도 취소하고."

[애가 진짜 갑자기 무슨 남의 다리 긁는 소리야? 그거 정말이야? 선보기 싫어서 거짓말하는 게 아니고?]

"보기 싫으면 보기 싫다고 하면 되지 왜 거짓말까지 해? 만나는 사람이 있으니까 다른 남잔 안 만난다는 거잖아."

엄마가 잠시 생각을 해보듯 조용히 있다가 빠르게 덧붙였다.

[그럼 약속 취소해 줄 테니까 이번 주에 그 총각 집으로 데리고 와.]

휴대폰을 든 해연의 손이 멈칫했다. 그녀는 허를 찔린 눈으로 정면을 쳐다보고 있었다.

"지, 집으로 데리고 오라구?"

[그래. 어떤 사람일지 엄마가 봐야 할 거 아냐. 얼굴을 봐야 마음이 놓일 거 같으니까 잔말 말고 꼭 데리고 와. 알았지?]

"어, 엄마, 잠깐!"

엄마가 통화를 끝낼 분위기이기에 해연은 소리치듯 엄마를 붙잡았다.

[왜?]

엄마가 퉁명스럽게 물었다. 해연은 심장이 복작거려서 잠시 심호흡을 하다가 신중하게 말을 이었다.

"지금은 그럴 수 없어."

[무슨 소리야?]

"아직은 집에 오가고 그럴 사이 아니라구. 아직 만난 지 얼마 되지도 않았단 말이야."

말을 마친 해연은 침을 꼴깍 삼켰다. 엄마에게 우진의 이야기를 하자니 이렇게 긴장될 수가 없었다.

우진은 형들이 모두 결혼한 뒤에, 또 조카가 한 살이 된 후에 결혼을 하고 싶다고 분명하게 뜻을 전했다. 그리고 해연도 우진의 마음이 그렇다면 기다려 줄 생각이었다. 자신의 입장만 내세워서 결혼을 종용하고 싶지 않았다. 연애를 충분히 한 후에 결혼하는 것도 괜찮다고 생각했다. 하지만 엄마는 택도 없다는 듯 일언지하에 잘랐다.

[그럼 일요일에 그 총각 만나봐! 아직 만난 지 얼마 되지도 않은 남자가 니 짝일지, 이번에 만날 남자가 니 짝일지는 누구도 모르는 거 아니니? 이쪽저쪽 다 만나보고 니 마음에 드는 사람으로 결정해. 그럼 되겠네.]

참 쉽게도 말씀을 하시지만.

"그게 말이 돼? 나 이 사람 두고 다른 남자 만나고 싶지 않아. 엄마 왜 내 말을 이렇게 못 알아들어?"

[너는 왜 엄마 말을 그렇게 못 알아들어? 머뭇머뭇하는 거 보니까 결혼할 남자도 아닌 것 같구만. 그러니 하는 소리 아냐!]

"엄마, 내 말은 그런 게 아니잖아."

머뭇거리는 게 아니다. 만약 머뭇거렸다면 그건 우진을 사랑하는 상대로 확신하지 못해서가 아니라, 그에게 강요하고 싶지 않은 것이다.

"사실은 이 사람, 나보다…… 나이가 어려. 아직 형들도 결혼을……."

[뭐어? 애가 지금 무슨 소릴 하는 거야? 누가 나이가 어려? 그놈이 나이가 어려? 너 정신 나갔니? 돌았어? 어디서 지금 정신없는 소릴 하고 있어! 철이 덜 든 것도 아니고, 니가 지금 어린 남자애나 만나면서 팔랑거리고 다닐 때야? 대체 무슨 말도 안 되는 소릴 하는 거야! 나이 헛먹었니, 응?]

엄마가 못 들을 소리를 듣기라도 한 듯 심하게 흥분을 했다. 하지만 생각했던 대로의 반응이라서 해연은 반박도 못한 채 깊은 한숨만 내쉬었다. 부모님 입장에서는 충분히 나올 수 있는 말이었다. 잘못하면 연하에 정신 팔려서 넋 놓고 칠렐레팔렐레 끌려 다니는 주책맞은 여자가 될 판이었다.

"나보다 나이가 적단 소리지, 그렇게 어린 사람 아니야. 엄마가 만나보면 알겠지만 어떤 남자보다 어른스럽고 신중하고……."

[그러니까 엄마가 보겠다는 거 아니야! 아니, 볼 필요도 없어. 연하? 애가 정말, 말이 되는 소릴 해야지. 너 케이크 팔아서 번 돈으로 어린 서방 노는 데 뒷바라지할 일 있니? 원 참, 내가 기가 막혀서 살다 살다. 아, 여러 소리 말고 이번 주에 꼭 나와! 알았어!]

그리고 엄마는 더 들을 필요도 없다는 듯 냉정하게 전화를 툭 끊어버렸다. 뭐라고 말을 할 새도 없었다. 입 뻥긋할 새도 없는데 설득할 여유가 없는 건 당연했다.

아무리 그래도 무슨 못 들을 말이라도 들은 것처럼 그렇게 흥분할 건 뭔가. 똑같은 옛날 사람이라도 엄마는 다를 줄 알았더니, 앞뒤 꽉꽉 막힌 건 여느 연세 드신 분들과 하나도 다를 게 없었다. 연하란 소리에 일단 펄쩍 뛰기부터 하는 것이다.

그리고…… 케이크 팔아서 번 돈으로 뭘 한다고 했더라? 어린 서방 노는 데 뒷바라지한다고 했던가?

"엄마도 정말……."

웃을 수도 없고 울 수도 없어서 해연은 그저 답답하단 표정으로 휴대폰을 내렸다.

"어머니가 뭐라고 하셨는데요?"

그 순간 불쑥 들려온 목소리에 해연은 펄쩍 뛰어오를 정도로 놀라 버렸다. 우진이 어느새 주방에 들어와 서 있었다. 까치집이 된 머리카락을 자연스레 헝클어뜨리며 물끄러미 해연을 쳐다보았다.

해연은 가슴이 콩닥콩닥 뛰었다. 들은 걸까? 대체 어디까지 들은 걸까?

"와, 커피 향기."

하지만 우진의 표정이 자연스러운 걸로 봐선 별말 못 들은 것 같았다. 내심 안심하며 해연은 커피를 머그컵에 따르고 있는 우진을 쳐다보았다. 그는 한쪽 손을 바지 주머니에 쿡 찔러 넣은 채 커피를 쪼르르 따라서 더없이 기분 좋은 얼굴로 향긋한 커피를 한 모금 마셨다.

"역시 해연 씨가 만들어주는 모닝커피가 최고예요."

"……그래요?"

해연이 어색하게 웃으며 다가가자 우진이 해연의 커피도 따라서 건네주었다.

"자, 건배."

그가 머그컵을 내밀며 장난스럽게 말했다. 해연은 아침부터 술을 마시는 기분으로 그의 컵에 자신의 컵을 통 부딪쳤다. 해연의 눈동자를 은은한 미소를 담은 채 바라보며 우진이 불쑥 물었다.

"그래서. 일요일에 어디를 간다는 거예요?"

해연의 표정이 버석 굳어버렸다. 전혀 못 들은 것 같은 표정이더니, 대체 어디까지 들은 거야?

"날 두고 다른 남자를 만난다구요? 해연 씨는 내 건데?"

장난스럽게 말하고 있었지만 우진의 눈매에선 점점 웃음기가 빠졌다. 마치 섬유에서 물이 빠지듯 천천히 웃음기가 사라지다가 이내 쌀쌀맞은 눈을 했다.

"사실대로 말해봐요. 선본다는 거죠?"

해연은 안으로 한숨을 삼키며 우진의 시선을 슬그머니 피했다. 우선 커피부터 한 모금 마시며 놀란 심장을 가다듬었다. 그러고 나서도 머그컵을 양손으로 꼭 쥔 채 마인드컨트롤을 마치곤 생긋 웃으며 말을 건넸다.

"별거 아니에요. 금방 나갔다가 올게요."

우진이 고개를 갸웃했다.

"어딜요?"

"아버지가 약속을 잡아놓으신 거 같으니까 금방 나가서 안녕하고 들어올게요."

"아……."

우진이 고개를 끄덕이더니 빙긋 웃었다. 해연도 멍청이처럼 같이 웃었다.

"금방 나갔다가 온다는 거죠?"

"네."

"그럼 서로 곤란할 일도 없고 딱 좋은 방법이겠네요?"

"뭐…… 그렇다고 볼 수 있죠."

"안녕, 하고 바로 들어오면 되겠네요?"

"그럴 거예요."

"잘할 자신 있어요?"

"그렇게 어려운 일도 아닐 텐데요 뭐."

"그럼 그러고 와요."

"알았어요."

해연이 고개를 끄덕이며 커피를 홀짝 마시자 우진이 성질난 얼굴로 그녀의 커피잔을 휙 빼앗았다. 덕분에 커피가 바닥에 쏟아질 뻔했다. 이런 식으로 짜증 부리는 걸 처음 봐서 해연은 황당하단 눈으로 우진을 쳐다보았다.

"갑자기 왜 그래요?"

"왜 그러는 거 같아요? 해연 씨 지금 그걸 말이라고 해요?"

해연은 한숨을 폭 내쉬고서 식탁 옆 의자에 앉았다.

"화는 나겠지만 지금은 그게 가장 좋은 방법이에요. 엄마, 한상진 씨와의 일이 틀어진 거 알게 되셨고, 그래서 아버지가…… 도통 서두르지 않던 분이 이번엔 약속을 잡았나 봐요. 이해할 수 없어요, 정말."

아버지의 속을 이해할 수 없어 낮게 중얼거리던 해연은 우진이 자신을 빤히 보자 흠흠 목을 가다듬곤 말을 이었다.

"우진 씨에 대해서 엄마한테 말했지만…… 음…… 어쩔 수 없이 우진 씨에 대해서 말했어요. 괜찮죠?"

"그걸 왜 물어요? 당연히 말해야 하는 거잖아요!"

"그러니까……."

우진이 계속 저기압이었다. 그래서 해연은 기가 푹 죽어 중얼거렸다.

"그래서 말은 했지만. 당장 인사드리러 갈 처지는 아니라고 했어요. 하지만 엄마는 그게 좀 내키지 않나 봐요. 다른 문제가 아니라 엄마는 결혼을 서두르니까……."

"그럼 그렇다고 말을 했어야죠!"

우진이 갑자기 버럭 소리를 지르는 통에 해연은 빤히 우진을 올려다보았다.

"왜…… 화를 내요? 우진 씨 지금 화냈어요?"

이 남자가 제대로 화를 내고 있었다. 오늘따라 우진의 막 나가는 모습을 많이도 보는 것 같았다. 한우진이 화를 낸다니, 그건 또 그것 나름대로 신선했다.

지금 이런 한가한 생각을 할 때는 아닌데 말이지.

"화내는 거 보니까 한도진 씨 동생 한우진 같다."

해연이 팔자 편하게 웃고 있는 모습을 보고 우진은 분통이 터졌다.

"지금 웃음이 나와요? 집에서 결혼을 서두르고 있으면 그렇다고 나한테 말을 했어야죠! 난 내 입장만 생각해서 청혼은 몇 해 후에나 할 거라고 헛소리나 하고. 그런 말 하는 내가 얼마나 얄미웠겠어요?"

"그렇지 않았어요. 내가 왜 우진 씨가 얄미워요?"

"결혼해야 한다면서요."

우진이 흥분한 모습을 보이자 해연은 웬일인지 자꾸만 그 모습이 웃겼다.

"물론 결혼은 해야겠죠. 독신으로 살 생각이 아니면 누구나 다 똑같은 입장 아니겠어요. 그래서 말을 안 한 것뿐이에요. 그게 뭐가 그렇게 중요하다고. 서두르는 건 내가 아니라 부모님이니까. 내가 필요한 사람은 분명 결혼할 사람이지만, 단지 결혼만 하면 되는 사람이 아니라 결혼하고 싶은 사람이에요. 그러니까 기다리게 되더라도 내가 결혼하고 싶은 우진 씨를 선택하겠단 거예요. 그게 뭐 잘못됐어요?"

확고한 표정으로 해연이 묻자 우진은 대답없이 잠시 굳어 있었다. 한참 해연을 뚫어져라 쳐다보다가 천천히 입을 열었다.

"와…… 놀랐다. 해연 씨 그렇게 확실하게 자기감정 표현하는 사람이었구나."

해연은 빙긋 웃었다.

"우진 씨가 그렇게 하랬으면서."

사실 그 정도는 놀랄 일도 아닌데 말이다. 이 정도가 놀랄 일이라면, 자신이 그동안 겪어온 일들을 들으면 아마 놀라서 까무러칠 것이다. 윤영을 가게에서 쫓아낸 일이라든가 도경과 타이틀 매치를 벌인 일이라든가.

자신은 확실히 많이 성장했다. 그건 누가 뭐라고 해도 우진 때문이었다. 그러니 우진을 기다리는 것쯤은 아무런 문제가 되지 않았다. 그와의 결혼을 기다리는 게 아니었다. 기다리든 기다리지 않든 자신은 우진과 함께 있으면 되었다. 그를 사랑하고, 그가 자신을 사랑하고 있고. 마음만 확인된다면 그깟 결혼이 뭐가 대수랴 싶었다.

"그래요. 좋아요. 해연 씨 멋지게 변한 거 다 좋습니다. 그래서 그 멋진 여성은 일요일에 맞선을 보러 갈 위기에 처했죠. 그런데 그 사태를 막기 위해 내 얘길 좀 꺼낸 것 같던데, 분위기를 보아하니 사정없이 무시당한 것 같은 예감이 들거든요. 해연 씨 어머니가 내가 싫대요?"

해연이 난감한 표정을 했다. 역시 다 들었나 보다.

"그건……."

"내가 있다는데도 선보러 나가라 그러고 전화 확 끊어버리시는 것 같던데, 내가 싫으시다는 거죠?"

"……."

"사실대로 말해줘요."

"그게 그러니까……."

망설이던 해연은 우진의 눈치를 보며 살짝 고개를 끄덕였다. 우진이 사색이 되어 고개를 달칵 떨어뜨렸다.

"왜요? 내가 해연 씨한테 빌붙어서 사는 거 들켰대요?"

해연은 고개를 설레설레 저었다.

"그럴 리가 없잖아요."

대체 언제 빌붙어서 살았다고…….

물론 그 비슷한 말을 하시긴 했다. 그 생각을 하니 해연은 또 웃음이 터져 나오려고 했다.

가죽점퍼를 입고 오토바이를 탄 채 나이트 죽돌이를 하는 날라리 한우진과 그런 한우진의 유흥비를 마련하기 위해 누덕누덕 기운 옷을 입고 케이크를 팔고 있는 자신의 모습이 필름처럼 좌르르 눈앞에서 돌아갔다.

"그럼 도대체 내가 왜 싫대요? 해연 씨보다 나이가 적어서?"

"……."

"그거죠? 솔직하게 말해줘요."

끄덕끄덕. 어쩔 수 없이 또 눈치를 보며 해연이 고개를 끄덕이자 우진의 표정이 침울해졌다.

"단지 그것 때문에 장래 사윗감을 보시지도 않고 없는 존재로 만들었단 말이죠? 그게 말이나 돼요?"

"나도 그렇게 생각해요."

"그렇게 생각한다면, 그럼 결론은 하나네. 같이 가요!"

해연은 멍하다 못해 맹한 눈으로 우진을 쳐다보았다.

"네?"

우진이 한숨을 폭 내쉬곤 머리카락을 쓸어 넘겼다.

"생각해 보니까 말이 안 될 것도 없는 거 같아요. 해연 씨 어머니, 날 마음에 안 들어하시는 게 당연해요. 나이도 어린 녀석이 딸한테 달라붙어 있다고 생각하실지도 모르죠. 귀한 딸은 뭣도 모르고 어린놈한테 속아 넘어갔고."

해연은 걱정스러운 눈으로 우진을 쳐다보았다.

하지만 내심 감탄스럽기도 했다. 어떻게 저렇게 제대로 콕 짚었을까. 딱 그거였는데.

바라보던 해연이 입을 열었다.

"그러지 않아도 돼요."

"......"

해연이 안심하라는 듯 웃으며 말을 이었다.

"나 때문에 우진 씨가 정해놓은 계획을 바꾸지 않아도 된다구요."

"해연 씨, 그건……."

"무엇보다 그 계획은 내가 찬성한 계획이에요. 만약 우진 씨가 날 전혀 고려 안 하고서 자신만 생각해서 내린 이기적인 계획이었다면 내가 찬성했겠어요? 우진 씨 생각이 마음에 들었고, 들었을 땐 나도 정말 그렇게 하는 게 좋겠다고 판단했어요. 우진 씨가 정말 날 생각해 주는구나…… 느낄 수 있었어요. 그랬기 때문에 찬성했는데, 우진 씨 생각에 적극 동조해 놓고 지금 와서 내가 번복하라구요? 그런 거 난 싫어요."

해연의 어조는 분명하고도 단호했다.

"우진 씨의 라이프 플랜이 정말 마음에 들었다구요. 그러니까 우리 괜히 혼란스러워하지 말아요."

"그럼 그동안에 해연 씨는 집에서 끌어다 놓는 맞선 자리에다 나가구요?"

"안 나가도 될 방법을 찾아야죠. 걱정 말아요. 잘 말씀드릴 테니까."

"나 참."

우진이 해연의 손목을 탁 잡아 일으켜 세웠다. 얼떨결에 딸려 일어난 해연은 달랑 들리다시피 해서 우진을 쳐다보았다. 우진이 화가 머리끝까지 난 얼굴로 퉁명스럽게 말했다.

"해연 씨, 나 보면 아직도 좋아요? 아니면 그냥 습관처럼 좋아요?"

갑작스러운 질문에 해연의 뺨이 확 달아올랐다.

"무, 무슨 말이 그래요?"

"대답해 줘요. 진지하게!"

"습관처럼…… 좋을 리가 없잖아요."

"그런데 왜 그렇게 다 잡아놓은 물고기 대하듯 그래요? 좀 더 안달 내야죠. 좀 더 불안해해야죠! 나 때문에 좀 더 조바심을 내야죠! 한우진을 두고 맞선 따위 보고 싶지 않다고 성질부려야죠! 부모님 반대에 놀라서 완전 화를 내야죠. 이 남자랑 헤어지라고 하면 호적이라도 팔 것처럼 오버를 해야죠!"

해연은 넋이 나간 눈으로 우진을 바라보다가 곧 웃음을 터뜨렸다.

"왜 그래요, 정말."

"아, 진짜 또 웃으시네."

우진이 머리카락을 쓸어 넘기며 투덜거렸다.

"이거 웃어야 할 상황이 아니거든요? 난 해연 씨가 정신없이 날 좋아했으면 좋겠어요. 그냥 아예 정신이 나가 버렸으면 좋겠어요. 나한테 푹 빠져 버려서 아예 헤어 나오지 못했으면 좋겠어요. 나만 생각하면 두근거리고, 나만 생각하면 조바심이 나고, 나만 생각하면 가슴이 아리고 계속 그랬으면 좋겠어요! 머리가 아주 날아갈 정도로 나한테 푹 빠졌으면 좋겠다구요!"

우진의 타오르듯 강렬한 눈동자를 바라보는 해연의 심장이 세차게 뛰었다. 그는 뭘 착각하고 있는 건지 모르겠다. 자신은 그가 말한 모든 것에 해당된다. 알면서 일부러 저러는 걸까. 정말 모르는 걸까.

"난 우진 씨를 정말 좋아해요. 우진 씨만 생각해도 가슴이 뛰

고 아프기도 하고 설레기도 하고 속상하기도 하고 행복하기도
하고 그래요."

모든 감정이 이 남자 때문에 생겨나고 폈다가 지곤 한다.

"그런데…… 왜 그래요?"

그가 자신의 이런 마음을 몰라주어 조금 속상하기도 하고 의
아하기도 해서 해연은 샐쭉해졌다. 우진이 해연을 와락 끌어당
겨 안았다.

"그러니까 그렇게 다 잘될 거라는 듯 아무렇지도 않게 말하지
말아요. 아무리 안녕, 하러 나가는 거라지만 내가 어떻게 해연
씨를 다른 남자 앞에 보내요?"

"……."

"계획은 계획일 뿐이지, 해연 씨가 곤란할 수 있는 내 계획이
뭐가 그렇게 중요해요? 그 계획이 도대체 누구를 위한 건데. 내
가 도대체 왜 여기서 더 어른이 되려고 하는 건데. 왜 얼른 나이
를 먹어서 누가 봐도 믿음직하고 든든한 인간이 되려고 하는 건
데."

다 그녀를 위한 것이다. 그녀를 데리고 올 때 누구도 함부로
말을 못하도록 자신을 크게 만들려는 것이다.

해연은 우진의 품에 갇힌 채 눈도 깜빡거리지 못했다. 점
점…… 그가 무슨 말을 하고 싶은 건지 깨달을 수 있었다.

"그런데 해연 씨 부모님 반대를 받으면 그게 다 무슨 소용이
에요? 아앗! 참을 수 없어! 한시라도 빨리 해연 씨 부모님이 날

인정하게끔 만들어야 직성이 풀리겠어요. 해연 씨는 내 건데, 아무리 해연 씨 부모님이라도 이건 아니죠! 1초라도 당신을 다른 남자 앞에 세울 수 없다구요!"

"그럼 어떻게 할 건데요?"

"해연 씨 부모님이랑 맞장 떠야죠. 2초 안에 끝내 버려야지! 해연 씨는 내 거니까 어디에도 보내지 말라고 막 소리치고! 바로 무릎 꿇고 애원해야죠."

우진이 빙긋 웃었다. 해연의 입가에도 어쩔 수 없는 미소가 그려졌다. 천천히 손을 올려 그의 등을 부드럽게 쓸어주었다. 바보 같은 남자. 조바심을 내는 건 당신이잖아요. 그럴 필요 전혀 없는데.

"걱정하지 말아요. 엄마도…… 우진 씨를 보면 생각이 전혀 달라지실 테니까."

우진이 해연의 어깨를 꽉 쥐어 떼어냈다. 그리고 확인받듯 말했다.

"나 찾아갑니다."

해연은 부드럽게 미소 지었다.

"우진 씨가 그러고 싶다면."

"해연 씨는 어때요? 해연 씨도 내가 찾아가는 게 좋아요? 내가 해연 씨를 완전히 가지겠다, 내 사람으로 만들겠다, 그래도 돼요?"

못 말리는 남자. 그걸 아직도 모르고 있다니.

"난 사실……."

해연이 갑자기 머뭇거리자 우진의 눈이 커졌다. 급속도로 심란해진 표정으로 우진이 해연의 눈을 뚫어지게 쳐다보았다. 해연은 시치미를 뚝 떼고 말을 이었다.

"솔직하게 말해도 돼요?"

우진이 약간 상기된 표정으로 고개를 끄덕였다. 생각보다 더 놀라는 것 같았다. 정말 나를 못 믿는 걸까. 해연은 저렇게 겁먹은 표정을 하는 우진이 내심 신기했다. 그래서 더 이상은 그를 심란하게 하고 싶지 않아 진지한 눈으로 말을 이었다.

"사실 마음 한편으론 우진 씨가 계획을 좀 수정해 주길 바랐는지도 모르겠어요."

"……."

"우진 씨가 결혼해 달라고 말해주길 안달 내며 기다리고 있었던 것 같다구요."

우진이 해연의 뺨을 확 끌어당겼다. 쪽 소리 나게 뽀뽀를 하더니 이내 깊숙이 입술을 겹쳤다. 뜨거운 열기가 두 사람의 아침을 열었다.

해연은 아파트 앞에서 서성이며 우진을 기다리고 있었다. 그 주말의 끝, 일요일 오후였다.

드디어 인천, 해연의 집으로 찾아가는 날이었다. 커다란 과제가 목전에 닥친 지금, 해연의 마음은 웅성거리고 있었다. 차분하게 생각해야지 하고 있었지만 성공하진 못했다. 물론 우진과 함께 자신의 집으로 간다는 건 기쁘고 행복한 일이었지만 역시 걱정이 앞섰다.

사실은 어제 엄마에게 전화를 해서 미리 언급해 둘 필요가 있는 말을 사실대로 고백했다. 바로 우진이 한상진 씨의 동생이라는 것. 나중에 문제가 불거지는 게 싫어서 미리 말하는 게 나을 것 같았다.

[너 지금 뭐라고 했니? 누가 누구 동생이라고? 선본 남자 기다리다가 그 남자 동생을 만나? 이제 하다 하다 못해 나 참⋯⋯.]

엄마는 넋 나간 어조로 몇 번이나 혀를 끌끌 차며 같은 말을 중얼거렸다. 말도 안 되는 일이라는 둥, 그런 일이 어떻게 있을 수 있냐는 둥. 약간의 유체이탈 반응을 보인 후 엄마는 다행히 납득한 듯 말했다.

[이것도 인연이라고 해야 하니? 난 정말, 당최 정신이 없어서 뭐라고 해야 할지 모르겠다.]

일단은 생각했던 것보다는 부드러운 반응이라서 그나마 다행이었다. 쌍심지를 켜고 무조건 말도 안 되는 일이라고 일축하고 나오면 앞이 깜깜할 일이었으니까.

[얘가 지금 무슨 헛소리야! 더 들을 필요도 없으니까 집에 데리고 올 필요도 없어!]

사실 해연의 예상 반응은 그쪽이었던 것이다. 하지만 엄마는 단지 황당해할 뿐 특별히 다른 부정적인 반응은 없는 것 같았다.

"엄마, 괜찮아?"

그래서 해연은 다짐받듯 되물었다. 깐깐한 엄마가 별말 없이 넘어가 주는 게 도통 마음이 놓이지 않았다. 내심 엄마가 어떻게 나올지 잠이 안 올 정도로 걱정이 된 차였다.

[괜찮긴 뭐가 괜찮아? 일단 사람을 보고 판단하겠단 말이지.]

"……."

[그 집에선 어때? 알고 있고?]

"아니…… 아직. 우진 씨가 먼저 우리 집에 오는 거니까."

[나 참, 도통 뭐가 어떻게 돌아가는 건지. 넌 뭘 어떻게 하려고 일을 이 지경까지 만든 거야?]

"글쎄 뭐…… 다 잘되겠지."

해연은 낮게 웃었다.

[허이구, 속 편한 소리 한다.]

"그래도 좋은 걸 어떡해."

[기가 차서.]

엄마가 혀를 차며 기겁을 했다. 애가 내 딸이 맞느냐는 듯 혀를 끌끌 차기도 하고.

"근데 엄마, 내가 생각했던 것보다 반대가 덜하다?"

해연이 은근슬쩍 말하자 엄마가 픽 웃었다.

[안 그래도 내가 한상진 그 총각 놓쳤단 소리에 속이 얼마나 새까맣게 탔는지, 아주 아까워서 몇 날 며칠 잠이 안 오더라. 그런데 그 집 셋째 아들이면, 너보다 나이 적은 거 빼고는 어디 하나 버릴 데 없는 총각이잖아. 어디 덮어놓고 반대할 총각이니?]

해연은 고개를 설레설레 저었다. 결국 그런 실리적인 이유가 똬리를 틀고 있었단 말이지.

"언젠 나이 어려서 싫다더니."

[어머, 연하도 능력이지? 들어보니 형네 회사에 잘 정착해서 직장도 든든한 것 같고, 의대 들어갔다는 거 보니 머리도 더없이 좋을 테고. 너 굶길 일 없을 정도로 능력있겠다, 인물도 훤칠하니 잘생겼겠다, 시부모 될 어른들 인품 좋겠다, 대체 뭐가 문제니?]

해연은 기가 찼다.

"걸 나한테 물으면 어떡해? 싫다고 길길이 뛴 건 애초에 엄마였으면서."

[난 또 어디서 오토바이나 타고 다니는 날라리 남자앤 줄 알았지, 그 집 아들인 줄 알았니? 니가 몰라서 그래. 그 집 시어머니 될 사람 인품이 얼마나 좋은데. 그런 부모 아래서 컸으면 자식들도 다 반듯하겠지.]

그런 저런 이유들로 엄마는 100% 안심하는 것 같았다. 물론 해연도 그래서 마음이 놓였다. 엄마가 찬성을 했으니 이제 90%는

다 된거나 마찬가지였다. 어차피 아버지는 해연의 결정에 뭐라고 첨언할 사람도 아니었고 또 이제 와서 딱히 뭐라고 왈가왈부하시겠는가. 해연은 큰 산 하나를 넘은 느낌이라 앓던 이가 빠지는 느낌이었다.

[그래도 큰아들 쪽이었으면 좋았을 텐데. 아무리 생각해도 나이 어린 쪽보다야 너보다 연상인 쪽이 낫지 않겠니? 에휴…… 그 막내아들이 여섯 살만 더 많았어도.]

"도대체 어느 쪽이야?"

[왜? 큰아들 잡으라고 하면 잡을 수나 있고?]

"걸 말이라고 해? 한상진 씨는 나랑 인연이 아니었다니까. 게다가…….

[게다가 뭐?]

해연은 얼른 입을 다물었다. 잘못하면 그에게 이미 좋아하는 사람이 있다는 걸 말해 버릴 뻔했다.

"아니, 뭐. 게다가…… 성격이 너무 재미없잖아."

[재미 같은 소리 한다. 이것아, 결혼을 재미로 해?]

엄마가 흥분하고 나왔다. 에이…… 모처럼 분위기 좋았었는데.

[그래도 너, 마음 푹 놓고 있진 마. 엄마랑 아버지가 만나서 결정할 거니까. 아무리 인간 하나가 잘났어도 너무 삐걱거리는 게 많아. 알고 있지?]

"꼭 그렇게 단정할 일은 아닌데…….

[아, 시끄러! 너 만약 결혼했는데 너보다 나이 어린 형님들 맞
으면 어떡할래? 막내며느리 나이가 제일 많더라. 그런 소리 듣
게 되면 어떡할 거냐구!]

뭘 벌써 그런 것부터 생각하고 그러시는지.

"이것저것 따지면 난 우진 씨 만나지도 말아야겠다."

[그러니까 이것아! 진즉 이런 상황을 만들지 말았어야지! 대
체 이게 무슨 콩가루 뒤죽박죽이야? 엄마 친구들한텐 또 대체
뭘 어떻게 설명하고. 못살겠네, 정말.]

아직 결정된 것도 없는데 엄마는 벌써 거기까지 생각이 미친
모양이었다.

아무튼 엄마는 엄마대로 상상의 나래를 펼치게 두고, 해연은
엄마와의 통화를 마쳤다. 생각했던 것보다 부드럽게 넘어가 준
건 다행이었지만, 역시 우진이 도착할 때가 되자 긴장으로 가슴
이 콩닥거리기 시작했다.

바람이 한줄기 지나가며 해연의 머리카락을 흩뜨렸다. 손가
락으로 머리카락을 빗어 넘기며 고개를 틀자, 때마침 우진의 스
포츠카가 매끄럽게 진입해 그녀의 앞에서 멈춰 섰다. 해연은 정
지하는 차를 보며 엷게 웃었다.

우진이 차에서 내려섰다. 보기 드문 완벽한 정장 차림의 그는
정말 멋져 보였다. 클래식한 슈트가 우진의 균형 잡힌 체격을
더욱 돋보이게 했다. 당당하게 차에서 내려선 그가 해연을 보고
싱긋 웃었다. 긴장이나 망설임 같은 건 조금도 찾아볼 수 없었

다. 언제나처럼 세상 전부를 가진 것 같은 표정으로 그가 쾌활하게 미소 지었다.

"해연 씨, 오늘 되게 예쁘다."

아이보리 빛 원피스로 나름대로 멋을 낸 해연을 보며 우진이 장난스럽게 엄지를 치켜세웠다. 해연의 뺨에 홍조가 돌았다.

"자, 긴장하지 마."

그가 자신의 팔을 톡톡 두드리며 스스로에게 말하곤 해연에게로 다가왔다. 해연이 풋 웃으며 그를 바라보았다.

"설마, 긴장돼요?"

표정을 봐서는 전혀 믿기지 않는 소리였다. 해연의 앞까지 와서 선 우진이 어이없다는 눈으로 그녀를 바라보았다.

"당연한 거 아니에요? 어느 남자가 긴장을 안 하겠어요?"

"난 우진 씬 긴장 같은 거 안 하는 줄 알았어요."

"전엔 그랬는데. 오늘은 도통 흥분이 가라앉질 않네."

"흥분돼요?"

"네. 흥분되고 겁나고 설레기도 하고 우환도 일고…… 그러네요."

해연은 부드럽게 웃었다.

"어떻게 하면 긴장이 풀릴까요?"

우진이 잘생긴 미간을 활짝 펴며 웃었다.

"굳이 풀 필요 있어요? 이대로 가서 납작 엎드려서 달달 떨고 있다가 돌아오죠 뭐."

"뭐가 그래요?"

"긴장할 필요가 있을 땐 마음껏 긴장해라. 그리고 돌아올 땐 그 손안에 무엇이든 갖고서 돌아와라! 그게 멋진 거예요."

우진이 해연의 손을 휙 끌어당겼다. 자신의 커다란 손안에 해연의 하얀 손을 잡아 가두고서 그가 싱긋 웃었다.

"이렇게 해연 씨 손을 잡았으니까, 어떤 일이 있어도 빠져나가지 못하게 잘 지켜야죠."

당당하게 웃는 그의 머리카락에 햇빛이 쏟아졌다.

집 안에 고소한 냄새가 가득했다.

엄마가 손님을 맞이하기 위해 음식 솜씨를 발휘한 모양이었다. 주방엔 웬만한 출장 요리 저리 가라 할 정도로 근사하게 저녁이 차려져 있고, 해연은 우진과 함께 기실에 앉아 있었다.

좌식 거실에서 테이블을 사이에 두고 해연과 우진은 부모님의 맞은편에 자리를 했다. 해연은 엄마와 아버지의 가라앉은 표정을 의아한 마음으로 번갈아 쳐다보고 있었다. 처음부터 눈치채긴 했지만, 손님을 맞이할 완벽한 준비가 된 것치고 거실의 분위기가 너무나 안 좋았다. 두 분의 표정이 문제였다.

두 분 다 거실에 들어서는 해연과 우진을 무리없이 맞아주긴 했지만 이상할 정도로 웃음기가 없었다. 처음엔 긴장해서 그런 건가 했지만 점점 느낌이 이상했다. 해연은 이해할 수 없었다. 엄마는 이미 반 이상 승낙을 한 게 아니었나? 하지만 두 분 다 전혀 웃음이 없을뿐더러 엄마는 자꾸만 해연의 시선을 피했고, 아버지의 표정은 더할 수 없이 무거웠다. 본래 무뚝뚝한 분이라고 해도 너무하다 싶을 정도였다. 그래도 손님을 초대하시곤······.

안 그래도 아버지와 한자리에 앉아 있는 게 해연은 별로 내키지 않았다. 한 번도 편한 적이 없었기에 더욱 그랬는지도 모르겠다. 그런 서먹한 분위기가 싫어서 그동안 집에도 자주 오지 않았었다. 우진이 없었더라도 세 식구가 이렇게 둘러앉아 있었던 일 자체가 그리 많지 않았던 것이다. 안 그래도 그런데 두 분의 분위기가 묘하니 해연은 더욱 마음이 웅성거렸다. 부담스럽고 불편하고, 그랬다.

무엇보다 엄마와 시선 교환을 할 수 없는 게 해연은 정말이지 답답했다. 엄마와 눈을 맞춰야 뭐가 어떻게 돌아가는 건지, 대체 이 불명확한 공기의 흐름이 무엇을 의미하는 건지 예상할 수나 있을 텐데.

우진에게는 문제가 없었다. 그는 처음부터 싹싹했고 성실했다. 예의를 갖춰 깍듯하게 행동했다. 해연보다 나이가 적다는 것에 스스로도 부담을 느꼈을 테고, 혹시라도 그것으로 인해서 허물이 잡히지 않을까 해서 더욱 어른스럽고 신중하게 행동하는 것일 테다. 그리고 그건 겉으로도 확연히 드러났다. 해연이 봐도 믿음직할 정도로 우진은 당당하면서도 예의를 잃지 않았다.

그러니 우진의 인상이나 행동이 마음에 안 들어서 이런 분위기가 만들어진 것 같진 않다. 그렇다면 두 분의 저 분위기는 해연과 우진이 집 안에 들어서기 전부터 형성되었다고 보는 게 옳겠다. 하지만 왜…….

"우진 군이라고 했나. 손님을 불러놓고 내가 너무 분위기만 잡고 있었네."

아버지가 먼저 우진에게 말을 건넸다. 우진은 예의 그 트레이드마크인 환한 미소 대신 신중하고 부드러운 미소를 머금으며 대답했다.

"아닙니다, 아버님."

순간 아버지의 표정이 멈칫했다. 말을 건넸다고는 하지만 아버지의 표정은 역시나 다를 바가 없었다. 우진도 이 분위기를 알고 있는 걸까. 해연은 내내 신경이 쓰여 미칠 것 같았다.

"내가…… 자네에게 딱히 불만이 있어서 그러는 건 아니니 오해하지 말고 듣게."

순간 해연의 눈이 크게 떠졌다. 그녀의 입술이 뭐라고 열리려는 찰나 우진이 해연의 손을 살짝 눌러 막았다. 해연은 천천히 말을 삼킨 채 우진을 돌아보았다. 그가 안심하라는 듯 부드럽게 미소 지으며 살짝 눈짓을 했다. 그러지 말라는 듯.

우진의 손이 해연의 손 위에서 떠났다. 아버지가 낮게 말을 이었다.

"안사람한테 들었는데, 해연이가 만나고 있던 청년의 동생이라고."

"……"

해연의 심장이 거세게 뛰기 시작했다. 믿을 수 없다는 눈으로 그녀는 아버지를 빤히 쳐다보았다. 그게 왜 지금 다시 문제가 되는지 모르겠다. 자신은 이런 일이 생길까 봐 분명 엄마에게 사실대로 고백했다. 그리고 엄마는 그게 문제가 되지 않는다는 뜻을 전했고. 그것으로 해연의 문젯거리는 해결된 것이다. 그런데 아버지가 왜? 대체 아버지가 무슨 자격으로?

해연은 이해가 되지 않는다는 눈으로 엄마를 돌아보았다. 하지만 엄마는 그때까지 해연을 보고 있었으면서도, 시선이 마주치자 피하듯 눈길을 돌려 버렸다.

아…… 정말 답답해.

"그렇습니다."

우진이 단호하게 대답했다. 아버지가 옅은 한숨을 흘렸다.

"자네는 그게 아무런 문제가 되지 않으리라고 보나?"

해연의 눈동자가 잘게 떨렸다. 하지만 우진은 차분했다.

"딱히 문제가 될 거라 생각은 하지 않았습니다. 해연 씨는 형과 사귄 것도 아니었고, 서로 두 번 정도 만난 게 다입니다."

"두 사람 생각은 그렇겠지. 하지만 자네 부모님도 그렇게 생각하실까? 아니, 자네 형부터 한 번 따져 보세. 자네 형은 두 사람 사이를 알고 있나?"

잠시 우진의 말이 막혔다. 해연의 표정이 점점 불편해졌다.

정적이 일 정도로 고요하던 거실에 우진의 목소리가 낮게 흘러들었다.

"아직 말하지 못했습니다."

"흠……."

아버지의 낮은 한숨이 마치 그럴 줄 알았다는 듯 질책하는 것 같았다.

이건 불공평하다. 정말 불공평하다. 해연은 내내 그런 생각에서 헤어나지 못했다.

"이런 말씀 어떨지 모르겠지만, 말하지 않은 건 딱히 말해서 형의 생각을 물어야 할 이유가 없기 때문입니다. 무엇보다 이건 해연 씨와 저, 두 사람 간의 문제입니다. 형은 형의 인생과 사랑이 있고, 거기에 해연 씨는 포함되어 있지 않습니다. 하지만 제게는 다르죠. 해연 씨는 제게 속한 사람입니다. 그 확신을 말씀드리고 인정받기 위해 이 자리에 온 것입니다."

잠시 숙고를 하는가 싶던 아버지가 말을 이었다.

"내가 전부를 알지는 못하겠지만, 확실한 건 자네가 아직 앞으로 많은 시간을 갖고 있는 무궁무진한 청년이라는 점일세. 해야 할 일도 많고, 만나봐야 할 사람도 많고, 시간도 많고, 욕심도 많을 테지. 그런데도 해연이를 선택한 거라면 우리도 기쁘고 축하해 줘야 마땅할 일이지만, 나는 좀 다르게 생각하고 싶네."

"어떻게 말입니까."

"두 사람은 아니라고 생각해."

아버지의 단정에 해연의 눈이 터질 듯 커졌다. 정지한 채 해연은 아버지를 믿을 수 없다는 눈으로 바라보았다. 그녀의 머릿속이 시끄럽게 윙윙거리기 시작했다. 아버지가 지금 무슨 말을 하는 건지 도통 이해할 수 없었다. 반면 우진은 담담한 눈이었다. 너무 차분해서 고요할 정도로 아버지를 쳐다보고 있었다.

아버지가 무거운 표정으로 말을 이었다.

"자네 형과 해연이가 외견상 아무런 관계도 없다는 건 사실이야. 맞는 말이지. 하지만 결혼을 전제로 만났네. 그건 집안끼리의 약속이었어. 그렇다면 자네 부모님도 아마 해연이를 짧은 시간이나마 첫째 며느리로 생각했을 수도 있지. 그런데 그 아이가 셋째의 짝으로 나타나다니, 이런 황당한 경우가 어디 있나? 자네 부모님이 그걸 이해해야 한다고 보나?"

무심한 사람처럼 딱딱하게 표정을 굳힌 채 아버지가 말을 이었다.

"그렇기 때문에 우리 쪽에서 미리 막아주는 게 도리이고 순리라고 보네. 자네 부모님을 생각해서도 이건 아니야. 물론 자네가 가족들을 설득하든 이해를 시키든 인정을 받을 수도 있지. 하지만 그렇다고 해도 역시 어정쩡한 일이라고 생각해. 자네가 해연이보다 나이가 어리다는 것도 문제야. 왜 아무런 문제 없이 결혼할 수 있는 아이가 여러 가지 문제점을 떠안고서 자네를 선택해야 하는지 난 그게 이해가 안 가네."

"여러 가지 문제점이 있다는 건 알고 있습니다. 하지만 제가 생각하기에 장애물이 될 정도의 문제점은 아니라고 확신합니다. 무엇보다 무슨 말씀을 하셔도 저는 해연 씨를 포기할 수 없습니다. 앞으로 잘해보겠습니다. 걱정이 기우라는 걸 확인시켜드리겠습니다. 기회를 주십시오."

우진이 끝까지 깍듯하게 아버지에게 자신의 의사를 전했다. 정중하게 고개를 숙이고 아버지에게 양해를 구했지만, 아버지는 고개를 저었다.

"자네가 모자라다는 게 아니야. 이 만남 자체가 잘못됐단 거지. 그러니 더 이상의 말은 하지 말아줬으면 좋겠네. 내 생각은 더 이상 바뀌지 않을 것 같으니까."

해연은 입술을 꼭 깨물었다. 지금껏 침묵 속에 있던 그녀의 손끝이 가늘게 진동하기 시작했다. 그리고 그녀의 눈동자에 드러난 감정, 그것은 차가운 불신이었다. 우진이 무거운 눈을 천천히 드는 동시에 해연은 자신도 모르게 아버지를 향해 낮게 입을 열었다.

"아버지가…… 무슨 권리로 그런 말씀을 하세요?"

순간 엄마의 얼굴이 해연에게로 다급하게 향하고, 아버지와 해연의 시선이 부딪쳤다. 아버지의 표정이 어색하게 굳고 엄마의 얼굴이 사색이 되었다. 하지만 해연은 지금 그 어느 것에도 마음을 풀 수 없었다. 어제 통화할 때까지 아무 말도 없었으면서, 어째서 지금은 아버지 말만 듣고서 딸과 눈도 안 마주치려든 건지. 엄마도 이해 불가였고 아버지는 더더욱 기가 막혔다.

아프도록 입술을 꽉 깨물고 있던 해연이 원망이 가득 담긴 눈으로 아버지를 보며 말을 이었다.

"지금껏 아버지가 제 일에 관심이나 있으셨어요? 오히려 무정하게 아버지의 조언이 필요할 때조차도 무뚝뚝하게 멀리에만 계셨잖아요. 독립할 때도, 다니던 회사를 그만둘 때도, 가게 차릴 때도 아버진 전혀 관심없으셨어요. 그런데 어째서 지금 와서 여태껏 대단한 관심을 기울여 온 사람처럼 그렇게 말씀하시는 건지, 전 이해가 안 가요. 엄마가 한 말, 저 아직도 기억해요. 가게 시작할 때 대출금 때문에 전전긍긍하는 저한테 아버지 모르게 만들어주는 돈이니까 보태라고……. 그 말을 아직도 기억하는데, 그런데 대체 왜……. 이해가 안 간다구요. 아버지가 제게 뭔데요? 필요할 땐 눈길 한 번 손 한 번 내주시지 않고 지금 와서……!"

"해연 씨."

순간 우진이 해연의 손을 꽉 잡는 바람에 해연은 천천히 우진에게로 고개를 돌렸다. 그의 눈동자를 바라보는 해연의 눈에서 눈물 한 방울이 툭 떨어졌다.

모든 게 믿을 수 없었다. 어쩌다가 자신이 이렇게까지 된 걸까. 우진의 앞에서 이런 행동을 하게 될 줄은 몰랐다. 아버지에게도, 아무리 그래도 아버지인데 이렇게 모질게 퍼부을 정도로 마음이 협소한 인간이었다니.

하지만 봇물이 터지듯 한 번 입 밖으로 터져 나온 불만과 서운함들은 마치 어린아이가 그러듯 유치하게 뿌려지고 있었다. 너무나 창피했다. 어른에게 이런 못된 말을 하는 자신이 스스로도 보기 싫고, 그런 모습을 보인 자신이 몹시도 싫어졌다. 창피하고 수치스러웠다. 이런 일이 일어난 오늘이 너무 싫었다.

이럴 줄 알았으면 오지 말 걸 그랬다. 시간을 되돌릴 수 있다면 어제로 돌아가고 싶었다. 무엇보다 자신에게 가장 실망했다. 이미 거실 분위기는 돌이킬 수 없을 정도로 일그러져 있었다.

조마조마한 표정으로 지켜보던 엄마가 서둘러 입을 열었다.

"그, 그래. 둘 다 오늘은 그만 가고……."

"전 아버지 생각 상관없어요."

두 분의 표정이 멍해졌다. 우진의 표정이 가라앉았지만 해연은 멈출 수 없었다. 왜 이렇게 말이 지시를 무시하고 툭툭 나가버리는 건지 모르겠지만 말해 버린 후에 후회가 되는데도 멈춰지지 않았다. 생각하는 기관과 말하는 기관이 마치 따로 노는 것 같았다.

하지만 마음 한구석에선 하고 싶으면 마음껏 말해 버리라는 지시가 내려지는 것도 같았다. 그녀는 단지 불공평함에 대해 말하고 있는 것이었다. 자신이 여태껏 아버지에게 느껴왔던 서운함, 좁혀질 수 없었던 거리, 서걱거림, 소외감. 그 모든 걸 지금 이 기회에 모조리 다 쏟아버리고 싶은 건지도 모르겠다.

"아버지 조언이나 생각 없이도 저 지금까지 잘살아왔어요. 제대로 판단 내리고 똑똑하게 살았어요. 그러니까 이번에도 아버진 간섭하지 말아주셨으면 해요. 지금까지 그랬던 것처럼 아버지가 없어도, 내가 사랑하고 결혼할 사람은 내가 판단해서……."

"죄송합니다. 오늘은 그만 가보겠습니다."

결국 우진이 해연의 손을 잡아 일으켜 세웠다.

"그냥 둬요. 나 더 할 말 있어요."

"해연 씨."

우진이 해연을 똑바로 쳐다보았다. 해연의 표정이 멈칫했다. 하지만 화나 있을 줄 알았던 그 눈은 오히려 부드럽게 풀어져 있었다. 안타깝다는 듯 그녀를 바라보았다.

"가요……."

날 위해 참아줘요, 라는 듯.

당신 말 이해했으니까 그만 해달라는 듯.

순간 해연은 자신이 그렇게 초라하게 느껴질 수가 없었다. 아버지가 천천히 자리에서 일어났다.

"미안하다."

낮게, 귀 기울여 듣지 않으면 알아차리지 못할 정도로 가라앉은 목소리로 느릿느릿 말하고서 그가 몸을 돌렸다. 힘없는 걸음으로 안방으로 들어가자 아버지의 등 뒤로 문이 닫혔다. 그 모습이 못내 마음을 아프게 해서 해연은 자신에게 이런 죄책감을 안겨준 아버지가 또 원망스러웠다. 지금껏 그래 왔던 것처럼 이번에도 그저 이름뿐인 아버지였으면 좋았잖아. 왜 이제 와서……. 불만과 서운함은 생각보다 더 깊이 쌓였었나 보다.

"죄송합니다."

우진이 엄마에게 깍듯하게 허리를 숙여 사과를 했다.

"아니…… 내가 오히려 미안하지. 저녁이라도 먹고 말을 할 걸, 귀한 손님을 식사 대접도 못하고 이렇게……. 뭐라고 말을 해야 할지 모르겠어요."

"아닙니다. 저녁은 다음에 와서 배불리 얻어먹겠습니다."

"어쩌면 좋아 그래……."

"그럼 다음에 찾아뵙겠습니다."

"그래요……. 조심해서 가요."

엄마는 그렇게 말하곤 해연을 돌아보았다. 무어라 말을 하려는 것 같았지만 이내 말을 아끼곤 그녀도 곧 몸을 돌렸다. 엄마가 주방으로 사라지자 우진이 잡고 있는 해연의 손을 천천히 끌었다. 해연은 말할 수 없이 참담한 기분으로 우진을 따라 밖으로 나갔다.

두 사람은 대문 앞에 서 있었다.

해연도 우진도 무거운 분위기로 말이 없었다. 해연은 고개를 숙인 채 자신의 발끝만 내려다보았다. 후회도 되었지만 다시 몇 분 전으로 돌아간다고 하더라도 똑같은 행동을 했을 것 같다. 그 유치하고 못돼먹은 말을 하는 자신이라니. 서른한 살, 나이를 거꾸로 먹었나 보다.

"해연 씨."

한참이 지난 후에야 우진이 낮게 입을 열었다. 해연의 어깨가 움찔했다. 밤바람이 해연을 스치고 지나갔다. 을씨년스러운 밤 기운이라고 생각했다.

해연은 차마 고개를 들지 못했다. 아마 실망했겠지.

"해연 씨, 나 좀 봐요."

"그냥…… 잠시만 이대로 있을게요."

"왜요. 걱정돼 죽겠구만."

"볼 면목이 없는데 어떡해요, 그럼."

우진이 고개를 설레설레 저으며 웃었다.

"면목이야 내가 없지 왜 해연 씨가 없어요?"

"……"

"자신만만하게 돌진해선 제대로 레드카드 먹었는데, 내가 창피하고 면목없어야지 왜 해연 씨가 그래."

해연의 고개가 더욱 아래로 떨어졌다. 우진이 낮게 말을 이었다.

"사실은 나, 지금까지 어디서도 거절당한 적 없었어요. 그래서 솔직히 지금 많이 충격을 먹은 상태이긴 하지만 이것도 뭐, 좋은 경험이라고 생각해요. 그리고 중요한 일일수록 돌아가라 잖아요. 모든 일이 다 설렁설렁 수월하게 풀리고 환영만 받는다면 소중한 걸 모르게 돼요. 나한텐 그 모든 어려움을 감수해도 좋을 만큼 해연 씨가 소중하니까."

해연의 눈에 눈물이 핑 돌았다.

억울했다. 아버지는 왜 이 사람을 몰라주는 걸까 하는 마음……. 하지만 지금은 아버지와 그렇게 싸워 버린 것 때문에, 아니, 정확히 말하면 일방적으로 자신이 퍼부어 버린 일 때문에 마음이 무거웠다. 이런 마음으로 이 사람을 제대로 볼 수가 없을 것 같았다. 창피해서 쥐구멍에라도 숨고 싶은 심정이었다.

"내가 모자라고 내가 부족해서 그런 건데 해연 씨가 왜 그렇게 화를 내요?"

우진이 부드럽게 혼을 냈다.

"더 조바심 내달라면서요. 더 화내달라면서요. 우진 씨 놓칠까 봐, 실망하고 떠나버릴까 봐 조바심났어요. 그래서 한껏 화냈잖아요."

징말 그런 것이었을까? 사실은 아버지에게 갖고 있던 평소의 불안과 불만을 이 기회에 폭발시켜 버린 건 아닌지. 이 일을 빌미로 삼아, 평소 하고 싶었던 악담을 퍼부은 건 아닌지. 아버지에게나 자신에게나, 오늘은 참으로 운이 없는 날일 것이다. 어쩌면 가장 최악의 날일지도.

우진이 엷게 웃었다.

"해연 씨 자신한테 조바심 내달란 거였지 누가 다른 사람한테 그러랬나? 우리 해연 씨 국어 다시 배워야겠다."

"정말 그럴까 봐요."

"후회되죠?"

해연의 눈동자가 멍하니 바닥을 향했다. 하지만 곧 고집스럽게 대답했다.

"잘…… 모르겠어요. 아버지한테 한 말은 사실이에요."

"그렇다면 해연 씨한테 실망이에요."

해연의 눈동자가 멈칫했다.

"나 오늘 해연 씨한테 실망했어요. 정말로."

"……."

"나 때문에 해연 씨가 부모님과 다투면, 난 해연 씨를 망치는 사람이 되는 거예요. 해연 씨 어떻게 그런 것도 모르냐?"

우진이 되도록 무겁지 않게 말했지만, 그 말들이 해연의 가슴을 콕콕 찔렀다.

"내가 그랬잖아요. 당장 해연 씨 데려가겠다고 말해도 누구도 반대하지 못할 만큼 성숙한 남자가 되고 싶다고. 하지만 아직 그게 안 됐나 봐요. 그럼 뭐, 더 노력해야죠. 와인처럼 더 숙성해야죠. 아직 반숙이니까 완숙이 되도록 노력해야죠. 그게 뭐 어려워요? 어차피 시간은 흐르는 건데. 나도 해연 씨 만나서 성숙해지고, 해연 씨도 날 만나서 성숙해지고 그런 소리 듣고 싶은데 안타깝게도 오늘의 해연 씨는 그렇지 못했어요."

해연의 눈동자에 상념이 돌았다. 반박할 수 없었다.

"들어가서 잘못했다고 사과해요. 알았죠?"

그가 부드럽게 타일렀다.

"내 일은 내가 알아서 할게요. 충분히 있을 수 있는 상황인데,

이런 어려움도 해결 못하면 무슨 남자예요? 어떻게 나 믿고 살래요? 그러니까 해연 씨는 아버지께 사과드려요."

"……."

"해연 씨는 사과드리고 난 얼른 우리 부모님께 말씀드리고. 그럼 되는데 뭐가 문제예요? 그래도 만약 아버님께 허락 못 받으면, 그냥 나랑 헤어져요. 그 정도도 못 이겨내는 남자 따위 뻥 차버리는 게 나으니까."

해연의 고개가 번쩍 들렸다. 야속하다는 눈으로 쳐다보았지만 그는 싱긋 웃고 있었다. 마치 애교를 부리듯 웃으며 그가 해연의 양팔을 잡았다.

"그렇다고 정말 차지는 마요."

해연은 정말이지 밉다는 표정으로 그를 바라보았다.

"그런 말 하시 말아요."

장난으로라도, 헤어지자는 말은 그와 하고 싶지 않았다.

"그러니까."

우진이 싱긋 웃었다.

"해연 씨 행복을 빌어줄게요, 라고는 절대 말 못해요. 해연 씨는 나 말곤 어디에서도 행복할 수 없으니까. 내가 가장 행복하게 해줄 거니까."

그가 손을 뻗어 해연의 머리카락을 쓰다듬었다. 자상한 시선으로 해연의 얼굴을 보듬듯 바라보며 말했다.

"그러니까 우리 힘내요."

"……."

"얼른 대답해요?"

해연은 이끌리듯 그를 바라보다가 천천히 고개를 끄덕였다.

"웃어야죠."

어색하게 웃음을 짓자 그제야 우진도 부드럽게 웃었다. 하지만 해연은 알 수 있었다. 자신보다 그녀를 먼저 생각해 주는 그가 지금 비록 환하게 웃고는 있지만 마음까지 그렇지는 못하리라는 걸. 그 눈동자에 숨은 쓸쓸함까지 감출 수는 없었다. 사실은 그도 안타까운 거다. 마음이 안 좋은 거다. 이 남자는 요령이 너무 좋은 건지, 아예 없는 건지.

"미안해요."

"해연 씨가 미안할 일 없다니까 그러네."

그가 해연의 뺨을 살짝 꼬집고는 부드럽게 쓰다듬었다.

"그럼 난 먼저 갈게요."

"저녁도 못 먹었잖아요. 가요. 내가 맛있는 거 사줄게요."

하지만 우진이 고개를 저었다.

"저녁보다 더 중요한 일이 남아 있잖아요. 한 끼 안 먹는다고 안 죽어요. 식어버린 음식은 다시 데우면 돼요. 하지만 사람의 마음은, 때를 놓치면 다시 못 돌릴 때가 있어요. 한 번 놓치면 그 기회를 잡기가 아주아주 어려운 일이란 것도 있어요. 나도 미움받는데 해연 씨까지 미움 추가하면 우리 희망 없어요. 얼른 들어가요."

그가 해연을 향해 빙긋 웃어주고는 차로 걸어가 운전석 문을 열었다.

"우진 씨!"

멍하니 우진을 바라보던 해연이 차에 오르려는 그를 다급한 음성으로 불렀다. 우진이 문을 잡고 선 채 해연을 돌아보았다.

"……"

역시 그의 눈빛이 쓸쓸했다. 정말이지 마음이 아팠다.

"아버지한테…… 사과할게요. 할 수 있으면 할게요. 그러니까…… 마음 아파하지 말아요."

그가 엷게 웃었다.

"아버님 마음 풀리면, 그때 나도 생각해 볼게요."

그 말을 끝으로 그가 차에 올랐다. 불투명한 차 유리 너머로 우진의 옆얼굴이 보였다. 밖에서는 그렇게 안심하라는 듯 밝게 웃던 우진의 표정이 짙은 유리 때문일까 몹시도 어두워 보였다. 왜 이렇게 멀게 느껴지는 걸까. 그를 한 번 더 보고 싶었지만 그는 그대로 액셀을 밟아 출발했다.

멀어지는 차 후미를 바라보며 해연은 그 자리에서 움직이지도 못하고 서 있었다.

"미안해요……"

밤바람이, 너무 찼다.

11편

러브 어택(Love Attack)

결국 그날 해연은 아버지에게 사과를 하지 않았다.

아버지와 그녀의 관계는 허심탄회한 몇 마디 말로 해결될 수 있는 사이가 아니었다. 이미 너무 먼 길을 와버린 느낌이었다. 우진에게 거짓말로 약속을 한 결과가 되어버렸지만 어쩔 수 없었다. 해연은 엄마에게까지 가겠다는 말을 하는 둥 마는 둥 하고서 그날 마지막 버스를 타고 집으로 돌아왔다.

엄마는 많이 서운해하는 눈치였다. 무어라고 말을 할 듯 말 듯하면서도 이내 입술을 닫아버렸다. 그래서 지금까지도 해연의 마음이 무거웠다.

우진도 그날 이후로 연락이 없었다. 그가 혼자 떠나는 모습이 내내 마음에 걸렸기 때문에 해연은 연락 없는 그가 걱정이 되었다. 혹시 많이 상심한 건 아닐까.

"사실은 나, 지금까지 어디서도 거절당한 적 없었어요."

그가 했던 말이 마음에 걸렸다.

보고 싶고 궁금했지만 두 사람 다 시간을 좀 가지는 게 좋을 것 같아서 해연은 일부러 그에게 전화를 걸어 의도를 종용하지 않기로 했다.

그러기를 며칠, 우진에게서 연락이 온 건 인천을 다녀온 지 5일이 지난 어느 날이었다.

[해연 씨, 오늘 일 끝났죠? 여기로 올래요?]

그가 해연을 불러낸 곳은 '엑스 로드'였다. 여러모로 해연과 우진에게 의미가 많은 장소였다. 목소리가 좀 취한 것 같기도 하고…….

그래서 해연은 늦게까지 혼자 지키고 있던 가게 문을 얼른 닫고서 그가 기다리고 있는 곳으로 향했다.

해연은 '엑스 로드'에 도착하자마자 숨도 쉬지 않고 안으로 뛰어들어 갔다. 호흡을 고르며 주변을 둘러보니 그는 늘 친구들과 앉아 있던 테이블에서 혼자 술잔을 기울이고 있었다. 통화상으로는 그리 무겁지 않은 어조라 몰랐는데 맥주를 마시고 있는 그의 표정은 많이 가라앉아 있었다.

무슨 일일까.

해연은 불안한 마음으로 걸음을 재촉했다. 마음이 급해서 빠르게 걸어가던 해연의 걸음이 멈칫한 건 그때였다. 우진 혼자 앉아 있던 테이블에 누군가가 발랄하게 다가왔다. 그리고 우진의 옆자리에 탈싹 앉아 그의 팔에 팔짱을 쏙 꼈다.

"……."

멀리서 봐도 한눈에 알 수 있는 사람이었다. 도경이 도발적인 짧은 스커트와 굴곡이 훤히 드러나 보이는 몸에 꼭 달라붙는 상의 차림으로 우진에게 찰싹 달라붙어 있었다. 가슴이 팔에 닿을 정도로 팔짱을 끼고서 그녀가 무슨 말인가를 우진에게 재잘거렸다. 해연은 멈칫한 채 우진과 그녀를 물끄러미 지켜보았다. 밀어내 주기를 바랐지만 우진은 그냥 도경을 매단 채 술만 마셨다.

해연의 심장이 철렁 내려앉았다. 이건 뭘까? 그는 왜 도경을 밀어내지 않는 걸까. 게다가 도경은 뭐가 그렇게 즐거운지 우진에게 달라붙은 채로 까르르 잘도 웃고 있었다. 바비 인형처럼 예쁜 그녀가 지금 이 순간 많이도 신경 쓰였다.

쓸데없는 질투로 마음이 흉하게 어그러지기 전에 잠시 심호흡을 한 해연은 천천히 우진의 테이블로 다가가 섰다.

"어?"

먼저 해연을 알아본 건 도경이었다. 아직 까르르 하는 맑은 웃음을 묻힌 채 무심코 고개를 돌렸다가 해연을 발견한 도경의 표정이 즉시 일그러졌다. 불쾌하다는 표정을 숨기지 않았다. 그건 해연도 마찬가지였다. 마인드컨트롤을 하고 있었지만 해연은 확실히 다른 때보다 더 즉흥적인 표정을 하고 있었다. 어쩌면 있는 대로 노려보았는지도 모르겠다.

"낯이 익은 사람이 있네?"

도경이 입술을 삐죽거리며 말을 내뱉자 그제야 심드렁한 표정으로 다른 쪽을 보며 술을 마시고 있던 우진이 고개를 돌렸다. 해연을 발견하고는 눈을 활짝 열었다.

"아…… 우리 해연 씨 왔다……."

그가 일어나려고 하자 도경이 대롱대롱 여전히 우진의 팔에 매달려선 떨어지지 않았다. 우진은 한숨을 폭 내쉬고 그녀의 팔을 털어냈다.

"넌 눈치 좀 있어라."

그렇게 말하고 툭툭 털자 도경의 팔이 떨어져 나갔다. 아니, 저렇게 쉽게 할 수 있었으면서 왜 지금까지 그냥 있었던 걸까?

"해연 씨, 뭐 해요. 얼른 앉아요."

"……"

도경이 이죽거리며 일어나더니 해연을 보며 툭 던지듯 말했다.

"요즘 우진이 표정 완전 저기압이던데 당신 때문이죠? 그러게 내가 그럴 줄 알았다니까."

"저기압은 무슨 저기압이야? 니가 하지 말랬는데도 계속 찰싹 달라붙어 있으니까 쫓아내려고 인상 쓴 거지."

우진이 무뚝뚝하게 한 말에 도경의 눈꼬리가 위로 휙 치켜 올라갔다. 혼자 부들부들 떨다가 벌떡 일어난 그녀가 별안간 해연을 휙 돌아보며 이죽거렸다.

"나 당신한테 할 말 있는데."

"해요."

"하지 마."

해연과 우진의 대답이 동시에 나오자 도경은 더욱 열이 올랐다. 우진이 그런 도경의 불난 집에 불을 붙였다.

"그리고 너, 당신이 뭐야, 당신이. 나도 아까워서 해연 씨한테 잘 안 쓰는 호칭을."

"너 좀 가만히 좀 있어줄래?"

자존심이 상할 대로 상한 도경이 빽 소리치자 우진이 쯧쯧 혀를 찼다. 우진을 힘껏 노려본 도경이 해연에게 고개를 돌려 용건을 마저 채웠다.

"왜 아직 말 안 했어요? 그러면 뭐, 대단히 멋져 보일 것 같아요?"

도경의 공격에 해연은 고개를 갸웃했다. 그건 우진도 마찬가지였다.

"뭘 말 안 했단 거야?"

"한우진, 넌 가만 좀 있으라고 했지! 김해연 씨, 어디 말해봐요. 내가 그날 찾아간 거 왜 우진이한테 말 안 했어요? 당연히 쪼르르 일러바쳤어야지, 아니면 오늘 말할 생각이었나?"

순간 우진이 벌떡 일어났다.

"너, 해연 씨 찾아갔었어?"

도경이 피식 웃었다.

"어머머, 정말 아무 말 안 한 모양이네."

우진의 눈매가 사나워졌다. 그때 해연이 차분하게 입을 열었다.

"아무 일 없었어요. 그래서 말 안 한 건데 도경 씨는 말해주길 기다렸나 봐요. 기대에 부응해 주지 못해서 미안해요."

도경의 얼굴이 푸르락누르락했다.

"그런 말이 아니잖아요!"

"어차피 그날은 내가 이긴 거잖아요. 굳이 말 꺼낼 이유가 없었어요."

"이게 다 무슨 소린지 빨리 설명해 줘요."

"이겨? 누가 누굴 이겼다는 거야?"

우진의 용건도 급했지만 더 급한 도경이 우진의 앞을 휙 가로막으며 해연에게 따졌다. 해연은 다른 일로도 머리가 아픈데 또 도경의 광풍을 맞을 생각을 하니 그저 착잡했다.

"말 그대로예요. 내가 이겼고, 그날 일은 도경 씨와 나 사이의 문제였어요. 그러니까 더 설명할 필요도 없다는 말이에요. 우진 씨도 그렇게 알아줬으면 좋겠어요."

도경의 너머에 있는 우진을 향해 말하자 그의 눈썹이 찌푸려졌다. 해연이 말을 이었다.

"부탁할게요."

진심을 담아 그를 바라보자 우진은 못내 화가 난 기색이었지만 이내 평정을 찾은 듯 천천히 표정을 풀었다.

"해연 씨가 그렇게 말을 한다면 이해하도록 노력해 볼게요. 하지만 하나만 물을게요. 해연 씨 혼자서 감당할 수 있는 정도였던 거죠?"

해연이 엷게 웃었다.

"우진 씨 덕분에."

마음이 통한 걸까. 우진도 엷은 미소를 지어주었다. 그렇게 두 사람의 분위기가 두 사람만이 이해할 수 있는 감정의 교류로 단단히 결속되자, 가운데에 선 도경은 짜증이 나서 미칠 것 같다는 표정으로 우진을 노려보았다.

"두 사람 지금 뭐 하는 거야? 한우진, 니가 어떻게 나한테 이럴 수 있어? 난 안 보이니? 나 투명인간이야? 대체 왜 이러는 거야. 너 알고 있잖아, 내가 너 좋아하는 거. 나 너 정말 좋아한단 말이야!"

도경의 외침이 너무 커지자 주변 사람들이 숙덕거리며 그들을 쳐다보았다. 애초에 음악 소리가 커서 자신들만의 이야기에 빠져 있던 사람들이 하나둘, 세 사람을 주시하기 시작한 것이다. 우진은 한숨을 폭 내쉬며 머리카락을 쓸어 넘겼다.

"나도 너 좋아해. 하지만 네가 말하는 의미와는 다르다는 거니가 더 잘 알고 있잖아."

"아니, 난 몰라. 내가 아는 건, 내가 널 좋아한다는 사실뿐이야."

도경의 눈에 눈물이 맺혔다.

"이렇게 널 뺏길 수 없어. 내가 널 얼마나 좋아하는지……!"

"그만 해."

우진이 차갑게 그녀의 말을 잘랐다.

"난 너, 친구 이상으로 좋아한 적 없어. 똑같은 말 계속하게 하지 마. 우린 친구 그 이상도 그 이하도 아니야. 하지만 네가 계속 이런 식으로 나오면 그나마 친구 관계도 유지하지 못할 거야. 지금껏 니가 어떤 행동을 해도 우정 때문에 참았지만, 해연 씨한테까지 해를 입힌다면 나 절대 안 참아."

우진의 표정이 진지해졌다. 뚜렷한 갈색 눈동자로 똑바로 쳐다보자 도경의 뺨을 타고 눈물이 주르륵 흘러내렸다.

"너 정말……."

해연은 아무 말도 할 수 없었다. 또한 자신이 끼어들어선 안 될 자리라는 것도 알고 있었다. 이건 도경과 우진, 두 사람만의 문제였다. 사람 관계가 꼭 사랑만이 유일하게 가치있는 감정인 건 아니다. 우정도, 혹은 사랑으로 확대한 우정도 충분히 중요했다. 그것을 해결할 사람은 당사자인 우진과 도경이었다. 두 사람에게 꼭 필요한 시간이었다.

하지만 이럴 수 있는 것도 도경에 대한 우진의 마음이 우정

이상이 아니라는 걸 들었기에 가능한 것이 아닐까. 그러니 이렇게 여유를 갖고 물러나 있을 수 있는 것이겠지. 만약 자신이 도경의 입장이었다면, 자신도 아주 많이 아팠을 것이다.

"오로지 친구였다고? 정말 그 이상의 감정은 한 번도 없었어?"

"그래."

"단 한 번도?"

"그래."

"그런데 왜 지금까진 그런 말 한 번도 안 했어!"

"했어. 네가 번번이 무시했던 것뿐이야."

"그럴 리 없어! 너도 날 좋아했기 때문이야! 맞잖아!"

"아니. 난 널 한 번도 좋아하지 않았어. 하지만 그래도 우리 관계가 가깝게 지속된 건 너 때문이었어."

"……뭐? 그게 무슨 말이야?"

"너 때문이었다고. 20년 우정 깨질까 봐, 네가 소중한 친구였기 때문에 참았던 거야. 하지만 이젠 그 마음마저 옅어지려고 해. 그것도 너 때문이다. 더 이상 이런 소득 없는 말 하지 말자."

도경의 눈동자가 빛을 잃었다. 해연은 천천히 고개를 숙였다. 믿을 수 없다는 듯 혹은 모멸감으로 도경의 온몸이 떨리고 있었다. 천천히 도경의 입술이 열렸다.

"두 사람, 후회힐 기야."

우진은 그녀에게서 시선을 돌려 버렸다. 하지만 그만을 노려보며 도경이 말을 이었다.

"둘 다 똑같아. 자기들만 생각하고 자기들만 잘난 줄 알지? 너, 나한테 이럴 수 없어. 후회할 거야. 후회할 거라구!"

우진은 말없이 관자놀이를 꾹 눌렀다. 도경의 볼을 타고 억울함인지 슬픔인지 모를 눈물이 하염없이 흘러내렸다. 그녀가 독기에 가득 찬 그 시선을 그대로 돌려 해연을 똑바로 노려보았다. 해연은 그 시선을 피하지 않고 마주했다. 한참을 시선이 섞여든 끝에 도경이 입을 열었다.

"당신이 미워."

"……."

"당신 따위 정말 싫어!"

"……."

"그게 내가 당신한테 꼭 해주고 싶은 말이야."

도경은 소파에서 백을 집어 들었다. 흐르는 눈물을 닦을 생각도 안 하고 그녀가 허리를 꼿꼿하게 편 채 우진에게 말했다.

"그래. 좋아. 네가 한 말 알아들었어. 이제야 이해가 됐어. 하지만 나, 그대로 당하진 않을 거야. 내가 먼저 너 차줄 거야. 우정 같은 거 사양하겠어. 난 너랑 우정 같은 거 키울 생각 없어. 그러니까 사랑하지 못할 바에야 우정도 버려 버릴래."

우진이 낮은 한숨을 흘렸다.

"네가 원한다면."

도경의 눈동자에서 일순간 독기가 풀리는가 싶더니 낮게 가라앉았다. 그녀는 정말로 아픈 것이다. 하지만 언제 그랬냐는 듯 금세 다시 돌아가서 그녀가 사납게 말했다.

"그래. 내가 원하는 게 그거야. 그러니까 앞으로 나 너 안 봐. 죽을 때까지 너 저주해 줄 거야. 그리고 가기 전에 한마디만 하겠는데, 한우진 너 완전 구닥다리 늙은이 됐어. 알아? 이제 하나도 안 멋있다구!"

빽 소리친 도경이 몸을 휙 돌렸다. 바닥을 내려다보며 서 있는 해연의 어깨를 거칠게 치다시피 하며 지나가서 도경은 밖으로 나갔다.

남은 우진과 해연의 시선이 천천히 섞여들었다. 두 사람 다 쉽게 입을 열지 못했다. 그저 서로를 쳐다본 채 두 사람은 두 사람만의 침묵 속에 서 있었다.

또 한차례 문도경 광풍이 지나갔다. 잠시 후 두 사람은 술집 밖 건물 벽에 나란히 기대서 있었다. 벽에 등을 기댄 채 한동안 밤하늘을 올려다보기만 하는 시간이 고요히 지나갔다. 도경이 그렇게 가고 우진도 해연도 마음이 편치 않았다. 얼마나 그렇게 서 있었을까. 우진이 먼저 정적을 깼다.

"괜찮아요?"

"네. 우진 씨 괜찮아요?"

"괜찮아요."

"도경 씨 안 괜찮겠죠?"

"그러게요. 도경인 안 괜찮겠죠."

"하지만 우린 괜찮잖아요."

"그러게요. 우린 괜찮네요."

"우리가 참 이기적이죠?"

"사랑이 원래 그런 건가 봐요."

해연과 우진의 시선이 마주쳤다. 물끄러미 서로를 들여다보다가 곧 다시 각자 하늘로 시선을 돌렸다.

"잘 지냈어요?"

우진의 질문에 해연이 천천히 고개를 저었다.

"아뇨."

"……."

"우진 씨가 무슨 생각하고 있나 내내 추리해 보느라 잠도 잘 못 잤어요."

우진이 저런…… 하며 고개를 저었다.

"일부러 그랬는데."

해연은 천천히 고개를 돌려 우진을 바라보았다.

"내 생각 많이 하라고 쥐 죽은 듯 있었죠. 전화와도 일부러 안 받으면서 약 올릴 생각이었는데, 연락을 안 하더라."

해연은 고개를 설레설레 저었다. 우진이 말을 이었다.

"궁금하지도 않았어요?"

"왜요. 잠도 안 올 정도로 궁금했다니까요."

"그런데 왜 전화를 안 해?"

"왜 한 번도 안 왔어요?"

"전화를 안 하니까."

"안 오니까."

두 사람은 서로를 바라보다가 피식 웃어버리고 말았다.

하지만 해연은 그게 사실이었다. 연상과 연하 커플. 그것은 이런 딜레마가 있었다. 어쩌면 단점이라고도 부를 수 있는 부분.

만약 자신이 우진보다 어렸다면 애교도 부리고 콧소리도 좀 내면서 아무 일 없었다는 듯 눈치없이 먼저 연락을 할 수도 있었을 것이다. 하지만 한 살이라도 더 먹은 자신은, 그럴 수 없었다. 생각할 시간이 필요한 거면 어른스럽게 기다려 줘야 하는 게 옳지 않을까? 그게 자신이 해줘야 할 일이 아닐까?

애초에 전화를 해서 앵앵거리며 애교를 부릴 수 있는 게 아니라면 차라리 성숙하고 어른스럽게 시간을 주자. 그런 쪽으로 결론이 나버렸다고나 할까.

"사실은 해연 씨한테 보고하고 싶은 말이 있어요."

해연은 천천히 고개를 끄덕였다.

"듣고 싶어요."

"음…… 우리 부모님께 말씀을 드렸거든요."

순간 해연은 목에 무언가가 탁 걸린 것 같은 심정으로 그의 나음 말을 기다렸다.

"어떻게 됐는지 궁금하죠?"

"아주 많이……."

"어머니 왈, 무슨 상관이야?"

해연의 고개가 옆으로 기울어졌다.

"무슨…… 뜻이에요?"

"이해 안 가요? 한우진 어머니 왈, 무슨 상관이냐고 말했다구요."

해연의 눈이 점점 커지더니 커다랗게 열렸다.

"형과 선을 본 아가씨이든 아니든 그게 무슨 상관이냐는 거죠."

우진의 설명에 그제야 해연은 어깨를 짓누르고 있던 짐을 내려놓은 기분이었다.

"그리고 아버지도 같았어요. 사실, 우리 집은 어머니 쪽이 대세지만."

"아……."

"옷깃만 스쳐도 인연이라는데, 전생에 몇 억겁의 인연이 쌓여서 만들어져야 현세의 연인이 되겠어요? 우리가 상상할 수도 없는 그 까마득한 전생부터 이어져 온 거룩한 인연을 감히 하찮은 인간이 어떻게 간섭할 수 있겠냐고, 어머니가 그러시더군요."

"아……."

듣고 보니 멋진 말이었다. 해연은 자연스럽게 그의 어머니가 궁금해졌다.

"그게 아니더라도, 두 사람이 좋다는데 요즘 세상에 무슨 그런 하찮은 일로 반대하고 말고 하니. 알고 봤더니 출생의 비밀이 얽혀 있는 남매도 아니고. 잘못하면 내 집에서 드라마 찍게 생겼잖니?"

그리고 우진의 어머니는 부드럽게 웃었다. 여전히 유머 감각을 잃지 않는 어머니라고 우진은 어머니에게 엄지를 치켜세워 보였다.

"그렇게도 만나지는구나. 니들 어쩔 수 없이 인연인가 보다."

어머니는 그렇게 우진을 다독여 주었다. 해연의 나이가 우진보다 많다는 것도 문제가 되지 않은 건 당연했다.

그때 어머니가 보내준 신뢰와 애정을 생각하며 부드럽게 웃던 우진이 말을 덧붙였다.

"하지만 반대를 하시는 이유도 반드시 있는 거고, 우리 부모님의 입장만 다 옳은 건 아니니까 해연 씨 부모님의 입장에서도 생각해 주기로 해요. 우리 부모님이 아무 일 아니라고 넘어가 주셨다고 해서 우리 부모님이 더 이해심이 많다, 그렇게 생각하는 것도 잘못된 거고요. 수긍하면 수긍하는 대로 당신들의 입장이 있는 거고, 반대하면 반대하는 대로 당신들의 입장이 있지 않겠어요?"

해연의 마음까지 알뜰살뜰 신경 써서 말해주는 그가 고마웠다. 아직까지 아버지에 대한 앙금을 풀지 못하고 있는 자신에 비해 그는 어른이었다.

간섭하지 않던 분이 간섭하셔서 화가 났다. 하지만 그 간섭이 반대를 하는 것이었기에 더욱 화가 났던 것도 같다. 생각해 보니 아주 일차원적이고, 자신만 생각한 이기적인 행동이었다. 애초에 문제는 결혼을 반대한 아버지가 아니라, 지금껏 서먹서먹하게 먼 거리의 관계를 유지해 온 아버지 자체에 대한 서운함에 더 기인했던 게 아닐지. 따지고 보면 우진과 아버지의 문제가 아니라 자신과 아버지의 문제였던 것이다. 여러 가지가 겹치고 쌓여서 그날 그렇게 협소한 말이 나가 버린 게 아닐까.

지금 이렇게 우진과 함께 있으니 해연은 그런 짓을 저지른 자신이 창피하게 느껴졌다. 말만 어른이 아니라 진짜 어른이 되고 싶은데, 자신은 아직까지 멀었나 보다.

이래서야 어떻게 하루라도 더 산 사람이라고 할 수 있을까.

"난 우진 씨랑 있으면 만날 창피해요."

"왜요? 내가 너무 그윽하게 쳐다봐서?"

저럴 때 보면 또 귀여운 동생 같기도 하고.

"내가 참 덜 여문 사람이구나 싶어서."

"하지만…… 내가 덜 여문 부분은 해연 씨가 채워주죠. 그게 연인이에요. 둘 다 완벽하면 어떡해. 한쪽만 완벽에 치우치면 그것도 문제잖아요. 우린 적당하게 각자 덜 여물었고 각자 충분히 도와주는 거예요."

해연이 빙그레 웃음 지었다.

"용기가 막 나네요."

우진이 다정하게 미소를 건넸다.

"그런데 신경 쓰이는 게 하나 있어요. 계속 그것 때문에 고민을 좀 했어요."

"······뭔데요?"

"해연 씨······ 아버지 때문에 지금껏 외로웠나 봐요. 그날 왠지 그런 기분 들었거든요."

해연의 눈동자가 가라앉았다. 우진이 혼란스러운 얼굴로 말을 이었다.

"그런데 아무리 생각해도 이해가 안 가요. 해연 씨 아버지는 왜 그러셨을까? 반대한 걸 말하는 게 아니에요. 해연 씨처럼 예쁘고 똑똑한 딸한테 왜 지금껏 무관심하게 구셨을까. 그래서 해연 씨를 속상하게 했을까. 외롭게 했을까. 그게 이해가 안 가서 말이죠."

해연은 천천히 고개를 숙였다. 멍하니 자신의 구두코를 물끄러미 내려다보다가 곧 다시 고개를 들었다.

"우진 씨한테 말 안 한 게 있어요."

"······."

"아버지······ 사실은 친아버지 아니에요."

순간 우진의 눈이 커졌다.

"그게 무슨 말이에요?"

해연은 입술을 꼭 깨물었다가 말을 이었다.

"하지만 오해할까 봐 말하는 건데 친아버지가 아니라서 날 구박했다거나 하는 건 아니에요. 그냥…… 서로 시기를 놓친 것 같아요."

"계속 말해봐요."

"엄마가 재혼하면서 가족이 됐어요. 철들고도 한참이나 지나서 다 커버린 뒤에 아버지가 생긴 바람에 서로 남처럼 지냈어요. 좀처럼 친해질 기회도 없었고, 내 성격도 아버지 성격도 살갑지 않거든요. 게다가 내가 금세 독립을 하기도 했고. 그래서 서로 그냥…… 호적상으로만 가족이구나 그렇게 생각하고 살았어요. 함께 있는 시간이 늘 불편했어요. 그러다 보니 집에 가는 게 더 싫어지고, 미루게 되고, 결국 거리는 점점 더 멀어진 거죠. 그렇게 된 거예요."

우진의 시선이 뚫어져라 해연을 향했다. 해연은 되도록 담담하게 말을 이었다.

"그래서 그날 당황해서 말이 멋대로 나가 버렸나 봐요. 아버지가 반대를 하신 건 예상도 못한 일이라서. 사실 그렇게 적극적으로 내 일에 간섭한 일도 없었으니까. 그래서 당연히 이번에도 똑같을 거라 생각했어요. 그런데 예상과 다르게 나오시니까, 그것도 날 곤란하게 하시면서 반대를 하시니까, 당황스럽기도 하고 불공평하게 느껴지기도 하고……. 한순간 회로가 터져 버린 것 같아요."

"나 참, 해연 씨는 그걸 왜 이제야 말해요?"

우진의 표정이 화난 듯 엄해져 있었다.

"미안해요."

"사과를 받으려는 게 아니잖아요. 진즉 말해줬으면 그날 해연 씨 마음 빨리 알 수 있었을 텐데."

해연의 고개가 들렸다. 그녀는 의아한 눈으로 우진을 바라보았다.

"하…… 나 한심해서 어쩌나. 멍청이처럼 해연 씨한테 실망했다느니 그런 말이나 하고. 다독여 주지는 못할망정 내 말 때문에 해연 씨 엄청 가슴 아팠겠다."

해연은 맺히려는 눈물을 얼른 손등으로 문질렀다. 왜 난데없이 눈물이 핑 도는 걸까.

"그것만 걱정돼요? 내가 아무 말도 안 한 건 밉지도 않구?"

"그게 왜 미워요? 어쩌다 보니 말 못했을 수도 있고, 말하기 힘들어서 그랬을 수도 있고. 세상엔 이유가 있어서 차마 못한 일이 얼마나 많은데. 오히려 아무것도 모르고 해연 씨한테 못된 말이나 한 내가 바보예요."

"우진 씨가 왜 바보예요? 우진 씨는 단지 아무것도 몰랐을 뿐인데. 말 안 해준 내가 바보지."

우진이 빙긋 웃었다.

"그래요. 우린 둘 다 바보예요. 바보 커플."

장난스럽게 웃는 그가 자신에겐 과분한 사람 같다. 엷게 웃음 지은 두 사람은 곧 각자 다시 하늘로 시선을 돌렸다.

"우리 다시 찾아가 봐요."

"네……."

"걱정돼요?"

"아뇨. ……사실은 그래요. 아주 조금."

"조금보단 더 많죠?"

"음…… 그러게요."

"잘될 거예요."

"그렇겠죠?"

"날 믿어줘요."

"그럴까 봐요."

"우린 잘해낼 수 있을 거예요."

"나도…… 아버지한테 사과할게요. 할 수 있으면."

"정말이죠?"

"어쩌면."

"신뢰가 뚝 떨어지네."

"알았어요. 할게요. 다른 건 몰라도 함부로 행동한 건 사과할게요."

"그래요. 잘 생각했어요."

"사과, 받아주실까요?"

"해연 씨의 진심이 전해진다면."

"안 받아주시면 또 화낼까 봐요."

우진이 큭 웃었다.

"억지로 할 필요는 없어요. 정말 마음이 원하면 해요."

"……."

"하지만 언젠가는 풀어야 할 문제라는 건 알죠?"

"그렇겠죠."

"가족이니까."

"……."

"가족은 아무리 싸워도 결국 서로의 상처를 핥아주고야 말죠."

"내가 할 수 있을까요?"

"할 수 있어요. 아버지잖아요."

"……."

"서운함도 애정에서 비롯되는 거니까."

"궤변이네요."

"멋진 궤변이죠?"

어쩌면 조금은…….

두 사람은 그렇게 한참을 같은 자리에 서서 같은 곳을 올려다보며 도란도란 낮은 대화를 지속했다. 걱정거리는 여전히 산적해 있었지만, 외면이나 회피가 아닌 각자의 가슴에 그걸 품는 걸 선택했다. 그 무거운 부피를 함께 나누며, 느끼며 두 사람은 한참을 그렇게 그곳에 함께 서 있었다.

다음날, 다시 찾은 인천 해연의 집 대문 앞에서 우진은 해연의 손을 찾아 꼭 쥐었다.

"그런데 해연 씨, 생각해 보니까 내가 말했던 라이프 플랜에 구멍이 숭숭 나 있더라구요."

문득 우진이 그녀의 손을 꽉 붙들고 말해서 해연은 고개를 갸웃했다.

"왜요?"

"조카가 한 살이 된 후에야 내가 어른처럼 느껴질 거라고 말했잖아요. 그런데 그게 완전히 멍청이 같은 생각이었어요. 어른이 되는 길은 그런 게 아니었어요. 내가 내 자식을 낳아서 아버지가 되면, 난 저절로 어른이 되는 거죠."

"……빨리 들어가요."

아무튼 우진 덕분에 심장에 무거운 돌덩이를 얹은 것 같은 기분은 많이 가셨다.

"먼저 제대로 된 어른이 된 후에 애기를 가지는 게 좋을 거라 생각했는데, 아닌 것 같아요. 아빠가 된 후에 시작하는 것도 나쁘진 않을 거 같아요. 애기랑 나랑 같이 성장하고 같이 자라면서 같이 어른이 되는 거예요. 하나하나 다 같이 감동하고 새로 배우고 습득하면서……. 하지만 내 걸음은 반드시 아기보다 한 걸음 먼저 가 있을 거예요. 바로 한 걸음 앞에 있는 아빠란 존재가 우리 아이들에게 정말 큰 힘이 되겠죠?"

더 이상 그의 말은 얼굴 빨개지게 하는 장난스러운 말이 아니었다. 해연은 감동한 눈으로 우진을 바라보았다.

"그럼…… 난 어디에 있을까요?"

그녀의 눈동자에 저절로 눈물이 맺혔다. 우진이 얼른 해연의 눈물을 닦아주며 다정하게 대답했다.

"해연 씨는, 우리가 걸어가는 방향에 늘 그 끝에 있어요."

해연은 그의 손을 꼭 쥐고서 뺨을 기댔다.

"거기에만 있으면 돼요?"

우진이 고개를 끄덕였다.

"네. 그러면 돼요. 꼭 거기에 있어요. 해연 씨가 보이지 않으면 우린 금방 길을 잃고 말 테니까. 둘이서, 아니, 셋이 될 수도 있고 넷이 될 수도 있겠죠. 아무튼 아빠랑 아이들이 미아가 되지 않게 꼭 불을 환하게 밝히고 우릴 기다려 줘야 해요. 어디에도 가지 말고."

해연은 꽃망울이 터지듯 맑게 웃었다. 이런 사람을 어떻게 사랑하지 않을 수 있을까.

그를 사랑하면서 그녀는 그녀 자신을 사랑하게 되었고, 세상 사람들을 사랑하게 되었고 친구의 소중함을 깨달았다. 그리고 이제는 앞으로 있을 확고한 장소까지 정해졌다. 이보다 더한 축복이 어디 있을까.

알게 되었다. 자신이 있을 자리를. 해야 할 역할을.

"사랑해요."

해연은 그에게 속삭였다. 우진의 눈이 살짝 커지더니 곧 잔잔한 웃음기를 머금었다.

"나도 사랑해요. 그러니까 얼른 공격하러 가요! 당당하게 공격 태세로 돌입해서, 넙죽 엎드릴 겁니다. 나 말리지 마요! 그러니까 오늘은 해연 씨도 지원사격 부탁해요."

우진이 찡긋 윙크를 했다. 마지막까지 해연의 긴장을 풀어주고는 그가 그녀를 부드럽게 안으로 끌었다. 해연은 기꺼이 그를 따라 안으로 들어섰다. 그가 가는 곳이면 어디든 따라갈 것이다. 그리고 늘 먼저 도착해서 현관에 밝은 불을 밝혀놓고 기다리고 있어야지.

아버지는 거실에 혼자 앉아 있었다.

미리 연락을 하고 온 것이 아니기 때문에 아마 두 사람을 기다리고 있었던 것은 아니리라. 신문을 읽고 있던 아버지는 다소 놀란 눈으로 주춤하더니 곧 묵묵히 두 사람을 반겼다. 하지만 해연과는 쉽게 시선을 맞추지 못했다. 해연도 아버지와 마주 보기 힘든 건 마찬가지였다. 지나고 보니 모든 게 겸연쩍어졌다.

"엄마는…… 이디 가셨어요?"

"잠깐 요 앞 슈퍼에."

해연의 질문에 아버지는 시선을 어딘가로 헛짚으며 대답했다.

"안녕하세요. 다시 왔습니다."

갈수록 축축 가라앉는 거실 분위기를 우진이 씩씩한 인사로 단박에 띄워놓았다. 아버지는 겸연쩍게 웃으며 우진을 바라보았다.

"일단 앉게."

아버지가 신문을 접어 한쪽에 놓고는 테이블의 맞은편 자리를 권했다. 우물쭈물하고 있는 해연의 손을 살짝 끈 우진이 아버지가 권한 자리에 넙죽 앉았다. 해연은 무릎을 꿇고 차분하게 우진의 옆에 앉았다.

아버지가 자신의 손끝을 가만히 내려다보다가 입을 열었다.

"자네 돌아가고 나서 많은 생각을 해봤네. 자네에게도 지난 1주일이 여러모로 현실을 돌아보고 판단할 시간이었을 것 같네만."

여전히 아버지는 반대의 노선을 타고 있다는 것 같은 말이었다.

"많은 생각을 하기도 했고 여러 가지 주변 상황을 정리하고 또 구조조정도 했습니다."

"구조조정이라……."

무슨 뜻이냐는 듯 아버지가 되뇌자 우진이 자신있게 대답했다.

"결혼하면 가족 계획은 2남 3녀쯤으로 할 생각입니다."

그 천연덕스러운 말에 해연은 어이가 없어 입을 살짝 벌렸고 아버지도 아버지대로 뭔가에 얻어맞은 표정을 했다.

"……."

아버지는 쉽게 말문을 열지 못했다. 우진은 그 말 한 방으로 모든 걸 설명한 것이다. 아무리 반대의 말을 듣고 갔어도 지난 1주일 동안 생각이 바뀌지 않았으며, 앞으로도 바뀌지 않을 것이며, 무슨 일이 있든 해연과 결혼할 것이라는 것.

우진은 그렇게 자신의 의견을 피력한 것이다.

"허……. 꽤 북적북적한 가족이 되겠군."

딱히 찬성하신다기보다 아버지도 어이가 없어서 그렇게 말하는 것 같았다.

"단란합니다. 그 정도는."

"거 참……."

아버지가 낮게 혀를 찼다.

"주스라도 내올게요."

해연은 더 이상 옆에 앉아 있다간 심장이 오작동을 할 것 같아 자리에서 일어났다. 우진이 또 무슨 폭탄 발언을 할지 조마조마했다. 게다가 괜히 또 아버지에게 신경질적인 말들을 하게 될 것 같아 걱정되기도 했다. 우진이 저렇게 분위기를 좋게 하려고 애쓰고 있는데.

주방으로 들어간 해연은 냉장고를 열어 주스를 꺼냈다. 유리 컵에 주스를 한 잔 한 잔 따르면서도 밖에서 무슨 얘기들이 오갈까 조마조마했다. 하지만 주방까지 목소리가 들리진 않았다.

긴장이 풀려서인지 해연은 자신도 모르게 의자에 풀썩 앉았다. 주스 병을 놓고서 멍하니 싱크대를 바라보고 있는데 현관문 열리는 소리와 함께 엄마의 목소리가 들렸다. 놀란 목소리로 우진과 인사를 나누는가 싶던 엄마가 곧 분주하게 주방 안으로 들어섰다.

"와, 왔니?"

엄마는 손에 든 봉투를 재빨리 식탁 위에 얹고는 가슴을 쓸어내렸다.

"어유…… 놀래라. 넌 갑자기 연락도 안 하고 오면 어쩌자는 거야? 거실에 들어오는데 저 총각이 있어서 아주 심장이 다 떨어질 뻔했잖아."

"저 총각이 아니라 우진 씨."

"그럼 나도 우진 씨라 불러주랴?"

그건 아니지만…….

"사위…… 라고 부르든가."

"얼씨구. 아주 웃기고 있다, 니가."

엄마가 고개를 설레설레 저으며 코웃음을 쳤다.

"그러고 가고는 속 편했어?"

엄마가 맞은편 의자에 앉으며 툭 던지듯 물었다.

"자기 남편한테 말 좀 막했다고 되게 뭐라 그러네."

"저 말버릇하곤. 너 그러고도 서른하나야? 나이 어디로 먹었어?"

"엄만 툭하면 나이부터 들먹이더라."

"그럼. 그 나이 먹고 아직도 애처럼 구는데 그런 말이 안 나오고 배겨? 안 그래도 저보다 나이 어린 남자 사귀면서, 그렇게 철이 없어서 어떻게 제 그릇 찾아먹을래?"

"우진 씨가 나보다 더 어른스러워. 그러니까 난 다른 서른한 살보다 좀 철이 없어도 돼."

"아이고, 아주 벼슬한다, 벼슬해."

엄마가 기가 막힌다는 듯 주스 잔을 들어 벌컥벌컥 마셨다.

"그거 밖에 내가려고 따라놓은 건데……."

"아, 다시 따르면 되지 무슨 걱정이야?"

빈 잔에 주스를 채워놓으려던 엄마는 이건 아니라고 생각했는지 벌떡 일어나 새 컵을 꺼냈다. 하지만 엄마가 꺼낸 건 물을 따라서 마시는 보통 유리컵이 아니라 싱크대 한쪽에 있는 크리스털 잔이었다. 해연은 문득 눈동자가 커졌지만 짐짓 모르는 척하며 중얼거렸다.

"빈 물 컵 많은데 웬 크리스털?"

저건 분명 엄마가 깨질까 봐 노심초사 아끼는 것이었다.

"소, 손님 왔는데 좋은 잔에 내줘야 할 거 아냐!"

엄마가 마음을 들킨 게 분했는지 괜히 신경질을 냈다.

"어차피 안 왔으면 하는 손님이면서. 엄마도 아버지 생각처럼 우진 씨 반대하잖아. 밥도 안 먹고 보낼 땐 언제고."

해연이 입을 삐죽 내밀고 투덜거리자 엄마가 해연을 찌릿 째려보았다.

"그러니 내 속은 어땠겠니? 딱 봐도 가지런하니 잘생기고 똑바른 청년을 밥도 못 먹이고 돌려보냈는데! 저런 총각을 니 옆에 떡 세우고 결혼식장으로 친구들 불러봐라. 아주 이것들이 부러워서 죽을 지경이겠지. 그런데도 그냥 돌려보내야 하는 엄마 심정은 어땠겠냐고."

"왜 나한테 그래? 그렇게 사위 삼고 싶으면 엄마가 아버질 설득해 주지?"

해연은 엄마의 몹시도 현실적인 푸념에 기가 차서 중얼거렸다.

"설득한다고 통할 일이야, 그게? 사람이 잘못됐대 누가? 반대하고 싶어서 반대하니? 혹시라도 니가 사람들 입방아에 오르내릴까 봐, 다 너 생각해서 어쩔 수 없이 그러는구만."

해연은 침울한 얼굴로 고개를 돌렸다.

"그런 게 뭐가 날 생각하는 거야? 정말 날 생각한다면 엄마라도 날 이해해 줘야 하는 거 아니야?"

엄마가 물끄러미 해연을 바라보다가 입을 열었다.

"넌 정말, 아버지가 여태껏 너한테 관심없어서 아무 말도 안한 줄 아니?"

해연의 눈동자가 멈칫했다.

"갑자기 무슨 말이야, 그게?"

엄마의 표정이 진지했다. 잠시 고민하는 것 같다가 말을 이었다.

"이 말은 안 하려 했다만…… 그때 준 그 돈 실은 아버지가 준 거였어."

해연의 눈동자가 정지했다.

"가게 차릴 때 너한테 내준 돈, 아버지가 해준 돈이라고. 너도 알다시피 내가 무슨 돈이 있어. 당시에 이 집 사느라고 있는 돈 없는 돈 다 들어갔지. 너 갖고 있던 돈도 창업한다고 다 긁어갔지. 이 집에 남은 돈 없었다. 그때 아버지가 이 집 담보로 잡고 너한테 해준 돈이었어. 평생 들여서 마련한 집을 사자마자 담보로 잡고서 돈 빌린 거라고."

해연은 생각지도 못한 말에 손가락을 가늘게 떨며 엄마를 쳐다보았다.

"말도 안 돼. 엄마가…… 아버지 몰래 해준 돈이라고 했잖아."

그 말이 당시 해연에게 얼마나 야속했었는데.

"아버지가 알면 뭐라고 하는데? 못 주게 막기라도 하신다는 거야?"

아마 그렇게 엄마에게 말했던 것 같다. 치사하다는 생각도 들었다. 친딸이 아니라고 돈까지 못 주게 막는 거야? 화나기도 하고. 그래서 더욱 아버지를 멀게 생각했었는데.

"집 담보 잡고 내준 돈이라는 거 알면 니가 받았겠니? 분명 안 받을 거라고 하시면서, 혹시라도 너 가게 시작하는데 방해될까 봐 끝내 말 못하게 하셨어. 너한테 어떤 식으로든 부담이 되고 싶지 않았던 거겠지."

"……."

"다 에미 잘못이다. 다 큰 널 데리고 새 인생 시작하려고 한 내가 잘못이었어. 저 양반이 무슨 잘못이겠냐. 너한테 다가가지 못했던 건 용기가 없어였지 널 미워해서가 아니었어. 용기없는 걸, 태어나기를 숫기 없게 태어난 걸 나쁘다고 할 순 없잖니. 살갑게 다가가지 못하니까…… 함부로 감 놔라 배 놔라, 상관도 못 한 거 아니겠냐."

해연의 턱이 바들바들 떨렸다. 지금껏 생각해 왔던 모든 것들이 다 진실이 아닐지도 모른다는 생각이 들자 눈앞이 깜깜해졌다. 차라리 믿고 싶지 않은 말에 해연은 어쩔 줄을 몰랐다.

"그런데 결혼 문제에만은 저 양반이 간섭을 하더라. 아마도 내가 첫 결혼에 실패를 했으니까 그래서 더 예민하게 굴었던 것 같아. 니 짝만은 정말 제대로 된 사람을, 아무리 사소한 부분이라도 아무 문제 없는 사람과 결혼했으면 싶었던 거지. 너도 나처럼 자칫 잘못하면 실패할까 봐, 아버지는 그게 그렇게 신경 쓰였던 거야. 니 친아빠랑 나랑, 그렇게 마음 안 맞기도 힘들었지. 너한텐 미안한 일이었지만, 결혼이란 게…… 결혼 생활이란 게 그렇게 어려울 수가 없더라."

해연의 표정이 어두워졌다.

엄마와 친아버지가 이혼한 건 차라리 잘된 일이었다. 두 사람은 지독할 정도로 안 맞았다. 단 하루도 싸움이 끊이지 않을 정도로. 엄마가 좋아하는 걸 아버지는 싫어했고, 아버지가 좋아하는 걸 엄마는 끔찍이 거부했다.

하지만 뒤늦게 만난 엄마와 새아버지는 그렇지 않았다. 그렇게 친아버지와 부딪치던 엄마는 전혀 문제없이 새아버지와 일상생활을 했다. 등산도 함께 다녔고 낚시도 함께 다녔다. 그럼에도 두 분 사이에는 그 흔한 말다툼 한 번 없었다. 친아버지와 살 때 엄마가 참 신경질적인 사람이라고 생각했는데, 새아버지와 함께 있는 엄마는 전혀 그런 점을 찾아볼 수 없었다. 해연이 신기할 정도로 안정돼 보였으니까.

그렇게 보면 엄마와 친아버지는 정말 안 맞는 사람이었는지도 모르겠다. 그래서 이혼하겠다고 했을 때 해연은 차라리 잘된 일이라고 생각했다. 어차피 친아버지는 엄마와 이혼하자마자 새 가정을 꾸렸으니까. 게다가 엄마의 새 부인이 해연을 별로 달가워하지 않아서 해연과 친아버지와의 만남도 점차 소원해졌다.

5년 전이었던가, 미국으로 이민을 가기 전 아버지를 한 번 본게 마지막이었다. 그래서 지금도 해연은 친아버지라는 존재가 별로 가슴에 남아 있지 않았다. 친아버지조차 그러니 새아버지도 별달리 정 붙이고 살 이유 같은 건 없다고, 그렇게 생각하고 살았는데.

엄마가 수심에 젖은 표정으로 말을 이었다.

"엄마한테 서운했겠지만, 그래서 엄마도 아버지 생각에 따른 거였어. 나라고 니가 좋다는데 왜 말리고 싶겠니. 하지만 애초에 문젯거릴 떠안은 결혼 같은 건 시키지 말자고 니 아버지랑

합의를 봤어. 결혼이란 게 뭐니. 니 인생과 직결된 문제가 아니야. 니 아버지도 나도, 다른 건 간섭 안 할 테니 결혼만은 잘하길 바란 거야."

해연의 눈자위가 빨개져 있었다.

"그런 건…… 진작 좀 말해주지."

목소리가 한없이 떨려서 나왔다.

"진작 말해줬으면…… 그날 아버지한테 그렇게 나쁜 말 안 했을 거 아냐."

우진이 언젠가 그녀에게 했던 말.

"내 말 때문에…… 아버지 정말 가슴 아팠겠다."

해연은 눈물을 그렁그렁 담은 채 중얼거렸다. 어머니가 놀란 눈으로 해연을 바라보았다. 눈물이 해연의 뺨으로 또르르 떨어졌다.

"하지만…… 어쩌다 보니 말 못했을 수도 있고, 말하기 힘들어서 그랬을 수도 있고. 세상엔 이유가 있어서 차마 못한 말들이 참 많대. 그러니까…… 내가 사과할게. 아버지한테 잘못했다고 내가 사과할게, 엄마."

해연은 가슴 안에 차오르는 죄책감을 견디다 못해 그렇게 고백했다. 순간 엄마의 눈매가 떨렸다.

"해연아……."

"그리구…… 엄마한테도 미안해. 내 생각만 해서 정말 미안해."

결국 그녀는 흐느껴 울기 시작했다. 놀란 엄마가 얼른 달려와 해연의 등을 토닥토닥 두드려 주었다.

"애가 왜 이래. 끝까지 정신 바짝 차리고 허락받아 내야지 왜 울고 난리야."

하지만 해연은 지금 울고 싶었다. 이 눈물 안에 그동안의 오해, 서러움, 잘못된 감정들을 모두 흘려 버리고 싶었다. 그리고 맑은 눈으로 아버지를 보고 싶었다. 정말이지 너무나 죄송했다.

한편 해연의 아버지와 우진은 조용히 마주 앉아 있었다.

해연의 아버지는 여전히 무거운 표정이었지만 우진의 눈빛은 선명했다. 한참이나 후에 해연의 아버지가 낮게 입을 열었다.

"그럼 어른들께서는 모두 그리 이해해 주셨다는 건가."

"그렇습니다."

우진이 명확히 대답했지만 해연의 아버지는 여전히 침착한 표정으로 무거운 분위기를 고수했다.

"자네 형은 뭐라고 하던가."

"형은 본래 말이 많지 않습니다. 하지만 해연 씨 좋은 사람이라고, 한마디만 하더군요."

실제로 그랬다. 상진은 우진의 말을 한동안 묵묵히 듣더니 가타부타 다른 말 없이 갑자기 한 손을 올려 우진의 머리를 한 번 쓰윽 쓰다듬고는 그렇게 말했다. 놀라움이라든가, 호기심이라든가 그런 걸 보일 위인이 아니었다. 하지만 우진의 머리에서 손을 거둬갈 즈음 잔잔하게 미소를 보내주었다. 그것이 상진의 의견 전부일 것이다. 자신의 동생이 이미 커서 스스로 사랑하는 여인을 찾았다. 그리고 그 결정대로 밀고 나가려고 한다. 그것을 지원해 주듯이.

그 여인이 누구이건 그게 그에게 무슨 상관이겠는가. 그렇게 인연이 되기도 하는 게 인생이겠지. 바로 그 자신의 사랑이 그랬듯이. 생각지도 못한 인연에서 가슴을 흔드는 관계가 시작될 수도 있는 것이다.

"흠······."

해연의 아버지는 낮은 소리를 흘렸다. 곰곰이 생각하는 듯하다가 다짐받듯 되물었다.

"정말 아무런 문제도 없는 건가?"

"네."

"믿어도 되겠나?"

해연의 아버지는 여전히 걱정이 되는 눈이었다. 우진이 확고한 표정으로 신뢰를 심어주었지만 그는 그래도 혹시 모른다는 듯 말을 덧붙였다.

"만약 나중에 말이 달라져서 해연이가 마음고생할 일이 생기면 어떻게 할 건가."

우진이 당당하게 웃었다.

"그럴 일은 없을 겁니다. 그리고 남의 이목을 생각하시는 부분에 대해서는 감히 말씀드리고 싶습니다. 남이 제 삶을 대신 살아주지 않습니다. 해연 씨도, 저도 충분히 성숙한 성인이고 서로를 깊이 믿고 있습니다. 정말 중요한 건 남이 아니라 해연 씨와 제 자신이라고 생각합니다. 그 이상 뭐가 필요한 건지 저는 잘 모르겠습니다."

해연의 아버지와 우진의 시선이 부딪쳤다. 우진의 확고한 눈매에 아버지의 시선이 머물러 있었다. 한참을 바라보던 그가 낮게 입을 열었다.

"그날, 저녁도 못 먹이고 보내서 미안하네."

우진의 입가에 그제야 천천히 미소가 번졌다.

그것은 숫기없는 분이 선택하신 나름대로의 사과 표현이자, 우진을 인정했다는 또 다른 식의 표현이었던 것이다.

해연과 우진은 밤바람이 기분 좋게 부는 강변에 서 있었다.

나란히 선 두 사람의 뒷모습이 말할 수 없이 평온했다. 해연은 그 어느 때보다 기분 좋은 미소를 짓고 있었고, 그건 우진도 마찬가지였다. 우진이 슬쩍 손을 움직여 해연의 손을 잡았다. 서로의 손을 단단하게 잡은 채로 두 사람은 어둠에 잠긴 강물을 바라보고 있었다.

몇 시간 전, 두 사람은 엄마에게 융숭한 저녁 대접을 받고 전에 없이 화기애애한 분위기로 저녁 식사를 했다. 그리고 집을 떠나기 전 해연은 몇 번을 망설이다가 결국 아버지에게 진심으로 사과를 했다.

"죄송해요, 아버지……"

아버지는 놀라고 당황한 듯한 얼굴로 잠시 시선을 피했다가 말했다.

"뭐가…… 미안해. 괜찮다."

"하지만 전, 정말 죄송해요."

해연이 아버지를 바라보며 거듭 말하자 아버지가 엷게 미소
지으며 고개를 끄덕여 주었다.

"손이라도 한 번 잡아주시구려."

옆에서 엄마가 끼어들자 해연과 아버지의 얼굴이 동시에 붉
어졌다. 해연은 천천히 손을 뻗어 아버지의 손을 조심스럽게 잡
았다. 아버지가 놀란 눈으로 쑥스러운 듯 작게 헛기침을 했다.
생각보다 더 따뜻하고 큰 손이었다. 늘 멀게만 느껴져서 알려고
하지도 않았던 손이었다. 하지만 이렇게나 다정한 손이었다니.

허무하게 지나간 시간이 아쉬웠다. 좀 더 기회가 있었을 텐
데. 서로를 알 수 있을 기회가 분명히 있었을 텐데.

"그때 아버님 표정, 정말 기뻐 보였어요."

우진이 천천히 입을 열자, 생각에 빠져 있던 해연의 의식이
현실로 돌아왔다.

"아…… 정말 그랬어요?"

우진이 힘차게 고개를 끄덕였다.

"보는 내가 다 행복해질 정도로. 아버님 정말 기쁘셨나 봐요."

해연도 기뻤다. 뒤늦게 내민 손을 아버지는 내치지 않았다.
오히려 생각지도 못한 따뜻함으로 감싸고 격려해 주셨다.

"고마워요. 오늘…… 우진 씨가 우리 가족이 서로를 볼 수 있

도록 다리를 놓아준 거예요. 난 아마도 이러려고 우진 씨를 만났나 봐."

그를 만나서 자신은 자신으로서도 완전해졌고, 서먹해 있던 가족과도 벽을 허물고 가까워졌다. 서로를 이해하게 되었다. 김해연이 비로소 온전한 김해연이 된 것이다.

"다리를 직접 건넌 건 누가 뭐라고 해도 해연 씨와 어머님, 아버님이었어요. 본인들이 힘들게 노력해서 얻은 결과를 왜 다른 사람 공으로 돌리고 그래요? 해연 씨 가족들이 질 좋은 토양에 뿌리를 내린 건 가족들 스스로의 힘이니까."

해연은 두근거리며 그를 바라보았다.

"우진 씨는 나한테 언제나 힘이 되어주는 사람이에요."

"해연 씨도 나한테 그래요."

"어…… 이상하다. 우린 바보 커플이었는데."

"아 참, 그러게."

우진이 머리카락을 쓸어 넘기며 환하게 웃었다.

해연은 지금도 가끔 상상한다. 만약 이 미소가 나에게 와주지 않았다면 자신은 지금 얼마나 허무하고 재미없는 삶을 살고 있었을까. 두근거림도 없고 설렘도 없고 기쁨도 없는, 그저 그런 무미건조한 일상을 살고 있지나 않았을까.

하지만 그는 지금 확실히 자신의 곁에 있다. 우리는 제대로 사랑하고 있다.

늘 나를 긍정적으로 이끌어주는 사람…….

"내가 앞으로 더 잘할게요."

그에게 상냥한 고백을 한다.

"지금 이대로도 충분해요."

상냥한 고백은 늘 상냥한 대답이 되어 돌아온다.

"그래도 더 잘하면 좋지 않겠어요?"

"물론 좋죠. 침대에서……."

해연은 그의 손을 탁 놓았다. 고개를 휙 돌리고 가버리는 해연을 우진이 금세 울상이 되어 쪼르르 쫓아갔다.

"알았어요. 취소할게요."

"정말이에요?"

"침대 말고 소파에서 해도 되니까……."

고개를 설레설레 저으며 걸어가는 해연을 우진이 왁! 하고 잡아 뒤에서 끌어당겨 안았다. 해연은 우진에게 갇힌 채 어쩔 수 없이 웃음을 터뜨렸다. 그게 마음이 들었던지 우진은 더욱 간지럼을 피우며 해연을 자꾸만 웃게 했다.

어둑해진 강변에서 두 사람의 웃음소리가 밤공기 속으로 퍼졌다.

Happiness

시간은 화살처럼 흘러갔다. 〈Marie〉는 날이 갈수록 번창했고, 우진의 일은 언제나처럼 바빴지만 그는 늘 피곤한 몸으로도 해연을 찾아왔다.

—내 나이 여섯 살 적에, 한번은 체험담이라는 처녀림에 관한 책에서 멋있는 그림 하나를 보았다. 그것은 보아 뱀 한 마리가 맹수를 삼키고 있는 그림이었다.

해연은 우진의 가슴에 비스듬히 기댄 채 누워 난데없이 '어린 왕자'의 첫 부분을 읽어주고 있었다. 우진은 해연을 자신의 가슴에 폭 감싸 안듯 끌어안고서 가만히 눈을 감은 채 해연이 읽어주는 책의 내용을 음미하듯 듣고 있었다.

그녀가 난데없이 낭독을 하고 있는 이유는 두 사람이 함께 본 영화 때문이었다. 두 사람은 며칠 전에 'The Reader'라는 영화를 DVD로 봤는데, 영화를 감명 깊게 본 우진이 자신도 영화 주인공이 되고 싶다면서 해연에게 책을 읽어달라고 한 것이다. 그리고 그가 선택해 온 책이 바로 '어린왕자'였다.

어쩜 그리도 자신과 꼭 닮은 책을 좋아하는 건지. 해연은 오히려 눈앞의 우진이 어린왕자 같다고 생각했다. 순수하고 열정적이고 누구보다 영혼이 맑은 사람.

다른 때는 해연과 닿아 있으면 한시도 손을 가만히 두지 못하고 만지기부터 하는 우진이 책을 읽어주는 동안만큼은 몹시도 조용했다. 착하게 손을 늘어뜨린 채 가만히 눈을 감고서 책의 내용만 듣고 있었다.

그렇게 마지막 구절을 읽을 때까지, 우진은 조금도 움직이지 않았다. 마침내 책장을 탁 덮었을 때 해연도 '어린왕자'라는 책만이 줄 수 있는 경이로운 감동에 취해 있었다. 어릴 때 의미도 모르고 읽었을 때와는 또 다른 느낌이었다. 어른들을 위한 동화라고 하는 건 아마도 이런 이유 때문이리라. 똑같은 책을 몇 년 후에 읽으면 그 느낌과 감동은 지금과 또 달라지겠지.

"아…… 정말 좋다!"

우진이 그제야 몸을 움직여 해연을 뒤에서 꼭 끌어안으며 말했다. 해연은 책을 꼭 쥔 채로 우진의 숨결을 느끼며 고개를 끄덕였다. 우진이 그런 해연의 뺨에 입을 맞추며 말했다.

"나 눈물 날 뻔했어."

"깨끗한 눈물은 흘려도 좋아요."

우진이 부드럽게 웃었다.

"아련하고, 가슴이 아프고…… 그런데도 행복하다."

그가 해연을 안은 팔에 더욱 힘을 주며 중얼거렸다.

"앞으로도 계속 이렇게 해연 씨 목소리를 듣고 싶어요."

"낭독은 체질이 아닌데."

"유치원생한테 구연동화 읽어주는 셈치면 되죠."

"유치원생도 아니잖아요."

"해연 씨 앞에서라면 착하고 예쁜 유치원생이 될 수 있어요."

해연은 목을 간질이는 우진의 숨결 때문에 낮은 웃음을 터뜨리며 어깨를 움츠렸다.

"알았어요. 계속 읽어줄게요. 대신 좀 짧은 걸로……."

"그럼 다음 책은 그림책으로 할까요?"

"것도 좋아요."

"대신 그림을 하나하나 다 설명해 줘야 할 텐데?"

"음……."

"다음엔 '다 큰 왕자' 이런 걸로 갖고 올게요."

우진의 말에 해연은 쿡 웃음을 터뜨렸다. 어쩐지 제목의 어감이 참 묘하다.

"해연 씨랑 이렇게 있으면 세상이 다 내 것 같아요."

우진이 나른한 목소리로 중얼거렸다.

"잠도 잘 오고……."

"잠은 원래 잘 잤잖아요."

"잔 거…… 아니에요. 잠시…… 생각한 거지."

그러면서 벌써 우진의 목소리가 가물가물했다. 돌아보니 역시 그는 벌써 눈이 반쯤 감겨서 해롱해롱 잠에 취해 있었다.

"야근은 정말 싫어……."

그가 투덜거리더니 곧 해연을 안은 채로 벽에 비스듬히 기대 잠이 들었다. 팔이 아래로 툭 떨어지자 해연은 천천히 몸을 일으켜 그를 마주 보고 앉았다. 감긴 눈의 예쁜 속눈썹과 멋진 콧날, 날카로운 턱 선과 입술 등에 차례차례 해연의 시선이 닿았다. 지친 듯 벽에 기댄 채로 잠든 그의 이마로 결 좋은 머리카락이 스르륵 떨어져 내렸다. 해연은 그 머리카락을 천천히 쓸어 넘겨주곤 베개를 갖고 와 편하게 눕게 해주었다.

단꿈을 꾸는지 우진의 입가에 부드러운 미소가 번졌다. 그 모습이 너무나 사랑스러워 해연은 그가 꾸는 꿈속에서도 자신이 있기를 바랐다.

어쩌면 자신은 어린왕사를 만난 여우가 아닐까 싶다. 아니면 사막 한가운데 불시착해서 고장난 비행기를 고치고 있던 비행

사든가. 어찌 되었건 그녀는 한우진이라는 어린왕자를 만나게 되어서 행복했다.

나도 당신이라는 별을 갖게 되어서 너무 행복해.

"그러니까 편하게 자요, 우진 씨……."

해연은 잠든 우진의 뺨을 다정하게 쓰다듬으며 그의 얼굴에서 눈을 뗄 줄을 몰랐다. 평화로운 어느 날의 풍경이었다.

우진의 어머니는 생각했던 것보다 아담한 체구에 살집이 있는, 어찌 보면 아주 평범해 보이는 노부인이었다. 하지만 더없이 온화한 표정과 다정하게 건네는 말 한마디로도 이미 충분히 특별한 사람이었고, 가만히 있어도 사람을 끄는 분이었다. 연세가 무색하리만치 맑은 눈동자를 반짝반짝 빛내면서 소녀처럼 허물없이 웃는 모습은 쳐다보고만 있어도 상대방을 즐겁게 해주었다. 그러면서도 의견을 피력할 때에는 눈매에 강단이 있었고, 말을 끝맺을 때마다 나오는 시원한 종결어미에서는 온화함 속에서 힘이 느껴졌다.

우진을 따라 처음 그의 집에 인사를 드리러 간 날 해연은 그만 첫눈에 그의 어머니에게 반해 버리고 말았다.

우진의 어머니는 격식을 따지는 걸 싫어하고 무조건 해연을 편하게 대해주었다. 우진의 아버지가 회사 일로 퇴근이 늦어지는 관계로 늦은 오후, 우진과 그의 어머니 그리고 해연은 정원의 파라솔에 앉아 무겁지 않은 대화를 나누었다.

"세 녀석들을 키우면서 여러 번 행복하기도 했고 골치가 아프기도 했지만, 역시 가장 행복한 때는 요즘인 것 같아."

우진의 어머니가 호탕하게 웃으며 말했다. 해연은 잔잔하게 웃으며 그녀의 이야기를 들었다.

"어느새 나이가 차고 어른이 돼서는 너도나도 결혼할 사람이라며 앞 다투어 데리고 오는데 요즘 같아선 눈이 팽글팽글 돌 지경이란다. 아들 셋을 키워놨더니 딸 셋이 덤으로 생겼어. 이렇게 기쁜 일이 어디 있겠니."

해연의 뺨이 상기되었다. 처음 뵀을 때부터 지금까지 어머니의 입가에서는 미소가 사라지지 않았다. 우진과 해연이 문득 서로를 마주 보았다가 눈길이 마주치자 싱긋 웃었다. 두 사람이 웃는 걸 보며 우진의 어머니도 부드럽게 미소 지었다.

"이 녀석이 좀 공격적인데, 당황하진 않았니?"

어머니의 질문에 해연은 얼른 고개를 저었다.

"아니요. 다정하고 착한 사람인걸요."

"그럴 리가. 다정하고 착한 면만 보인 거겠지. 어찌 보면 세 형제 중에서 가장 돌진형이거든. 공격적이고 행동파지."

"그건 도진 형 아니에요?"

우진이 물었다. 어머니는 고개를 저었다.

"그 녀석은 돌진형이라기보다는 그냥 도진 형이지."

어머니의 생각지도 못한 말장난에 해연은 눈을 동글동글 굴리다가 쿡 웃어버리고 말았다. 그게 뭐예요, 하며 우진도 투덜

거렸다. 반면 어머니는 자신의 유머가 꽤나 만족스러웠는지 흡
족하게 웃으며 말을 이었다.

"도진인 돌진형이라기보다 내 멋대로 유형이지. 앞뒤 안 가리
고 달려드는 성격은 아니잖니. 자기가 생각할 때 딱 필요한 만
큼만 에너지를 쏟고 아니면 이래도 흥, 저래도 흥이지. 상진이
야 말할 것도 없고……. 하지만 우진이 넌 일단 눈에 들어오면
무조건 돌진하는 스타일이거든. 이래도 흥, 저래도 흥, 그런 게
너한텐 없지. 이래도 돌진, 저래도 돌진이랄까."

어머니의 말이 그제야 공감이 가서 해연은 고개를 끄덕였다.

"뭔가 느낀 게 있나 보구나."

어머니가 해연을 보며 의미심장하게 웃었다. 해연은 빙그레
웃었다.

"아마도…… 그런 것 같아요."

그는 열정으로 넘치는 사람이었다. 일도 단시간에 모든 걸 쏟
아부어 지칠 정도로 빠져들어 하고, 졸리면 아무 데서나 픽픽
쓰러져서 누가 업어가도 모를 정도로 몰아서 자고, 사랑도……
앞뒤 안 가리고 자신의 정열대로 부딪쳐 온다. 그는 그런 사람
이었다.

"해연이가 이 녀석을 사랑한다니 하는 말인데……."

어머니의 말에 해연은 물끄러미 그녀를 바라보았다.

"우리 우진이, 주위 사람을 즐겁게 하는 아이지. 그거 하나만
은 어딜 내놔도 자랑스러운 부분이야. 그러니 해연이도 이젠,

날 즐겁게 해줘야지?"

넋 놓고 듣고 있다가 예상치 못한 결론에 다다르자 해연의 눈이 동그랗게 떠졌다. 우진이 또 그게 뭐예요, 하며 투덜거렸다. 하지만 늘 있는 일인 듯 그게 다였다. 해연은 그게 신기했다. 자신은 이렇게나 머릿속이 의문으로 가득 차 있는데 말이다.

"저어기, 무슨 말씀이신지……."

"그러니까 무슨 말이냐면, 앞으로 시어머니라 생각하지 말고 친구처럼 엄마처럼 즐겁게 대해달라는 거야. 보렴, 삭막한 사내애들만 있던 집 안에 한꺼번에 이렇게 예쁜 꽃들이 피었는데 얼마나 좋은 일이야. 앞으로 얼마나 즐거울까 생각만 해도 신이 나 죽겠어. 그러니까 해연이도 거기에 일조를 해서 우리 한번 즐겁게 잘살아보자꾸나. 어떠니?"

그제야 해연의 입가에 미소가 번졌다. 그의 어머니는 생각했던 대로였다.

"때로 내가 생각지 않은 일로 우리 딸들을 속상하게 할 때도 있을 거야. 딸들도 내가 밉고, 저 늙은이는 왜 저러지 할 때도 있겠지. 하지만 우리 그때마다 지금, 바로 지금 이렇게 처음 만났던 때를 생각해서 이때를 다시 기억하자꾸나. 이렇게나 반갑고 기쁜 인연으로 만났는데 뭐 하러 인상을 찡그리고 미간에 내 천 자를 그려. 서로 두근거리며 만난 지금을 기억하면, 앞으로 못 지낼 일도 없을 거야. 그렇지 않니?"

"네……."

해연은 은은한 미소로 화답했다.

"다행히 우리 딸들은 다들 착한 것 같으니까, 말 그대로 행복한 우리 집이 될 모양이다."

어머니가 흐뭇하게 웃었다. 우진이 싹싹한 미소를 지으며 자신의 모친을 불렀다.

"어머니."

"응, 왜?"

"전 무조건 어머니 닮은 여자 만나야지 생각했어요. 근데 우리 해연 씨, 어머니처럼 온화하면서도 강단있어요."

우진의 어머니가 크게 웃었다.

"그러니? 나랑 해연이가 그렇게 닮았어?"

우진이 고개를 끄덕였다. 더없이 사랑스러운 미소를 머금으며 말을 이었다.

"네. 그런데 어째 외모는 어머니 닮은 사람을 찾자니 레벨이 자꾸만 떨어져서……."

"뭐야, 이 녀석아!"

우진의 쾌활한 웃음소리가 정원을 가득 채웠다. 못 말리는 아들 때문에 우진의 어머니도 웃음을 풋 터뜨렸고 해연도 끝내 웃음을 참지 못했다. 세 사람이 만들어내는 미소의 하모니가 정원의 군데군데 심어진 알록달록 예쁜 꽃잎을 흔들었다. 세 사람이 앉은 평화로운 풍경이 행복이라는 물감으로 예쁘게 채색되고 있었다.

그때 마침 대문이 열리더니 해연으로서는 생각지 못한 사람들이 하나둘씩 들어서기 시작했다. 상진과 도진, 두 사람 다 흠잡을 데 없이 단정하고 멋진 깔끔한 정장 차림이었다. 해연은 깜짝 놀라 얼른 의자에서 일어났다. 갑작스러운 일이라 그녀가 당황할 수도 있다고 생각했는지 어느 틈엔가 우진이 얼른 옆으로 와서 부드럽게 미소를 지으며 서주었다.

하지만 찾아온 사람은 그들이 다가 아니었다. 도진의 옆에는 언젠가 해연도 만난 적이 있는 그녀, 나영이 서 있었다. 해연과 나영의 시선이 마주치자 두 사람은 누가 먼저랄 것도 없이 반가워하며 기쁘게 미소를 지었다. 이제 가족이 될 사람이라 그런지 해연은 나영이 더욱 살갑게 느껴졌다. 나영은 그때보다 더 발랄하면서도 예뻐 보였다.

그리고 또 한 사람……

상진의 옆에 서 있는 아가씨를 발견한 순간 해연의 눈이 커졌다. 곱슬곱슬 컬이 들어간 짧은 머리카락, 인형처럼 생기가 도는 발간 뺨, 너무도 달콤하게 생긴 그 아가씨는 놀랍게도 언젠가 〈Marie〉에서 만난 적이 있는 사람이었다.

바로, 너무도 사랑하는 사람을 아프게 했다며 눈물을 뚝뚝 흘리던 그 아가씨……. 그 인상이 가슴 안에 깊이 남아 있어 아직도 잊어지지가 않았는데.

그녀가 지금 더없이 밝아진 모습으로 상진의 옆에 서 있었다.

그리고 그녀를 내려다보는 상진의 그윽한 눈매란…….

그제야 알 수 있었다. 그녀가 눈물을 흘리며 아파했던 사랑하는 사람이 누군지. 상진이 그렇게나 분위기가 바뀔 정도로 사랑한 여자가 누군지…….

"아……."

이걸 인연이라고 하는 걸까. 너무도 놀라워 해연은 잠시 감정을 추스르지 못했다. 그 신기함은 경이로울 정도였다.

선주도 해연과 시선이 마주치자 잠깐 기억을 더듬는 것 같다가 앗! 하며 놀란 눈을 크게 떴다. 두 사람의 시선이 섞여들었다. 하지만 아팠던 과거의 기억은 이미 깨끗하게 씻겨, 지금의 두 사람에겐 오히려 그때가 그리운 기억의 한 종류가 되어 있었다. 오로지 이 기가 막힌 인연이 놀랍고 반가울 따름이었다.

해연은 이제 자신의 가족이 될 사람들을 차례로 바라보았다.

여전히 차분한 분위기로 감성적인 긴 눈매를 하고 있는 상진, 냉미남의 전형으로 리얼 블랙의 포스를 풍기고 있는 도진, 그리고 화려하고 화사하게 웃고 있는 너무도 사랑스러운 남자 우진.

세 형제가 나란히 서 있었다. 각자의 트레이드마크인 자상한 미소와 삐딱한 미소, 그리고 포용적인 미소를 지으며.

그들이 각자 자신이 사랑하는 사람들을 바라보았다. 발랄한 나영과 달콤한 선주, 그리고 차분한 해연을.

"어서 오렴. 다들 환영해."

그들 모두를 향해 어머니가 미소를 지었다. 모두를 감쌀 정도로 양팔을 가득 벌리며.

행복은 막 터지려는 꽃봉오리처럼, 이제 다시 새로 시작이었다.

감 사 합 니 다 .

『Love Attack—우진의 이야기』 THE END

작가 후기

드디어 쿨러브 마지막 완결판으로 인사를 드립니다.

딱히 약속드린 것도 없고, 기다려 주신 분들이 어디 계실지는 모르겠지만, 드디어 삼 형제의 이야기를 다 마쳤다는 것에 저 혼자 만족하며 기뻐하고 있습니다.

쿨러브 마지막 이야기, 우진의 스토리.

삼 형제 중 셋째는 좀 클래식하게 갔습니다.

애초에 변태 삼 형제 이야기로 출발했지만, 도진이나 상진과 달리 우진은 좀 더 상냥하고 진지하며, 쾌활하지만 부드러운 남자의 이미지로 그려보고 싶었거든요.

제 나름대로는 완성된 우진의 이미지가 마음에 드는데 여러분은 어떨지 모르겠어요.

도진과도 다르고, 상진과도 다르고, 괴팍하지도 건조하지도 않은 남자.

그렇다 보니 두 사람만큼의 강렬함은 다소 없는 것도 같지만 우진만의 매력이 반드시 있다고 생각하며 글을 완성지었고, 또한 '여자라면 이런 남자의 사랑을 받아보고 싶지 않을까' 그런 행복한 상상에 기인해 두근거리며 글을 썼기에 지금은 만족감도 큽니다.

Love
Attack 러브 어택

　처음 초고의 제목은 〈사랑은 가슴으로〉였는데, 여러 번 수정을 하고 퇴고를 거듭하면서 내용도 많이 바뀌고, 해연의 설정도 황금 알을 품은 노처녀라는 설정에서 좀 더 정적이고 여성스러운 이미지로 탈바꿈했습니다.

　처음 쿨러브를 출간하고, 쿨러브를 쓸 때 너무 행복하던 기억에 온통 젖어서 동생들의 이야기를 연작으로 써야지, 나름대로 이글이글 열정에 불탔었더랬습니다. 그래서 처음 계획은 쿨러브 2탄을 우진의 이야기로 할 생각이었는데, 어쩌다가 상진의 이야기를 먼저 선보이게 되었고, 오랜 시간이 지난 지금에야 우진과 해연의 이야기가 세상에 나오게 되었습니다.

　쿨러브의 분위기를 기대하신 분들이 계시다면, 강도도 그리 세지 않고 어떻게 보면 조용하고 서정적일 수도 있는 내용에 실망하는 분들이 계시지 않을까 싶네요. 하지만 우진의 캐릭터와 가장 맞게 흘러간 것이니 즐겨주셨으면 하는 바람입니다.

　그리고 세 형제의 마지막 편이다 보니, 서로 크로스 오버되는 부분도 있고, 도진과 상진도 여러 부분 등장하네요. 〈쿨러브〉도 아니고, 〈어느점 섭씨 0도〉도 아닌 〈러브 어택〉 안에서 두 사람의 이야기를 쓰면서 왠지 즐겁고 옛날 기억도 나고 즐거웠습니다. 여전히 한씨 집안 삼 형제의 이야기는 여전히 저를 설레게 하는 테마 같습니다.

봄이 날짜로는 성큼 다가왔는데 아직 날씨로는 그 기대를 돌려주지 않는군요.

그래도 그 쌀쌀한 바람에도 불구하고 여기저기 기어이 표면을 비집고 올라온 새싹이나 망울이 맺힌 꽃들을 보면 정말 자연은 대단하다는 생각을 절로 하게 됩니다.

저도 그만큼의 강하고 단단한 사람이 되기를 바라며.

항상 읽어주시는 독자님들께 제 마음을 담은 감사 인사를 드립니다.

마지막으로, 〈쿨러브〉 시리즈를 세 편이나 출간해 주신, 아니, 드디어 완성할 수 있게 기회를 주신 청어람 관계자 여러분들께 진심으로 감사드립니다.

〈러브 어택〉을 펴내며
이정숙 드림